U0115731

國家出版基金資助項目

儒家文明省部共建協同創新中心研究成果

山東大學文史哲研究專刊

杜詩學通史

宋代編

左漢林 著

張忠綱 主編

国家出版基金项目
NATIONAL PUBLICATION FOUNDATION

圖書在版編目(CIP)數據

杜詩學通史. 宋代編 / 左漢林著. —上海: 上海古籍出版社, 2023.7
(山東大學文史哲研究專刊)
ISBN 978-7-5732-0736-4

Ⅰ. ①杜… Ⅱ. ①左… Ⅲ. ①杜詩—詩歌研究—中國—宋代 Ⅳ. ①I207.227.423

中國國家版本館 CIP 數據核字(2023)第 110296 號

山東大學文史哲研究專刊
杜詩學通史·宋代編
左漢林 著
上海古籍出版社出版發行
(上海市閔行區號景路 159 弄 1-5 號 A 座 5F 郵政編碼 201101)
(1) 網址: www.guji.com.cn
(2) E-mail: guji1@guji.com.cn
(3) 易文網網址: www.ewen.co
山東韻傑文化科技有限公司印刷
開本 890×1240 1/32 印張 11.625 插頁 6 字數 292,000
2023 年 7 月第 1 版 2023 年 7 月第 1 次印刷
印數: 1—1,800
ISBN 978-7-5732-0736-4
I·3730 定價: 72.00 元
如有質量問題,請與承印公司聯繫

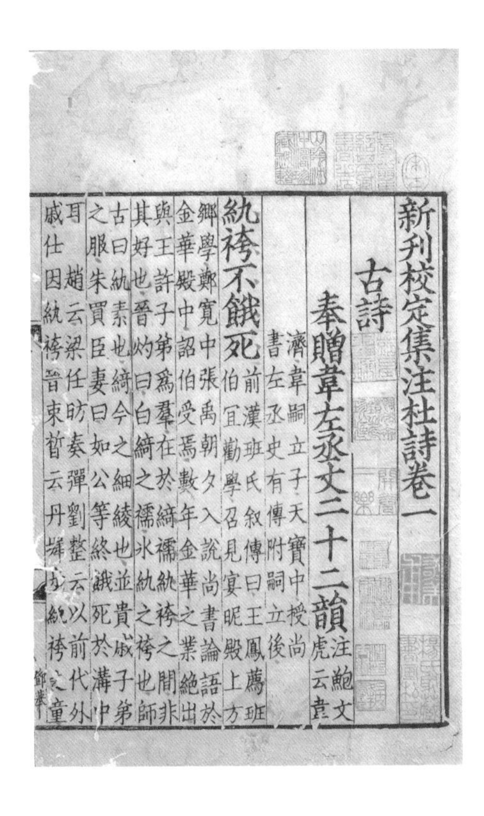
新刊校定集注杜詩卷一

古詩

奉贈韋左丞丈二十二韻 注鮑文虎云韋濟韋嗣立子天寶中授尚書左丞史有傳附嗣立後

紈袴不餓死 前漢班氏叙傳曰王鳳薦班伯宜勸學召見宴昵殿上方鄉學鄭寬中張禹朝夕入説尚書論語於金華殿中詔伯受焉數年金華之業絶出與王許子弟爲羣在於綺襦紈袴之間非其好也晉灼曰白綺之襦氷紈之袴也師古曰紈素也綺今之細綾也並貴戚子弟之服朱買臣妻曰如公等終餓死於溝中耳 趙云梁任昉奏彈劉整云以前代外戚仕因紈袴晉束晳云丹墀步紈袴之童

［宋］郭知達《新刊校定集注杜詩》書影

宋寶慶元年刻本

友對我們進行批評和指導。

山東大學文史哲研究院
2003 年 10 月

【附記】

《山東大學文史哲研究院專刊》已陸續編輯出版多種，在海內外引起廣泛關注和好評。2012 年 1 月，山東大學文史哲研究院與山東大學儒學高等研究院、山東大學儒學研究中心和《文史哲》編輯部的研究力量整合組建爲新的山東大學儒學高等研究院，許嘉璐先生任院長，龐樸先生任學術委員會主任（龐樸先生于 2015 年病故）。本院一如既往，以中國古典學術爲主要研究範圍，其中尤以儒學研究爲重點。鑒于新的格局，專刊名稱改爲《山東大學文史哲研究專刊》，繼續編輯出版。歡迎海內外朋友提出寶貴意見。

2019 年 3 月

總　序

張忠綱

“杜詩學”之名，始于金代元好問。他在《杜詩學引》中云：

竊嘗謂子美之妙，釋氏所謂學至于無學者耳。今觀其詩，如元氣淋漓，隨物賦形；如三江五湖，合而爲海，浩浩瀚瀚，無有涯涘；如祥光慶雲，千變萬化，不可名狀，固學者之所以動心而駭目。及讀之熟，求之深，含咀之久，則九經百氏，古人之精華，所以膏潤其筆端者，猶可仿佛其餘韵也。夫金屑丹砂、芝术參桂，識者例能指名之。至于合而爲劑，其君臣佐使之互用，甘苦酸鹹之相入，有不可復以金屑丹砂、芝參术桂而名之者矣。故謂杜詩爲無一字無來處，亦可也；謂不從古人中來，亦可也。前人論子美用故事，有着鹽水中之喻，固善矣。但未知九方皋之相馬，得天機于滅没存亡之間，物色牝牡，人所共知者，爲可略耳。先東巖君有言，近世唯山谷最知子美，以爲今人讀杜詩，至謂草木蟲魚，皆有比興，如試世間商度隱語然者，此最學者之病。……乙酉之夏，自京師還，閑居崧山，因録先君子所教與聞之師友之間者，爲一書，名曰《杜詩學》。子美之傳志年譜，及唐以來論子美者在焉。①

① 姚奠中主編《元好問全集》卷三六，山西人民出版社 1990 年版，下册，第 24—25 頁。

元好問從杜詩研究史的角度,第一次明確地提出"杜詩學"的概念,成爲杜詩學史上一個重要的理性標記。自此以後,"杜詩學",作爲一門專門學問,千餘年來,就像研究《文心雕龍》的"龍學"、研究《紅樓夢》的"紅學"一樣,成爲中國古典文學研究領域中的一個熱點,歷久不衰,彌久彌新,至今猶盛。

元好問的《杜詩學》一書,今已不存,我們無法窺知它的全貌和具體内容。詹杭倫、沈時蓉所撰《元好問的杜詩學》一文認爲,元氏已佚的《杜詩學》包含三個組成部分:(一)元好問之父及其師友有關杜甫的言論,(二)有關杜甫生平的資料,(三)唐、宋(指北宋)以來有關杜甫及其詩作的評論,並進而指出:元的《杜詩學》,是以杜詩輯注之學爲其根柢,以杜詩譜志之學爲其綫索,以唐、宋、金諸家論杜爲其參照,確實是一部博綜群言、體例完備的杜詩學專著①。我們今天借用其"杜詩學"一詞,所涵内容與其或有不同。杜甫是中國古典詩歌的集大成者,具有承前啓後、繼往開來的偉大功績。因此,對杜詩學的研究,一直是新時期杜甫研究的一個熱點,出版了一些著作,發表了大量論文。但迄今爲止,還没有一部完整描述自唐至今杜詩研究全貌的《杜詩學史》。我們的《杜詩學通史》,試圖對唐代以來古今中外的杜詩學研究作一簡要的介紹,並稍加探討,總結杜甫研究的經驗和得失,主要集中于以下三個方面的内容:

(一)自唐迄今,杜甫其人其詩對後世的影響概述。

(二)自唐迄今,歷代對杜甫其人其詩的研究概況。

(三)杜詩流傳、刊刻、整理情況的研究。

《杜詩學通史》由張忠綱主編、多人撰寫,具體分工如下:

(一)《唐五代編》,張忠綱撰寫。

(二)《宋代編》,左漢林撰寫。

---

① 詹杭倫、沈時蓉《元好問的杜詩學》,《杜甫研究學刊》1990年第4期。

（三）《遼金元明編》，綦維撰寫。

（四）《清代編》，孫微撰寫。

（五）《現當代編》，趙睿才、劉冰莉、裴蘇皖撰寫。

（六）《域外編》，趙睿才、劉冰莉、夏榮林撰寫。

《杜詩學通史》因所涉時間長，地域廣，内容繁富多樣，資料汗牛充棟，又成于多人之手，錯訛失察之處，在所難免。敬祈方家與讀者批評指正。

目　　録

出版説明 …… 1

總　序 …… 張忠綱　1

緒　論 …… 1

第一章　北宋初期：學杜的初始期 …… 11

第一節　王禹偁與宋初學杜的開端 …… 11

第二節　林逋的詩歌創作 …… 19

第三節　西崑體詩説略 …… 22

第二章　北宋中期：杜詩的廣泛影響期 …… 31

第一節　梅堯臣的詩歌創作及其與杜詩的關係 …… 31

第二節　蘇舜欽學杜 …… 40

第三節　歐陽修的詩文創作 …… 46

第四節　王安石詩與杜詩 …… 52

第五節　曾鞏詩歌説略 …… 64

第六節　王令及其詩文創作 …… 68

第七節　蘇軾與杜甫 …… 73

第八節　蘇轍詩文及其學杜之處 …… 98

第三章　北宋後期：杜詩藝術繼承期 …… 107
第一節　黄庭堅對杜甫藝術技巧的學習 …… 107
第二節　陳師道學杜的成就 …… 120
第三節　韓駒詩説略 …… 132
第四節　秦觀詩歌的特點和學杜之處 …… 135
第五節　張耒學杜 …… 138

第四章　南宋前期：學杜高潮期 …… 149
第一節　曾幾學杜論略 …… 150
第二節　兩宋學杜的典範陳與義 …… 157
第三節　杜甫對陸游詩歌創作的影響 …… 179
第四節　楊萬里學杜與“誠齋體” …… 214
第五節　范成大學杜 …… 223

第五章　南宋後期：以詩存史期 …… 233
第一節　永嘉四靈的詩歌創作 …… 233
第二節　戴復古的詩歌創作 …… 236
第三節　劉克莊的詩歌及其學杜 …… 250
第四節　文天祥學杜 …… 262
第五節　林景熙的詩歌創作 …… 272
第六節　杜甫對汪元量詩歌創作的影響 …… 275
第七節　謝枋得和鄭思肖的詩歌 …… 284

結　論 …… 288
一　杜詩影響宋詩的幾個方面 …… 288

二　杜詩影響宋詩的幾個階段及其特點 ······················ 293
三　宋代詩人學杜的成就和局限 ································ 301

附　録　宋代重要杜集評注本簡介 ······················ 張忠綱　305

參考文獻 ··· 345

後　記 ·· 357

緒　　論

杜甫是中國詩歌史上最偉大的詩人之一。“杜甫的詩歌，堪稱中國古典詩歌的範本；杜甫的人格，堪稱中華民族文人品格的楷模；杜甫的思想，堪稱中華民族傳統思想的精華。”①他的詩歌廣泛霑溉後人，對後世詩歌創作産生了巨大影響。宋代是杜詩學發展的第一個高峰期，在這個時期，杜甫生平考證，杜詩搜集、整理、編年、注釋、評點等，都呈現出繁榮態勢。在詩歌創作上，宋代詩人也認真從杜詩汲取營養，從不同方面借鑒和學習杜詩，形成了崇杜、學杜的風氣。因此，宋代杜詩學内容非常豐富，向來是學術研究的熱點。

一

有許多學者對宋代杜詩學進行過比較深入的研究，發表了較多的成果。其中重要的學術著作有以下數種：

錢鍾書《宋詩選注》在選注宋詩的同時，仔細梳理了“宋代詩歌的主要變化和流派”②。在介紹詩人的小序中，作者對詩人詩歌創作的内容和特色有簡要而精妙的分析，其中涉及詩人學習杜甫的情況。比如在黄庭堅的小序中，錢鍾書就對黄庭堅認爲杜詩“無一

① 張忠綱《説“詩聖”》，《詩聖杜甫研究》，上海古籍出版社 2015 年版，第 10 頁。

② 錢鍾書《宋詩選注・序》，人民文學出版社 1958 年版，第 1 頁。

字無來處”的觀點發表了精辟的見解①。此外,錢鍾書的《談藝録》《管錐編》《錢鍾書手稿集·容安館札記》《錢鍾書手稿集·中文筆記》也對宋人學杜問題多有涉及。錢鍾書博覽群書,目光如炬,見解深刻,引人深思。

許總的《杜詩學發微》是研究杜詩學的專書②,也是構建杜詩學的重要著作。該書從學術史的角度研究和總結了杜詩學在各個歷史階段的總體特徵、主要論點、代表學派和重要著作。許總歸納了杜詩學的發展概況,他把杜詩學分爲四個階段:中晚唐是杜詩學的肇始期,宋代是杜詩學的興盛期,金元是杜詩學的過渡期,明清是杜詩學的總結期。許總指出:在宋代,杜詩受到人們的極度推崇,杜甫被尊爲“詩聖”,杜詩被視同“六經”,詩壇幾乎無不尊杜、學杜。人們在對詩歌的本質、功能、價值及創作主張的論述中,往往集中於對杜詩的評論和分析上,在儒家政教詩學的極度發展中,强調杜詩的社會功用,宣揚杜詩“忠君”説,即成爲這一時期杜詩學的主要觀點並對後世産生極大影響。同時,由於對杜詩的推崇,輯注杜詩更蔚爲一代之風,所謂“千家注杜”,可見其盛況。在該書《内編》部分,作者對宋代杜詩學有較爲詳細的論述。該書在《宋詩宗杜新論》部分對宋代詩人宗杜學杜的總體傾向進行分析,並歸納了其中深刻的社會原因。作者認爲,江西詩派和陸游、文天祥一樣,既學習杜詩的形式,也學習杜詩的内容。作者還論述了宋學對杜詩的曲解和誤解,作者指出:杜詩地位在宋代的確立,很重要的因素之一就是理學的道統觀在文學研究領域中的貫徹和集中表現……宋代的杜詩研究,在一定程度上和漢代的《詩經》研究一樣,超越了自身的文學價值,成爲儒家詩教的圖解,幾乎脱離了詩學的範疇而接近於經學……因而,對於在宋代理學的牢籠與支配之下,

① 錢鍾書《宋詩選注》,第97頁。

② 許總《杜詩學發微》,南京出版社1989年版。

宋儒在杜詩研究中對杜詩本義的曲解和誤解,也應當有一較爲清醒的認識。該書認爲,宋代理學的時代背景、實質内容就是宋人説杜的主要論點並成爲影響千餘年的杜詩"忠君"説的植根土壤……宋代始尊少陵,原因正在於此。許總對宋代杜詩輯注的源流亦進行了詳細考述,並結合理論和創作,討論了江西詩派的論杜和學杜,指出不能簡單地認爲江西詩派衹追求藝術技巧、衹學到杜詩格律形式,認爲江西詩派在論杜中更多地從杜詩的緣情特徵進而發現了杜詩的美學價值。

莫礪鋒《江西詩派研究》是研究宋代江西詩派的專著①,該書討論了江西詩派的産生、詩歌創作、詩歌理論和影響。在討論黄庭堅、陳師道、陳與義的詩歌創作時,該書探討了他們詩歌的藝術淵源,其中涉及杜甫對其詩歌創作的影響問題。莫礪鋒認爲,黄庭堅學杜最特出的表現有兩點:第一,對前人語言藝術作有效的借鑒即所謂"點鐵成金";第二,拗體七律。莫礪鋒認爲,杜甫在藝術上對陳師道的影響,一是用俚語俗字入詩,二是句法。他認爲,陳與義在靖康事變以前的早期創作中受黄庭堅和陳師道影響較大,南渡之後則直接向杜甫學習,陳與義學杜主要在沉鬱的藝術風格、七言律詩的句法和用七言絶句寫時事三個方面。

胡傳安《詩聖杜甫對後世文學的影響》主要研究杜詩對後世文學的影響②,該書討論了杜甫的生平及其詩歌成就,總結出杜詩"沉雄"、"工妙"、"比興"、"用典"、"史筆"、"拗體"、"口語"、"拙句"、"疊字"等特色。在宋代詩人中,該書主要討論了杜甫對王安石、黄庭堅、陳師道、陳與義和陸游的影響。該書指出,荆公有子美之工緻,但乏其悲壯;有工部之健峭,但少其沉鬱;有少陵之精絶,而無

① 莫礪鋒《江西詩派研究》,齊魯書社 1986 年版。

② 胡傳安《詩聖杜甫對後世文學的影響》,幼獅文化事業公司 1996 年版。

其高遠；有老杜之圓妥，而遜其自然。該書認爲，山谷喜以鄙語入詩，而杜甫以鄙語入詩不避粗硬。杜詩布局之謹嚴，亦爲魯直所師法。山谷之貴用事，乃是以杜甫爲圭臬而來。山谷學問之淵博可上追子美，而無愧色，他如詩體、句式，類杜甫者亦多。該書認爲：後山詩步趨庭堅，而上追杜甫，其苦吟鍛煉之精神實可追踪子美，毫無愧色。胡傳安論述杜甫對陳與義的影響，稱陳與義詩風正是杜甫之精神所在，諸如對仗自然，善於用事，工於吴體，亦均爲子美之師法。他認爲，放翁無論詩派、詩體、詩風，乃至句法、章法、創作態度均與杜甫神似，誠杜甫之化身，實爲詩聖異代之衣缽傳人。該書論述杜甫對後世文學的影響主要從文論出發，涉及的作品極少。

張忠綱《詩聖杜甫研究》一書是《山東大學文史哲研究院專刊》之一①，該書分上、中、下三編，計 130 餘萬字，是一部重要的研杜著作。該書"中編"部分收録的《北宋時期的山東杜詩學》和《南宋時期的山東杜詩學》對宋代山東杜詩學的具體情況考辨詳明；《宋代杜集"集注姓氏"考辨》一文對宋代杜集《黄氏補千家集注杜工部詩史》和《集千家注分類杜工部詩》所載"集注姓氏"156 人的生平與注杜情況進行考證，頗可見宋代"千家注杜"之概貌。此外，該書中的《杜集叢考》對二百餘種杜集進行考證，既鈎沉注杜者的生平事迹，又詳述注本的體例、特徵、得失、流變等，其宋代部分基本涵蓋了宋代的主要杜詩注本。

趙仁珪師的《宋詩縱横》一書②，"横向探討宋詩與宋代社會文化諸方面的關係，縱向論述宋詩發展的過程"③，對宋詩的發展脉絡

---

① 張忠綱《詩聖杜甫研究》，上海古籍出版社 2015 年版。

② 趙仁珪《宋詩縱横》，中華書局 1994 年版。

③ 程傑等《回顧、評價與展望——關於本世紀宋詩研究的談話》，《文學遺産》1998 年第 5 期，第 5 頁。

有清晰準確的描述,對宋代詩人學杜也多有卓見。胡可先的《杜詩學引論》對宋代詩人學杜問題有所討論①。該書在《杜詩學史論》一章中討論了宋末的杜詩學,在《杜詩學年表》一章中收集了北宋和南宋時期諸多的研杜資料並予以編年。

有兩部近年出版的專著值得特別注意。一部是魏景波的《宋代杜詩學史》,該書共分五章,以歷史爲綫索,以詩人爲專題,梳理源流,考辨得失,在宋代文化和詩學發展的背景下考察宋代的杜詩學,較爲全面地勾勒出宋代杜詩學發展的全貌②。另一部著作爲鄒進先的《宋代杜詩學述論》,該書分上、中、下三部分,上篇主要概述宋人尊杜學杜的基本歷程,中篇主要討論宋人對杜詩的闡釋,下篇則討論王安石等六位詩人學杜的詩學實踐③。以上兩部著作均於2016 年出版,是關於宋代杜詩學研究的最新成果。

由以上可知,學界對宋代杜詩學進行過較爲深入的研究④。但同時也可以看出,許多學者是從宋人論杜的角度研究宋人對杜詩的認識,對他們的詩歌創作没有涉及或涉及較少;有一些問題争議較大,學界没有一致意見;一些問題未見論述,或没有得到很好的

---

① 胡可先《杜甫詩學引論》,安徽大學出版社 2003 年版。

② 魏景波《宋代杜詩學史》,中國社會科學出版社 2016 年版。

③ 鄒進先《宋代杜詩學述論》,中國社會科學出版社 2016 年版。

④ 除以上專著外,還包括以下論文: 廖仲安、王學泰《論唐宋時期的杜甫研究》,《中國古典文學論叢》,人民文學出版社 1985 年版,第 25 頁。金諍《宋詩與陶杜》,《中州學刊》1988 年第 4 期,第 84 頁。段炳昌《從對杜甫的評價看宋代詩風的演變》,《思想戰綫》1990 年第 5 期,第 28 頁。劉崇德《"詩史"與宋代詩風》,中國杜甫研究會編《杜甫研究論集》,中州古籍出版社 1993 年版,第 103 頁。楊勝寬《南宋杜學片論》,《杜甫研究學刊》1995 年第 3 期,第 36 頁。聶巧平《宋代杜詩學論》,《學術研究》2000 年第 9 期,第 110 頁。羅山鴻《淺論宋詩"以學問爲詩"的形成過程》,《上海師範大學學報》2001 年第 3 期,第 80 頁。谷曙光《藝術津梁與終極目標——論韓愈作爲宋人學杜的藝術中介作用》,《杜甫研究學刊》2005 年第 1 期,第 29 頁。

解决;特别值得注意的是,學界對宋代詩人學杜的階段性及各個階段學杜的總體特點缺少論述,更没有出現從創作角度論述宋代詩人學杜的重要成果。因此,本書將以宋詩文本爲基礎,重點從詩學觀念、崇杜風氣、"詩史"精神、風格和藝術技巧繼承、典故運用等方面考察宋代詩歌,較爲全面地討論杜詩對宋代詩歌創作的影響,並特别討論這種影響的階段性特徵。

二

宋代對杜甫其人其詩的研究和評論,也應該是宋代杜詩學的研究内容。關於宋人"論杜"的内容,李新著有《宋代杜詩藝術批評研究》一書①,對此有詳細研究。該書從整理和分析兩宋時期的詩話、筆記、别集、論詩詩文、札記、杜詩注本等文獻入手,對浩繁的杜詩藝術批評進行梳理和總結,從詩歌成就、藝術淵源、體裁特徵、主體風格、對仗、用典等方面,系統總結了宋代杜詩藝術批評的主要觀點,較爲全面地反映了宋人對杜甫詩歌藝術的認識。該書有如下結論:

杜甫被稱作"詩聖",其肇始乃在宋代。宋人對杜詩成就的評價分爲兩個方面:在倫理道德層面,他們將杜甫作爲理想人格的化身加以推崇,並將杜詩視爲與《孝經》《論語》《孟子》等並行的經典加以宗奉;在藝術表現層面,他們對杜詩的詩歌藝術高度贊賞,並將其與歷代名家的詩歌藝術相比較,對其有"詩人之冠"、"第一才"、"光掩前人"、"超今冠古"等諸多贊語。宋人在以上兩方面的批評和論述,構成了"詩聖"説的理論基礎與内涵。

杜詩之"集大成"説,産生並定型於宋代。宋人認真考察杜詩的藝術宗尚和詩法家數,認爲杜詩上起詩騷、樂府,中含漢、魏、六朝,下包唐代諸賢,具有"轉益多師"和"别裁僞體"的詩學精神和

---

① 李新《宋代杜詩藝術批評研究》,花木蘭文化出版社 2012 年版。

創作態度。宋人對杜詩師法諸家、藝出多門的評述數不勝數。杜詩學史上三大理論支柱之一的"集大成"説由此定型。

宋代詩論對杜詩各類體裁的詩歌均贊賞有加,充分肯定了杜詩"體格無所不備"、衆體兼擅的詩體運用才能,還總結出杜詩各體詩作的特徵,如古體之才高韵長、跌宕豪放,近體之典雅偉麗、律切精深等。宋人對杜甫的新題樂府、長篇古風、律詩、排律等多種詩體,從推陳出新、承前啓後等方面給予了極恰切的詩學評價,亦指出杜甫絶句創作之不足。宋代的杜詩體裁藝術論,爲後世的杜詩學理論批評提供了諸多借鑒。

宋人對"少陵體"、"杜子美詩體"的典型特徵進行概括評述,總結出杜詩的主體藝術風格。宋人體會到杜詩深沉、渾厚、壯闊的藝術境界,從而對杜詩"沉鬱"的藝術特徵給予體認。他們看到杜詩抑揚、跌宕、逆折的藝術表現,從而對杜詩"頓挫"的藝術特徵予以總結。宋人還將杜甫與古今詩人的風格進行類比,從而關注到杜詩主體詩風之外的多樣化的藝術風格。

宋人對杜詩對仗、用典等有諸多深入細緻的論述。宋代詩論中列舉了大量的杜詩對仗詩例,並特别對其中特殊的對仗形式,如"借對"、"流水對"、"當句對"、"扇對"等,進行藝術分析,最終上升到詩學理論層面予以總結。宋人對杜詩的用典藝術也極爲關注。宋代詩歌本有"以文字爲詩,以才學爲詩"的特徵,其詩歌批評也有重文字來歷出處、崇尚才學的傾向。宋人不厭其煩地鈎稽事典、注釋語典,還注重總結杜詩的多種用典手法,包括正用、反用、明用、暗用等。宋代對杜詩對仗和用典的討論,成爲宋代杜詩學和中國詩歌理論批評的重要内容。

可見,宋人對杜詩進行了既廣博宏觀,又細緻入微的藝術批評。鑒於李新的著作系統梳理了宋代杜詩藝術批評的主要觀點,較爲全面地總結了宋人對杜甫詩歌藝術的認識,本書不再對此内容進行專門討論。筆者與李新合著的《宋代杜詩學研究》中亦涉及此部分内容,可參看①。

三

“千家注杜”是宋代杜詩學史上的大事,宋代産生的多種杜詩評注本亦是杜詩學史上的重要文獻。正如王學泰所指出的那樣,宋代杜詩研究的主要成就之一,是“杜集定本的出現”,宋人“通過注解箋釋基本上弄通了杜詩”②。

關於宋代對杜詩的輯注,學界多有討論,其基本情况如下:北宋時期,孫僅作《孫僅編杜甫集》,此《集》僅一卷,已佚,是爲宋人編輯杜詩的開始;蘇舜欽於景祐三年(1036)編成《老杜别集》,收録杜詩三百八十餘首,已佚;王洙於寶元二年(1039)編成《杜工部集》二十卷,收録杜詩一千四百餘首;劉敞編有《杜子美外集》五卷,已佚;皇祐四年(1052)王安石編成《杜工部後集》,已佚;嘉祐四年(1059)王琪等在王洙本的基礎上編成《杜工部集》。此外,北宋尚有王得臣《增注杜工部詩集》、薛蒼舒《補注杜工部集》、蔡興宗《重編少陵先生集》二十卷,俱不傳。

南宋杜集的整理更爲興盛,紹興年間有王寧祖本、吴若本、鄭印本、魯訔本、鮑彪本、黄伯思本、趙次公本等。其中黄伯思所編《校定杜工部集》是最早的編年本,惜已佚。而趙次公注《新定杜工部古詩近體詩先後並解》以編年爲序,爲今存最早之杜集編年注本。張忠綱認爲趙次公本注釋詳明,廣徵博搜,引經據典,於字句出處之追尋考稽,用力尤勤。雖略顯繁冗,但資料豐富翔實。杜詩

① 左漢林、李新《宋代杜詩學研究》,中國社會科學出版社 2022 年版。

② 王學泰《杜詩的趙次公注與宋代的杜詩研究》,中國杜甫研究會編《杜甫研究論集》,中州古籍出版社 1993 年版,第 115 頁。

舊注號稱千家,就其詳切而論,無逾此者[①]。自此之後,杜詩注本紛然而起,所謂"千家注杜"約出現於此時。淳熙八年(1181)出現了杜詩的集注本,即郭知達所輯《新刊校定集注杜詩》(即《九家集注杜詩》)。此外,杜詩的集注本還有蔡夢弼撰《杜工部草堂詩箋》,黄希、黄鶴補注《黄氏補千家集注杜工部詩史》。在南宋末年,還出現了杜詩評點本,即宋代劉辰翁批點的《集千家注批點杜工部詩》二十卷(元高楚芳編輯)[②]。這一時期,還出現了專門的杜詩詩話,如方深道所輯《諸家老杜詩評》,蔡夢弼集録《杜工部草堂詩話》[③]。

關於杜詩流傳、刊刻、整理的研究,已成專門之學。鄭慶篤、焦裕銀、張忠綱、馮建國著有《杜集書目提要》[④],周采泉著有《杜集書録》[⑤],張忠綱、趙睿才、綦維、孫微著有《杜集叙録》[⑥],此三書是杜集評注本研究的重要著作。此外,張忠綱主編的《杜甫大辭典》的"版本著作"部分以及蕭滌非主編的《杜甫全集校注》"附録五"的《重要杜集評注本簡介》,對歷代杜集評注本均有精當介紹和評析。鑒於學界對宋代杜集研究已經相當成熟和完整,本書不再對此進行專門討論,僅選擇《杜甫全集校注》中《重要杜集評注本簡介》宋代部分作爲"附録"列於書後。

綜上所述,完整的宋代杜詩學史研究,應包括以下内容:對宋

① 張忠綱《重要杜集評注本簡介》,蕭滌非主編、張忠綱統稿《杜甫全集校注》附録五,人民文學出版社 2014 年版,第 7003 頁。

② 張忠綱、趙睿才、綦維、孫微《杜集叙録》,齊魯書社 2008 年版;許總《宋代杜詩輯注源流述略》,《文獻》1996 年第 2 期,第 1 頁。

③ 張忠綱《杜甫詩話六種校注》,齊魯書社 2002 年版。

④ 鄭慶篤、焦裕銀、張忠綱、馮建國《杜集書目提要》,齊魯書社 1986 年版。

⑤ 周采泉《杜集書録》,上海古籍出版社 1986 年版。

⑥ 張忠綱、趙睿才、綦維、孫微《杜集叙録》,齊魯書社 2008 年版。

代詩歌創作受杜甫其人其詩影響的研究;對宋人評論杜甫其人其詩的研究;對宋代杜詩流傳、刊刻、整理情况的研究。根據宋代杜詩學的研究現狀,本書將主要從詩歌創作的角度,探討杜甫詩歌對宋詩的影響。本書探討的具體内容包括:宋人學習杜詩的主要内容、宋代崇杜觀念産生和發展的複雜過程、宋詩對杜甫"詩史"精神的繼承、宋詩中杜詩風格的表現方式、杜詩藝術技巧對宋代詩歌的影響、宋代詩人使用杜詩典故的基本情况及特徵等。此外,本書力圖通過對宋代詩歌的考察,較爲完整地勾勒出宋代杜詩學發展的基本情况,全面梳理宋代詩歌創作學杜的階段性及其特徵,並探討宋人學杜的成就和局限。

第一章　北宋初期：學杜的初始期

宋初詩壇流行白體、崑體和晚唐體①。白體詩人包括李昉、徐鉉、王禹偁等人，主要學習白居易，内容上留連光景，詩風淺俗平易。晚唐體詩人指學習姚合、賈島的"九僧"、潘閬、魏野、林逋等人，詩歌多寫幽静的山林景色和平静的隱居生活。崑體則是學習李商隱的風格，深婉綺麗，講究語言、對仗和用典，代表詩人主要是館閣詩人楊億、錢惟演、劉筠等人。白體俚俗平易，晚唐體細碎單調，崑體則纖巧虛浮，成就都不大。

這個時期是宋代學習杜詩的初始階段，杜甫還没有引起詩人的廣泛注意，杜詩的地位尚未確立。在宋初詩人中，衹有王禹偁等少數詩人學習杜詩，但仍雜以白體。林逋是晚唐體詩人中較爲優秀的詩人，他的詩歌不學杜甫，衹是隱約受到了杜甫的影響。

第一節　王禹偁與宋初學杜的開端

王禹偁是宋初著名的古文家和詩人，在詩文兩個方面都開創

---

① 關於宋詩的分期，學界有三期説、四期説、五期説、六期説等多種劃分方法，詳見張毅《宋代文學研究》（上），北京出版社 2001 年版，第 227 頁。本文對宋詩的分期基本按照程千帆、吴新雷的劃分方法將宋詩分爲北宋前期、北宋中期、北宋後期、南宋前期、南宋後期五個時期，詳見程千帆、吴新雷《兩宋文學史》，上海古籍出版社 1991 年版。

了新的風氣。宋初文壇延續着五代以來的駢體文,氣格卑弱纖麗,華而不實,是柳開和王禹偁首開復古風氣,開始擺脱駢儷的束縛,即使作應制的駢體文,也宏麗多氣,不同流俗。正如《四庫全書總目》所云:"宋承五代之後,文體纖麗,偁始爲古雅簡淡之作。其奏疏尤極剴切。《宋史》采入本傳者,議論皆英偉可觀。在詞垣時所爲應制駢偶之文,亦多宏麗典贍,不愧一時作手。"①在詩歌創作上,王禹偁向杜甫和白居易學習②,寫出了關心民瘼、反映現實的詩歌。"是時西崑之體方盛,元之獨開有宋風氣"③,其詩與當時流行的纖麗詩風大不相同。王禹偁在詩文兩個方面實現了文風的轉變。在詩歌創作方面,王禹偁自覺學習杜甫,他對杜甫的學習和繼承在宋初詩人中非常引人注目。

一、在詩歌創作上對杜甫"詩史"精神的繼承

杜甫的詩歌有着强烈的現實性,這種現實性表現在,杜甫詩歌既同情人民,關心民瘼,又在更廣更深的層面廣泛反映了當時的現實生活。王禹偁的詩歌反映社會現實和社會矛盾,關心百姓生活,繼承了杜詩的精神實質。

---

① (清)永瑢等《四庫全書總目》卷一五二《小畜集提要》,中華書局1965年版,第1307頁。

② 徐志嘯曾指出王禹偁"詩學李、杜、白"的特點,參見徐志嘯《王禹偁文學思想簡論》,《中州學刊》1985年第1期,第85頁。張忠綱認爲:"作爲白體代表人物的王禹偁,主張學白而實亦崇杜。他的文學主張和創作實踐,都受到杜甫的深刻影響。"參見張忠綱《王禹偁——兩宋尊杜第一人》,《齊魯學刊》2004年第1期,第9頁。陸德海認爲:"身爲白體詩人的王禹偁在杜詩並未受到普遍重視的條件下,既沒有有意識地超越白體進而向杜再學習,也不可能留意於杜詩是否推陳出新。"參見陸德海《"子美集開詩世界"新解》,《南京師範大學文學院學報》2006年第1期,第61頁。

③ (清)吕之振等選《宋詩鈔 · 小畜集鈔序》,中華書局1986年版,第13頁。

王禹偁對杜甫"詩史"精神的繼承，首先表現在他對百姓的深切關心和同情上。如端拱元年(988)歲暮在任職右正言直史館時，王禹偁有《對雪》一詩，詩云："因思河朔民，輸挽供邊鄙。車重數十斛，路遥幾百里。羸蹄凍不行，死轍冰難曳。夜來何處宿，闃寂荒陂裏。又思邊塞兵，荷戈禦胡騎。城上卓旌旗，樓中望烽燧。弓勁添氣力，甲寒侵骨髓。今日何處行，牢落窮沙際。"①詩由自己的舒適生活聯想到邊民和邊兵的艱辛寒苦，對他們寄予了深切的關心和同情。王禹偁《感流亡》云："老翁與病嫗，頭鬢皆皤然。呱呱三兒泣，煢煢一夫鰥。道糧無斗粟，路費無百錢。聚頭未有食，顔色頗飢寒。試問何許人，答云家長安。去年關輔旱，逐熟入穰川。婦死埋異鄉，客貧思故園。故園雖孔邇，秦嶺隔藍關。山深號六里，路峻名七盤。襁負且乞丐，凍餒復險艱。唯愁大雨雪，殭死山谷間。"詩寫淳化元年(990)京兆一帶的大旱給當地人民帶來的巨大灾難，表達了對人民的同情。其《金吾》一詩勇敢地揭露了宋將殘害人民的暴行，詩云："金吾河朔人，事郡在賤列……所在肆貪殘，乘時恃勳伐。皇家平金陵，九江聚遺孽。彌年城乃陷，不使鷄犬活。老小數千人，一怒盡流血。"詩中寫出了金吾殺戮千家至於鷄犬的暴行，具有詩史性質。

王禹偁的這類詩歌還有很多。如《對雪示嘉祐》："秋來連澍百日雨，禾黍漂溺多不收。如含行潦占南畝，農夫失望無來麰。爾看門外飢餓者，往往殭殕填渠溝。峨冠旅進又旅退，曾無一事裨皇猷。俸錢一月數家賦，朝衣一襲幾人裘。"此可作詩史看。又如《秋霖二首》(其一)寫淳化三年(992)商州秋霖傷稼，莊稼無收。《秋霖二首》(其二)更寫夏旱秋潦之後斗米至"二百金"，人民無法生活。又《身世》一詩寫自己"妻病無醫藥，兒癡廢典墳"的困窘生

① (宋)王禹偁《小畜集》，文淵閣《四庫全書》本。以下凡引王禹偁詩皆見此本，爲節省篇幅僅注出詩題。

活,《歲暮感懷》寫自己“公卿别後全無信,兄弟書來衹説貧”的貶謫中的孤哀等。王禹偁的這些詩歌,深刻地反映社會現實,揭露社會不平,是對杜甫“詩史”精神的繼承。

另外,王禹偁的一些詩歌,在不同程度上反映了當時的歷史事件和社會生活,對朝廷的政治制度乃至山川風物均有可信的反映。通過王禹偁的這些詩歌,我們可以瞭解和認識歷史事件和某些歷史細節。從這個角度看,王禹偁的詩歌是一種廣義上的“詩史”。

二、王禹偁在其他方面對杜詩的學習

王禹偁對杜詩的學習和繼承還表現在其他方面。首先,王禹偁的一些五言古詩和五言排律是直接學習杜詩的結果。他創作了一些長篇的五言排律,如《謫居感事》長達一百六十韵,《酬种放徵君》長達一百韵,其結構和語言風格都模仿杜甫的《北征》《自京赴奉先縣詠懷五百字》《奉贈韋左丞丈二十二韵》《壯遊》等篇章。長篇古詩《寄題陝府南溪兼簡孫何兄弟》《北樓感事》以及長達680字的《月波樓詠懷》等,亦明顯爲模仿杜詩而來。

其次,王禹偁的一些詩歌題目直接來源於杜詩。如杜甫有《八哀詩》,王禹偁則有《五哀詩》,《序》云“予讀杜工部《八哀詩》”云云,則其《五哀詩》顯係由杜甫《八哀詩》而來。又杜甫有《槐葉冷淘》,王禹偁有《甘菊冷淘》,詩中説:“子美重槐葉,直欲獻至尊。起予有遺韵,甫也可與言。”則王禹偁詩顯然受到杜詩的啓發。

再次,王禹偁的一些詩句直接從杜詩變化而來。如《春居雜興》(其一)云:“兩株桃杏映籬斜,妝點商山副使家。何事春風容不得,和鶯吹折數枝花。”按杜甫《絶句漫興九首》(之二)云:“手種桃李非無主,野老墻低還是家。恰似春風相欺得,夜來吹折數枝花。”①王

① 本書中所引杜詩均引自蕭滌非主編《杜甫全集校注》,人民文學出版社2014年版。以下凡引杜甫詩文之語皆據此本,非有必要者不另注出。

禹偁詩全仿杜甫此詩①。《送朱九齡》之"十口寄淮泗，一身來輦轂"，襲杜甫《自京赴奉先縣詠懷五百字》之"老妻寄異縣，十口隔風雪"。其《弊帷詩》，似杜甫之《病馬》。其《吾志》"致君望堯舜，學業根孔姬"，模仿杜甫《奉贈韋左丞丈二十二韵》之"致君堯舜上，再使風俗淳"。其《謫居感事》"村尋魯望宅，寺認館娃基。西子留香徑，吴王有劍池"，此與杜甫《壯遊》之"王謝風流遠，闔廬丘墓荒。劍池石壁仄，長洲荷芰香"非常相似。《謫居感事》之"讀書方睹奥，下筆便搜奇"，顯襲杜甫《奉贈韋左丞丈二十二韵》之"讀書破萬卷，下筆如有神"。同詩之"尾因求食掉，角爲觸藩羸"，則襲杜甫《秋日荆南述懷三十韵》之"苦摇求食尾，常曝報恩腮"。此類例子還有很多。

另外，王禹偁創作了一批山水詩，如《八絶詩》等，這些詩和杜甫在隴右寫的山水紀行詩較爲相似。王禹偁詩歌中的一些句法，如流水對等，也學習和模仿杜詩。

三、王禹偁學杜的主要原因

王禹偁學習杜甫主要有以下原因：首先，王禹偁的思想以儒家思想爲主，雖然他在貶謫中不免用道家思想自我解脱，但儒家思想是他貫穿始終的思想主綫。他從儒家思想出發，非常關心國家興衰和百姓疾苦。這是他與杜甫在思想上的相通之處。

其次，王禹偁和杜甫有許多相同的經歷，這也造成他們詩歌内容的一致性。王禹偁一生比較窮困，經歷坎坷，曾一貶商州，再貶滁州，三貶黄州，而遭遇貶謫的原因經常同杜甫一樣是因爲向皇帝直諫所致。相同的經歷，使王禹偁對杜甫詩歌有了更爲深切的體

---

① 按王禹偁有詩題云："前賦《春居雜興》詩二首，間半歲不復省視。因長男嘉祐讀《杜工部集》，見語意頗有相類者，諮於予，且意予竊之也。予喜而作詩，聊以自賀。"

會,也使他在創作中把杜甫作爲學習的樣板。

最後,王禹偁學習杜甫,也是出於他在文學上對杜甫的推重。王禹偁對杜詩極爲喜愛,他説:"本與樂天爲後進,敢期子美是前身。"①表達了對杜甫的敬仰之情。他又説:"子美集開詩世界,伯陽書見道根源","誰憐所好還同我,韓柳文章李杜詩"。有學者檢《小畜集》,發現語及杜甫者有十數條②,足見王禹偁對杜甫的推崇和熱愛。這都是王禹偁學杜的原因。

四、王禹偁學杜的得與失

王禹偁是宋代自覺學習杜甫的第一個詩人,他的詩歌繼承了杜甫的"詩史"精神,他的一些五言古詩和五言律詩,在詩歌風格上頗有杜詩沉鬱頓挫的風格。

但是,王禹偁學杜頗有"未至"之憾。在學杜的同時,王禹偁對白居易也非常推崇,因此,他的詩歌常有白體風味。他有一些詩歌頗像白居易的閑適詩,如《對酒吟》等,信手寫來,寫法上比較隨意。他還有一些詩歌模仿白居易,却又難以達到白居易的精微之處,如其《拍版謡》即模仿白居易的《琵琶行》,却遠不如白詩精妙。王禹偁有時不太講究語言,語言過於通俗隨意,如《種菜了雨下》之"前日種子下,今朝雨點粗",《量移後自嘲》之"便似人家養鸚鵡,舊籠騰倒入新籠",均了無詩味。

即使王禹偁的那些反映社會現實的詩,學杜之中也有學白的迹象。

---

① 按此句被後人廣泛引用,對其意義却存在誤解。如(清)吕之振等選《宋詩鈔·小畜集鈔序》云:"(王禹偁)學杜而未至,故其《示子》詩云:'本與樂天爲後進,敢期子美是前身。'"(中華書局 1986 年版,第 13 頁)細味詩意,王禹偁似是自嘲中帶有自負。"敢"是"豈敢"之意,王禹偁表面上説"豈敢",實際上却對自己的詩歌非常自信,因此似杜之處"卒不復易"。可知王禹偁自己似乎並没有"學杜而未至"之意。

② 黄啓方《王禹偁研究》,學海出版社 1979 年版,第 48 頁。

如《對雪》一詩，寫邊兵邊民處似杜，後面的議論則似白，《感流亡》亦是如此。王禹偁自己兩朝制誥，十載朝臣，雖經貶謫，但並没有杜甫那種對苦難的真切感受，因此其議論不免平庸平淡，或不着邊際，或隔靴搔癢，缺乏杜甫感同身受的體會，也没有杜甫的思想深度。

王禹偁詩有不平之氣，但他在儒家思想之外還受到道家思想的影響，因此在發完牢騷之後往往會自我解脱，這也减輕了他詩歌的思想力度。他有時也會流露出少有的豪氣，如《射弩》中的"安得十萬枝，長驅過桑乾。射彼老上庭，奪取燕脂山。不見一匈奴，直抵瀚海還。北方盡納款，獻壽天可汗"。但這些句子總讓人感到詩人是在紙上談兵。

王禹偁詩歌又有宋詩好議論的毛病，有時簡直是以文爲詩，如那篇長達 680 字的《月波樓詠懷》即是如此。其詩歌議論太多，也就免不了陳陳相因，平庸瑣屑。他有一些七言律詩寫得較爲簡净暢達，但總體上缺少杜甫七言律詩的蒼渾之氣。

須要補充的是，這個時期推崇杜甫並與王禹偁多有交往的還有孫何、孫僅兄弟。張忠綱指出："孫何、孫僅今傳作品不多，但各有一篇專論杜甫的詩文却甚爲後世所重。這兩篇作品最早見於宋本闕名編《分門集注杜工部詩》卷首，其後幾家影響甚大的著名杜詩注本，都曾予以收録，在杜詩學史上具有重要地位。"①按孫何，字漢公，宋蔡州汝陽（今河南汝陽）人。早慧，十歲識音韵，十五能屬文，曾與丁謂同袖文謁王禹偁，禹偁大驚重之，以爲自唐韓愈、柳宗元後，二百年始有此作。淳化三年（992）舉進士第一，解褐將作監丞、通判陝州。召入直史館，遷秘書丞、京西轉運副使。歷右正言，改右司諫。真宗朝權户部判官，出爲京東轉運副使。未幾，徙兩浙轉運使，加起居舍人。景德初，判太常禮院。俄與晁迥、陳堯諮並命知制誥，掌三班院。孫何《讀杜子美集》云："世系留唐史，丘封寄耒山。高

① 張忠綱《北宋時期的山東杜詩學》，《詩聖杜甫研究》，第 501 頁。

名落身後,遺集出人間。逸氣應天與,淳風自我還。鋒芒堪定霸,徽墨可繩奸。進退軍三令,迴旋馬六閑。楚詞休獨步,周雅合重删。李白從先達,王維亦厚顔。庖刀盡餘刃,羿彀肯虚彎。聖域分中上,天樞奪要關。逍遥登禁闥,偃蹇下塵寰。麗思蘇幽蟄,神功鑿險艱。語成新體句,才折好官班。誰氏傳軒冕,何人得佩環。朱弦本疏越,黄鳥浪綿蠻。元白詞華窄,錢郎景象慳。蜀峰愁杳杳,湘水恨潺潺。子欲探驪頷,吾思擷虎斑。毛錐應穎脱,燕石竟疏頑。已襲蘭兼菊,無嫌蒯與菅。二南如有得,高躅願追攀。"從此詩看,孫何非常推崇杜甫與杜詩。

孫僅,字鄰幾。咸平元年(998)舉進士第一,授舒州團練推官。擢光禄寺丞,後任浚儀知縣。景德元年(1004),拜太子中允、開封府推官,曾出使遼賀蕭太后生辰。後曾任左諫議大夫等職,官終給事中。王洙《杜工部集記》謂其曾編杜集一卷。他又有《讀杜子美集序》云:"五常之精,萬象之靈,不能自文,必委其精、萃其靈於偉傑之人以涣發焉。故文者,天地真粹之氣也,所以君五常、母萬象也。縱出横飛,疑無涯隅,表乾裹坤,深入隱奥。非夫腹五常精,心萬象靈,神合冥會,則未始得之矣。夫文各一,而所以爲用之者三,謀、勇、正之謂也。謀以始意,勇以作氣,正以全道。苟意亂思率,則謀沮矣;氣萎體瘵,則勇喪矣;言芻辭蕪,則正塞矣。是三者,迭相羽翼以濟乎用也。備則氣淳而長,剥則氣散而涸。中古而下,文道繁富。風若周,騷若楚,文若西漢,咸角然天出,萬世之衡軸也。後之學者,瞽實聾正,不守其根而好其枝葉,由是日誕月豔,蕩而莫返。曹、劉、應、楊之徒唱之,沈、謝、徐、庾之徒和之,争柔鬥葩,聯組擅繡。萬鈞之重,爍爲錙銖,真粹之氣,殆將滅矣。洎夫子之爲也,剔陳梁,亂齊宋,抉晋魏,瀦其淫波,遏其煩聲,與周、楚、西漢相準的。其夐邈高聳,則若鑿太虚而嗷萬籟;其馳驟怪駭,則若仗天策而騎箕尾;其首截峻整,則若儼鈎陳而界雲漢。樞機日月,開闔雷電,昂昂然神其謀,挺其勇,握其正,以高視天壤,趨入作者之域,所謂真粹氣中人也。公之詩，支而爲六家：孟郊得其氣焰，張籍得其簡麗，姚合得其清雅，賈島得其奇僻，杜牧、薛能得其豪健，陸龜蒙得其贍博，皆出公之奇偏爾，尚軒軒然自號一家，赫世烜俗。後人師擬不暇，矧合之乎。風騷而下，唐而上，一人而已。是知唐之言詩，公之餘波及爾。於戲！以公之才，宜器大任，而顛沛寇虜，汩没蠻夷者，屯於時耶，戾於命耶，將天嗜厭代，未使斯文大振耶？雖道抑當世，而澤化後人，斯不朽矣。因覽公集，輒泄其憤以書之。"孫僅此文稱贊杜甫"風騷而下，唐而上，一人而已"，給予杜甫極高的評價，惜其作品大多亡佚①。

第二節　林逋的詩歌創作

宋初的隱逸詩人林逋，賜謚和靖先生。他少孤力學，真宗時放游江淮間，四十歲左右結廬西湖孤山，過着梅妻鶴子、暗香疏影的生活，在當時就有高名。林逋終生未仕，從詩歌中看，他的性情平静澹泊，其不出仕一多半是出於自己的性情，即所謂"天性自疏"，一小半可能是因爲多病的身體。這一點祇要看許洞寫給林逋的詩就可以知道，許洞在詩中嘲笑林逋是"寺裏啜齋飢老鼠，林間咳嗽病獼猴"。又智圓《贈林逋處士》："滿砌落花春病起，一湖明月夜漁歸。"林逋祇是隱約受到杜詩的一些影響。

一、林逋詩歌内容上的特點

林逋的詩留下的有 300 多首，風格"澄澹高逸，如其爲人"②。

① 參見張忠綱《宋代杜集"集注姓氏"考辨》，《詩聖杜甫研究》，第 600—602 頁。

② （清）永瑢等《四庫全書總目》卷一五一《和靖詩集提要》，第 1308 頁。

他的詩作基本屬於晚唐體,以寫景爲主,内容比較狹窄。正如錢鍾書所説,他是“用一種細碎小巧的筆法來寫清苦而又幽静的隱居生活”①。

林逋的詩歌有自己的特點②。他的一些詩歌全是景語,一氣而下,有的全無起承轉合。在内容上絶少關注社會現實,就像他自己説的那樣:“茂陵他日求遺稿,猶喜曾無封禪書。”③他的一些酬和之作也多寫清幽之景,全不似在和人唱和。他雖是隱士,但並不自鳴高情。他不以與高官酬應爲耻,在與官員的詩歌酬答中亦無媚俗迎合之態。“道著權名便絶交”④,於他不過是一句虚語。他不强迫别人學他做隱士,對入仕者亦真心稱賞。正如《詩話總龜》中所云:“(林逋)固非憤世嫉俗,亦非避世逃名。故雖足不入城,而交多官蓋;身棲巖壑,而意重科名。”

林逋早年或有濟世之志⑤,他在早年的詩歌中説“直語時多忌,幽懷俗不分”⑥,則他也可能曾以“直語”言及時政。但在長期的隱居生活中,他的這種志向和豪氣早已在“花月病懷看酒譜,雲蘿幽信寄茶經”的心境裏⑦,消散於西湖孤山美麗的景色之中了。

---

① 錢鍾書《宋詩選注》,第10頁。

② 關於林逋詩歌,馬茂軍認爲其特點在於平淡。參見馬茂軍《林逋的復古思想與文學創作》,《四川師範學院學報》2003年第4期,第81頁。

③ (宋)林逋《自作壽堂,因書一絶以志之》,(宋)林逋著,沈幼征校注《林和靖詩集》卷四,浙江古籍出版社1986年版,第172頁。以下凡引林逋詩皆見此本,爲節省篇幅僅注出詩題。

④ (宋)林逋《湖山小隱二首》(其一)。

⑤ 如(宋)林逋《旅館寫懷》云:“可堪疏舊計?寧復更剛腸。的的孤峰意,深宵一夢狂。”又其《淮甸南遊》:“膽氣誰憐俠,衣裝自笑戎。寒微敢相掉,獵獵酒旗風。”

⑥ (宋)林逋《偶書》。

⑦ (宋)林逋《深居雜興六首》(其二)。

二、林逋詩歌的藝術特色

林逋主要學習孟郊、賈島、姚合等人的詩歌，注重錘煉字句，其詩歌的一個重要特點就是屬對工整洗練。如其《宿洞霄宫二首》（之一）中的"風霜唐碣朽，草木漢祠空。劍石苔花碧，丹池水氣紅"，就是很好的對仗。他也有"岑寂園廬何所對？酒中賢聖藥君臣"這樣的好句①。他的一些詩歌平淡雋永，頗似陶詩。其詩歌風格澄澹孤峭，不尚用典②，體裁則以五七律爲主，即他自己説的"寄心於小律詩"③。他的詩多寫山水，又多使用茶、酒、斜陽、鶴、蟬等意象，幽深孤峭，真是消盡了一切火氣。

他的詞留下來的很少，衹有兩三首，其中的《長相思・惜别》一首云："吴山青，越山青，兩岸青山相送迎。誰知離别情？　　君泪盈，妾泪盈，羅帶同心結未成。江頭潮已平。"這是他集中少有的風情旖旎之作。

三、林逋詩與杜詩

林逋在《深居雜興六首》（其三）中説"文章敢道長於古"，可知他對自己的詩文非常自信。他的詩並不學杜甫④，但杜甫算是他比較推重的詩人。

他在《贈張繪秘教（校）九題》之一《詩將》中説："風騷推上將，千古聳威名。子美嘗登拜，昌齡合按行。"顯然對杜甫頗有推崇之意。其《和皓文二絶》（其一）云："李杜風騷少得朋，將壇高築竟誰

---

① （宋）林逋《答潘司理》。

② （宋）林逋《梅花》中云"詩客休徵故事題"。

③ （宋）林逋《深居雜興六首・小序》。

④ 關於杜甫對林逋的影響，鍾嬰認爲林和靖在詩學觀念上推崇杜甫。參見鍾嬰《林和靖其人其詩》，《杭州師範學院學報》1982年第3期，第50頁。

登?"對杜詩也有很高的評價。林逋平常可能經常和朋友討論杜詩,他在《集賢李建中工部嘗以七言長韵見寄感存懷没因用追和》中就説:"清絶門墻冷似冰,野人懷刺昔嘗登。新題對雨分蕭寺,舊夢經秋説杜陵。"他有時偶爾化用杜甫詩句,如其《湖上隱居》之"隱居應與世相違",即由杜甫《曲江對酒》之"懶朝真與世相違"變化而來。但這在林逋集中是很少見的例子。

由此可見,在宋初詩人中,林逋的詩歌在内容和藝術上都有自己的特點,他雖不學杜,但還是隱約受到了杜甫的影響。

第三節　西崑體詩説略

西崑體詩人指楊億、劉筠、錢惟演等十七位詩人,自宋真宗景德二年(1005)秋至大中祥符元年(1008)秋的三年間,他們大多在朝廷秘閣編纂《歷代君臣事迹》(即《册府元龜》),所謂"西清承密旨,東觀類群書"[①],"組織千章合,研窮萬象虚"[②],期間頗多唱和。因古籍中稱神仙藏書之處在崑崙山之西,他們的唱和之作也就被命名爲《西崑酬唱集》。楊億《西崑酬唱集序》敘其始末云:"余景德中,忝佐修書之任,得接群公之遊。時今紫微錢君希聖、秘閣劉君子儀,並負懿文,尤精雅道,雕章麗句,膾炙人口,予得以遊其墻藩而諮其模楷……因以歷覽遺編,研味前作,挹其芳潤,發於希慕,更迭唱和,互相切劘……凡五七言律詩二百五十章,其屬而和者,計十有五人,析爲二卷,取玉山策府之名,命之曰《西崑酬唱集》云

① (宋)劉筠《受詔修書述懷感事三十韵》,(宋)楊億編《西崑酬唱集》,中華書局2018年版,第11頁。本文所引西崑體詩人詩文均見此書,爲節省篇幅,以下僅注明題目。

② (宋)劉筠《受詔修書述懷感事三十韵》。

爾。"這就是此集的由來。

《西崑酬唱集》中以楊億、劉筠、錢惟演的作品爲最多。楊億論詩，頗小視杜詩，宋劉攽《中山詩話》云："楊大年不喜杜工部詩，謂爲'村夫子'。"也許是因爲其高級官吏和皇帝侍從之臣的地位及相對奢靡的生活，他纔會嘲笑杜甫。劉筠自景德以來居文翰之選，其文辭善對偶，尤工爲詩。初爲楊億所識拔，後遂與齊名，時號"楊劉"。性不苟合，遇事明達，著述頗多。錢惟演是吴越王俶之子，從俶歸朝，爲右屯衛將軍。其人出身勳貴，於書無所不讀，文辭清麗，名與楊億、劉筠相上下。在《西崑酬唱集》中，楊億、劉筠、錢惟演的作品在二百五十首中占了二百零二首，其餘李宗諤、陳越、李維等十四人的作品僅有四十八首。楊億、劉筠、錢惟演等在秘閣修書時皆是文學侍從之臣，這一點對於理解其詩歌的内容和風格非常重要。

一、西崑體詩的主要内容

《西崑酬唱集》中多是應酬唱和之作，内容並不豐富。其中有一些是詠物詩，如楊億、錢惟演、劉筠有《禁中庭樹》，劉筠、楊億、劉隲、錢惟演作有《槿花》，劉筠、楊億、丁謂、錢惟演作有《荷花》，劉筠、楊億、錢惟演、張詠、李宗諤、劉隲有《館中新蟬》，劉筠、楊億、張詠、任隨、錢惟演有《鶴》，諸館臣又有《梨》《泪》等篇。這些詩作大多堆砌典故，缺少比興，無甚新意，有的簡直就是文字游戲，甚爲無聊。

《西崑酬唱集》中還有一些是詠史詩，如楊億《南朝》云："五鼓端門漏滴稀，夜籤聲斷翠華飛。繁星曉埭聞雞度，細雨春場射雉歸。步試金蓮波濺襪，歌翻玉樹涕沾衣。龍盤王氣終三百，猶得澄瀾對敞扉。"錢惟演《南朝》云："結綺臨春映夕霏，景陽鐘動曙星稀。潘妃寶釧光如晝，江令花箋落似飛。舴艋凌波朱火度，觚稜拂漢紫煙微。自從飲馬秦淮水，蜀柳無因對殿幃。"劉筠《南朝》云：

"華林酒滿勸長星,青漆樓高未稱情。麝壁燈迴偏照書,雀航波漲欲浮城。鐘聲但恐嚴妝晚,衣帶那知敵國輕。千古風流佳麗地,盡供哀思與蘭成。"這些詠史詩均是唱和之作,大多數並無深意。

他們還有一些作品專門模仿李商隱的《無題》詩。如楊億《無題》云:"曲池波暖蕙風輕,頭白鴛鴦占緑萍。纔斷歌雲成夢雨,斗迴笑電作嗔霆。湘蘭自古成幽怨,秦鳳何年入杳冥。不待萱蘇蠲薄怒,閑階鬥雀有遺翎";"合歡蠲忿亦休論,夢蝶翩翩逐怨魂。衹待傾城終未笑,不曾亡國自無言。風翻林葉迷歸燕,露裊池荷觸戲鴛。湘水東流何日竭,煙篁千古見啼痕";"滿天飛絮罥游絲,釦砌苔錢晦履綦。北渚自應流怨泪,東鄰誰敢效顰眉。嫦娥桂獨成幽恨,素女絃多有剩悲。幾夕空機愁促織,銀河休問報章遲"。此題錢惟演、劉筠有唱和之作。錢惟演詩云:"耿耿寒燈照醉羅,看朱成碧意如何。虎頭辟惡無妨枕,犀角凉心更待磨。惟有幽蘭啼月露,可將尺素托雲波。山屏六曲歸來夜,衹恐重投折齒梭。"此組詩效仿李商隱,刻意模仿其凄迷幽怨、朦朧迷幻的風格。又楊億《無題》云:"巫陽歸夢隔千峰,辟惡香銷翠被濃。桂魄漸虧愁曉月,蕉心不展怨春風。遥山黯黯眉長斂,一水盈盈語未通。漫托鵾絃傳恨意,雲鬟日夕似飛蓬。"錢惟演《無題》云:"絳縷初分麝氣濃,絃聲不動意潛通。圓蟾可見還歸海,媚蝶多驚欲御風。紈扇寄情雖自潔,玉壺承泪衹凝紅。春窗亦有心知夢,未到鳴鐘已旋空。"此亦是楊億、錢惟演刻意學習李商隱之作。館臣本以李商隱爲詩學楷模,但他們的詩歌總體上與李商隱並不相似,唯幾首七言律詩略有其氣格。

除以上内容外,《西崑酬唱集》中還有一些描寫閑暇生活或流連光景的作品。如李維《休沐端居有懷希聖少卿學士》云:"銀闕琳房視草餘,龍門岑寂斷軒車。彩毫閑試金壺墨,青案時看玉字書。王儉風流希謝傅,子雲詞賦敵相如。瓊枝不見蕭齋晚,蕙草烟微度綺疏。"總體上説,西崑體詩人的作品刻金鏤翠,金玉滿堂,纖巧富麗，可謂雕繪滿眼。其詩還有一個特點是注重對仗和用典，如楊億《受詔修書述懷感事三十韵》之“望氣成龍虎，披文辨魯魚”等句，較爲講究。這樣的作品，正與作者文學侍從之臣的身份相合。

二、《西崑酬唱集》中的詠史詩

《西崑酬唱集》中有一些詠史詩，學界多以爲語含譏諷，此尚須深入討論。如楊億《漢武》云：“蓬萊銀闕浪漫漫，弱水回風欲到難。光照竹宫勞夜拜，露漙金掌費朝餐。力通青海求龍種，死諱文成食馬肝。待詔先生齒編貝，那教索米向長安。”此詩劉筠、錢惟演、刁衎、任隨、劉隲、李宗諤皆有唱和之作。王仲犖注云：“楊劉諸君此數詩並謂漢武帝惑蓬瀛之虚説，祈年壽之靈長，竹宫望拜，玉屑和露，然而西母不來，東朔已去，末年回中道遠，五柞運盡，終古茂陵，松柏蕭蕭，乃知嚮之致惑方士神仙之説者，誠爲虚妄。宋真宗信王欽若之進説，於大中祥符元年之春，即僞作黄帛，號爲天書……是年六月，又僞造天書降於泰山，乃於十月東封泰山。四年二月，又西祀汾陰。此與漢武帝致惑方士神仙之説，固極近似也。館臣之爲詩譏諷漢武，實即欲以諫帝並止其東封也。”

按此説以史證詩，似有道理，細按却有諸多不妥。首先，漢武帝被方士迷惑事與宋真宗趙恒僞造天書事，一出於被動，爲方士欺騙，一出於主動，欲欺騙百姓，二者並無相同之處。故王仲犖注亦云：“帝之所以僞造天書，假借符瑞者，實欲以迷惑黔首，以圖趙宋之長治久安耳。”因此，楊億等如以漢武帝事藉題發揮，譏諷真宗，實屬比附不當。其次，除楊億此作外，此題劉筠、錢惟演、刁衎、任隨、劉隲、李宗諤等皆有唱和，他們以皇帝侍從之臣的身份，集體作詩譏諷當時的皇帝，過於離奇，不合情理。另外，館臣作詩的時間與真宗僞造天書的時間亦不合。關於僞造天書事，《宋史》卷一〇四《禮志》云：“大中祥符元年正月乙丑，帝謂輔臣曰：‘朕去年十一月二十七日夜將半，方就寢，忽室中光曜，見神人星冠、絳衣，告曰：

來月三日……將降天書《大中祥符》三篇……適皇城司奏,左承天門屋南角有黄帛曳鴟尾上,帛長二丈許,緘物如書卷,纏以青縷三道,封處有字隱隱,蓋神人所謂天降之書也。'王旦等皆再拜稱賀……丙寅,群臣入賀,於崇政殿賜宴,帝與輔臣皆蔬食……四月辛卯朔,天書再降内中功德閣。"可見,僞造天書事發生在大中祥符元年(1008)正月,東封泰山亦在此年,西祀汾陰更在此年之後。而據王仲犖考證,館臣此數詩均作於景德三年(1006),乃在僞造天書事發生的前兩年,彼時諸館臣當不能預知僞造天書事,並預先作詩以刺之。因此,諸館臣《漢武》之作,不過是普通的詠史詩,並無深意。

楊億又有《宣曲二十二韵》云:"宣曲更衣寵,高堂薦枕榮。十洲銀闕峻,三閣玉梯横。鸞扇裁紈製,羊車插竹迎。南樓看馬舞,北埭聽雞鳴。綵縷知延壽,靈符爲辟兵。粟眉長占額,蕙髮俯侵纓。蓮的沉寒水,芝房照畫楹。麝臍熏翠被,鹿爪試銀箏。秦鳳來何晚,燕蘭夢未成。絲囊晨露濕,椒壁夜寒輕。綺段餘霞散,瑶林密雪晴。流風秘舞罷,初日靚妝明。雷響金車度,梅殘玉管清。銀鐶添舊恨,瓊樹怯新聲。洛媛迷芝館,星妃滯斗城。七絲絙緑綺,六箸鬥明瓊。慣聽端門漏,愁聞上苑鶯。虚廊偏響屧,近署鎮嚴更。剉蘗心長苦,投籤夢自驚。雲波誰托意,璧月久含情。海闊桃難熟,天高桂漸生。銷魂璧臺路,千古樂池平。"劉筠、錢惟演有同題唱和之作。據宋李燾《續資治通鑑長編》卷七一"真宗大中祥符二年"條,御史中丞王嗣宗言:"翰林學士楊億、知制誥錢惟演、秘閣校理劉筠,唱和《宣曲》詩,述前代掖庭事,詞涉浮靡。"上曰:"詞臣,學者宗師也,安可不戒其流宕。"乃下詔風勵學者:"自今有屬詞浮靡,不遵典式者,當加嚴譴。其雕印文集,令轉運使擇部内官看詳,以可者録奏。"真宗下詔,僅斥其"屬詞浮靡"而已,至於牽連樂伎丁香或劉、楊二妃,謂詩含影射,亦屬無據。要之此不過泛詠前代宫中歌妓,堆砌典故,泛濫辭章,不可坐實。

楊億《明皇》云："玉牒開觀檢未封，鬥雞三百遠相從。紫雲度曲傳浮世，白石標年鑿半峰。河朔叛臣驚舞馬，渭橋遺老識真龍。蓬山鈿合愁通信，回首風濤一萬重。"錢惟演同題之作云："山上湯泉架玉梁，雲中複道拂瑶光。絲囊暗結三危露，翠幰時遺百和香。枉是金雞近便坐，更抛珠被掩方牀。匆匆一曲凉州罷，萬里橋邊見夕陽。"劉筠《明皇》云："歲歲南山見壽星，百蠻回首奉威靈。梨園法部兼胡部，玉輦長亭復短亭。河鼓暗期隨日轉，馬嵬恨血染塵腥。西歸重按凌波舞，故老相看但涕零。"關於此組詩的詩意，王仲犖注云："蓋館臣欲借鑒玄宗之事以諷切時事也。詩當作於景德三年，時劉、楊二妃已有盛寵，迨後祥符改元，真宗且東封泰山，其行事固絶有類似唐玄宗處也。"我們以爲此不過泛詠史實，未必有所寄托，實不須牽連國事。

楊億《始皇》云："衡石量書夜漏深，咸陽宫闕杳沉沉。滄波沃日虚鞭石，白刃凝霜枉鑄金。萬里長城穿地脉，八方馳道聽車音。儒坑未冷驪山火，三月青烟繞翠岑。"此詩劉筠、錢惟演有同題唱和之作。注者謂館臣"借始皇以諷宋神宗"，恐亦是過度解讀。此詩泛泛詠史而已，未必有寄托和譏刺。文學侍從之臣聯合寫詩借古諷今，譏刺皇帝，頗不合情理，故此組詩亦似並無深意。

須要補充説明的是，除詠史詩外，學界對《西崑酬唱集》中一些作品的解讀也值得斟酌。如楊億《代意二首》云："夢蘭前事悔成占，却羡歸飛拂畫檐。錦瑟驚絃愁别鶴，星機促杼怨新縑。舞腰罷試收紈袖，博齒慵開委玉奩。幾夕離魂自無寐，楚天雲斷見凉蟾。""短夢殘妝慘别魂，白頭詞苦怨文園。誰容五馬傳心曲，祇許雙鸞見泪痕。易變肯隨南地橘，忘憂虚對北堂萱。回文信斷衣香歇，猶憶章臺走畫轅。"此詩李宗諤、丁謂、刁衎、劉筠、劉隲皆有唱和，論者或謂楊億此二首爲悼念姬人之作，或謂乃借男女之情喻君臣之事，皆求之過深，屬於過度解讀，此組詩不過是以男女離别爲吟詠唱和之題目而已。

三、《西崑酬唱集》中模擬樂府詩的作品

值得注意的是,《西崑酬唱集》中的一些作品,從題目到内容均模擬前代樂府詩。

如楊億《公子》云:"夾道青樓拂綵霓,月軒宫袖按前溪。錦鱗河伯供烹鯉,金距鄰翁逐鬥雞。細雨墊巾過柳市,輕風側帽上銅堤。珊瑚擊碎牛心熟,香棗蘭芳客自迷。"劉筠唱和之作云:"油壁春車隔渭橋,黄山路遠苦相邀。行庖爨蠟雕胡熟,永埒鋪金汗血驕。别館横陳張静婉,期門長揖霍嫖姚。注鈎握槊曾無憚,緑桂膏濃曉未銷。"錢惟演同題詩云:"蓮勺交衢接荻園,來時十里一開筵。歌翻南國桃根曲,馬過章臺杏葉韉。别殿對迴雙綬貴,後門歸去九枝然。閑隨翠幰欹烏帽,紫陌三條入柳烟。"此寫公子之豪奢生活,實出自樂府詩中的《公子行》。

又楊億《舊將》云:"平生苦戰憶山西,撫劍臨風氣吐霓。戟户當衢容駟馬,髯奴繞帳列生犀。新豐酒滿清商咽,武庫兵銷太白低。髀肉漸生衣帶緩,早朝空聽汝南雞。"劉筠《舊將》云:"丈八蛇矛戰血乾,子孫今已列材官。青烟碧瓦開新第,白草黄雲廢舊壇。勞薄可甘先藺舌,功高還許戴劉冠。秋來從獵長楊榭,矍鑠猶能一據鞍。"任隨、劉隲亦有同題唱和之作。按此《舊將》,實出樂府詩《老將行》。

《公子》與《舊將》是諸館臣擬賦樂府舊題之作(《公子行》和《老將行》在唐代爲新題,到宋代已成爲舊題),並無深意存焉。

四、西崑體與杜詩

西崑體學習李商隱,而李商隱的七言律詩與杜詩頗有淵源。但是,西崑體詩人的詩作幾乎與杜詩没有關係,其内容與風格都與杜詩相差很遠。

宋代詩人普遍喜用杜詩典故,但《西崑酬唱集》中使用的杜詩

典故很少。楊億《受詔修書述懷感事三十韵》之"彌旬容出沐"，《西崑酬唱集注》注以杜甫詩"追隨不覺晚，款曲動彌旬"。劉筠"正爲王者瑞"①，該集注者以杜甫"所重王者瑞"注之。李宗諤《館中新蟬》云"感時偏動騷人思"，注引杜甫"感時花濺泪"。錢惟演《夜意》"漏淺風微夜未勝"，注者引杜甫詩"宫殿風微燕雀高"。但以上數處，嚴格説來並非使用杜詩典故。劉隲《館中新蟬》云"摇落何須宋玉悲"，此出自杜甫"摇落深知宋玉悲"，這似乎是《西崑酬唱集》中僅有的化用杜詩的詩句。

總之，《西崑酬唱集》是楊億、劉筠、錢惟演諸人任職秘閣之際的唱和之作。西崑體的作者多是文學侍從之臣，其詩歌辭采浮華豔麗，格調不高。在北宋立國之初，詩人或學白體，或學晚唐，或學義山。三派之中，白體成就最高，晚唐次之，西崑爲最下。白體詩人如王禹偁輩關心民生，晚唐體詩人如林逋輩，隱逸山林，亦情懷高潔。唯西崑體詩人刻意模仿，專務辭藻，有脱離現實的傾向，無論是内容還是詩法，均落於下乘。其後歐陽修、王安石、蘇軾等崛起，西崑體被掃蕩一空。從内容上看，《西崑酬唱集》中多是詠史、詠物之作。或謂集中《秦皇》《明皇》諸篇皆借古以諷今，此恐是求之過深。義山詩含有深意，衹是欲言又止。而崑體詩人心中並無須要表達的深意，衹是空學義山格調，難免無病呻吟。李商隱用典難以理解，造成詩歌含蓄飄忽的風格。西崑輩却衹是堆砌典故、顯示才學而已，此是其大病。西崑體最大的問題是詩歌缺乏真情實感，故亦不能動人。要之，西崑體衹是北宋初期文壇的小流派，其二百五十首詩作既無名篇，又乏佳句，賴楊億編成此集，方流傳至今，此亦西崑體詩人之大幸。

由上文可知，王禹偁的詩歌在内容上反映社會現實和社會矛

---

① （宋）劉筠《受詔修書述懷感事三十韵》。

盾,繼承了杜甫的"詩史"精神。他的一些五言詩直接學習杜詩,有些詩歌題目直接來源於杜詩,一些詩句直接從杜詩變化而來。但是,王禹偁學杜而雜以白體,所學並不純粹。林逋的詩歌以寫景爲主,即使是酬和之作也多寫清幽之景。他注重錘煉字句,屬對工切,不尚用典,風格澄澹孤峭,衹是隱約受到了杜甫的一些影響。西崑體詩人的詩作與杜詩關係不大。從以上王禹偁、林逋及崑體詩人學杜的情況可以看出,杜甫在這個時期雖然受到一些詩人的重視,但還沒有產生廣泛的影響。

第二章　北宋中期：杜詩的廣泛影響期

北宋中期是宋詩風格的形成期。這個時期活躍在詩壇上的主要詩人有梅堯臣、蘇舜欽、歐陽修、王安石、曾鞏、王令、蘇軾、蘇轍等人。歐陽修同梅堯臣、蘇舜欽一道，努力扭轉西崑體脱離現實的不良傾向，開始注重詩歌的思想内容，寫出了許多廣泛反映社會生活的詩歌。他們的詩歌平易暢達，初步形成了帶有散文化、議論化特點的宋詩典型風格。王安石前期多政治詩，不够含蓄。中期題材擴大，形成了雄直峭勁的風格。晚年流連山水，詩風深婉華妙。他的詩歌也有好議論的傾向。蘇軾的詩歌與歐陽修、王安石等明顯不同，他的詩題材廣泛，風格多樣，別開生面，是宋代取得最高成就的詩人。歐陽修、梅堯臣、蘇舜欽、王安石和蘇軾等人，“共同確立了宋調的特色，完成了這一具有里程碑意義的變革”①。這個時期是杜詩產生深刻影響，得到廣泛繼承的時期。杜甫在詩壇的崇高地位在這個時期得到確立，杜詩在不同的方面對歐陽修、梅堯臣、蘇舜欽、王安石和蘇軾等人產生了較大的影響。

第一節　梅堯臣的詩歌創作及其與杜詩的關係

梅堯臣，字聖俞，宣州宣城人，又稱宛陵先生，是北宋中期比較重要的詩人，有《宛陵先生集》。他生於農家，靠叔父的門蔭入仕，

---

① 趙仁珪《宋詩縱橫》，第 141 頁。

歷任州縣屬官,也做過太常博士。梅堯臣一生留下的詩歌有兩千八百首之多,算是個高産作家。

一、梅堯臣對杜甫"詩史"精神的繼承

在詩歌創作上,梅堯臣在一定程度上繼承了杜甫的"詩史"精神①,這主要表現在他對百姓生活的關心,對社會不公的揭露和對國事的關注上。

梅堯臣關心百姓生活,其《田家》(之一)云:"昨夜春雷作,荷鋤理南陂。杏花將及候,農事不可遲。蠶女亦自念,牧童仍我隨。田中逢老父,荷杖獨熙熙。"②這樣的田園詩頗似陶詩,説明梅堯臣對農村生活有比較真切的感受,這也許與他兒時的生活經歷有關。《田家》(之四)表現了農民艱辛的生活,詩云:"今朝田事畢,野老立門前。拊頸望飛鳥,負暄話餘年。自從備丁壯,及此常苦煎。卒歲豈堪念,鶉衣著更穿。"從詩中可以看出,農民勞動一年而無以卒歲,衹能穿起殘破的舊衣。

《田家》和《陶者》是梅堯臣集中的"名作"。《田家》云:"南山嘗種豆,碎莢落風雨。空收一束萁,無物充煎釜。"反映了勞動者的辛勞和艱難。《陶者》云:"陶盡門前土,屋上無片瓦。十指不沾泥,鱗鱗居大厦。"又《田家語》云:"誰道田家樂?春税秋未足。里胥扣我門,日夕苦煎促。盛夏流潦多,白水高於屋。水既害我菽,蝗

---

① 馬東瑶認爲:"作爲宋詩最重要的詩歌典範的杜甫詩,早在慶曆時期,便已經被廣爲學習,慶曆詩壇的主要詩人梅堯臣、蘇舜欽、歐陽修等都曾深受其影響,而慶曆詩歌的種種特點也與它有着密不可分的關係。"參見馬東瑶《論北宋慶曆詩人對杜詩的發現與繼承》,《杜甫研究學刊》2001 年第 1 期,第 62 頁。

② (宋)梅堯臣著,朱東潤編年校注《梅堯臣集編年校注》,上海古籍出版社 2006 年版,第 9 頁。以下凡引梅堯臣詩皆見此本,除有必要者僅注出詩題。

又食我粟。前月詔書來，生齒復版録……州符今又嚴，老吏持鞭朴……田閭敢怨嗟，父子各悲哭。南畝焉可事？買箭賣牛犢。”詩寫了因爲戰争而造成的田園荒蕪和勞動者的苦難。他又有《汝墳貧女》，序云：“時再點弓手，老幼俱集。大雨甚寒，道死者百餘人……殭屍相繼。”又《逢牧》痛牧馬之傷稼，《岸貧》《村豪》《小村》等揭露貧富不均。梅堯臣的這些詩歌都直接繼承了杜甫“三吏”、“三别”、《兵車行》的批判現實精神，這些詩歌反映了勞動者的遭遇和處境，可以看作是宋代的“詩史”。

梅堯臣關心國事，這在他的詩歌中也多有透露。《甘陵亂》寫王則起兵叛亂事，詩云：“甘陵兵亂百物灰，火光屬天聲如雷。雷聲三日屋瓦摧，殺人不問嬰與孩。守官迸走藏浮埃，後日稍稍官軍來。”《書竄》寫諫官因直言而得罪的經過。梅堯臣曾經注《孫子》獻皇帝欲以備胡①，他還關心武器的改良②，這也透出他的憂國之心。在梅堯臣的詩裏，我們可以看到宋與西夏的戰争。如《聞尹師魯赴涇州幕》云：“胡騎犯邊來，漢兵皆死戰。”詩寫康定元年(1040)西夏軍攻宋事。又《寄永興招討夏太尉》：“寶元元年西夏叛，天子命將臨戎行。二年孟春果來寇，高奴城下皆氐羌。五原偏師急赴敵，晝夜不息趨戰場。馬煩人怠當勁虜，雖持利器安得强。”這些詩歌記録了國家大事，反映了詩人當時的感受，均可作“詩史”看。以上詩歌，説明梅堯臣在詩歌創作上繼承了杜甫的詩史精神。

二、梅堯臣學杜

梅堯臣詩歌總體並不學杜，但他也受到一些杜甫的影響③。首

---

① （宋）梅堯臣《依韵和李君讀余注孫子》。

② （宋）梅堯臣《蔡君謨示古大弩牙》。

③ 關於梅堯臣學杜，學界有以下觀點：劉開揚認爲其詩“得杜詩之一端”，“聖俞不僅寫深遠閑淡的詩，他也從老杜學寫雄豪横絶的詩”。參見劉開揚《梅聖俞與杜詩》，《杜甫研究學刊》1990年第2期，第1頁。艾思同 （轉下頁）

先,他認識到杜甫在詩歌史上的地位。他説:“既觀坐長嘆,復想李杜韓。”①表明梅堯臣把杜甫看作唐代重要的詩人之一,已經是比較公允的認識。

其次,梅堯臣會在不經意中化用杜甫詩句入詩。其《正月十五夜出月》:“去年與母出,學母施朱丹。”《開封古城阻淺聞永叔喪女》:“想能學母施粉黛。”均從杜甫《北征》“學母無不爲,曉妝隨手抹。移時施朱鉛,狼藉畫眉闊”變化而來。他的《和蔡仲謀苦熱》也讓人想起杜甫的《早秋堆案苦熱相仍》。《七月十六日赴庾直有懷》之“我馬卧其傍,我僕倦揞肘”,極似杜甫《北征》之“我行已水濱,我僕猶木末”。這是他直接受杜甫影響的地方。

再次,梅堯臣也向杜甫學習了一些句法。《寄酬發運許主客》:“一浮一没水中鳥,更遠更昏天外山。”《春日拜壟經田家》:“南嶺禽過北嶺叫,高田水入低田流。”《次韵答黄仲夫七十韵》:“肯爲濁河濁,願作清濟清。”《和劉原甫復雨寄永叔》:“乍冷乍陰將禁火,自開自掩不關扉。”這些詩句均使用了杜詩常用的“當句對”。

錢鍾書在《談藝録》中指出,“當句對”創於少陵,而名定於義山。韓成武師指出:“錢先生説‘此體創於少陵’,實則不然。《全唐詩》沈佺期卷中有《喜赦》一詩,就已出現了這種‘當句對’……與沈氏同時而稍早的武則天,也使用過這種‘當句對’……南朝詩人何遜《詠風》云:‘可聞不可見,能重復能輕。鏡前飄落粉,琴上響餘聲。’首聯即是這種形式的‘當句對’……‘當句對’雖非杜甫所

(接上頁)指出“梅堯臣正是以其學習‘李杜韓’、雄肆古硬的創作,爲議論化、散文化的宋詩拉開了帷幕,使宋詩顯現出異於唐詩的獨特風貌”。參見艾思同《論梅堯臣的詩風》,《山東師大學報》1996年第5期,第86頁。吴大順則認爲梅堯臣詩歌的特點在於博采衆長,參見吴大順《博采衆長話宛陵》,《廣西師院學報》2000年第3期,第40頁。

①（宋）梅堯臣《讀邵不疑學士詩卷杜挺之忽來因出示之且伏高致輒書一時之語以奉呈》。

創，但他却是把五律的'當句對'形式引入七律的第一人，從而豐富了七律的對仗形式。"①據此，宋人七律中使用"當句對"實可看作是受到杜甫的影響。

三、梅堯臣對詩歌題材的開拓

梅堯臣主張詩歌要言之有物，有感而發，他在《答韓三子華韓五持國韓六玉汝見贈述詩》中說："爾來道頗喪，有作皆言空。煙雲寫形象，葩卉詠青紅。人事極諛諂，引古稱辨雄。經營唯切偶，榮利因被蒙。遂使世上人，只曰一藝充。以巧比戲弈，以聲喻鳴桐。嗟嗟一何陋，甘用無言終。"對當時言之無物、空言欺世、講究聲律對偶的詩學思想進行了抨擊。

從詩歌創作看，梅堯臣的詩歌是言之有物的，從某種意義上說，他甚至"開拓"了宋代詩歌的題材。梅堯臣詩歌中喜歡寫瑣屑甚至醜惡的事物，如蚊蟲、妖鳥、虱蚤、老鼠等，雖説於詩歌題材是一種開拓，但語涉穢惡，寫得並不成功。正如錢鍾書所說："他要矯正華而不實、大而無當的習氣，就每每一本正經的用些笨重乾燥不很象詩的詞句來寫瑣屑醜惡不大入詩的事物，例如聚餐後害霍亂、上茅房看見糞蛆、喝了茶肚子裏打咕嚕之類……這類不自覺的滑稽正是梅堯臣改革詩體所付出的一部分代價。"②關於梅堯臣的這類詩歌，朱東潤以爲是有爲而發，觀點與錢鍾書頗有不同。如梅堯臣《聚蚊》云："日落月復昏，飛蚊稍離隙。聚空雷殷殷，舞庭煙冪冪。蛛網徒爾施，螗斧詎能磔。猛蠍亦助惡，腹毒將肆螫。不能有兩翅，索索緣暗壁。貴人居大第，蛟綃圍枕席。嗟爾於其中，寧誇嘴如戟。忍哉傍窮困，曾未哀臞瘠。利吻競相侵，飲血自求益。蝙

① 韓成武《杜甫在中國詩歌史上的十個創新之舉》，《杜甫新論》，河北大學出版社2006年版，第133頁。

② 錢鍾書《宋詩選注》，第14頁。

蝠空翺翔,何嘗爲屏獲。鳴蟬飽風露,亦不慚喙息。薨薨勿久恃,會有東方白。"此似寫蚊蟲之擾,即杜甫《早秋苦熱堆案相仍》中所云之"况乃秋後轉多蠅"。朱東潤則說:"堯臣應舉下第,在這首詩裏充滿了憤恨。詩在他的手裏,已經成爲鬥争的武器。蜘蛛、螳螂、蝙蝠、鳴蟬,對蚊子都不能起制止的作用,蠍子還要趁機逞兇,這一切都在詩裏得到貶斥。薨薨兩句,見到他對於前途抱有勝利的信心。"①

梅堯臣詩有時作戲謔之詞,如《和永叔中秋夜會不見月酬王舍人》中的"自有嬋娟侍賓榻,不須迢遞望刀頭",又《裴如晦自河陽至同韓玉汝謁之》的"有似縮殼龜,藏頭非得計"。這樣寫的好處是詼諧幽默,擴大了詩的用途,但同時也破壞了詩的美感。同陸游一樣,梅堯臣多夢,而且白天晚上都會做夢②。他的一些詩歌用平常語,寫平常事,發的也多是平常的議論,就像大夢剛醒。如《鴨雛》一詩,寫鴨雛由鷄看護長大事,就議論平庸,瑣屑繁冗。他又常以俗語入詩,如《李舍人淮南提刑》:"天下本無事,自爲庸人擾。"這也許就是梅堯臣所主張的"平淡"。

四、"平淡"與梅堯臣的詩歌風格

梅堯臣說:"作詩無古今,唯造平淡難。"③説明他有追求平淡的詩學主張。關於梅堯臣的"平淡",錢鍾書和朱東潤觀點頗不相同。錢鍾書認爲梅堯臣在詩歌創作上追求"平淡",他說:"梅堯臣……主張'平淡'……用的字句也頗樸素……不過他'平'得常常

---

① (宋)梅堯臣著,朱東潤選注《梅堯臣詩選》,人民文學出版社 1980 年版,第 15 頁。

② (宋)梅堯臣《靈樹鋪夕夢》:"晝夢同坐偶,夕夢立我左。"

③ (宋)梅堯臣《讀邵不疑學士詩卷杜挺之忽來因出示之且伏高致輒書一時之語以奉呈》。

没有勁，'淡'得往往没有味。"[①]朱東潤反駁説："有人説梅堯臣論詩主張平淡，是不是有這一説呢？有的，但是我們要知道他是在什麽情况下提出這個説法，又是在什麽心境下提出的……他説邵必是平淡，但是自己所嚮往的是李杜韓，他的企圖是手執長戈利戟，在鬥争中决一番生死。世上有這樣平淡的詩人嗎？"[②]朱東潤的這段話，似針對錢鍾書而發。後又有學者對"平淡"提出不同的解釋，如章培恒、駱玉明就説："（梅堯臣）這裏所説的'平淡'，是避免激情的表現、濃重的色彩、警策醒目的字眼，而求得自然淡遠的意趣。"[③]袁行霈主編《中國文學史》則説："他（指梅堯臣）説的'平淡'不是指陶淵明、韋應物的詩風，而是指一種爐火純青的藝術境界，一種超越了雕潤綺麗的老成風格。"[④]梅堯臣的詩歌風格雖然有一定程度的多樣性，但總體尚可以"平淡"概括，而梅堯臣詩歌所表現出來的"平淡"與陶淵明等詩人的平淡有所不同，主要是梅堯臣的平淡中有雕琢，詩味不足，不如古人自然天成而有意趣，因此，關於"平淡"的討論似以錢鍾書的概括較爲準確。

梅堯臣詩歌有非常明顯的以文爲詩的傾向，這正是梅堯臣平淡詩風的一個表現。如其《建德新墻詩》就寫得非常冗長煩瑣，像一篇押韵的文章。《范饒州坐中客語食河豚魚》一首，歐陽修謂爲"絶唱"，但此詩鋪叙中夾雜議論，我們看不出它的好處。《書竄》寫諫官因直言而得罪，中間一節是用詩歌的形式複述朝廷章奏，明顯是以文爲詩。《醉中留别永叔子履》也有這種傾向。

---

① 錢鍾書《宋詩選注》，第 14 頁。

② （宋）梅堯臣著，朱東潤選注《梅堯臣詩選·序》，第 13 頁。

③ 章培恒、駱玉明主編《中國文學史》（中卷），復旦大學出版社 1996 年版，第 335 頁。

④ 袁行霈主編《中國文學史》（三），高等教育出版社 1999 年版，第 56 頁。

但是，在這種總的傾向籠罩之下，梅堯臣詩歌又多有變化。他有時會從漢樂府汲取營養，如其《一日曲》云："妾家鄧侯國，肯愧邯鄲姝。世本富繒綺，嬌愛比明珠。十五學組紃，未嘗開户樞。十六失所適，姓名傾里閭。十七善歌舞，使君邀宴娛。自兹著樂户，不得同羅敷。"此全仿《孔雀東南飛》。梅堯臣偶作騷體，如《廟子灣辭》。梅堯臣還善於模擬六朝詩風，如其《夜夜曲》云："情來不自理，明月生南樓。坐感昔時樂，翻成此夜愁。"模擬頗能入妙。

梅堯臣作詩較少依傍，但他也在詩句中借鑒和化用唐人詩句。其《悲書》"衣裳昔所製，篋笥忍更弄"，即從元稹《遣悲懷》"衣裳已施行看盡，針綫猶存未忍開"變化而來。其《東城送運判馬察院》"春風騁巧如剪刀，先裁楊柳後杏桃"，化用賀知章《詠柳》"不知細葉誰裁出，二月春風似剪刀"。《依韵和仲源獨夜吟》"寂歷虚堂燈暈生，誰人共聽西窗雨"，也是化用李商隱的詩句。《朝二首》"世事但知開口笑，俗情休要著心行"，當出自杜牧《九日齊安登高》之"塵世難逢開口笑，菊花須插滿頭歸"。他的"大小珠落盤"①，也是白居易《琵琶行》"大珠小珠落玉盤"的簡化。

梅堯臣主張平淡，但他有個别詩歌却寫得渾涵壯麗。如他在天聖九年（1031）任河陽縣主簿時創作的《黄河》就氣勢不凡。詩云："積石導淵源，沄沄瀉崑閬。龍門自吞險，鯨海終涵量。怒洑生萬滑，驚流非一狀。淺深殊可測，激射無時壯。常苦事堤防，何曾息波浪。川氣迷遠山，沙痕落秋漲。槎沫夜浮光，舟人朝發唱。洪梁畫鷁連，古戍蒼崖向。浴鳥不知清，夕陽空在望。誰當大雪天，走馬堅冰上。"朱東潤説："堯臣詩世多言其細潤工密，方回言其圓熟，近人始知其同情人民，强調鬥争，但是如這首詩的渾涵壯麗，還

---

①（宋）梅堯臣《讀邵不疑學士詩卷杜挺之忽來因出示之且伏高致輒書一時之語以奉呈》。

没有得到認識。”①這説明梅堯臣的詩歌風格也有多樣性的一面。

梅堯臣古體詩冗長少味，五七言絶句却多有佳作，平淡中有秀氣。如其《惜春三首》（之一）云：“九十日春無幾日，不堪風雨競吹花。舞英逐水向何處，泛泛斜溪伴晚霞。”《京師逢賣梅花五首》（之二）：“驛使前時走馬回，北人初識越人梅。清香莫把荼蘼比，只欠溪頭月下杯。”《依韵和吴季野馬上口占》：“溪頭三月草菲菲，城畔春遊惜醉稀。莫信杜鵑花上鳥，人歸猶道不如歸。”《八月二十二日回過三溝》云：“不見沙上雙飛鳥，莫取波中比目魚。重過三溝特惆悵，西風滿眼是秋蕖。”梅堯臣的這些詩情景相融，有唐人風致，此當即錢鍾書所謂“梅詩於渾樸中時出苕秀”者②。

梅堯臣五七言律詩有的寫得對仗工整新奇，非常講究。如《送錢駕部知邛州》中二聯云：“路危趨劍道，夢穩過刀州。秦栗非吴食，巴粳類越疇。”《依韵和秋夜對月》中二聯：“横閣漸看河影轉，繞枝還見鵲驚無。蟲催織婦機成素，露逼鮫人泪作珠。”《夢後寄歐陽永叔》：“五更千里夢，殘月一城鷄。”《東溪》：“野鳧眠岸有閑意，老樹著花無醜枝。”這些對仗都可稱佳對。

梅堯臣寫家庭生活的詩往往情辭婉轉。如其《往東流江口寄内》就感情十分真摯，而他自己寫的《代内答》云：“結髮事君子，衣袂未嘗分。今朝别君思，歷亂如絲棼。征僕尚顧侣，嘶馬猶索群。相送不出壼，倚楹羨飛雲。”語言平易而深情。《悲書》《新婚》《五月二十四日過高郵三溝》見其對亡妻念念不忘，而《悼亡三首》《悼子》《懷悲》《戊子三月二十一日殤小女稱稱三首》等都寫得深摯沉痛。

總之，梅堯臣作詩不太依傍前人，也不專學一家。他的詩比較

---

①　朱東潤《梅堯臣詩選》，第 4 頁。按錢鍾書《宋詩選注》云：“他（指梅堯臣）對人民疾苦體會很深。”（第 14 頁）

②　錢鍾書《談藝録》（補訂本），中華書局 1984 年版，第 167 頁。

平常和平庸,較少佳作,内容上没什麽特點,風格也不太明顯。正如錢鍾書所説:"都官意境無此邃密,而氣格因較寬和……其古體優於近體,五言尤勝七言;然質而每鈍,厚而多愿,木强鄙拙,不必爲諱。"①七言律絶較有風致,幾首七言絶句寫得情辭婉轉,略能得唐詩妙處。梅堯臣的詩歌有以文爲詩的傾向,風格以平淡爲主,偶有變化,如有的五言古詩寫得渾涵壯麗,一些五七言絶句平淡中有秀氣,一些寫家庭生活的詩感情真摯。梅堯臣雖然不甚學杜,但他在詩學觀念上推崇杜甫,在詩歌内容上繼承了杜甫的"詩史"精神,在語言上也化用了杜甫的一些詩句。

第二節　蘇舜欽學杜

蘇舜欽字子美,或謂他仰慕杜甫,故以子美爲字。蘇舜欽的詩在宋詩中算是剛健豪放的②,他與梅堯臣合稱"蘇梅",詩歌却與梅堯臣很不相同。他自己也説:"平生作詩,被人比梅堯臣,寫字被人比周越,良可笑也。"他的詩歌比較激烈,也比較剛健粗豪。錢鍾書就説過:"蘇舜欽……感情比較激昂,語言比較暢達,衹是修詞上也常犯粗糙生硬的毛病。陸游詩的一個主體——憤慨國事削弱、異族侵凌而願意'破敵立功'那種英雄抱負——在宋詩裹恐怕最早見於蘇舜欽的作品。"③他有古近體詩歌 220 餘首,其中在蘇州和湖州的詩略有平易者。蘇舜欽有宋人以文爲詩和好議論的特點,衹是不象梅堯臣那樣明顯。

---

①　錢鍾書《談藝録》(補訂本),第 167 頁。

②　胡問濤等曾指出蘇舜欽的詩歌以豪放爲主的特點,參見胡問濤、羅琴《論蘇舜欽詩歌的藝術特色》,《重慶師院學報》1995 年第 2 期,第 75 頁。

③　錢鍾書《宋詩選注》,第 21 頁。

蘇舜欽詩學杜甫，頗多相似之處，尤其是其七言律詩，雖不及杜甫夔州詩之蒼渾雄健，却頗嚴整得體，五言詩也有杜甫的沉鬱之氣。但他的詩留下來的太少，這大約是他卒後歐陽修爲他編集時筆削的結果。蘇舜欽不僅喜歡杜詩，還整理過杜集。他在《題杜子美别集後》中稱贊杜詩"豪邁哀頓，非昔之攻詩者所能依倚，必知亦出於斯人之胸中"①。蘇舜欽學杜表現在以下幾個方面。

一、蘇舜欽詩歌的"詩史"特點

蘇舜欽官職雖卑，却關心國事，他曾數次上書言朝廷大事，其詩歌也比較能够反映民生疾苦，他的這類詩歌感情真摯，發乎性情，最接近杜甫的詩歌②，可稱"詩史"。如《吴越大旱》云：

> 吴越龍蛇年，大旱千里赤。尋常秔稌地，爛漫長荆棘。龍蛇久遁藏，魚鱉盡枯腊。炎暑發厲氣，死者道路積。城市接田野，慟哭去如織。是時西羌賊，兇焰日熾劇。軍需出東南，暴斂不暫息。復聞籍兵民，驅以教戰力。吴儂水爲命，舟楫乃其職。金革戈盾矛，生眼未嘗識。鞭笞血塗地，惶惑宇宙窄。三丁二丁死，存者亦乏食。冤懟結不宣，衝迫氣候逆。二年春及夏，不雨但赫日。安得凉冷雲，四散飛霹靂。滂沱消祲癘，甘潤起稻稷。江波開舊漲，淮嶺發新碧。使我揚孤帆，浩蕩入秋色。胡爲泥滓中，視此久戚戚。長風捲雲陰，倚

---

① （宋）蘇舜欽著，傅平驤、胡問陶校注《蘇舜欽集編年校注》，巴蜀書社1991年版，第397頁。在這篇文章中蘇舜欽還指出杜詩"蓋不爲近世所尚，墜逸過半"，可從一個側面説明杜詩在當時的流傳和接受情況。

② 張晶認爲："杜甫那種博大深厚的愛國憂民之情對蘇舜欽影響很大。"參見張晶《論蘇舜欽在宋詩發展中的地位》，《松遼學刊》1989年第1期，第61頁。

> 梔泪横臆。①

此詩寫天災中死者堆積,觸目驚心,又寫邊境不安,國事堪憂。而朝廷不顧人民死活,横徵暴斂,又驅民爲兵,不教而使民戰,死傷慘重。這樣的詩歌不僅記録了當時慘痛的歷史,還表達了詩人對事件的態度和感懷,與杜甫被稱爲"詩史"的那些作品一脉相承,"三丁二丁死"這樣慘痛的詩句和杜甫的"一男附書至,二男新戰死"有着同樣的衝擊力。又其《城南感懷呈永叔》云:

> 去年水後旱,田畝不及犁。冬温晚得雪,宿麥生者稀。前去固無望,即日已苦飢。老稚滿田野,斫掘尋鳧茈。此物近亦盡,卷耳共所資。昔云能驅風,充腹理不疑。今乃有毒厲,腸胃生瘡痍。十有七八死,當路横其屍。犬彘咋其骨,烏鳶啄其皮。胡爲残良民,令此鳥獸肥。天豈意如此?泱蕩莫可知。高位厭粱肉,坐論攙雲霓。豈無富人術?使之長熙熙。我今飢伶俜,閔此復自思。自濟既不暇,將復奈爾爲。愁憤徒滿胸,嶸峵不能齊。

詩寫慶曆四年(1044)汴京大旱,百姓疾苦,以鳧茈、卷耳爲食,腸胃不適,死者十至七八。據《宋史》卷十一《仁宗本紀》:"(慶曆四年)正月庚午,京師雪寒……三月癸亥朔,以旱遣内侍祈雨。"但歷史上簡略的記載,决不如詩人的描繪來得形象生動。"高位厭粱肉,坐論攙雲霓",是杜甫"朱門酒肉臭,路有凍死骨"另一種形式的表述。雖然詩人在灾難中自顧不暇,"自濟既不暇,將復奈爾爲",並且詩人也没有杜甫"吾廬獨破受凍死亦足"的情懷,但他同樣深刻表達

---

① (宋)蘇舜欽著,傅平驤、胡問陶校注《蘇舜欽集編年校注》,第111頁。以下凡引蘇舜欽詩皆見此本,除有必要者僅注出詩題。

了自己的憂憤。詩人"愁憤徒滿胸，嶸峵不能齊"的憤懣，與杜甫的"憂端齊終南，澒洞不可掇"是同樣的呼號。

蘇舜欽這樣的詩歌還有很多，如《慶州敗》云："今歲西戎背世盟，直隨秋風寇邊城。屠殺熟户燒帳堡，十萬馳騁山嶺傾。"《有客》："蠻夷殺郡將，蝗蝻食民田。"《己卯冬大寒有感》："不知百萬師，寒刮膚革裂。關中困諸斂，農産半匱竭。"這些詩歌都深刻地反映了當時的時事。又《串夷》等詩，亦言時事甚詳，這些詩歌都具有"詩史"性質。正像有的學者指出的那樣，其詩對宋代前期的"一系列重大時事、政治、社會、民生問題，大體上均有所反映，頗具'詩史'特色"①。

二、内容風格學杜及化用杜詩

蘇舜欽一些詩歌不僅内容和風格極像杜詩，還較多地化用杜甫詩句和詩意。如《吾聞》詩云：

> 吾聞壯士懷，耻與歲時没。出必鑿凶門，死必填塞窟。風生玉帳上，令下厚地裂。百萬呼吸間，勝勢一言决。馬躍踐胡腸，士渴飲胡血。膻腥屏除盡，定不存種孽。予生雖儒家，氣欲吞逆羯。斯時不見用，感嘆腸胃熱。晝卧書册中，夢過玉關北。

此詩抒發詩人報國的理想，内容和風格均與杜詩相類。從内容上看，此詩寫報國之志和必勝的信念；從風格上看，此詩沉鬱激烈，尤類杜詩。更爲引人注目的是，此詩多化用杜甫詩句或詩意，如"吾聞壯士懷，耻與歲時没"，用杜甫《自京赴奉先縣詠懷五百字》之"兀兀遂至今，忍爲塵埃没"②。"出必鑿凶門，死必填塞窟"，用杜

① 傅平驤、胡問陶《蘇舜欽集編年校注·前言》。

② 傅平驤、胡問陶《蘇舜欽集編年校注》以爲此句出自杜甫《寄岳州賈司馬巴州嚴使君》中的"笑爲妻子累，甘與歲時遷"。

甫《醉時歌》之"焉知餓死填溝壑"。"膻腥屏除盡,定不存種孽",頗似杜甫《北征》之"胡命其能久,皇綱未宜絶"。"予生雖儒家,氣欲吞逆羯",頗似杜甫《北征》之"東胡反未已,臣甫憤所切"。"斯時不見用,感嘆腸胃熱",用杜甫《自京赴奉先縣詠懷五百字》之"窮年憂黎元,嘆息腸内熱"。

宋代的劉攽就曾經指出蘇舜欽"峽束蒼淵深貯月,巖排紅樹巧裝秋"一聯是從杜甫《秋日夔府詠懷一百韵》"峽束蒼江起,巖排古樹圓"變化而來。這樣的詩句還有很多,如蘇舜欽"自嗟處身拙,與世嘗齷齪"①,"鄙性背時向,處世介且愚"②,即杜甫"杜陵有布衣,老大意轉拙"之意。

蘇舜欽的一些詩歌很接近杜詩。正如方回所説: 蘇子美壯麗頓挫,有老杜遺味。另外,蘇舜欽也學習杜甫的句中對等句法,如其《吴江岸》云:"曉色兼秋色,蟬聲雜鳥聲。"

三、蘇舜欽對杜詩的模仿

蘇舜欽的一些詩歌明顯以一首杜詩爲藍本,從這首杜詩變化而來。如蘇舜欽《升陽殿故址》《覽含元殿基因想昔時朝會之盛且感其興廢之故》《興慶池》《遊南内九龍宫》《宿太平宫》《望秦陵》《過下馬陵》等一組詩歌,皆感前朝之興廢,可與杜甫《哀江頭》對讀。蘇舜欽《大風》也是學習杜甫《茅屋爲秋風所破歌》的結果。

四、蘇舜欽晚年律詩與杜甫成都詩

蘇舜欽早年古體詩較多,晚年律詩較多。他的律詩寫得較好,如《遊洛中内》之"别殿秋高風淅瀝,後園春老樹婆娑",可稱佳對。他在蘇州的作品明麗圓熟,頗似杜甫的成都詩。如《夏中》:

---

① （宋）蘇舜欽《答梅聖俞見贈》。

② （宋）蘇舜欽《送關永言赴彭門》。按蘇舜欽此詩亦頗學杜詩。

> 院僻簾深晝景虚，輕風時見動竿烏。池中緑滿魚留子，庭下陰多燕引雛。雨後看兒争墜果，天晴同客曝殘書。幽棲未免牽塵世，身世相忘在酒壺。

此詩作於吴中，詩寫夏日幽居之樂。一二兩聯寫幽居之景，三聯寫幽居人事，尾聯寫幽居感懷。全詩明麗安和，與杜甫的《江村》非常相似。此外，在詩歌體裁上，蘇舜欽也有學杜之處①。

蘇舜欽的詩歌學杜，首先因爲他的個性與杜甫相似。他關心時政，敢於直言進諫，慷慨有大志，個性比較激烈和豪放。這一點在他的文章中也看得出，如他在寫給皇帝的《乞納諫書》中就頗爲大膽地説："竊恐指鹿爲馬之事，復見於今朝也。"又宋龔明之《中吴紀聞》卷二云："子美豪放，飲酒無算，在婦翁杜正獻家，每夕讀書，以一斗爲率……讀《漢書·張子房傳》，至良與客狙擊秦皇帝，誤中副車，遽伏案曰：'惜乎擊之不中！'遂滿飲一大白。又讀至良曰：'……'又撫案曰：'君臣相遇，其難如此！'復舉一大白。正獻公知之，大笑曰：'有如此下物，一斗誠不爲多也。'"他在《對酒》中説："丈夫少也不富貴，胡顔奔走乎塵世？予年已壯志未行，案上敦敦考文字……長歌忽發泪迸落，一飲一斗心浩然。"這頗似杜甫"富貴應須致身早"的感嘆，風格激烈，如其爲人。蘇舜欽的詩歌學杜，還因爲他的思想與杜甫有相似之處。與杜甫一樣，蘇舜欽關心國事和百姓，並付諸實際。他見京城乞丐衆多，流離失所，即在《論五事》中提出建立"悲田養病坊"，以收容到處流浪的乞丐。他説："京兆之内，丐乞者多，飢寒所侵，往往殘廢。或自折支體，困入泥途，號乎里閭，呻吟道路……臣欲乞依有唐故事，創置悲田養病

① 如有學者指出蘇舜欽在詩歌體裁上學習杜甫的吴體，認爲吴體"自老杜以後，衹有皮日休和陸龜蒙的唱和詩中用過，蘇舜欽則是黄庭堅以前宋人中不多的繼承者之一"。見程千帆、吴新雷《兩宋文學史》，第63頁。

坊……以充粥食……以備醫藥。”這種建議説明蘇舜欽和杜甫一樣,是一位“窮年憂黎元”的詩人。

總之,蘇舜欽的詩歌在内容和風格上都學習杜甫①,有杜甫“詩史”特點。蘇舜欽晚年的一些律詩也與杜甫成都詩接近。雖然蘇舜欽有的詩歌寫得不够細緻,錘煉不够,也有宋人好議論和以文爲詩的特點,但總體上他是北宋中期學杜最明顯也是最成功的一個。

第三節 歐陽修的詩文創作

歐陽修是北宋文壇的領袖,他在文學上取得的成就在王禹偁、梅堯臣、林逋之上,也在蘇舜欽之上②。正如錢鍾書所説,他是宋代第一個在詩、詞、散文等方面都成就卓著的大家③,算得上文備衆體。有學者認爲,歐陽修對宋詩有奠基作用④。

一、歐陽修的散文和詞

歐陽修是宋代較早寫古文的作家之一,他的散文學韓愈而不拘一格。歐陽修散文學韓愈,大概是因爲他小時候曾經得到一本

---

① 明代的胡應麟曾總結宋代學杜的詩人,蘇舜欽是其中之一。他説:“宋之……學杜者,王介甫、蘇子美、黄魯直、陳無己、陳去非、楊廷秀。”參見《詩藪》外編卷五。

② 歐陽修自己就有這樣的認識,他説:“子美忽已死,聖俞舍吾南。嗟吾譬馳車,而失左右驂。”早把蘇舜欽和梅堯臣看作爲自己拉車的馬。參見(宋)歐陽修《讀梅氏詩有感示徐生》,(宋)歐陽修著,李逸安點校《歐陽修全集》卷五四,中華書局2001年版,第762頁。以下凡引歐陽修詩文皆見此本,除有必要者僅注出詩文題。

③ 錢鍾書《宋詩選注》,第24頁。

④ 谷曙光《論歐陽修對韓愈的接受與宋詩的奠基》,《北京師範大學學報》2005年第3期,第85頁。

韓文的緣故①,學韓是他對韓文反復研究揣摩的結果。當然,這些作於"三上"的文章亦不盡同於韓②,大略韓文野而歐文雅,韓文放而歐文秀。但是,也應該看到,他寫的許多表奏書啓也多使用駢體,對駢體之工者,也能表示由衷贊賞。如其《歸田録》卷一中記一人駢體章表云:"父歿王事,身丁母憂。義不戴天,難下穹廬之拜;禮當枕塊,忍聞夷樂之聲。"歐陽修贊嘆説:"當時以爲四六偶對,最爲精絶。""歐陽修文學上的重要貢獻,是推翻了以楊億、劉筠爲代表的西崑體詩、四六時文對宋代文壇的百年統治,最終結束了魏晋以降駢文獨霸天下的局面,爲古文運動的發展壯大寫下了輝煌的一頁。"③

歐陽修的詞有240首,可以反映出他豐富多彩的"業餘"生活。他自己對詩詞的用途分得十分清楚,言志用詩,言情就用詞。他的詞大部分刻畫細緻,深秀可誦,婉轉深情。有些詞寫冶遊生活,較爲暴露。

二、歐陽修的詩學淵源及其詩歌的特點

歐陽修有詩860餘首,錢鍾書説他"深受李白和韓愈的影響"④,"苦學昌黎,參以太白、香山"⑤。但細味其詩,却大部分並不似韓,而是比較接近李白。這似乎也是當時人普遍的認識,如蘇軾就説過:"歐陽子論大道似韓愈,論事似陸贄,記事似司馬遷,詩賦

① (宋)歐陽修《記舊本韓文後》:"予爲兒童時……得唐《昌黎先生文集》六卷……讀之,見其言深厚而雄博。"

② 歐陽修《歸田録》卷二自謂:"余平生所作文章,多在三上:乃馬上、枕上、厠上也。"

③ 李逸安《歐陽修全集·前言》,第32頁。

④ 錢鍾書《宋詩選注》,第24頁。

⑤ 錢鍾書《談藝録》(補訂本),第166頁。

似李白。此非予言也,天下之言也。"[①]歐陽修自己也説"翰林風月三千首,吏部文章二百年"[②],則其詩學李白、文尊韓愈可知矣。歐陽修論詩推崇韓孟,他説:"韓孟於文詞,兩雄力相當。"[③]儘管如此,他的詩似韓之處祇有《欒城遇風效韓孟聯句體》等幾首聯句詩而已,且相似之處也多在形式,而不是内容和風格。

歐陽修的詩以秀取勝,古體詩清秀中顯平易,近體詩清秀中偶見感慨,而蒼渾壯闊之句亦時有之。他的詩主要學李白,尤其是其古體詩。如《上方閣》云:"聞鐘渡寒水,共步尋雲嶂。還隨孤鳥下,却望層林上。清梵遠猶聞,日暮空山響。"《伊川泛舟》:"春谿漸生溜,演漾回舟小。沙禽獨避人,飛去青林杪。"這樣的詩頗有李詩之高妙。又《廬山高贈同年劉中允歸南康》《盤車圖》都模仿李白《蜀道難》。他詩學李白,缺點是依傍前人之處較多,然猶能自成面目。其古體詩較繁冗,而律詩相對較爲簡净,如"幾驛秦亭盡,千山蜀鳥啼"[④],寫送别之景,融情入景,可稱佳句。

在當時的詩人中,他和梅堯臣、蘇舜欽是好朋友。他有一首詩名爲《太白戲聖俞》,他在詩中把梅堯臣比作孟郊和賈島,譏其詩風寒窘,不似李白之飄逸。但他的詩也和梅堯臣有同樣的毛病,有時也以穢惡的事物入詩。如《憎蚊》:"蠅虻蚤虱蟣,蜂蠍蚖蛇蝮。"又《詠蚊》"蚤虱蚊虻罪一倫,未知蚊子重堪嗔",穢惡之物的密度似乎都在梅堯臣之上[⑤]。歐陽修的詩也有好議論和以文爲詩的特徵,如《鬼車》之"嘉祐六年秋,九月二十有八日",和散文無異。有的學者説:"歐陽修以文爲詩,既保持了唐詩的格局,又寫得比較流利

① (宋)蘇軾《六一居士集叙》,(宋)蘇軾撰,孔凡禮點校《蘇軾文集》卷一〇,中華書局1986年版,第316頁。

② (宋)歐陽修《贈王介甫》。

③ (宋)歐陽修《讀蟠桃詩寄子美》。

④ (宋)歐陽修《送孟都官知蜀州》。

⑤ (宋)歐陽修《憎蒼蠅賦》。

灑脱……爲宋詩的散文化、議論化開闢了道路，奠定了基礎。"[1]其實，雖然歐陽修的詩總體尚可稱得起一個"秀"字，但以文爲詩却是他詩歌的特徵。

三、歐陽修詩與杜詩

從總體上看，歐陽修並不學杜。歐陽修對杜甫的態度是有些矛盾的，一方面他承認杜甫在詩歌史上的崇高地位，一方面又對杜甫偶露微諷。

歐陽修在《謝氏詩序》中説："景山嘗學杜甫、杜牧之文，以雄健高逸自喜。"説明他對杜甫是懷有敬佩之情的。他説："昔時李杜爭横行，麒麟鳳凰世所驚。"[2]又説"歌詩唐李杜"[3]，"杜君詩之豪……死也萬世珍"[4]，對李杜都有很高的評價。他對杜詩煉字比較佩服，在其《詩話》中就曾説杜甫"身輕一鳥過"中的"過"字，當時人以爲"諸君亦不能到也"。他對杜詩的風格也有準確的認識[5]。歐陽修對杜集非常熟悉，如他説："唐世一藝之善，如公孫大娘舞劍器……皆見於唐賢詩句，遂知名於後世。"[6]此公孫大娘舞劍器顯出杜詩。他又説："自唐封演已言《嶧山碑》非真，而杜甫直謂棗木傳刻耳。"[7]但他偶爾對杜甫進行嘲諷。他評論李杜優劣，謂"杜甫於白得其一節，而精强過之。至於天才自放，非甫可到也"[8]。對杜甫的評價不甚高。他曾提到李白《戲杜甫》一詩，謂

---

① 黄進德《歐陽修評傳》，南京大學出版社 1998 年版，第 430 頁。

② （宋）歐陽修《感二子》。

③ （宋）歐陽修《和武平學士歲晚禁直書懷五言二十韵》。

④ （宋）歐陽修《堂中畫像探題得杜子美》。

⑤ 如（宋）歐陽修《詩話》中説："唐之晚年，詩人無復李、杜豪放之格。"

⑥ （宋）歐陽修《詩話》。

⑦ （宋）歐陽修《集古録目序題記・秦泰山刻石》。

⑧ （宋）歐陽修《筆説》。

“太瘦生”爲唐人語①,而並不爲杜甫辯白。他作詩説“相逢嘲飯顆”②,有微諷之意。

無論内容還是風格,歐陽修的詩歌和杜詩都相去較遠。但如果仔細尋找,我們還是可以發現杜甫對歐陽修的一些影響,儘管這些影響很小。杜甫對歐陽修的影響有以下幾點:

首先,歐陽修也創作了一些關心百姓和國事的詩歌。如其《食糟民》:“不見田中種糯人,釜無糜粥度冬春。還來就官買糟食,官吏散糟以爲德……我飲酒,爾食糟,爾雖不我責,我責何由逃。”不僅表達了對人民困苦生活的同情,也有對自己的責問。又《再和聖俞見答》:“問我居留亦何事,方春苦旱憂民黎。”《晏太尉西園賀雪歌》:“須憐鐵甲冷徹骨,四十餘萬屯邊兵。”都表明詩人對百姓的關心。歐陽修的詩也反映了當時的政治和國家局勢,如《邊户》云:“自從澶州盟,南北結歡娱。”反映了澶淵之盟後邊境的情況。歐陽修對軍事比較關注③,因此,他的詩也從不同側面反映了當時的軍事鬥争。如《送任處士歸太原》:“一虜動邊陲,用兵三十萬。天威豈不嚴,賊首猶未獻。”歐陽修的這些詩歌繼承了杜甫反映現實的精神,當然,他反映現實的深度和杜詩有很大差距。

其次,一些句法似杜。歐陽修詩中亦有一些“句中對”,如“白沙飛白鳥,青障合青蘿”④,“紅箋搦管吟紅藥,緑酒盈尊舞緑鬟”⑤。他的詞中亦有此句法,如他在《浣溪沙》中就有“乍雨乍晴花自落,閑愁閑悶晝偏長”這樣的句子。

還有,歐陽修的一些詩句風格似杜。歐陽修的詩總體上寫得

① (宋)歐陽修《詩話》。
② (宋)歐陽修《冬夕小齋聯句寄梅聖俞》。
③ (宋)歐陽修《論西北事宜劄子》。
④ (宋)歐陽修《下勞津》。
⑤ (宋)歐陽修《答子華舍人退朝小飲官舍》。

比較秀逸，但有的詩句也較爲剛健。如他的使北之作《馬齧雪》："馬飢齧雪渴飲冰，北風捲地來峥嶸。馬悲躑躅人不行，日暮途遠千山横。"又如《風吹沙》："北風吹沙千里黄，馬行确犖悲摧藏。當冬萬物慘顔色，冰雪射日生光芒。"他的一些詩句寫得境界闊大，如"百年干戈流戰血，一國歌舞今荒臺"①，又"萬樹蒼煙三峽暗，滿川明月一猿哀"②，"非鄉况復驚殘歲，慰客偏宜把酒杯"③，"浪得浮名銷壯節，羞將白髮見青山"④，"楚館尚看淮月色，嵩雲應過虎關迎"⑤，深秀中見蒼渾，頗有似杜之處。

最後，歐陽修的一些詩句直接出自杜詩或與杜詩有較多的相似性。如《嘗新茶呈聖俞》之"終朝采摘不盈掬"，與杜甫的"采柏動盈掬"相類。他的"徑蘭欲謝悲零露，籬菊空開乏凍醪"⑥，頗有杜甫"竹葉於人既無分，菊花從此不須開"之意。"鼓角雲中壘，牛羊雪外山"⑦，當直接從杜甫"煙火軍中暮，牛羊嶺上村"變化而來。《送同年史褒之武功尉》之"今兹一尉遠，猶困折腰嗟"，又"折腰莫以微官耻，爲政須通異俗情"⑧，都是杜甫"不作河西尉，凄凉爲折腰"的變體。又"楚俗歲時多雜鬼，蠻鄉言語不通華……叢林白晝飛妖鳥，庭砌非時見異花。惟有山川爲勝絶，寄人堪作畫圖誇"⑨，也和杜甫"形勝有餘風土惡"同調。"明年食粥知誰在，自向欄邊種數叢"⑩，即

---

① （宋）歐陽修《和劉原父澄心紙》。
② （宋）歐陽修《黄溪夜泊》。
③ （宋）歐陽修《黄溪夜泊》。
④ （宋）歐陽修《再至西都》。
⑤ （宋）歐陽修《送京西提刑趙學士》。
⑥ （宋）歐陽修《和應之同年兄秋日雨中登廣愛寺閣寄梅聖俞》。
⑦ （宋）歐陽修《送謝希深學士北使》。
⑧ （宋）歐陽修《送楊君之任永康》。
⑨ （宋）歐陽修《寄梅聖俞》。
⑩ （宋）歐陽修《筆説》。

杜甫之"明年此會知誰健,醉把茱萸仔細看"。"行雲却在行舟下……疑是湖中别有天"①,也即杜甫之"春水船如天上坐,老年花似霧中看"。

總之,歐陽修雖然詩學李白,但他承認杜甫在詩歌史上的崇高地位。他創作了一些關心百姓和國事的詩歌,繼承了杜甫的精神實質。歐陽修詩的一些句法和詩句風格與杜甫相似,他還在自己的詩中化用了一些杜詩。所以,杜甫詩歌對歐陽修的詩歌創作産生了一定影響。

第四節　王安石詩與杜詩

王安石是宋代著名的政治家、思想家,也是著名的文學家。他有詩歌 1 500 餘首,文 300 餘篇,此外尚有不少學術著作。有學者認爲"宋詩一代之面目成於王安石"②。他的詩歌初學杜甫、韓愈③,晚年則學習陶淵明和謝靈運,還從晚唐詩歌汲取營養,可謂轉益多師。杜甫對王安石的詩歌有比較大的影響。

一、王安石對杜甫和杜詩的認識

王安石説"可但風流追甫白,由來家世出機雲"④,可知他對杜

---

① (宋)歐陽修《采桑子》。

② 趙曉蘭《宋詩一代面目的成就者——王安石》,《四川師範大學學報》1995 年第 2 期,第 78 頁。

③ 如錢鍾書就説:"荆公詩語之自昌黎沾丐者,不知凡幾。"見錢鍾書《談藝録》(補訂本),第 69 頁。

④ (宋)王安石《次韵陸定遠以謫往來求詩》,(宋)王安石著,秦克、鞏軍標點《王安石全集》卷六一,上海古籍出版社 1999 年版,第 488 頁。以下凡引王安石詩文皆見此本,除有必要者僅注出詩文題名。

甫的評價比較高。他對杜甫的遭遇多有感慨，説“詩人况又多窮愁，李杜亦不爲公侯”①。他推崇杜甫，也極喜杜詩。王安石對杜詩的認識見於其《老杜詩後集序》：

> 予考古之詩，尤愛杜甫氏作者。其辭所從出，一莫知窮極，而病未能學也。世所傳已多，計尚有遺落，思得其完而觀之。然每一篇出，自然人知，非人之所能爲而爲之者，惟其甫也，輒能辨之。
>
> 予之令鄞，客有授予古之詩，世所不傳者二百餘篇。觀之，予知非人之所能爲而爲之實甫者，其文與意之著也。然甫之詩，其完見於今日，自予得之。世之學者，至乎甫而後爲詩，不能至，要之不知詩焉爾。嗚呼，詩其難，惟有甫哉！自《洗兵馬》下，序而次之，以示知甫者，且用自發焉。

可見，王安石十分喜歡杜詩，並且極爲熟悉杜詩的風格，能辨别杜詩的真僞。王安石的崇杜亦見於其《杜甫畫像》：

> 吾觀少陵詩，爲與元氣侔。力能排天斡九地，壯顔毅色不可求。浩蕩八極中，生物豈不稠？醜妍巨細千萬殊，竟莫見以何雕鎪。惜哉命之窮，顛倒不見收。青衫老更斥，餓走半九州。瘦妻僵前子仆後，攘攘盗賊森戈矛。吟哦當此時，不廢朝廷憂。常願天子聖，大臣各伊周。寧令吾廬獨破受凍死，不忍四海赤子寒颼颼。傷屯悼屈止一身，嗟時之人我所羞。所以見公像，再拜涕泗流。推公之心古亦少，願起公死從之游。

從此詩中頗可以窺見王安石對杜甫的崇敬之情。張忠綱指出：“他

① （宋）王安石《哭梅聖俞》。

在杜集整理、注釋和杜詩的思想、藝術研究方面，都做出了不少貢獻。他所編《杜工部後集》，僅比王洙所編杜集晚十三年。又有《四家詩選》，以杜甫爲第一，宋人所輯總集，録杜詩成卷者，以王氏《四選》爲最早。”[①]梁啓超《王安石傳》云：“千年來言詩者，無不知尊少陵……其特提少陵而尊之，實自荆公始。”王安石崇杜，是宋代詩學宗尚的一個巨大變化，標志着北宋詩壇由尊韓學韓向尊杜學杜的重大轉换。

二、王安石與“詩史”

王安石十分注重國家的興衰榮辱，他在《上皇帝萬言書》中感嘆道：“顧内則不能無以社稷爲憂，外則不能無懼於夷狄，天下之財力日以困窮，而風俗日以衰壞。”對國事的憂慮縈繞筆端。爲此他上書變法，提出“和戎、青苗、免役、保甲、市易”五事[②]，希望實現富國强兵的願望。作爲一個政治家，王安石對社會和政治有比一般人更深切的體會。正是基於這種思想，同杜甫一樣，王安石創作了一些反映社會現實的詩歌，如其《河北民》云：

> 河北民，生近二邊長苦辛。家家養子學耕織，輸與官家事夷狄。今年大旱千里赤，州縣仍催給河役。老小相攜來就南，南人豐年自無食。悲愁白日天地昏，路旁過者無顔色。汝生不及貞觀中，斗粟數錢無兵戎。

這首詩反映了當時民不聊生的社會現實，有杜詩“詩史”的意味。這樣的詩還有《感事》：

---

① 張忠綱《宋代杜集“集注姓氏”考辨》，《詩聖杜甫研究》，第613頁。
② （宋）王安石《上五事書》。

賤子昔在野，心哀此黔首。豐年不飽食，水旱尚何有。雖無剽盗起，萬一且不久。特愁吏之爲，十室灾八九。原田敗粟麥，欲訴嗟無賕。間關幸見省，笞撲隨其後。况是交冬春，老弱就僵仆。州家閉倉庾，縣吏鞭租負。鄉鄰銖兩徵，坐逮空南畝。取貲官一毫，奸桀已云富。彼昏方怡然，自謂民父母。揭來佐荒郡，懔懔常慚疚。昔之心所哀，今也執其咎。乘田聖所勉，况乃余之陋。内訟敢不勤，同憂在僚友。

又《收鹽》云：

州家飛符來比櫛，海中收鹽今復密。窮囚破屋正嗟郗，吏兵操舟去復出。海中諸島古不毛，島夷爲生今獨勞。不煎海水餓死耳，誰肯坐守無亡逃？爾來賊盗往往有，劫殺賈客沉其艘。一民之生重天下，君子忍與争秋毫。

其餘諸如《兼併》《省兵》《發廪》等也比較真切地反映了當時土地兼併、兵冗財耗等給農民帶來的貧困和灾難。這些詩歌在内容和精神上都與杜甫的"三吏"、"三别"等有相通之處，有"詩史"的意味。

三、杜詩對王安石詩歌創作的影響

杜詩對王安石的影響表現在以下幾個方面：首先，王安石詩中化用了許多杜詩。王安石説："永懷少陵詩，菱葉净如拭。"[①]又"少陵爲爾牽詩興，可是無心賦海棠"[②]，自注云："子美有'東閣官梅動詩興'之句。"《和晚菊》云："淵明酩酊知何處，子美蕭條向此時。"

---

① （宋）王安石《彎碕》。
② （宋）王安石《與微之同賦梅花得香字三首》（之二）。

可知他非常熟悉杜詩。正因爲他熟悉杜詩,其詩中化用杜詩的地方很多。如《寄吴沖卿》"何緣一杯酒,談笑相追逐",即源自杜甫之"何時一樽酒,重與細論文"。其"飄然欲作乘桴計,一到扶桑恨未能"①,即杜甫之"到今有遺恨,不得窮扶桑"。他的"年小從他愛梨栗,長成須讀五車書"②,即杜詩之"男兒須讀五車書"。其《春日》之"室有賢人酒,門無長者車",即杜甫"坐對賢人酒,門聽長者車"。他的"老妻稻下收遺秉,稚子松間拾墮樵"③,也從杜甫"老妻畫紙爲棋局,稚子敲針作釣鈎"變化而來。

其次,王安石在他的集句詩中大量使用杜詩。如《懷元度》中的"秋水纔深四五尺","舍南舍北皆春水","百年衰病獨登臺","山林迹如掃";《示蔡天啓》中的"脱身示幽討","慎勿學哥舒";《送吴顯道》中的"欲往城南望城北";《送劉貢甫謫官衡陽》中的"眼中之人吾老矣","謫官樽俎定常開";《招葉致遠》中的"嫩蕊商量細細開";《戲贈湛源》中的"恰有三百青銅錢","自斷此生休問天";《明妃曲》中的"去住彼此無消息","獨留青冢向黄昏";《即事》中的"柴門今始爲君開","莫嫌野外無供給";《化城閣》中的"登兹翻百憂";《金山寺》中的"始知象教力","憶昨狼狽初","人事隨轉燭";《虞美人》中的"態濃意遠淑且真,同輦隨君侍君側","形勢反蒼黄"等。另外,王安石的集句歌曲裏也有大量杜詩④,兹不俱録。荆公自負才高,他作起集句詩來對杜詩可謂信手拈來。

再次,同杜甫詩歌一樣,王安石的詩歌喜歡大量使用典故。在這一點上,王安石可能受到杜詩的一些影響。但是,王安石用典和杜甫並不相同。杜詩用典多貼合詩意,恰切允當,而王安石用典却

---

① (宋)王安石《次韵平甫金山會宿寄親友》。

② (宋)王安石《贈外孫》。

③ (宋)王安石《吊王先生致》。

④ (宋)王安石《集句歌曲》。

很多是爲了顯示學問。錢鍾書説："詩人要使語言有色澤、增添深度、富於暗示力，好去引得讀者對詩的内容作更多的尋味，就用些古典成語……不過，對一切點綴品的愛好都很容易弄到反客爲主……王安石的詩無論在聲譽上、在内容上、或在詞句的來源上都比西崑體廣大得多……這種把古典來'挪用'，比了那種捧住了類書，説到山水就一味搬弄山水的古典，誠然是心眼活得多，手段高明得多，可是總不免把借債來代替生産。結果是跟讀者捉迷藏，也替箋注家拉買賣。"①按王安石的詩歌在用典方面能够"自出己意"、"借事發明"，這誠然是他比西崑體詩人高明的地方，但詩歌中事典、語典太多，不僅"垛疊死人"，也影響了詩歌的順暢。

此外，同杜甫一樣，王安石也在詩中使用句中對，如"水南水北重重柳，山後山前處處梅"②，"北澗欲通南澗水，南山正繞北山雲"等③。

王安石晚年所作小詩明麗可喜，是王安石集中的精品，被稱爲"王荆公體"④。他晚年歸隱，托興丘山，故有此種風格的詩作⑤。

---

① 錢鍾書《宋詩選注》，第43頁。

② （宋）王安石《庚申游齊安院》。

③ （宋）王安石《江雨》。

④ 莫礪鋒認爲："'王荆公體'是指王安石詩的獨特風格而言的，它的主要風格特徵是既新奇工巧又含蓄深婉，其主要載體是他晚期的絶句。王荆公體既體現了宋詩風貌的部分特徵，又體現了向唐詩復歸的傾向。王安石在建立宋詩獨特風貌的過程中做出了很大貢獻，但是最能代表宋詩特色的詩人却不是他而是蘇、黄。"見莫礪鋒《論王荆公體》，《南京大學學報》1994年第1期，第23頁。

⑤ 關於王安石晚年詩風變化及其原因的論述，見聶風雲《論王安石晚年的心境、詩境與詩風》，《渭南師範學院學報》2004年第4期，第58頁；方建斌《論王安石後期詩風轉變的原因》，《殷都學刊》2001年第3期，第67頁；徐雪梅《談王安石晚年的詩風》，《廣播電視大學學報》2000年第4期，第59頁；高林清《心靈深處的痛苦掙扎——王安石晚年絶句解讀》，《陰山學刊》2004年第5期，第37頁。

正如蘇軾所云:"荆公暮年詩,始有合處。"①這些小詩在内容上多寫景狀物,在形式上多采用絶句,是王安石向中晚唐學習的結果②,這些詩歌和杜甫的成都詩頗有暗合之處。如《春日席上》:"十年流落負歸期,臨水登山各有思。今日樽前千萬恨,不堪頻唱鷓鴣辭。"《金陵絶句》:"水際柴門一半開,小橋分路入青苔。背人照影無窮柳,隔屋吹香並是梅。"《遊鍾山》:"終日看山不厭山,買山終待老山間。山花落盡山長在,山水空流山自閑。"《鍾山晚步》:"小雨輕風落楝花,細紅如雪點平沙。槿籬竹屋江村路,時見宜城賣酒家。"《鍾山絶句》:"澗水無聲繞竹流,竹西花草弄春柔。茅檐相對坐終日,一鳥不鳴山更幽。"《登飛來峰》:"飛來峰上千尋塔,聞説鷄鳴見日升。不畏浮雲遮望眼,自緣身在最高層。"《出郊》:"川原一片緑交加,深樹冥冥不見花。風日有情無處著,初回光景到桑麻。"《起縣舍西亭》:"收功無路去無田,竊食窮城度兩年。更作世間兒女態,亂栽花竹養風煙。"《書湖陰先生壁》:"茅檐長掃静無苔,花木成畦手自栽。一水護田將緑繞,兩山排闥送青來";"桑條索漠柳花繁,風斂餘香暗度垣。黄鳥數聲殘午夢,尚疑身在半山園"。《泊船瓜州》:"京口瓜州一水間,鍾山衹隔數重山。春風又緑江南岸,明月何時照我還?"這些詩似乎已經隱約開了楊萬里的先聲。

---

① (宋)蘇軾《書荆公暮年詩》,孔凡禮點校《蘇軾文集》,第2554頁。

② 劉寧認爲:"王安石的七絶在取法白居易絶句與晚唐詠史絶句的過程中,發展出宋調特徵;對杜牧、李商隱、韓偓等人七絶藝術的取法與創變,形成了雅麗精絶的藝術境界,宋人認爲荆公之作回復唐音,主要是針對這類作品而言,但王安石在其中表現了新的藝術個性,開拓了新的詩境,並非對唐音的簡單復歸。王安石的五絶取法中晚唐五絶精巧細膩的特點而更富於變化。荆公絶句是宋代詩史上的獨特現象。"見劉寧《論王安石絶句對中晚唐絶句的繼承與變化》,《廣西師範大學學報》2005年第2期,第50頁。

四、王安石詩與杜詩的異質性

儘管王安石對杜甫有較高的評價，儘管他的詩歌創作受到杜甫的影響，他的詩歌在整體上與杜甫並没有太多的相同之處，王安石在詩歌創作上取得的成績也與杜甫相去很遠。大略其古體詩學韓，而無韓之力量，衹有韓之難讀，是學其短。又詩中應酬之作十九，難見真情。詩歌好發議論，議論也多流於陳腐。又有以文爲詩之病，病入膏肓，幾無藥可治。荆公古體詩殊少佳篇，詞義冗長拖遝，或艱深或逼仄或蹇澀，平易流暢尚不能至。又以文爲詩，以詩説理，難以卒讀。具體分析如下。

首先，王安石早年創作的不少古體詩有好議論的傾向，質樸少文，並未見佳，也不能擺脱宋代詩歌的通病。正如錢鍾書所云："荆公五七古善用語助，有以文爲詩，渾灝古茂之致。"[①]錢鍾書所云之"渾灝古茂"，正是古質樸拙之意。王安石詩歌多使用語助，這正是他的詩歌未完全擺脱古文束縛的標志。他以文爲詩有時達到讓人無法忍受的地步，如其《和吴沖卿鵶樹石屏》云：

> 嗟哉渾沌死，乾坤至，造作萬物醜妍巨細各有理。問此誰主何其精，恢奇譎詭多可喜。人於其間乃復雕鑱刻畫出智力，欲與造化追相傾。拙者婆娑尚欲奮，工者固已窮誇矜。吾觀鬼神獨與人意異，雖有至巧無所争。所以虢山間，埋没此寶千萬歲，不爲見者驚。吾又以此知妙偉之作不在百世後，造始乃與元氣並。畫工粉墨非不好，歲久剥爛空留名。能從太古到今日，獨此不朽由天成。世人尚奇輕貨力，山珍海怪采掇今欲索。[②]

---

① 錢鍾書《談藝録》（補訂本），第70頁。

② 此詩歐陽修、蘇舜欽亦同作，歐陽修詩名爲《吴學士石屏歌》，蘇舜欽詩名爲《永叔石月屏圖》。

詩寫吴氏石屏之瑰奇多姿，是以文爲詩達到極致的作品，如“吾又以此知妙偉之作不在百世後”這樣的句子實在不像詩語。又《白鶴吟示覺海元公》：“白鶴聲可憐，紅鶴聲可惡。白鶴静無匹，紅鶴喧無數。白鶴招不來，紅鶴揮不去。長松受穢死，乃以紅鶴故。北山道人曰：美者自美，吾何爲而喜？惡者自惡，吾何爲而怒？去自去耳，吾何闕而追？來自來耳，吾何妨而拒？吾豈厭喧而求静？吾豈好丹而非素？汝謂松死吾無依邪？吾方捨陰而坐露。”又《張氏静居院》：“問侯年幾何？矯矯八十餘。問侯何能爾？心不藏憂愉。問侯客何爲？弦歌飲投壺。問侯兒何讀？夏商及唐虞。”這樣的詩祇是有韵之文耳①。

其次，王安石的詩歌也有以穢惡入詩的特點，在這一點上他和梅堯臣有同樣的毛病。如其《和王樂道烘虱》云：“秋暑汗流如炙輠，敝衣濕蒸塵垢涴。施施衆虱當此時，擇肉甘於虎狼餓。咀齧侵膚未云已，爬搔次骨終無那。時時對客輒自捫，千百所除纔幾個。皮毛得氣强復活，爪甲流丹真暫破。未能湯沐取一空，且以火攻令少挫。踞爐熾炭已不暇，對竈張衣誠未過。飄零乍若蛾赴燈，驚擾端如蟻施磨。欲毆百惡死焦灼，肯貸一凶生棄播。已觀細黠無所容，未放老奸終不墮。”王安石自己不大喜歡洗澡②，他寫起這類詩

---

①　王安石集中這樣的詩很多，如《酬王詹叔奉使江東訪茶法利害見寄》等篇，均有這種特點。

②　據《宋史》卷三二七《王安石傳》：“安石未貴時，名震京師，性不好華腴，自奉至儉，或衣垢不澣，面垢不洗，世多稱其賢。蜀人蘇洵獨曰：‘是不近人情者，鮮不爲大奸慝。’作《辨奸論》以刺之。”按蘇洵《辨奸論》云：“今有人口誦孔、老之言，身履夷、齊之行，收招好名之士、不得志之人，相與造作言語，私立名字，以爲顔淵、孟軻復出，而陰賊險狠，與人異趣，是王衍、盧杞合而爲一人也，其禍其可勝言哉。夫面垢不忘洗，衣垢不忘澣，此人之至情也。今也不然，衣臣虜之衣，食犬彘之食，囚首喪面而談《詩》《書》，此豈其情也哉。凡事之不近人情者，鮮不爲大奸慝，豎刁、易牙、開方是也。”見《蘇洵集》，中國書店2000年版，第87頁。蘇軾《謝張太保撰先人墓碣書》：“伏蒙再示先人《墓表》，（轉下頁）

歌也比别人來得真切。

再次,王安石的詩歌還有一個毛病,就是應酬詩太多。翻開王安石詩集,觸目所見,十九是他寫的連篇累牘、分類清晰的應酬詩。錢鍾書在《宋詩選注》中對宋詩的這種應酬的詩風給予了嚴厲批評,他説:"從六朝到清代這個長時期裏,詩歌愈來愈變成社交的必需品,賀喜吊喪,迎來送往,都用得着,所謂'牽率應酬'。應酬的對象非常多;作者的品質愈低,他應酬的範圍愈廣,該有點真情實話可説的題目都是他把五七言來寫'八股'、講些客套虚文的機會。……就是一位大詩人也未必有那許多真實的情感和新鮮的思想來滿足'應制'、'應教'、'應酬'、'應景'的需要,於是不像《文心雕龍·情采》篇所謂'爲文而造情',甚至以'文'代'情',偷懶取巧,羅列些古典成語來敷衍搪塞。爲皇帝做詩少不得找出周文王、漢武帝的軼事,爲菊花作詩免不了扯進陶潛、司空圖的名句。"①按錢鍾書雖然把中國詩歌的這種毛病劃定在"從六朝到清代這個長時期裏",但是,這段意味深長的話没有寫在《宋詩選注》那篇著名的序言裏,也没有寫在宋代其他詩人的小序裏,而恰恰是寫在王安石的名下,這顯然代表了錢鍾書對王安石詩歌的某種認識。錢鍾書的大段議論顯然爲王安石而發,衹是他不願點明罷了。也就是説,牽率應酬雖然是"從六朝到清代這個長時期裏"中國詩歌的通病,但王安石尤其病得厲害。

當然,王安石詩歌也有優長之處。首先,他的詩也有流暢可誦者,如"清明曉赴韓侯家,自買白杏丁香花"②。又《明妃曲》是王安

(接上頁)特載《辨奸》一篇,恭覽涕泗……先人之言,非公表而出之,則人未必信。信不信何足深計,然使斯人用區區小數以欺天下,天下莫覺莫知,恐後世必有秦無人之嘆。"見孔凡禮點校《蘇軾文集》,第1426頁。

① 錢鍾書《宋詩選注》,第42頁。

② (宋)王安石《三月十日韓子華招飲歸城》。

石集中名作,《明妃曲》共有二首,人們稱道的往往是第一首,其實《明妃曲》的第二首亦是王安石集中的佳作,詩云:“明妃初嫁與胡兒,氈車百輛皆胡姬。含情欲説獨無處,傳與琵琶心自知。黄金捍撥春風手,彈看飛鴻勸胡酒。漢宫侍女暗垂泪,沙上行人却回首。漢恩自淺胡自深,人生樂在相知心。可憐青冢已蕪没,尚有哀弦留至今。”這首詩議論精警,有過人之處,衹不過“漢恩自淺胡自深,人生樂在相知心”這樣的句子不大容易爲人接受罷了。此句在當時就引人議論,李壁注云:“范沖對高宗嘗云:‘臣嘗於言語文字之間得安石之心,然不敢與人言。且如詩人多作《明妃曲》以失身胡虜爲無窮之恨,讀之者至於悲愴感傷,安石爲《明妃曲》,則曰:漢恩自淺胡自深,人生樂在相知心。然則劉豫不是罪過,漢恩淺而虜恩深也?今之背君父之恩,投拜而爲盜賊者,皆合於安石之意。此所謂壞天下之心術。孟子曰:無父無君,是禽獸也。以胡虜有恩而遂忘君父,非禽獸而何?’公語意固非,然詩人一時務爲新奇,求出前人所未道,而不知其言之失也。”①其次,王安石的一些詩作感情真摯,頗能動人。如《示長安君》:“少年離别意非輕,老去相逢亦愴情。草草杯盤供笑語,昏昏燈火話平生。自憐湖海三年隔,又作塵沙萬里行。欲問後期何日是,寄書應見雁南征。”《出塞》:“涿州沙上飲盤桓,看舞春風小契丹。塞雨巧催燕泪落,濛濛吹濕漢衣冠。”再次,王安石的一些詩句對仗工切,如“賞盡高山見流水,唱殘白雪值陽春”②,“他日若能窺孟子,終身何敢望韓公”③,“已成白髮潘常侍,更似青衫杜拾遺”④,“老餞城東陌,悲分歲暮襟”⑤,“百年冠

---

① (宋)王安石著,(宋)李壁注,李之亮校點補箋《王荆公詩注補箋》卷六,巴蜀書社2002年版,第111頁。

② (宋)王安石《次韵張奉議》。

③ (宋)王安石《奉酬永叔見贈》。

④ (宋)王安石《酬王太祝》。

⑤ (宋)王安石《送張生赴青州幕》。

蓋風雲會，萬里山川日月新"[1]，"明時尚使龍蛇蟄，壯志空傳虎豹韜"[2]，"清坐苦無公事擾，高談時有故人經"[3]，"挾策讀書空有得，求田問舍轉無成"[4]，"共知官似夢，莫負酒如泉"[5]，"寂寥誰共樽前酒，勞落空留案上杯"[6]，"幸有清樽堪酩酊，忍陪良友不從容"[7]，"直以文章供潤色，未應風月負登臨"[8]，"故園回首三千里，新火傷心六七年"等[9]。這些流暢可誦的詩句算得上是王安石詩歌的優長，但這樣的詩句在王安石詩歌中是極少的。

王安石對杜甫詩歌有很高的評價，杜詩對其詩歌創作也産生了一定影響。周裕鍇認爲："杜甫在詩壇的崇高地位是在北宋中葉後纔真正奠定的。宋初詩人王禹偁儘管對杜詩保持着相當的敬意，但他的詩實際上走的是白居易淺切的路子。西崑體的首領楊億則把杜甫目爲鄙陋的'村夫子'。宋仁宗以後，儒學思潮的復興、詩文革新運動的崛起固然使人們重新認識到杜甫的政治倫理價值，但從道學家程頤不喜歡杜詩的'閑言語'、詩文革新運動領袖歐陽修不好杜詩的奇怪現象中，可以窺見當時人們對杜詩的藝術精神還未引起真正重視……韓愈在詩文兩個領域中，都在相當長一段時間内成爲復興儒學、討伐西崑的旗幟。宋代詩壇由崇韓到崇杜的轉移大約發生在熙寧、元祐年間，轉變風氣的人物首推王安

① （宋）王安石《送何正臣主簿》。

② （宋）王安石《别雷周輔》。

③ （宋）王安石《寄酬曹伯玉因以招之》。

④ （宋）王安石《寄吉甫》。

⑤ （宋）王安石《華藏寺會故人》。

⑥ （宋）王安石《法喜寺》。

⑦ （宋）王安石《疊翠亭》。

⑧ （宋）王安石《幕次憶漢上舊居》。

⑨ （宋）王安石《清明輦下懷金陵》。

石,輔之以王的政敵司馬光、張方平、蘇軾兄弟等等。"①吴中勝、孫雨廣認爲:"在同時代學杜人中,王安石不但從内容上,而且從形式上學杜。在人格上汲取了杜詩的精華,在風格技巧和表現方法上深入學習並不斷創新,在文學主張上的一致性,影響了其詩的整體成就,人稱'東京之子美'。"②本書認爲,儘管王安石詩中化用了許多杜詩,他的集句詩中也直接使用了很多杜詩,並且王安石的詩歌同杜詩一樣喜歡大量使用典故,也學習了杜詩的一些句法,但我們不得不指出,從詩歌本身看,王安石的詩歌總體上與杜詩有很大差異。除其晚年絶句外,王安石詩歌實亦未形成自己的獨特風格,其詩歌的藝術性也與杜詩相距較遠。因此,王安石是"東京之子美"的説法實有必要繼續加以討論。

第五節　曾鞏詩歌説略

曾鞏,字子固,建昌南豐(今江西南豐)人。性孝友,爲文章,上下馳騁,愈出而愈工,一時工作文詞者,鮮能過也。曾鞏詩歌現存四百餘首,其古體詩古質樸素,不僅不够精煉,還好夾雜議論,以文爲詩,加之語言拖遝,句法繁瑣,當時就有人説他"不會作詩"③。

曾鞏的詩歌受到韓愈的影響,其《遊麻姑山》云:"軍南古原行數里,忽見峻嶺横千尋。誰開一徑破蒼翠,對植松柏何森森。危根自迸古崖出,老色不畏莓苔侵。修竹整整儼朝士,下蔭石齒明如

---

① 周裕鍇《工部百世祖,涪翁一燈傳——杜甫與江西詩派》,《杜甫研究學刊》1990 年第 3 期,第 18 頁。

② 吴中勝、孫雨廣《東京之子美——論王安石詩學杜》,《杜甫研究學刊》2002 年第 4 期,第 74 頁。

③ 錢鍾書《宋詩選注》,第 39 頁。

金。遂登半嶺望城郭，但見積靄縈江潯。岡陵稍轉露樓閣，沙莽忽盡横園林。秋光已逼花草歇，寒氣況乘岩谷深。我馳輕輿豈知倦，倏忽遂覺窮嶔崟。龍門誰來此中鑿，玉簡不記何年沉。泉聲可聽真衆籟，泉意欲瀉無瑶琴。斗迴地勢平如削，穲稏百頃黄差參。横開三門兩出路，却立兩殿當崖陰。深廊千步抵岩腹，桀木萬本摩天心。碑文磊嵬氣不俗，筆畫縹緲工非今。世傳仙人家此地，天風泠泠吹我襟。今人豈解不老術，可怪緑髮常盈簪。根源分明我能説，一室傾里輪瑯琳。相高既不擁耒耜，方壯又不持戈鐔。我丁轗軻豈暇議，直喜虚曠開煩襟。清謡出口若先構，白酒到手無停斟。山人執袂與我語，留我饋我山中禽。玲瓏當窗急雨灑，窈窕隔溪孤笛吟。未昏已移就明燭，病骨夜宿添重衾。神醒氣王目無睡，到曉獨愛流泉音。起來身去接塵事，片心未省忘登臨。"①詩歌按時間順序寫遊覽麻姑山的所見所感，單行順接，質樸自然，恰似韓愈的《山行》。他也偶有學習李白之作，如其《麻姑山送南城尉羅君》云："但見塵消境静翔白鶴，吟清猿，鸛禽乳鹿往往嗥荒巔。却視來徑如緣絙，千重萬疊窮岩巒。下有荆吴粟粒之群山，又有甌閩一髮之平川。弈棋縱衡遠近布城郭，魚鱗參差高下分岡原。千奇萬異可意得，墨筆盡禿誰能傳。"此顯然是模仿李白的《蜀道難》。

曾鞏集中多是酬贈、詠懷、流連光景之作，也有些作品言及國事，如其《北使》云："南粟鱗鱗多送北，北兵林林長備胡。胡使一來大梁下，塞頭彎弓士如無。折衝素恃將與相，大策合副艱難須。還來里閭索窮下，斗食尺衣皆北輸。中原相觀嘆失色，馬騎日肥妖氣粗。九州四海盡帝有，何不用之藩北隅。"此寫契丹使者前來勒索而朝廷勉力應付的境況，對朝廷的苟且偷安深表憂慮。其《湘寇》云："衡湘有寇未誅剪，殺氣凛凛圍江潯。北兵居南匪便習，若以大

---

① （宋）曾鞏撰，陳杏珍、晁繼周點校《曾鞏集》，中華書局 1984 年版，第 31 頁。本文所引曾鞏詩均見此書，爲節省篇幅，不再注出。

舶乘高岑。傖人操兵快如鶻,千百其旅巢深林。超突溪崖出又伏,勢變不易施戈鐔。能者張弓入城郭,連邑累鎮遭驅侵。群黨争誇殺吏士,白骨棄野誰棺衾。貔貅數萬直何用,月費空已逾千金。楚爲貧鄉乃其素,應此調發寧能禁。捷如馬援不得志,强曳兩足登嶔崟。烏蟻睢盱倚岩險,此慮難勝端非今。較然大體著方册,唯用守長懷其心。祝良張僑乃真選,李瑑道古徒爲擒。嗚呼廟堂不慎擇,彼士齪齪何能任。大中咸通乃商鑒,養以歲月其憂深。願書此語致太史,獻之以補丹扆箴。"此寫湘寇之殺人越貨而官兵不能制,詩人憂國之情溢於言表。

大體言之,曾鞏古體不如近體,五言不及七言,七律又不及七絶。其七言絶句最好,如《桃花源》云:"來時秋不見桃花,空樹寒泉瀉石涯。争得時人見鸞鳳,不教身去憶烟霞。"《會稽絶句三首》云:"花開日日去看花,遲日猶嫌影易斜。莫問會稽山外事,但將歌管醉流霞";"花開日日插花歸,酒盞歌喉處處隨。不是心閑無此樂,莫教門外俗人知";"年年穀雨愁春晚,况是江湖兩鬢華。欲載一樽乘興去,不知何處有殘花"。《離齊州後五首》(之四)云:"將家須向習池遊,難放西湖十頃秋。從此七橋風與月,夢魂常到木蘭舟。"《出郊》云:"葛葉催耕二月時,斜橋曲岸馬行遲。家家賣酒清明近,紅白花開一兩枝。"《城南二首》云:"雨過横塘水滿堤,亂山高下路東西。一番桃李花開盡,惟有青青草色齊";"水滿横塘雨過時,一番紅影雜花飛。送春無限情惆悵,身在天涯未得歸"。《寒食》云:"一廛飄泊在天涯,寒食園林不見花。唯有市亭酤酒客,俚歌聲到日西斜。"《西樓》云:"海浪如雲去却回,北風吹起數聲雷。朱樓四面鈎疏箔,卧看千山急雨來。"《杜鵑》云:"杜鵑花上杜鵑啼,自有歸心似見機。人各有求難意合,何須勤苦勸人歸?"這些七言絶句較爲流暢,錢鍾書以爲"有王安石風致"①,其實不及荆公,唯略

① 錢鍾書《宋詩選注》,第39頁。

似耳。

曾鞏對杜甫較爲推崇和喜愛。據張忠綱考證，宋神宗熙寧年間，曾鞏任齊州太守，曾取杜詩"東藩駐皂蓋，北渚淩清河"之意在西湖（即今大明湖）作北渚亭，並作《北渚亭》《北渚亭雨中》詩。他又有《西湖二首》《西湖納凉》《西湖二月二十日》等詩，詠歌西湖的美麗景色①。又《黄氏補千家集注杜工部詩史》《分門集注杜工部詩》等杜詩注本中亦存有曾鞏論杜條目。

但是，曾鞏作詩不學習杜詩，幾乎没有受到杜甫的影響，他衹是偶爾在詩中提及杜甫，如其《鵲山亭》云："大亭孤起壓城顛，屋角峨峨插紫煙。濼水飛綃來野岸，鵲山浮黛入晴天。少陵騷雅今誰和，東海風流世謾傳。太守自吟還自笑，歸時乘月尚留連。"《寄王樂道》云："荆州南走困塵埃，應喜文章意自開。明世正逢多事日，要塗須用出倫材。不回霜雪天應惜，未得風雲衆忍摧。若向沙頭吊杜甫，近詩懸望自書來。"《孫少述示近詩兼仰高致》云："大句閎篇久擅場，一函初得勝琳瑯。少陵雅健材孤出，彭澤清閑興最長。世外麒麟誰可係，雲中鴻雁本高翔。白頭多病襄陽守，展卷臨風欲自强。"又其《北歸三首》（其三）之"堵墻學士驚相問，何處塵埃瘦老翁"，此似用杜甫《莫相疑行》之"集賢學士如堵墻，觀我落筆中書堂"。除此之外，他詩中使用杜詩典故的地方極少。

綜上，曾鞏詩歌從内容上看，應酬、流連光景以及寫日常生活的詩作較多。從風格上看，其古體詩多古樸質拙而多有議論，又有散文化傾向，並不甚佳，而其七言絶句寫得較好。曾鞏詩不似杜詩，甚至也不大使用杜詩的典故，這在宋人中是頗爲少見的。此外，曾鞏以文章名世，是唐宋八大家之一，但其文章多屬實用文體，抒情寫志之作較少，故在"八大家"中似亦不能與韓、柳、歐、蘇比肩。

---

① 張忠綱《北宋時期的山東杜詩學》，《詩聖杜甫研究》，第526頁。

第六節　王令及其詩文創作

王令，初字鍾美，改字逢原，揚州人。五歲而孤，由叔祖父王乙養育成人。少不羈，好爲狂詭之行，或騎驢入山，每以蒸餅十數掛驢項上。後師事王安石，安石雅重之，謂其爲豪傑之士，以爲其文學、才智、行義皆高過人。嘗作《過唐論》，王安石謂此文方賈誼《過秦論》不及而馳騁過之。不樂仕進，以講學授徒爲業，從學者甚衆。其妻吴氏，安石夫人之女弟，遺腹一女，生子吴説，即其詩文集之編輯者。

王令集中與王安石酬唱之作頗多。其《贈王介甫》云："當世胸懷萬古淳，平生才術老經綸。况逢堯舜登賢日，不復伊周望古人。得志定知移弊俗，聞風猶足警斯民。九門無謁天旒邃，可惜長令仕爲貧。"①王令卒後，王安石爲其撰寫《墓志銘》云："始予愛其文章，而得其所以言，中予愛其節行，而得其所以行；卒予得其所以言，浩浩乎其將沿而不窮也，得其所以行，超超乎其將追而不至也。於是慨然嘆，以爲可以任世之重而有功於天下者，將在於此，余將友之而不得也。"又作《思王逢原三首》云："布衣阡陌動成群，卓犖高才獨見君。杞梓豫章蟠絶壑，麒麟騕褭跨浮雲。行藏已許終身共，生死那知半路分。便恐世間無妙質，鼻端從此罷揮斤"；"蓬蒿今日想紛披，冢上秋風又一吹。妙質不爲平世得，微言唯有故人知。廬山南墮當書案，湓水東來入酒卮。陳迹可憐隨手盡，欲歡無復似當時"；"百年相望濟時功，歲路何知向此窮。鷹隼奮飛凰羽短，麒麟埋没馬群空。中郎舊業無兒付，康子高才有婦同。想見江南原上

① （宋）王令著，沈文倬校點《王令集》，上海古籍出版社 2011 年版，第 147 頁。本節所引王令詩文均見此書，爲節省篇幅，不再注出。

墓，樹枝零落紙錢風”。可見，王安石對王令評價頗高，對其早亡也頗爲惋惜。

韓愈是對王令影響最大的詩人。王令對韓愈的詩歌較爲推崇，其《采選示王聖美葛子明》云：“退之昔裁詩，頗以豪橫恃。”王令有《倚楹操》《噫田操》《終雌操》《終風操》《夕日操》《於忽操》等，皆爲琴曲，但衹是擬古之辭，已經不能演唱。韓愈有《拘幽操》《越裳操》《岐山操》《履霜操》等，亦爲琴曲，王令此組詩即是模擬韓愈之作。王令《效退之青青水中蒲》云：“雙雙水中鳧，足短翼有餘。飛高既能遠，行陸安事俱”；“雙雙水中鳧，來疾去閑暇。江湖風挽波，泛泛自高下”；“雙雙水中鳧，已往又回顧。弋者窺未知，舟來避還去”；“雙雙水中鳧，常在水中居。還有籠中鶩，騰軒仰不如”；“雙雙水中鳧，食飽不出水。靈鳳來何時，鴻鵠志萬里”。此亦是王令刻意學韓之作。

與韓愈一樣，王令的詩歌也寫得雄奇瑰麗，怪偉奔放，頗有力度。其《金山》云：“長江從天來，意欲以域分。西山避之逃，東山開爲門。木石所不捍，土沙固隨奔。東西兩通海，勢已無完坤。如何中流居，獨遏萬里渾。坤維賴繫縛，地靈煩窺捫。不然已飄泊，兩分不相存。禹力所不除，天意固可論。余欲沉九淵，下視萬古根。畏强激常情，中立愛此墩。詩成欲誰和，感慨心徒煩。”此詩就寫得豪邁奔放。其《春人》云：“春人輕飄喜聚散，春筵笑長白日短。柳芽嚼雪噴晝寒，桃花燒風作春暖。春衣少年當酒歌，起舞四顧以笑和。紅夭緑爛狂未足，春更不去將奈何。”此詩亦怪偉奇拔。又其《暑旱苦熱》云：“清風無力屠得熱，落日着翅飛上山。人固已懼江海竭，天豈不惜河漢乾。崑崙之高有積雪，蓬萊之遠常遺寒。不能手提天下往，何忍身去遊其間。”其《春夢》云：“三夢夢我身，化爲鳴鳳雛。飛飛兩足高，迅迅六翮舒。直上高高天，天門閉鎖阻我回。我留不肯去，以翼搏天天門開。天公遣玉女，問我何事來？再拜謝天公，賤臣無所知。幸至天公前，敢問何所尸？臣聞伊尹於湯旦於周,安置天下如山丘。愚孫騃子相承繼,卜世以過天位留。自從中代來,世世亦有相。如何反覆無定時,猶以亂割醫瘡痍。天公何忍是不救,恰如傍坐觀弈棋?”其《唐介詩》云:“偉哉介也已不朽,日月爲字天爲碑。”這些詩亦想象奇異。王令的一些詩還頗有壯氣,如其《贈慎東美伯筠》云:“四天無壁財可家,醉膽憤痒遣酒拏。欲偷北斗酌竭海,才拔太華鏖鯨牙。”《寄題韓丞相定州閱古堂》云:“手搏蛟龍拔解角,爪擘虎豹全脱皮。”《原蝗》云:“遂令相聚成氣勢,來若大水無垠涯。”《贈黄任道》云:“長河之流幾萬里,駭若瀉自天上來。奔湍衝山拔地去,直有到海無邪回。”又其《古廟》《日蝕》諸篇,亦頗似韓詩。

在詩歌内容上,王令的詩歌有酬贈、詠懷、詠史、詠物、題畫之作,甚至還有一些寓言詩。此外,他的詩歌中還有一些關注民生疾苦的作品,對貧富不均的社會狀況有所反映。其《良農》云:“良農手足胝,老賈不親犁。歉歲糠糟絶,高門犬馬肥。天心不宜咎,人理自誰尸。安得悠悠者,來同予一悲。”《和洪與權逃民》云:“溝中老弱轉流尸,夫不容妻母棄兒。常得民愚猶是幸,不然死等更何爲? 布衣空有蒿萊泪,肉食方多妾馬思。若也天心省民數,未知死所欲何辭。”《不雨》云:“去歲秋霖若決川,今春不雨旱良田。道邊老幼飢將死,雲外蛟龍懶自眠。赤日有威空射地,清江無際漫連天。誰將民瘼箋雙闕,四海皇恩一漏泉。”又其《夢蝗》云:

> 至和改元之一年,有蝗不知自何來。朝飛蔽天不見日,若以萬布篩塵灰。暮行齧地赤千頃,積疊數尺交相蘊。樹皮竹顛盡剥秸,况又草穀之根荄。一蝗百兒月再孕,漸恐高厚塞九垓。嘉禾美草不敢惜,却恐壓地陷入海。萬生未死飢餓間,支骸遂轉蛟龍醢。群農聚哭天,血滴地爛皮。蒼蒼冥冥遠復遠,天聞不聞未可知。我時爲之悲,墮泪注兩目。發爲疾蝗詩,憤掃百筆秃。一吟青天白日昏,兩誦九原萬鬼哭。私心直冀天

耳聞，半夜起立三千讀。上天未聞間，忽作遇蝗夢。夢蝗千萬來我前，口似嚅囁色似冤。初時吻角猶唧嗾，終遂大論如人然。問我子何愚，乃有疾我詩。我爾各生不相預，子何討我盍陳之。我時憤且驚，噪舌生條枝。謂此腐穢餘，敢來爲人譏。爾雖族黨多，我謀久已就。方將訴天公，借我巨靈手。盡拔東南竹柏松，屈鐵纏縛都爲帚。掃爾納海壓以山，使爾萬噍同一朽。尚敢托人言，議我詩可否。群蝗顧我嗟，不謂相望多。我欲爲子言，幸子未易呶。我雖身爲蝗，心頗通爾人。爾人相召呼，飲啜爲主賓。賓飲啜嚼百豆爵，主不加詬翻歡欣。此竟果有否，子盍來我陳。予應之曰然，此固人間禮。儐介迎以來，飲食固可喜。蝗曰子言然，予食何愧哉。我豈能自生，人自召我來。啜食借使我過甚，從而加詬爾亦乖。嘗聞爾人中，貴賤等第殊。雍雍材能官，雅雅仁義儒。脱剥虎豹皮，借假堯舜趨。齒牙隱針錐，腹腸包蟲蛆。開口有福威，頤指專賞誅。四海應呼吸，千里隨卷舒。割剥赤子身，飲血肥皮膚。噬啖善人黨，嚼口不肯吐。連牀列竽笙，别屋閑嬪姝。一身萬椽家，一口千倉儲。兒童襲公卿，奴婢聯簪裾。犬豢羡膏粱，馬厩餘繡塗。其次爾人間，兵皂倡優徒。子不父而父，妻不夫而夫。臣不君爾事，民不家爾居。目不識禾桑，手不親犁鋤。平時不把兵，皮革包矛殳。開口坐待食，萬廩傾所須。家世不藏機，繪繡綿衣襦。高堂傾美酒，臠肉膾百魚。良材琢梓楠，重屋擎空虚。貧者無室廬，父子一席居。賤者餓無食，妻子相對吁。貴賤雖云異，其類同一初。此固人食人，爾責反捨且。我類蝗自名，所食况有餘。吴饑可食越，齊餓食魯邾。吾害尚可逃，爾害死不除。而作疾我詩，子語得無迂。

此托爲人蝗問答之詞，抨擊貧富不均的社會現象，出語激憤，針砭時弊，想象奇特，帶有散文化傾向。又其《何處難忘酒》云："何處難忘酒,窮邊壯士歌。寒弓彎未試,秋劍拔新磨。月落陰山暗,沙昏伏甲多。此時無一盞,何以陷前戈";"何處難忘酒,欃槍世不平。孤兒未勝甲,孀母送爲兵。氣絶心肝裂,號窮血泪横。此時無一盞,何以活餘生"。此亦是王令憂懷國事的作品。

王令的一些詩歌有以文爲詩的傾向,如《謝李常伯》云:"别久謂已忘,不圖猶記之。長封大書字,顧我已忸怩。開縢把之讀,推與果失宜。"另外,王令也曾吟詠瑣屑骯髒之物,如其《蜣蜋》云:"擾擾蜣蜋不足評,區區只逐糞丸行。若乘飲露嘶風便,又作人間第一清。"此亦是宋人習氣。

王令集中有一些是擬古而作的樂府詩。其《桃源行》云:"山環環兮相圍,溪亂亂兮漣漪,花漫漫兮不極,路繚繚兮安之?棄舟步岸兮,欲進復疑;山平阜斷兮,忽得平原巨澤,莽不知其東西。桑麻言言兮,田野孔治;風回地近兮,將亦聞乎犬雞。信有居者兮,盍亦往而從之?語何爲乎獨秦,服何爲乎異時?……驚迴舟而返盼,忽路斷而溪窮;目恍惚兮圖畫,心韝張兮夢中。何一人之獨悟,遂萬世而迷踪。惟天地之茫茫兮,故神怪之或容。唯昔王之制治兮,惡魑魅之人逢。逮後世之凌夷兮,固人鬼之争雄。抑武陵之麗秀兮,故水複而山重。及崖懸而磴絶,人迹之不到兮,反疑與夫仙通。君生其地兮,宜神氣之所鍾,觀顔面之悄悄兮,其秀猶有山水之餘風。憫斯民之無知兮,久鬼覆而仙蒙。顧窮探兮遠覽,究非是之所從。因高言而大唱,一洗世之昏聾。"此爲送朋友歸武陵之作。《桃源行》在《樂府詩集》中雖爲新樂府辭,但王維、劉禹錫均有以此爲題的詩作,故頗疑是樂府舊題。

雖然《黄氏補千家集注杜工部詩史》《分門集注杜工部詩》等杜詩注本中有王令論杜條目,但王令的詩歌受到杜甫的影響其實很小。其《讀老杜詩集》云:"氣吞風雅妙無倫,碌碌當年不見珍。自是古賢因發憤,非關詩道可窮人。鎸鑱物象三千首,照耀乾坤四百春。寂寞有名身後事,惟餘孤冢耒江濱。"此詩推崇杜甫的詩歌藝術，並謂其死葬耒陽。又《江上四首》云："風吹平江起長瀾，野客坐嘯酒在顔，興來就上南山觀。固應散髮游更好，何用美質加弊冠"；"夢載十舟勝一鈎，曳緡萬里懸十牛，飽食身至東海投。還踞泰山待魚食，所得果可餔九州"；"山頭斫竹下作竿，繫鈎沉水坐岸觀，餌微水濁魚不乾。棲遲終日或有得，歸去猶可妻子歡"；"江頭風平可照水，衣冠面目略相似，與我同笑固相喜。何用妄携客子來，不可與語衹相視"。此組詩在形式上模仿了杜甫的《曲江三章章五句》。此外，他也使用了一些杜詩的典故，如其《韓幹馬》之"世工無手不肯休，任使氣骨陋如狗"，使用了杜甫的"幹惟畫肉不畫骨，忍使驊騮氣凋喪"；其《寄王正叔》之"大論許致君爲堯"，出自杜甫的"致君堯舜上"；其《寄都下二三子失舉》之"翹翹數子拔群倫，落筆文章妙有神"，出自杜甫的"下筆如有神"。其《歲暮呈王介甫平甫》云："歲暮遠爲客，一身歸計深。塵沙日翳翳，雨雪夜陰陰。喜色開南信，悲懷動北琴。感時須寂寞，何獨少陵心。"此亦言及杜甫。

總體而言，王令的詩歌雄健奇崛，開闊粗豪，富於想象，基本屬於雄奇怪異一路。正如《四庫全書總目》所云："令才思奇軼，所爲詩磅礴奥衍，大率以韓愈爲宗，而出入於盧仝、李賀、孟郊之間。雖得年不永，未能鍛鍊以老其材，或不免縱橫太過，而視局促剽竊者流，則固倜倜乎遠矣。"他的詩歌在内容上稍顯狹窄，多是酬和贈答之作，然亦有道及民生疾苦者。其詩大略學韓、孟，又有盧仝等人怪奇之氣，想象奇異，時有豪邁之句。古體奇崛，近體稍平易。他在當時有詩名，然其詩多有聱牙難通者，此不必爲之諱。他的詩歌成就不高，與杜詩也關係不大，但自有其獨特之處。

第七節　蘇軾與杜甫

蘇軾是宋代最優秀的詩人，正如錢鍾書所説，他是"宋代最偉大的文人,在散文、詩、詞各方面都有極高的成就"①。特別是他的詩歌創作,既能吸取前人的長處,又能自出新意。他的詩歌題材廣泛,風格多樣,既有富於才情、縱橫流宕的優長,也有散文化、好議論、好表現學問的一面②。錢鍾書説:"蘇軾的主要毛病是在詩裏鋪排古典成語,所以批評家嫌他'用事博'、'見學矣然似絶無才'、'事障'、'如積薪'、'窒、積、蕪'、'獺祭'。"③蘇軾在當時就有大名,詩名遠播華夷④。他在詩歌創作上轉益多師,既受到李白、杜甫的影響,也受到白居易、陶淵明等詩人的影響⑤。而杜甫的確是一位他十分喜歡的詩人,其《書唐氏六家書後》云:"杜子美詩,格力天縱,奄有漢、魏、晋、宋以來風流,後之作者,殆難復措手。"此已有杜詩"集大成"之意。他在《書李白集》中曾批評李白詩粗疏:"太白

---

① 錢鍾書《宋詩選注》,第 61 頁。

② 他説:"遐荒安可淹駐,想益輔以學以昌其詩乎?"見(宋)蘇軾《與程全父十二首》(之十),孔凡禮點校《蘇軾文集》卷五五,中華書局 1986 年版,第 1626 頁。以下凡引蘇軾文皆見此本,除有必要者僅注出題名。

③ 錢鍾書《宋詩選注》,第 62 頁。按蘇軾對自己的學問頗爲自信,而對當時學者之束書不學深有感觸。他説:"近歲市人轉相摹刻諸子百家之書,日傳萬紙,學者之於書,多且易致如此,其文詞學術,當倍蓰於昔人,而後生科舉之士,皆束書不觀,游談無根,此又何也?"見蘇軾《李氏山房藏書記》。

④ (宋)蘇軾《記虜使誦詩》:"昔余與北使劉霄會食。霄誦僕詩云:'痛飲從今有幾日,西軒夜色夜來新。公豈不飲者耶?'虜亦喜吾詩,可怪也。"

⑤ 蘇軾喜陶詩,自云:"某喜用陶韵作詩,前後蓋有四五十首。"見其《與程正輔七十一首》(之十一)。又云:"書籍舉無有,惟陶淵明一集,柳子厚詩文數策,常置左右,目爲二友。"見其《與程全父十二首》(之十一)。又:"每體中不佳,輒取讀(陶詩),不過一篇,惟恐讀盡,後無以自遣耳。"見其《書淵明羲農去我久詩》。又:"吾於詩人,無所甚好,獨好淵明之詩。淵明作詩不多,然其詩質而實綺,癯而實腴,自曹、劉、鮑、謝、李、杜諸人,皆莫及也。吾前後和其詩,凡一百有九篇,至其得意,自謂不甚愧淵明。"見其《與子由六首》(之五)。又嘗自書陶淵明"結廬在人境"一詩,並謂:"陶公此詩,日誦一過,去道不遠矣。"見其《自書陶淵明結廬在人境詩並跋》。

豪俊，語不甚擇，集中往往有臨時率然之句，故使妄庸輩敢耳。若杜子美，世豈復有僞撰者耶？”其《書學太白詩》又云：“李白詩飄逸絶塵，而傷於易。”杜甫對蘇軾的影響可以概括爲以下幾個方面。

一、蘇軾的杜詩學觀

在宋代，杜甫的地位是非常崇高的，他的詩歌被看作詩中六經，他本人也被視作忠君的楷模。蘇軾對杜甫及其詩歌也是非常推崇的。

首先，蘇軾認爲杜甫有崇高的人格，他特别對杜甫的“一飯不忘君”表示欽佩[①]。蘇軾也推重李白，曾爲李白辯護，認爲他從永王李璘是由於脅迫，但在蘇軾眼裏，李白不過是位狂士而已[②]，他更推重杜甫。蘇軾在《王定國詩集叙》中説：“若夫發於情止於忠孝者，其詩豈可同日而語哉。古今詩人衆矣，而杜子美爲首，豈非以其流落飢寒，終身不用，而一飯未嘗忘君也歟？”又云：“杜子美在困窮之中，一飲一食，未嘗忘君，詩人以來，一人而已。”[③]可知蘇軾極爲推崇杜甫的忠君思想。蘇軾《食甘》詩云“一雙羅帕未分珍，林下先嘗愧逐臣”[④]，此即杜甫“一飯不忘君”之意。蘇軾“一飯不忘君”説的

---

① 楊勝寬指出：“宋代蜀人論杜，既有鮮明的時代特色，又有顯著的地域特色。蘇軾的不少開創性觀點，不僅相對前人發所未發，而且對宋以後‘杜學’的發展的基本思維格局，具有清晰的‘定調’作用。如杜甫在詩歌史上集大成的地位，杜甫一飯不忘君國，李杜不當優劣軒輊等觀點，成爲千載不可移易的定論。”參見楊勝寬《宋代蜀人論杜》，《杜甫研究學刊》1995 年第 1 期，第 53 頁。關於蘇軾論杜，王文龍指出：蘇軾提出杜詩“集大成”、杜詩有陋句等觀點。參見王文龍《説東坡論杜》，《杜甫研究學刊》1994 年第 2 期，第 45 頁。

② 如蘇軾云：“李太白，狂士也，又嘗失節於永王璘，此豈濟世之人哉。而畢文簡公以王佐期之，不亦過乎？”見蘇軾《李太白碑陰記》。

③ （宋）蘇軾《與王定國四十一首》（之八）。

④ （宋）蘇軾撰，（清）王文誥輯注，孔凡禮點校《蘇軾詩集》卷二二，中華書局 1982 年版，第 1158 頁。以下凡引蘇軾詩皆見此本，除有必要者僅注出詩題。

提出,有其特定的政治、文化、思想、歷史背景①,此實際上亦是杜甫“愚忠説”的濫觴。又蘇軾有詩名爲《二月十九日,携白酒、鱸魚過詹使君,食槐葉冷淘》,此亦由杜甫《槐葉冷淘》而引發。

蘇軾自己有救國救世的理想,因此對杜甫以儒者自任的情懷表示欽敬。蘇軾曾比較韓愈與杜甫教兒不同之處説:“退之《示兒》云:‘主婦治北堂,膳服適戚疏。恩封高平君,子孫從朝裾。開門問誰來,無非卿大夫。不知官高卑,玉帶懸金樞。’又云:‘凡此座中人,十九持鈞樞。’所示皆利禄事也。至老杜則不然,《示宗武》云:‘試吟青玉案,莫羡紫羅囊。應須飽經術,已似愛文章。十五男兒志,三千弟子行。曾參與游夏,達者得升堂。’所示皆聖賢事也。”②蘇軾通過比較韓愈和杜甫教子的不同之處,指出韓愈所示皆利禄事,而杜甫所示皆聖賢事,表現出蘇軾對杜甫聖者情懷的欽敬。

其次,蘇軾對杜甫的詩歌非常推重。儘管蘇軾的書法美學觀和杜甫不同,杜甫主張“瘦硬”,蘇軾則説:“杜陵評書貴瘦硬,此論未公吾不憑。短長肥瘦各有態,玉環飛燕誰敢憎。”③但蘇軾對杜甫的詩歌却是極爲推崇④。蘇軾對杜詩極爲熟悉,他在給朋友的信中指出杜甫“張公一生江海客”中的“張公”指的是張鎬⑤,他在尺牘信函中亦多引杜詩⑥。蘇軾讀杜甫《負薪行》,云“海南亦有此風,每誦此詩,以諭父老,然亦未易變其俗耳”⑦。他對杜甫詩歌評價很

---

① 孫微《論杜甫的君臣觀》,《河北大學學報》2000年第6期,第65頁。

② (宋)蘇軾《退之與老杜教兒不同》。

③ (宋)蘇軾《孫莘老求墨妙亭詩》。

④ 楊勝寬指出:“蘇軾早年在文學創作上推崇杜詩。”參見楊勝寬《從崇杜到慕陶:論蘇軾人生與藝術的演進》,《四川大學學報》2004年第2期,第98頁。

⑤ (宋)蘇軾《答賈耘老四首》(之三)。

⑥ (宋)蘇軾《與鞠持正二首》(之一)。

⑦ (宋)蘇軾《書杜子美詩後》。

高，其《次韵張安道讀杜詩》云："誰知杜陵傑，名與謫仙高。掃地收千軌，争標看兩艘。詩人例窮苦，天意遣奔逃。塵暗人亡鹿，溟翻帝斬鼇。艱危思李牧，述作謝王褒。失意各千里，哀鳴聞九皋。騎鯨遁滄海，捋虎得綈袍。巨筆屠龍手，微官似馬曹。"蘇軾云："李太白、杜子美以英瑋絶世之姿，凌跨百代，古今詩人盡廢。"[①]又説："謫仙竄夜郎，子美耕東屯。造物豈不惜，要令工語言。"[②]在言及李嶠時，蘇軾云："蓋當時未有太白、子美，故嶠輩得稱雄耳。"[③]表達了對杜甫詩歌的崇敬。

宋敏求修改杜詩，雖衹修改一字，蘇軾即感覺"一篇神氣索然"[④]。蘇軾從杜詩"聞道雲安麴米春"推測"唐人名酒多以春"[⑤]。他對杜甫《杜鵑》《八陣圖》《自平》《撥悶》《江畔獨步尋花》《屏迹》《憶昔》進行仔細辨析[⑥]，亦喜考求杜詩中提到的草木[⑦]。蘇軾對杜詩不是盲目推崇，他認爲杜甫亦有陋句，但"亦不能掩其善"[⑧]。蘇軾用以史證詩的方法對杜甫的《悲陳陶》《北征》《洗兵馬》《後出塞》進行解釋，他認爲明皇誅蕭至忠，然常懷之，故杜甫哀之云"赫赫蕭京兆，今爲時所憐"。他又推測"禄山反時，其將校有脱身歸國而禄山殺其妻子者"[⑨]。

蘇軾詩經常用到杜詩或提到杜甫本人。如《鯿魚》："杜老當年

---

① （宋）蘇軾《書黄子思詩集後》。

② （宋）蘇軾《次韵和王鞏》。

③ （宋）蘇軾《書李嶠詩》。

④ （宋）蘇軾《書諸集改字》。

⑤ （宋）蘇軾《記退之抛青春句》。

⑥ （宋）蘇軾《辨杜子美杜鵑詩》《記子美八陣圖詩》《書子美自平詩》《書子美雲安詩》《書子美黄四娘詩》《書子美屏迹詩》《書子美憶昔詩》。

⑦ （宋）蘇軾《題杜子美榿木詩後》。

⑧ （宋）蘇軾《記子美陋句》。

⑨ （宋）蘇軾《雜書子美詩》。

意,臨流憶孟生。吾今又悲子,輟箸涕縱横。”此即用杜詩《解悶》:“復憶襄陽孟浩然,清詩句句盡堪傳。即今耆舊無新語,漫釣槎頭縮頸鯿。”又《次韵子由柳湖感物》:“憶昔子美在東屯,數間茅屋蒼山根。嘲吟草木調蠻獠,欲與猿鳥争啾喧。子今憔悴衆所棄,驅馬獨出無往還。惟有柳湖萬株柳,清陰與子供朝昏。”此以子美比子由。他還喜歡和朋友討論杜詩,如他曾與董傳、參寥子、秦觀、畢仲游等討論杜詩的詩歌藝術①。蘇軾作詩,又多次以杜甫詩句爲韵②。可見,杜詩成爲其生活的一部分。

二、蘇軾反映現實的詩歌與杜詩的異同

蘇軾繼承了杜甫的“詩史”精神,其詩歌對社會現實有一定程度的反映。如《吴中田婦嘆》云:“今年粳稻熟苦遲,庶見霜風來幾時。霜風來時雨如瀉,杷頭出菌鐮生衣。眼枯泪盡雨不盡,忍見黄穗卧青泥。茅苫一月隴上宿,天晴穫稻隨車歸。汗流肩頳載入市,價賤乞與如糠粞。賣牛納税拆屋炊,慮淺不及明年飢。官今要錢不要米,西北萬里招羌兒。龔黄滿朝人更苦,不如却作河伯婦。”此詩借吴中田婦之口述説農民生活的艱難,秋季水稻未熟而秋雨時至,水稻减收。及天晴收稻,又稻賤如糠。官府收税要錢,農民衹好賣牛交税。

這些詩歌既反映社會現實,同時也透露出蘇軾對百姓的關心。熙寧十年(1077)除夕,蘇軾在濰州遇雪,次日早晴,作詩云:“除夜雪相留,元日晴相送……三年東方旱,逃户連敧棟。老農釋耒嘆,

① (宋)蘇軾《記董傳論詩》《書參寥論杜詩》《記少游論詩文》《荔枝似江瑶柱説》。

② (宋)蘇軾《人日獵城南,會者十人,以‘身輕一鳥過,槍急萬人呼’爲韵,得鳥字》。又蘇軾《江月五首》乃以杜詩“殘月水明樓”爲韵。蘇軾又有《戲題巫山縣用杜子美韵》。

泪入飢腸痛。春雪雖云晚，春麥猶可種。敢怨行役勞，助爾歌飯甕。"[1]這首詩寫了天灾，寫了因天灾而出現的大量逃户，寫了農民的苦難，也表達了詩人的同情，這樣的詩作有詩史意味。又如《陳季常所蓄〈朱陳村嫁娶圖〉二首》（其二）："我是朱陳舊使君，勸農曾入杏花村。而今風物那堪畫，縣吏催租夜打門。"又《魚蠻子》："人間行路難，踏地出賦租。不如魚蠻子，駕浪浮空虚。空虚未可知，會當算舟車。蠻子叩頭泣，勿語桑大夫。"都在無意之中透露出縣吏的暴虐、租税的繁重和人民的窮困。

蘇軾詩歌之所以能够繼承杜甫的詩史精神，是因爲蘇軾同杜甫一樣，有救時的崇高理想。他爲人率直真誠，關心國事，對國家形勢有清醒的認識。如其嘉祐八年（1063）寫的《思治論》中就説："今世有三患而莫能去，其所從起者，則五六十年矣。自公室禱祠之役興，錢幣茶鹽之法壞，加之以師旅，而天下常患無財。五六十年之間，下之所以游談聚議，而上之所以變政易令以求豐財者，不可勝數矣，而財終不可豐。自澶淵之役，北虜雖求和，而終不得其要領，其後重之以西羌之變，而邊陲不寧，二國益驕。以戰則不勝，以守則不固，而天下常患無兵。五六十年之間，下之所以游談聚議，而上之所以變政易令以求强兵者，不可勝數矣，而兵終不可强。自選舉之格嚴，而吏拘於法，不志於功名；考功課吏之法壞，而賢者無所勸，不肖者無所懼，而天下常患無吏。五六十年之間，下之所以游談聚議，而上之所以變政易令以求擇吏者，不可勝數矣，而吏終不可擇。"蘇軾對國家幾十年來"財終不可豐"、"兵終不可强"、"吏終不可擇"的現狀深感憂慮，他反復思考的是富國强兵之策，甚至想到隋文帝時户口之蕃、倉廪府庫之盛[2]。國家休兵日久而國亦困，這也是蘇軾反復思考的問題，他感嘆道："然夷狄貪惏，漸不可

---

① （宋）蘇軾《除夜大雪，留濰州，元日早晴，遂行，中途雪復作》。

② （宋）蘇軾《隋文帝户口之蕃倉廪府庫之盛》。

啓,日富日驕,久亦難制。故自寶元以來,賦斂日繁,雖休兵十有餘年,而民適以困者,潛削而不知也。昔先皇帝震怒,舉大兵問罪匈奴,師不逾時,而醜虜就盟。西夏之役,邊臣治兵振旅,不及數年,旋亦解甲。彼其時之費,與今無已之賂,不可以同日而語矣。天子恭儉,過於文、景,百官奉法,無敢逾僭,而二虜者實殘吾民,此天下雄俊英偉之士,所以扼腕而太息也。"①蘇軾認識到以財事虜之不可行,憂國之情溢於言表。

值得注意的是,一方面,蘇軾詩歌繼承了杜甫以詩歌寫時事的詩史精神,真實地反映了當時的社會現實。另一方面,蘇軾的此類詩歌往往又是爲王安石的"新法"而發,即通過對社會現實的描寫,表現詩人對新法的不滿。正如錢鍾書所説:"王安石的'新法'施行以後,國家賦税收錢不收米,造成了錢荒米賤的現象。"②在變法問題上,蘇軾和王安石意見相左。蘇軾反對王安石變法,對其學問也多有譏諷,如在濟南龍山鎮,蘇軾就曾譏諷王安石解經如"屠者賣肉,娼者唱歌",是"夢中語"③。蘇軾反對王安石變法,故在詩歌中屢屢致意。如其《山村五絶》云:

> 竹籬茅屋趁溪斜,春入山村處處花。無象太平還有象,孤煙起處是人家。(其一)

> 煙雨濛濛鷄犬聲,有生何處不安生。但令黄犢無人佩,布穀何勞也勸耕。(其二)

> 老翁七十自腰鐮,慚愧春山笋蕨甜。豈是聞韶解忘味,邇

---

① (宋)蘇軾《休兵久矣而國益困》。

② 錢鍾書《宋詩選注》,第66頁。

③ (宋)蘇軾《跋王氏華嚴經解》。

來三月食無鹽。（其三）

杖藜裹飯去匆匆，過眼青錢轉手空。赢得兒童語音好，一年强半在城中。（其四）

竊禄忘歸我自羞，豐年底事汝憂愁。不須更待飛鳶墮，方念平生馬少游。（其五）

此五首絶句寫民生之艱難，却又多含譏諷，大有深意。如第一首，寫山村春暖花開，炊煙裊裊，看起來一片恬静，却暗含譏諷。"太平無象"一句，用牛僧孺典，《舊唐書》卷一七二《牛僧孺傳》："一日，延英對宰相，文宗曰：'天下何由太平，卿等有意於此乎？'僧孺奏曰：'臣等待罪輔弼，無能康濟，然臣思太平亦無象。今四夷不至交侵，百姓不至流散；上無淫虐，下無怨讟；私室無强家，公議無壅滯。雖未及至理，亦謂小康。陛下若别求太平，非臣等所及。'"①宋民生疲敝，内外交困，蘇軾説"無象太平還有象"，是説宋之"太平"，不過相當於唐文宗時的"太平"，實在算不得什麽"太平"，暗含了對當權者的譏諷。第二首寫人民從事私鹽販賣，譏朝廷鹽法太峻，於民不便。詩中的"黄犢"用《漢書》典，意指刀劍。當時販賣私鹽者多帶刀持劍，常數百人爲群，吏士不敢近。蘇軾認爲，這都是王安石變法中的鹽法不完善所導致。衹要鹽法寬平，人民自會不帶刀劍，而賣刀買犢，從事耕種，不勞督勸。第三首言人民貧困無依，七十老翁還要腰鐮采笋蕨爲食，並且他們已經數月没有鹽吃。詩人説這不是因爲這些人學習古代聖人聞韶而忘味，而是因爲朝廷鹽法太峻，使人民没有鹽吃，此詩亦表達了詩人對鹽法的譏諷。第四首譏諷朝廷青苗法、助役法之不便。農民的賦税本來就繁雜，現

① （後晋）劉昫等《舊唐書》，中華書局 1975 年版，第 4472 頁。

在又行使青苗法和助役法,到手的錢轉瞬而空,所得衹是農民子弟學了些城中的"語音"而已。第五首謂國事不堪,農村凋敝,遂有歸田之念。

和杜甫的"三吏"、"三别"等詩歌一樣,蘇軾的這五首詩寫了農民的困苦不堪,表達了詩人對農民的同情和對國事的關切。但是,蘇軾和杜詩還是有明顯的不同之處,那就是蘇詩主要是通過農民的窮困來揭示王安石新法的弊病,表達自己對王安石變法的不滿,其中的譏諷之意非常明顯。蘇軾深諳詩歌譏刺之道,他説:"夫詩者,不可以言語求而得,必將深觀其意焉。故其譏刺是人也,不言其所爲之惡,而言其爵位之尊、車服之美而民疾之,以見其不堪也。"①這是蘇詩和杜詩的不同之處。又如蘇軾《寄劉孝叔》云:

> 君王有意誅驕虜,椎破銅山鑄銅虎。聯翩三十七將軍,走馬西來各開府。南山伐木作車軸,東海取鼉漫戰鼓。汗流奔走誰敢後,恐乏軍興汙資斧。保甲連村團未遍,方田訟牒紛如雨。爾來手實降新書,抉剔根株窮脉縷。詔書惻怛信深厚,吏能淺薄空勞苦。平生學問只流俗,衆裏笙竽誰比數。忽令獨奏鳳將雛,倉卒欲吹那得譜。況復連年苦飢饉,剥齧草木啖泥土。今年雨雪頗應時,又報蝗蟲生翅股。憂來洗盞欲强醉,寂寞虚齋卧空甒。

按此亦反映當時的社會現實,而對王安石及其新法多有譏諷。熙寧七年(1074)九月,朝廷意欲征伐西夏,即所謂"君王有意誅驕虜",朝廷詔開封府畿、京東西、河北路分置三十七將副,即詩中所謂"聯翩三十七將軍"。此舉張惶不便,爲蘇軾所深譏。當時在軍事上施行"保甲法",以化民爲兵,但保甲不但不能驅逐强盗,反而

① (宋)蘇軾《既醉備五福論》。

自己都做了强盗，故蘇軾以"保甲連村團未遍"譏之。王安石又有方田之法，而帳目紛紜，極爲不便，故蘇軾譏之爲"方田訟牒紛如雨"。以上都是對王安石新法的譏刺。王安石曾云蘇軾兄弟"學本流俗"，故蘇軾以"平生學問只流俗"自嘲和反諷。"况復連年苦飢饉，剥齧草木啖泥土。今年雨雪頗應時，又報蝗蟲生翅股"，則是寫天灾人禍給人民和社會帶來的灾難。

可見，蘇軾此詩不單純是反映社會現實，而是處處雜以對王安石及其新法的譏諷，這和杜詩有明顯的不同。蘇轍在給蘇軾寫的《墓志銘》中説："初，公既補外，見事有不便於民者，不敢言，亦不敢默視也，緣詩人之義，托詩以諷，庶幾有補於國。"①可以説，蘇軾和杜甫都以詩歌反映社會現實，在這一點上他們是相同的。但杜甫詩中表達的多是對國事的憂患，而蘇軾表達的則多是對朝政的譏諷，這是他們的不同之處。

另外，蘇軾雖然也看到人民的飢寒和困苦，但這些飢寒困苦，有時會被他的道家思想所化解。如《夜泊牛口》："煮蔬爲夜飧，安識肉與酒。朔風吹茅屋，破壁見星斗。兒女自咿嚘，亦足樂且久。"蘇軾看到了窮人的飢寒，但也看到了他們兒女環繞、闔家團圓的幸福，所以詩歌中反而表現出對他們生活的某種嚮往。蘇軾自己有着安貧樂道的精神，他在《後杞菊賦》小序中説："余仕宦十有九年，家日益貧，衣食之奉，殆不如昔者。及移守膠西，意且一飽，而齋厨索然，不堪其憂。日與通守劉君廷式，循古城廢圃，求杞菊食之，捫腹而笑。"蘇軾的這種思想不僅化解了他生活中的苦難，也在一定程度上淡化了他所看到的苦難，减少了他詩歌的批判力度。

三、蘇軾七言律詩學杜

從總體上説，蘇軾的七言律詩和杜甫差異較大，但其七律創作

① （宋）蘇轍《欒城集（蘇軾）墓志銘》，《蘇軾詩集》附録一。

還是從杜詩汲取了營養。蘇轍説："公詩本似李、杜，晚喜陶淵明。"①蘇軾七言律詩對杜甫的繼承表現在以下兩個方面。

首先，蘇軾七言律詩之老健疏放處似杜。蘇軾是宋代詩人中成就最高的一個，他的詩精細收斂，清秀細密，總體較爲清逸，但也有老健疏放如杜詩者。如《正月二十一日病後，述古邀往城外尋春》："屋上山禽苦唤人，檻前冰沼忽生鱗。老來厭伴紅裙醉，病起空驚白髮新。卧聽使君鳴鼓角，試呼稚子整冠巾。曲欄幽榭終寒窘，一看郊原浩蕩春。"又《李鈴轄坐上分題戴花》："二八佳人細馬馱，十千美酒渭城歌。簾前柳絮驚春晚，頭上花枝奈老何。露濕醉巾香掩冉，月明歸路影婆娑。緑珠吹笛何時見，欲把斜紅插皂羅。"《九日次韵王鞏》："我醉欲眠君甘休，已教從事到青州。鬢霜饒我三千丈，詩律輸君一百籌。聞道郎君閉東閣，且容老子上南樓。相逢不用忙歸去，明日黄花蝶也愁。"《椰子冠》："天教日飲欲全絲，美酒生林不待儀。自漉疏巾邀醉客，更將空殼付冠師。規模簡古人争看，簪導輕安髮不知。更著短檐高屋帽，東坡何事不違時。"這些詩歌和杜甫老健疏放的七言律詩在風格上有相近之處。

其次，蘇軾對杜甫《秋興八首》的模仿和學習。蘇軾對杜甫在七言律詩上取得的成就是非常敬佩的，他説："七言之偉麗者，杜子美云：'旌旗日暖龍蛇動，宫殿風微燕雀高'；'五更鼓角聲悲壯，三峽星河影動摇'。而後寂寞無聞焉。"②《秋興八首》是杜甫集中名作，在後世産生了很大的影響，蘇軾曾作《秋興三首》，就是對杜甫《秋興八首》的模擬。蘇軾《秋興三首》云：

野鳥游魚信往還，此身同寄水雲間。誰家晚吹殘紅葉，一夜歸心滿舊山。可慰摧頽仍健食，比來通脱屢酡顔。年華豈

---

①（宋）蘇轍《東坡先生墓志銘》，《蘇軾詩集》附録一。

②（宋）蘇軾《評七言麗句》。

是催人老，雙鬢無端只自斑。（其一）

故里依然一夢前，相携重上釣魚船。嘗陪大幞全陳迹，謬忝承明愧昔年。報國無成空白首，退耕何處有名田。黄鷄白酒雲山約，此計當時已浩然。（其二）

浴鳳池邊星斗光，宴餘香滿上書囊。樓前夜月低韋曲，雲裏車聲出未央。去國何年雙鬢雪，黄花重見一枝霜。傷心無限厭厭夢，長似秋宵一倍長。（其三）

按此當是蘇軾被貶謫時所作。同杜甫的《秋興八首》一樣，蘇詩也采用了七律聯章的形式，在内容上則同樣是向闕念家，傷逝懷舊，悲秋嘆老，在風格上格調悲凉，沉鬱高華。“報國無成空白首，退耕何處有名田”，“去國何年雙鬢雪，黄花重見一枝霜”，這樣的詩句與杜詩非常相似。

另外，蘇軾因烏臺詩案陷獄，獄中詩作頗有沉鬱悲凉之意。他寫給弟弟蘇轍的七言律云：“柏臺霜氣夜凄凄，風動琅璫月向低。夢繞雲山心似鹿，魂驚湯火命如鷄。眼中犀角真吾子，身後牛衣愧老妻。百歲神遊定何處，桐鄉知葬浙江西。”①這樣的詩歌也有與杜甫詩歌相近之處。

蘇軾的一些七言律詩直接學習杜甫，但其七言絶句却與杜甫不同。如《吉祥寺賞牡丹》云：“人老簪花不自羞，花應羞上老人頭。醉歸扶路人應笑，十里珠簾半上鈎。”《六月二十七日望湖樓醉書五絶》其一：“黑雲翻墨未遮山，白雨跳珠亂入船。捲地風來忽吹散，望湖樓下水如天。”其五：“未成小隱聊中隱，可得長閑勝暫閑。我

① （宋）蘇軾《予以事繫御史臺獄，獄吏稍見侵，自度不能堪，死獄中，不得一别子由，故作二詩授獄卒梁成，以遺子由，二首》（其二）。

本無家更安往,故鄉無此好湖山。"蘇軾絶句之佳者尚有《中秋月》:"暮雲收盡溢清寒,銀漢無聲轉玉盤。此生此夜不長好,明月明年何處看。"《惠崇春江晚景》:"竹外桃花三兩枝,春江水暖鴨先知。蔞蒿滿地蘆芽短,正是河豚欲上時。"《贈劉景文》:"荷盡已無擎雨蓋,菊殘猶有傲霜枝。一年好景君須記,最是橙黄橘緑時。"又《縱筆》:"白頭蕭散滿霜風,小閣藤床寄病容。報導先生春睡美,道人輕打五更鐘。"這些絶句似乎都比杜甫的絶句高明。

四、蘇軾五言詩學杜

蘇軾的五言詩内容豐富,風格多樣,但亦多有學習杜詩之處,表現在以下幾個方面。

其一,蘇軾出蜀紀行詩學習了杜甫的兩組紀行詩。

嘉祐四年(1059)十月,蘇軾和父親蘇洵、弟弟蘇轍一起出川入京。在此之前,他們曾於嘉祐二年(1057)正月從陸路出蜀,到京師參加禮部考試、省試和殿試,名動京師。他們這次從眉山出發,發嘉陵,下夔州,歷巫山,過荆州,從荆州陸行到達開封。在此期間,蘇軾寫了一組紀行詩,名爲"南行詩"。杜甫乾元二年(759)十月自秦州赴同谷,途中共寫了《發秦州》《赤谷》《鐵堂峽》等十二首紀行詩。乾元二年(759)十二月,杜甫從同谷出發到成都,其間又創作了《發同谷縣》《木皮嶺》《劍門》等十二首紀行詩。蘇軾的紀行詩與杜甫寫的兩組紀行詩有許多相似之處。

首先,蘇軾的這組紀行詩同杜甫一樣,基本是以所經過的地名爲詩歌的題目。蘇軾的紀行詩自《初發嘉州》開始,涉及沿途的名勝古迹,如《過宜賓夷中亂山》《牛口見月》《戎州》《留題仙都觀》《屈原塔》《望夫臺》《諸葛鹽井》《白帝廟》《入峽》《巫山》《神女廟》《昭君村》《黄牛廟》等,這些詩歌題目都是蘇軾所經過的地名,這和杜甫的秦州紀行詩是一樣的。

其次,與杜詩一樣,在體裁上基本采用的是五言古體。杜甫的紀行詩均采用五言古體，中間大量使用律句。蘇軾的這組紀行詩除部分七言詩外，也基本采用五言古體，並且在古體中使用了大量律句。如《初發嘉州》："錦水細不見，蠻江清可憐。奔騰過佛脚，曠蕩造平川。野市有禪客，釣臺尋暮煙。"《戎州》："瘦嶺春耕少，孤城夜漏閑……自頃方從化，年來亦款關。頗能貪漢布，但未脱金鐶。"《過木櫪觀》："飛檐如劍寺，古柏似仙都……斬蛟聞猛烈，提劍想崎嶇。寂寞棺猶在，修崇世已愚。隱居人不識，化去俗爭吁。洞府煙霞遠，人間爪髪枯。"蘇軾雖然也使用七言古體和七言律詩，但在這組詩中還是以五言古體爲多。

同杜甫的紀行詩一樣，蘇軾的這組詩歌描寫了沿途的壯麗風光和山水名勝，同時也表現了詩人對古人的追念和對國家興亡、朝代更迭的感慨。蘇軾的紀行詩多描寫出蜀所經之處的壯麗風光。如《入峽》："自昔懷幽賞，今兹得縱探。長江連楚蜀，萬派瀉東南。合水來如電，黔波緑似藍。餘流細不數，遠勢競相參。入峽初無路，連山忽似龕。縈紆收浩渺，蹙縮作淵潭。風過如呼吸，雲生似吐含。墜崖鳴窣窣，垂蔓緑毵毵。冷翠多崖竹，孤生有石楠。飛泉飄亂雪，怪石走驚驂。絶澗知深淺，樵童忽兩三。人煙偶逢郭，沙岸可乘藍。"蘇軾自夔州入三峽，因有此詩。詩用寫實手法，描寫三峽的山勢之驚險、樹木之繁盛、風景之奇絶，表現了山川的壯美。又如《巫山》："瞿塘迤邐盡，巫峽峥嶸起。連峰稍可怪，石色變蒼翠。天工運神巧，漸欲作奇偉。坱軋勢方深，結構意未遂。旁觀不暇瞬，步步造幽邃。蒼崖忽相逼，絶壁凛可悸。仰觀八九頂，俊爽凌顥氣。晃蕩天宇高，奔騰江水沸。孤超兀不讓，直拔勇無畏。"詩寫巫山巫峽的高山流雲、怒濤激水，氣勢恢宏，景象壯麗，美不勝收。

在一些詩歌中，通過對歷史人物和歷史事件的描寫，也寄寓了蘇軾的思考，表達了詩人的懷古之情。如《八陣磧》："平沙何茫茫，仿佛見石蕝。縱横滿江上，歲歲沙水齧。孔明死已久，誰復辨行列。神兵非學到,自古不留訣。至人已心悟,後世徒妄説。自從漢道衰,蜂起盡奸傑。英雄不相下,禍難久連結。驅民市無煙,戰野江流血。萬人賭一擲,殺盡如沃雪。不爲久遠計,草草常無法。孔明最後起,意欲掃群孽。崎嶇事節制,隱忍久不决。志大遂成迂,歲月去如瞥。六師紛未整,一旦英氣折。惟餘八陣圖,千古壯夔峽。"按八陣磧,即八陣圖,指諸葛亮在奉節縣西南沙灘上所設的陣圖,杜甫在夔州時曾作《八陣圖》一詩,歌頌諸葛亮卓越的軍事才能。蘇軾此詩,先寫八陣圖的遺迹,再寫諸葛亮的軍事才能和他壯志未酬的遺憾,最後對景傷懷,結出懷古之情。又如《白帝廟》:"朔風催入峽,慘慘去何之?共指蒼山路,來朝白帝祠。荒城秋草滿,古樹野藤垂。浩蕩荆江遠,凄涼蜀客悲。遲回問風俗,涕泗憫興衰。故國依然在,遺民豈復知。一方稱警蹕,萬乘擁旌旂。遠略初吞漢,雄心豈在夔。崎嶇來野廟,閔默愧當時。破甑蒸山麥,長歌唱竹枝。荆邯真壯士,吴柱本經師。失計雖無及,圖王固已奇。猶餘帝王號,皎皎在門楣。"按公孫述據蜀,自稱白帝,改夔子國爲白帝城。白帝廟在奉節縣東八里處。杜甫在夔州時,曾多次登臨白帝城,留下了《上白帝城》《上白帝城二首》《陪諸公上白帝城頭宴越公堂之作》《白帝城最高樓》《白帝》《白帝樓》《白帝城樓》等詩作,其中《白帝城最高樓》是杜集中的名作。蘇軾在《白帝廟》一詩中,開首點題,寫自己在朔風吹拂中拜謁白帝廟,然後寫白帝廟的破敗,着重寫了由此引發的對歷史人物、歷史事件的追憶和感懷。

杜甫的兩組紀行詩,都以描寫山川景物爲主,而蘇軾的出蜀紀行詩,除了表現山川的壯美,還較多地寄寓了詩人自己的議論和感慨。杜甫詩歌語言凝練,法度謹嚴,而蘇軾詩歌則略有散文化的傾向,這是二人詩歌的不同之處。

其二,蘇軾《荆州十首》對杜甫《秦州雜詩》的模仿。

乾元二年(759)秋,杜甫在秦州作《秦州雜詩》二十首。這組詩記秦州風物,叙遊踪觀感,寫邊塞警事,又兼寫客居的苦情,抒發憂國的議論,有"悲世"、"藏身"之意①。詩歌多側面反映了秦州這個邊關重鎮的景物和人事,反映了當時動盪不安的生活氛圍,既有鮮明的時代色彩,又有濃郁的地方色彩。《秦州雜詩》是杜甫五律中的精品,代表着杜甫五言律詩的成熟。蘇軾嘉祐五年(1060)正月至荆州,自荆州游大梁,作有《荆州十首》,這十首詩是對杜甫《秦州雜詩》的刻意模仿之作。

首先,和杜甫的《秦州雜詩》一樣,蘇軾的《荆州十首》在體裁上也采用了五律聯章的形式,十首詩有首有尾,每詩獨立成篇,十首又是一個有機的整體。如第一首云:"遊人出三峽,楚地盡平川。北客隨南賈,吴檣間蜀船。江侵平野斷,風捲白沙旋。欲問興亡意,重城自古堅。"此詩有爲十首詩點題之意,是十首詩的總起。而第十首云:"柳門京國道,驅馬及春陽。野火燒枯草,東風動緑芒。北行連許鄧,南去極衡湘。楚境横天下,懷王信弱王。"此即十首詩的收束。

其次,同杜甫的《秦州雜詩》一樣,蘇軾的《荆州十首》也多寫當地的風物風俗。如《荆州十首》的第五首:"沙頭煙漠漠,來往厭喧卑。野市分獐鬧,官船過渡遲。遊人多問卜,傖叟盡携龜。日暮江天静,無人唱楚辭。"詩中對"野市"、"官船"、"問卜"、"携龜"的描寫,富於地方色彩。又第七首:"殘臘多風雪,荆人重歲時。客心何草草,里巷自嬉嬉。爆竹驚鄰鬼,驅儺聚小兒。故人應念我,相望各天涯。"此亦寫荆州風土人情,兼述自己的感懷,"爆竹驚鄰鬼,驅儺聚小兒",所寫正是楚地風俗的特異之處。

再次,蘇軾和杜甫都使用托物寄情的手法。如杜甫《秦州雜詩》(其五)云:"南使宜天馬,由來萬匹强。浮雲連陣没,秋草遍山長。聞説真龍種,仍殘老驌驦。哀鳴思戰鬥,迥立向蒼蒼。"此詩中説南使(唐代掌管隴右養馬工作的官職名)統轄之地適合養馬,從

① (清)浦起龍《讀杜心解》卷三之二,中華書局1961年版,第381頁。

來都在萬匹以上。但是經過鄴城一戰,戰馬在戰場上死去,過去的養馬場衹留下滿山秋草。聽説此地馬群之中仍存有駿馬,它悲鳴着渴望挺起脊梁奔向戰場。此詩説的是天馬,但也寄寓了杜甫恢復山河、平定叛亂的願望。同杜甫詩歌一樣,蘇軾的《荆州十首》也采用了這種手法。如其九:“北雁來南國,依依似旅人。縱横遭折翼,感惻爲沾巾。平日誰能挹,高飛不可馴。故人持贈我,三嗅若爲珍。”在漂泊的北雁身上,寄寓了蘇軾漂泊東西的感慨,北雁之“高飛不可馴”,也代表着他高遠的政治理想。

最後,蘇軾詩歌和杜詩風格非常接近。在《秦州雜詩》中,杜甫詩歌沉鬱頓挫的主體風格體現得較爲明顯。如“滿目悲生事,因人作遠遊”(其一),“秋聽殷地發,風散入雲悲”(其四),“城上胡笳奏,山邊漢節歸”(其六),“東征健兒盡,羌笛暮吹哀”(其八),“黄鵠翅垂雨,蒼鷹飢啄泥”(其十一),“塞門風落木,客舍雨連山”(其十五),“警急烽常報,傳聞檄屢飛”(其十八),這些詩句都有沉鬱頓挫的特點。蘇軾詩歌的總體風格與杜甫有較大差異,但在其《荆州十首》中,部分詩句却與杜詩有同樣的風格。如“江侵平野斷,風捲白沙旋”(其一),“慷慨因劉表,淒涼爲屈原”(其二),“楚地闊無邊,蒼茫萬頃連”(其三),“江山非一國,烽火畏三巴。戰骨淪秋草,危樓倚斷霞”(其四),“壯年聞猛烈,白首見雄豪”(其六),“殘臘多風雪,荆人重歲時”(其七),這些詩句在風格上都頗似杜詩。

其三,蘇詩和杜詩的同名之作《倦夜》。

蘇軾《倦夜》:“倦枕厭長夜,小窗終未明。孤村一犬吠,殘月幾人行。衰鬢久已白,旅懷空自清。荒園有絡緯,虚織竟何成。”按杜甫有同題之作云:“竹涼侵卧内,野月滿庭隅。重露成涓滴,稀星乍有無。暗飛螢自照,水宿鳥相呼。萬事干戈裏,空悲清夜徂。”兩詩不僅題目相同,風格亦頗相近。

其四,蘇軾對杜甫《八哀詩》的學習。

大曆元年(766)秋,杜甫客居夔州時作《八哀詩》八首,以詩爲傳，哀悼王思禮、李光弼、嚴武、李璡、李邕、蘇源明、鄭虔、張九齡等八人，筆墨謹嚴，感情真摯。熙寧四年(1071)十月，蘇軾至揚州，作《廣陵會三同舍，各以其字爲韵，仍邀同賦》三首。這三首詩同杜甫《八哀詩》頗爲相類。

如第一首《劉貢父》云："去年送劉郎，醉語已驚衆。如今各飄泊，筆硯誰能弄。我命不在天，羿彀未必中。作詩聊遣意，老大慵譏諷。夫子少年時，雄辯輕子貢。爾來再傷弓，戢翼念前痛。廣陵三日飲，相對怳如夢。况逢賢主人，白酒潑春甕。竹西已揮手，灣口猶屢送。羡子去安閑，吾邦正喧哄。"又《孫巨源》："三年客京輦，憔悴難具論。揮汗紅塵中，但隨馬蹄翻。人情貴往返，不報生禍根。坐令平生友，終歲不及門。南來實清曠，但恨無與言。不謂廣陵城，得逢劉與孫。異趣不兩立，譬如王孫猿。吾儕久相聚，恐見疑排根。我褊類中散，子通真巨源。絶交固未敢，且復東南奔。"又《劉莘老》："江陵昔相遇，幕府稱上賓。再見明光宫，峨冠搢縉紳。如今三見子，坎坷爲逐臣。朝游雲霄間，欲分丞相茵。暮落江湖上，遂與屈子鄰。了不見愠喜，子豈真可人。邂逅成一歡，醉語出天真。士方在田里，自比渭與莘。出試乃大謬，芻狗難重陳。歲晚多霜露，歸耕當及辰。"和《八哀詩》一樣，三首詩有一個總的題目，又各自以所詠人物爲題，並且使用了五言古體的形式；三首詩作於一時，互相關聯，主要寫三人的事迹，但亦較多地寫了詩人自身的境遇和感慨①。詩歌雖然尚不能説是爲三人作傳，但有明顯的叙事傾向。

---

① 按杜甫《八哀詩》也寫詩人自己的境遇和感慨，衹是寫得較少而已，如第二首《故司徒李公光弼》末句"疲苶竟何人，灑涕巴東峽"，第三首《贈左僕射鄭國公嚴公武》末句"空餘老賓客，身上愧簪纓"，第四首《贈太子太師汝陽郡王璡》末句"温温昔風味，少壯已書紳。舊遊易磨滅，衰謝增酸辛"等，均是杜甫寫自己的感慨。

蘇軾直接學習杜詩的地方還不限於此，他還有一些詩歌明顯學習杜詩。如《許州西湖》，紀昀謂"忽歸莊論，妙非迂詞，此從杜老《觀打魚》詩化來"①，又《中隱堂詩》爲模仿杜甫《陪鄭廣文遊何將軍山林十首》而來②。《東坡八首》，亦似杜似陶③。《溪陰堂》爲模仿杜甫絶句"兩個黄鸝鳴翠柳"而來④。

五、蘇詩化用杜詩及蘇詩的對仗藝術

蘇軾對杜甫的詩歌非常熟悉和喜愛，其詩亦多化用杜詩成句，變化入詩⑤，此類例證甚多。如《壬寅重九，不預會，獨遊普門寺僧閣，有懷子由》："花開酒美盍言歸，來看南山冷翠微。憶弟泪如雲不散，望鄉心與雁南飛。明年縱健人應老，昨日追歡意正違。不問秋風强吹帽，秦人不笑楚人譏。"此詩中"憶弟泪如雲不散"用杜甫《恨别》之"憶弟看雲白日眠"，"明年縱健人應老"用杜甫《九日藍田崔氏莊》之"明年此會知誰健"，"不問秋風强吹帽"用杜甫《九日藍田崔氏莊》之"羞將短髮還吹帽"，蓋一詩八句，有三句從杜詩變化而來。而此詩老健疏放之處，也與杜詩相類。蘇軾"誰憐屋破眠無處"⑥，亦從杜甫《茅屋爲秋風所破歌》之"床頭屋漏無乾處"變化而來。又"此臺一覽秦川小"⑦，用杜甫《望嶽》之"一覽衆山小"。

---

① （宋）蘇軾《許州西湖》詩注，《蘇軾詩集》卷二。

② （宋）蘇軾《中隱堂詩》詩注："紀昀曰：'此亦摹杜子美《何氏山林》諸作，句句謹嚴，不失風格。'"《蘇軾詩集》卷四。

③ （清）紀昀云："八章詩出入陶、杜之間，而參以本色，不摹古而氣息自古。"蘇軾《東坡八首》注引。

④ （宋）蘇軾《溪陰堂》。按此詩詩注引《高齋詩話》云："（《溪陰堂》）蓋用老杜'兩個黄鸝鳴翠柳'一首詩意也。"

⑤ 按蘇軾化用杜詩有時是反用之，如《謝蘇自之惠酒》云："杜陵詩客尤可笑，羅列八子參群仙。流涎露頂置不説，爲問底處能逃禪。"

⑥ （宋）蘇軾《十二月十四日夜微雪明日早往南溪小酌至晚》。

⑦ （宋）蘇軾《授經臺》。

《凌虚臺》之“吏退迹如掃”，用杜甫《贈李白》之“山林迹如掃”。《和子由苦寒見寄》之“千金買戰馬，百寶裝刀環”，用杜甫《後出塞》之“千金裝馬鞭，百金裝刀頭”。《紙帳》之“但恐嬌兒還惡睡，夜深踏裂不成眠”，此亦出杜詩。又《和邵同年戲贈賈收秀才三首》其一之“此身自斷天休問”，用杜甫《曲江三章章五句》之“自斷此生休問天”。《與述古自有美堂乘月夜歸》之“香霧凄迷著髻鬟”，使用的是杜甫《月夜》“香霧雲鬟濕”。“倦醉佳人錦瑟旁”①，用杜甫《曲江對雨》之“暫醉佳人錦瑟旁”。“細看茱萸感嘆長”②，用杜甫之“醉把茱萸仔細看”。“讀書萬卷始通神”③，用杜甫之“讀書破萬卷，下筆如有神”。“囊中未有一錢看”④，用杜甫《空囊》之“囊空恐羞澀，留得一錢看”。“試上城南望城北”⑤，用杜甫《哀江頭》之“欲往城南望城北”。“廣文好客竟無氈”⑥，此用杜甫之“才名四十年，坐客寒無氈”。又“水邊何處無麗人，近前試看丞相嗔”⑦，此顯用杜甫《麗人行》典故，蘇軾又有《續麗人行》。“寂寞千歲事”⑧，乃杜甫《夢李白》之“千秋萬歲名，寂寞身後事”的縮略。“君不見詩人借車無可載，留得一錢何足賴。晚年更似杜陵翁，右臂雖存耳先聵”⑨，用杜詩語典，又以杜甫自比。“腐儒粗糲支百年”⑩，用杜甫《有客》之“百年粗糲腐儒餐”。“若見謫仙煩寄語，匡山頭白早歸

---

① （宋）蘇軾《初自徑山歸，述古召飲介亭，以病先起》。
② （宋）蘇軾《明日重九，亦以病不赴述古會，再用前韵》。
③ （宋）蘇詩《柳氏二外甥求筆迹二首》（其一）。
④ （宋）蘇軾《戲書吴江三賢畫像三首》（其三）。
⑤ （宋）蘇軾《和李邦直沂山祈雨有應》。
⑥ （宋）蘇軾《送鄭户曹》。
⑦ （宋）蘇軾《章質夫寄惠〈崔徽真〉》。
⑧ （宋）蘇軾《戴道士得四字代作》。
⑨ （宋）蘇軾《次韵秦太虚見戲耳聾》。
⑩ （宋）蘇軾《次韵孔毅父久旱已而甚雨三首》（其二）。

來"①,此化用杜甫"匡山讀書處,頭白早歸來"。"歸煮清泥坊底芹"②,用杜甫"飯煮清泥坊底芹"。"如何垂老别,冰盤饋蒼耳",此用杜詩《垂老别》《驅豎子摘蒼耳》的詩題入詩。又"拾遺被酒行歌處,野梅官柳西郊路。聞道華陽版籍中,至今尚有城南杜。我欲歸尋萬里橋,水花風葉暮蕭蕭。芋魁徑尺誰能盡,榿木三年已足燒"③,此詩多處使用杜詩典故。"健如黄犢不可恃"④,用杜甫《百憂集行》之"健如黄犢走復來"。此外,"幹惟畫馬不畫骨"⑤,"沉痛八哀詩"⑥,"只應翡翠蘭苕上"⑦,"何遜揚州又幾年,官梅詩興故依然"⑧,"願聞第一義"⑨,"黄四娘東子美家"⑩,"碧海長鯨君未掣"⑪,"何時翠竹江村路,送我柴門月色新"⑫,"紈絝儒冠皆誤身"⑬,"倚竹佳人翠袖長,天寒猶著薄羅裳"⑭,"隔籬不喚鄰翁飲"⑮,皆用杜詩。

蘇軾對仗之精心處也與杜詩略似。如"不辭日遊再,行恐歲滿

---

① (宋)蘇軾《書李公擇白石山房》。
② (宋)蘇軾《次韻王定國得潁倅二首》(其二)。
③ (宋)蘇軾《送戴蒙赴成都玉局觀,將老焉》。
④ (宋)蘇軾《送表弟程六知楚州》。
⑤ (宋)蘇軾《次韻子由書李伯時所藏韓幹馬》。
⑥ (宋)蘇軾《故李誠之待制六丈挽詞》。
⑦ (宋)蘇軾《蓮龜》。
⑧ (宋)蘇軾《次韻王定國會飲清虚堂》。
⑨ (宋)蘇軾《葉教授和溽字韵詩,復次韵爲戲,記龍井之遊》。
⑩ (宋)蘇軾《次韵楊公濟奉議梅花十首》(其五)。
⑪ (宋)蘇軾《用前韵作雪詩留景文》。
⑫ (宋)蘇軾《三月二十日開園三首》(其三)。
⑬ (宋)蘇軾《贈李兕彦威秀才》。
⑭ (宋)蘇軾《趙昌四季・芍藥》。
⑮ (宋)蘇軾《成伯家宴,造坐無由,輒欲效顰而酒已盡,入夜,不欲煩擾,戲作小詩求數酌而已》。

三"①,句末以數字或表數字的詞相對,用心良苦。又"亦有杏花充窈窕,更煩鶯舌奏鏗鏘",以花對鳥,以"窈窕"對"鏗鏘",有音律之美。又"深谷留風終夜響,亂山銜月半床明"②,對仗精巧工整。又"展禽雖未三見黜,叔夜自知七不堪"③,"人似秋鴻來有信,事如春夢了無痕"④,"年來齒髮老未老,此去江淮東復東"⑤,皆可稱妙對,是用心之作。

六、蘇詩與杜詩的不同

儘管蘇軾本人極爲推崇杜詩,儘管蘇軾的詩歌從杜詩中汲取了不少營養,蘇軾詩歌和杜甫詩歌還是有很大不同。蘇軾評論自己的文章説:"吾文如萬斛泉源,不擇地皆可出,在平地滔滔汩汩,雖一日千里無難。及其與山石曲折,隨物賦形,而不可知也。所可知者,常行於所當行,常止於不可不止,如是而已矣。"⑥其實蘇詩也有這樣的特點。概括説來,蘇詩高妙流宕,而杜詩沉鬱頓挫,這是二人在詩歌風格上的大致分野。

蘇詩和杜詩風格不同,是因爲二人思想意識不同。杜甫自比稷契,致君堯舜,雖經坎坷,而不改初衷。蘇軾的主流思想也是儒家思想,但又有濃厚的道家思想,在遭遇坎坷時,他常用道家思想爲武器,對苦難進行有效的化解。杜甫執着,而蘇軾曠達。

---

① (宋)蘇軾《東湖》。

② (宋)蘇軾《七月二十四日,以久不雨,出禱磻溪。是日宿虢縣。二十五日晚,自虢縣渡渭,宿於僧舍曾閣。閣故曾氏所建也。夜久不寐,見壁間有前縣令趙薦留名,有懷其人》。

③ (宋)蘇軾《自金山放船至焦山》。

④ (宋)蘇軾《正月二十日,與潘、郭二生出郊尋春,忽記去年是日同至女王城作詩,乃和前韵》。

⑤ (宋)蘇軾《與歐育等六人飲酒》。

⑥ (宋)蘇軾《自評文》。

因爲道家思想，蘇軾在苦難中能做到安分隨時，自我解脱。蘇軾云："鷄猪魚蒜，遇着便吃，生病老死，符到便奉行。"[①]在苦難坎坷的生活中，蘇軾頗能保持心靈的安適。他説："此間食無肉，病無藥，居無室，出無友，冬無炭，夏無寒泉，然亦未易悉數，大率皆無耳……尚有此身，付與造物，聽其運轉，流行坎止，無不可者。"[②]又説："人生悲樂，過眼如夢幻，不足追，惟以時自娱爲上策也。某名位過分，日負憂責，惟得幅巾還鄉，平生之願足矣。"[③]正是因爲這種心態，他即使是在困苦之中，也能體會到人生之樂、山水之美。在貶謫黄州期間，他説："寓居官亭，俯迫大江，几席之下，雲濤接天，扁舟草履，放浪山水間。客至，多辭以不在，往來書疏如山，不復答也。此味甚佳，生來未嘗有此適。"[④]"菊花開時乃重陽，凉天佳月即中秋，不須以日月爲斷也。"[⑤]他又説："此身聚散何窮已，未忍悲歌學楚囚。"[⑥]這些都表明了他曠達的情懷。

蘇軾自云"萬人如海一身藏"[⑦]，又自謂"任性逍遥，隨緣放曠，但盡凡心，無别勝解"[⑧]，"萬事委命，直道而行"[⑨]。蘇軾之曠達又見其《薄薄酒》。蘇軾不喜吏事，他説："至於吏道法令民事簿書期會，尤非所長，素又不喜從事於此，以不喜之心，强其所不長，其荒唐謬悠可知也。"[⑩]從蘇軾的性格來看，此並不完全是自鳴高情。其

① （宋）蘇軾《與王定國四十一首》（之三十二）。
② （宋）蘇軾《與程秀才三首》（之一）。
③ （宋）蘇軾《與王慶源十三首》（之十一）。
④ （宋）蘇軾《與王慶源十三首》（之五）。
⑤ （宋）蘇軾《江月五首》小引。
⑥ （宋）蘇軾《陳州與文郎逸民飲别，携手河堤上，作此詩》。
⑦ （宋）蘇軾《病中聞子由得告不赴商州三首》（其一）。
⑧ （宋）蘇軾《與子由弟十首》（之三）。
⑨ （宋）蘇軾《與千之姪二首》（之二）。
⑩ （宋）蘇軾《答宋寺丞一首》。

《百步洪二首》序云："余……夜著羽衣，佇立於黄樓上，相視而笑，以爲李太白死，世間無此樂三百餘年矣。"其放曠如此。衹要看看蘇軾《月夜與客飲杏花下》這樣的詩題，就能體會蘇軾放曠而又浪漫的詩人情懷。

蘇軾甚至"頗知内外丹要處"①，並且曾經服食丹藥②。他以道家思想化解生活中的苦難，使情緒轉低沉爲放達。這使他在面對苦難時心理變得比較平和安穩，也使他的詩歌創作呈現出多種風格，却降低了其詩歌的深刻性。

蘇軾云："文章如精金美玉，市有定價，非人所能以口舌定貴賤也。"③同杜甫一樣，蘇軾是一位天才的詩人，他從杜詩中汲取了不少營養，但蘇詩和杜詩總體上的差異性還是非常明顯。蘇詩之流轉勝過杜詩，但詩歌中所透露的力量却遠遠不及。正如紀昀所説："公詩未嘗無李杜，而妙在下筆不必定似李杜。"④"要自我行我法，固知豪傑之士，必不依托門户以炫俗也。"⑤蘇軾詩歌旁搜遠紹，廣泛地繼承前人，又有自己的面目，自成一家，也許這正是蘇軾的獨特之處。

綜上可知，從詩學觀念上看，蘇軾對杜詩非常推崇，提出了杜甫"一飯不忘君"這一影響深遠的命題。他寫了一些反映社會現實

---

① （宋）蘇軾《與陳季常十六首》（之十六）。

② 如蘇軾云："去年海南得所寄異士太清中丹一丸，即時服之，下丹田休休焉。"見蘇軾《與錢濟明十六首》（之六）。

③ （宋）蘇軾《與謝民師推官書》。蘇軾於此曾反復言之，如他在《答毛澤民七首》（之一）中説："文章如金玉，各有定價。"在《太息一章送秦少章秀才》中又云："士如良金美玉，市有定價，豈可以愛憎口舌貴賤之歟?"在《與公儀大夫二首》（之一）中説："斯文如精金美玉，自有定價，非人能高下。"

④ （宋）蘇軾《石鼓歌》詩注。

⑤ （宋）蘇軾《次韵子由岐下詩》詩注。

的詩歌,雖然很多是出於對新法的譏諷,但也透露出他對民生國事的關心。蘇軾的一些七言律詩老健疏放,與杜詩近似,他還有模仿杜甫《秋興八首》的詩作。他有些詩歌頗有沉鬱悲涼之意,接近杜詩。蘇軾的出蜀紀行詩學習了杜甫的兩組紀行詩,他的《荆州十首》模仿了杜甫的《秦州雜詩》,他還着意學習了杜甫的《八哀詩》。蘇軾詩中還大量化用了杜詩。蘇軾經常以杜甫自比,如蘇詩云"不獨飯山嘲我瘦,也應糠覈怪君肥"①,此即以杜甫自比。又"可憐杜拾遺,事與朱阮論"②,此亦自比老杜。又"傳家詩律細,已自過宗武"③,此蘇軾自比老杜,而比其子蘇邁爲宗武。又"杜陵布衣老且愚,信口自比契與稷"④,"爾來子美瘦,正坐作詩苦"⑤,此皆以杜甫自托。由此可以看出蘇軾對杜甫和杜詩的推崇。但是,從詩歌的整體風格看,蘇詩高妙流宕,而杜詩沉鬱頓挫,蘇詩之輕快流轉勝過杜甫,但詩中所藴含的力量却遠遠不及。可見,蘇詩學習杜詩,又與杜詩有明顯差異。

第八節　蘇轍詩文及其學杜之處

蘇轍的文學成就主要表現在散文方面,他的散文優長之處在於清晰曉暢,自然簡潔。蘇轍的詩歌雖然有兩千多首,但總體成就不高。

---

① (宋)蘇軾《次韵沈長官三首》(其一)。

② (宋)蘇軾《東坡八首》(其八)。

③ (宋)蘇軾《夜坐與邁聯句》。

④ (宋)蘇軾《蒜山松林中可卜居,余欲僦其地,地屬金山,故作此詩與金山元長老》。

⑤ (宋)蘇軾《次韵正輔表兄江行見桃花》。

一、蘇轍對杜甫的評價

蘇轍對杜甫有較高的評價①，其《和張安道讀杜集》云："杜叟詩篇在，唐人氣力豪。近時無沈宋，前輩蔑劉曹。天驥精神穩，層臺結構牢。龍騰非有迹，鯨轉自生濤。浩蕩來何極，雍容去若遨。壇高真命將，毳亂始知髦。白也空無敵，微之豈少褒。論文開錦繡，賦命委蓬蒿。初試中書日，旋聞鄜畤逃。妻孥隔豺虎，關輔暗旌旄。入蜀營三徑，浮江寄一艘。投人慚下舍，愛酒類東皋。漂泊終浮梗，迂疏獨釣鼇。誤身空有賦，掩脛惜無袍。"此詩表達了對杜甫的崇敬之情，對杜甫的詩歌造詣表示推崇，對其漂泊不遇表示同情。其《鵲山亭》"更欲留詩題素壁，坐中誰與少陵偕"，此亦以少陵爲高標。又《送王鞏兼簡都尉王詵》"可憐杜老貧無食，杖藜曉入春泥濕。諸家厭客頻惱人，往往閉門不得入"，亦對杜甫的遭遇表示同情。

蘇轍論詩最爲推崇李杜，他在《題韓駒秀才詩卷》中說："唐朝文士例能詩，李杜高深得到希。"但他同時也認爲李白不及杜甫，他說：

> 李白詩類其爲人，駿發豪放，華而不實，好事喜名，不知義理之所在也。語用兵，則先登陷陣不以爲難；語游俠，則白晝殺人不以爲非，此豈其誠能也哉？白始以詩酒奉事明皇，遇讒而去，所至不改其舊。永王將竊據江淮，白起而從之不疑，遂

① 關於蘇轍與杜甫，學界有以下觀點：李凱認爲蘇轍"對杜甫多難的人生表示深切同情，指出杜詩成就的取得與其多難的人生有關；高度評價杜詩成就，特别推崇杜詩的叙事技巧，提出了詩歌叙事的典型問題"。參見李凱《蘇轍論杜》，《内江師專學報》1996年第3期，第39頁。朱剛認爲蘇轍的晚年詩作"是北宋末期詩歌史上的最重要的内容，也爲'主理'的宋詩開闢了一種别具深意的境界"。參見朱剛《論蘇轍晚年詩》，《文學遺産》2005年第3期，第51頁。

> 以放死。今觀其詩固然。唐詩人李杜稱首,今其詩皆在。杜甫有好義之心,白所不及也。①

蘇轍指出李白"華而不實,好事喜名,不知義理之所在"的缺點,認爲李白的詩歌失其誠,並且李白因從李璘流放而死,與其性格關係密切。而杜甫則有好義之心,此爲李白所不及。可見,無論是詩歌還是爲人,蘇轍都更推重杜甫。蘇轍之揚杜抑李,與蘇軾之李杜並稱有所不同。蘇轍又説:

> 老杜陷賊時,有詩曰:"少陵野老吞聲哭,春日潛行曲江曲。江頭宫殿鎖千門……"予愛其詞氣如百金戰馬,注坡驀澗,如履平地,得詩人之遺法。如白樂天詩,詞甚工,然拙於紀事,寸步不遺,猶恐失之。此所以望老杜之藩垣而不及也。②

可知蘇轍對杜甫詩歌的紀事筆法甚爲推重,以爲白居易望塵莫及。

蘇轍還用杜甫稱許友人,如《次韵毛君見督和詩》:"新詩落紙一城傳,顧我疏蕪豈足編。他日杜陵詩集裏,韋迢略見兩三篇。"他還曾以杜甫比蘇軾③,這些都頗能表明杜甫在蘇轍心目中的地位。

二、杜詩對蘇轍詩歌的影響

蘇轍詩歌的主要特徵是平白。如其《郭綸》云:"郭綸本蕃種,騎鬥雄西戎。流落初無罪,因循遂龍鍾。嘉州已經歲,見我涕無

---

① (宋)蘇轍《詩病五事》,(宋)蘇轍著,陳宏天、高秀芳點校《蘇轍集》,中華書局1990年版,第1228頁。以下凡引蘇轍詩文皆見此本,除有必要者僅注出詩題。

② (宋)蘇轍《詩病五事》。

③ (宋)蘇轍《和子瞻雪浪齋》。

窮。自言將家子，少小學彎弓。長遇西鄙亂，走馬救邊烽。手挑丈八矛，所往如投空。"所述平白如話。蘇轍與蘇軾唱和之作和同題之作甚多，其詩並不似杜詩。

杜詩對蘇轍詩歌的影響，主要表現在蘇轍使用和化用杜詩方面。蘇轍詩歌平白質樸，不尚用典，但也有一些詩歌似乎在有意無意之間化用了杜詩。如《竹枝歌》云："俚人風俗非中原，處子不嫁如等閑。雙鬟垂頂髮已白，負水采薪長苦艱。"按杜甫《負薪行》："夔州處女髮半華，四十五十無夫家。更遭喪亂嫁不售，一生抱恨堪諮嗟。土風坐男使女立，應當門户女出入。十猶八九負薪歸，賣薪得錢應供給。至老雙鬟只垂頸，野花山葉銀釵並。"蘇轍的《竹枝歌》似乎對杜甫的《負薪行》有所借鑒。《次韵李簡夫因病不出》："坐上要須長滿客，杖頭何用出携錢。"此與杜甫《空囊》之"囊空恐羞澀，留得一錢看"略似。《送張公安道南都留臺》"少年喜文字，東行始觀國"，此即杜甫《奉贈韋左丞丈二十二韵》之"甫昔少年日，早充觀國賓"。《和韓宗弼暴雨》"破屋少乾床"，此即杜甫《茅屋爲秋風所破歌》之"床頭屋漏無乾處"。《次韵分司南京李誠之待制求酒二首》"公田種秫全抛却，坐客無氈誰與錢"，"中酒何須問賢聖？和詩今尚許羊何"，此即杜甫《戲簡鄭廣文虔兼呈蘇司業源明》之"才名四十年，坐客寒無氈"。《次韵子瞻贈梁交左藏》"歸來相對如夢寐"，即杜甫之"夜闌更秉燭，相對如夢寐"。《次韵秦觀秀才携李公擇書相訪》之"末契長遭少年笑，白髮應慚傾蓋新"，即杜甫《莫相疑行》之"晚將末契托年少，當面輸心背面笑"。又《戲次前韵寄王鞏二首》"頭風欲待歌詞愈，肺病甘從酒力欺"，此上用曹操事，下用杜甫事。又《和子瞻蜜酒歌》"城中禁酒如禁盜，三百青銅愁杜老"，此使用杜甫"速宜相就飲一斗，恰有三百青銅錢"之典。又《送周思道朝議歸守漢州三絶》之"酒壓郫筒憶舊酤"，係從杜甫"酒憶郫筒不用酤"化出。《燕山》"會當挽天河，洗此生齒萬"，當出杜甫《洗兵馬》。

蘇轍詩中亦偶有老健疏放似杜甫者,如《九月陰雨不止病中把酒示諸子三首》(其一):"旱久翻成霧雨灾,老人腹疾强銜杯。官醅菉豆適初熟,籬菊黄花終未開。兒女共憐佳節過,鷄豚恐有故人來。衰年此會真餘幾,薄酒無多不用推。"衹是這樣的詩在蘇轍詩中較少。蘇轍曾經出使契丹,這個時期的詩歌本來應有些新意,但蘇轍却寫得平平,未見佳處,衹是詩風略顯剛健。另外,蘇轍從杜詩學習了一些句法,如"安心已得安身法,樂土偏令樂事多"①,"夢險曾非險,覺迷終不迷"②,"欲去天公未遣去,久留敝宅恐難留"③,"一雨一凉秋向晚,似安似病老相侵"等④,這些詩句均使用了"句中對"。

總體上説,蘇轍詩平易樸實,藝術性不高。其詩多次韵酬唱之作,與蘇軾詩相較,藝術性遠爲不及。蘇軾才高,詩歌流利飄逸,用典較多。蘇轍才微韵短,用典較少,詩歌平白如話。用典多則易滯塞,然尚可補平白之病。詩無故實,則容易詩味寡淡。可見,蘇轍對杜詩的學習總體上是有限的。

三、蘇轍反映民生艱難的詩歌及其特點

蘇轍的詩歌有限地反映了民生疾苦,衹是反映的深度和廣度遠不及杜甫。蘇轍境界不及老杜,如其《寄題蒲傳正學士閬中藏書閣》云:"讀破文章隨意得,學成富貴逼身來。"所言皆利禄事⑤。他

---

① (宋)蘇轍《寄題武陵柳氏所居二首·康樂樓》。

② (宋)蘇轍《索居三首》(其二)。

③ (宋)蘇轍《七十吟》。

④ (宋)蘇轍《秋雨》。

⑤ 按蘇轍並非不能安於貧賤,亦深恐因仕廢學。他説:"私以爲雖不欲仕,然抱關擊柝,尚可自養,而不害於學,何至困辱貧窶自苦如此。及來筠州,勤勞鹽米之間,無一日之休,雖欲棄塵垢,解羈縶,自放於道德之場,而事每劫而流之。然後知顔子之所以甘心貧賤,不肯求斗升之禄以自給者,良以其害於學故也。"見蘇轍《東軒記》。

的反映民生疾苦的詩歌仿佛衹是他次韵酬唱之外的一些點綴。在蘇轍的詩歌中，這類詩歌不僅數量少，水準也不高。如《次韵子瞻吴中田婦嘆》云：

> 久雨得晴唯恐遲，既晴求雨來何時？今年舟楫委平地，去年蓑笠爲裳衣。不知天公誰怨怒，棄置下土塵與泥。丈夫强健四方走，婦女齷齪將安歸？埍然四壁倚機杼，收拾遺粒吹糠粞。東鄰十日營一炊，西鄰誰使救汝飢？海邊唯有鹽不旱，賣鹽連坐收嬰兒。傳聞四方同此苦，不關東海誅孝婦。

此詩寫晴雨無時導致的農民貧困，詩人對農民的窮困生活表示了一定的同情。又《秋旅》云：

> 窮邊逃卒到處滿，燒場入室才逡巡。縣符星火雜鞭箠，解衣乞與猶怒嗔。我願人心似天意，愛惜老弱憐孤貧。古來堯舜知有否，詩書到此皆空文。

此詩反映了當時邊境士卒逃亡、府縣追索的社會現實。又《春旱彌月郡人取水邢山二月五日水入城而雨》："春旱時聞孽火然，邢山龍老不安眠。麥生三寸未覆壟，雨過一犁初及泉。深愧貧民飢欲死，可憐肉食坐稱賢。南齋遺老知尤幸，湯餅黄齏又一年。"此詩寫貧富不均，略有杜陵詩史意。

和蘇軾一樣，蘇轍的這類詩歌也有一個特點，那就是他用詩歌反映民生疾苦往往是爲王安石新法而發，其中常常包含了對王安石及其新法的不滿和諷刺。如《春日耕者》："陽氣先從土脉知，老農夜起飼牛飢。雨深一尺春耕利，日出三竿曉餉遲。婦子同來相嫵媚，烏鳶飛下巧追隨。紛紜政令曾何補，要取終年風雨時。"此譏朝廷政令紛繁，於事無補。《送鮮于子駿還朝兼簡范景仁》"錢荒粟帛賤如土，榷峻茶鹽不成市"，《冬至日作》"似聞錢重薪炭輕，今年九九不難數"，均是對王安石變法的譏刺。在蘇轍眼裏，不僅王安石變法"公私皆病"，王安石本人也是不值一提的"小丈夫"①。在反對王安石這一點上，蘇氏父子三人是一致的。

蘇轍的詩歌風格清淡樸實，平淡寡味，有以文爲詩的傾向，不僅視野狹窄，風格也比較平白拘謹。蘇轍在詩文創作上對蘇軾亦步亦趨，他不僅與蘇軾酬唱較多，對蘇軾的詩句也多有模仿，如其《次韵轉運使鮮于侁新堂月夜》之"千里共清光"即爲模擬蘇軾名句"千里共嬋娟"而來。蘇轍的文學成就不及其兄，他自己在《次韵子瞻見寄》中也説："篤愛未忍棄，浪云舊齊名。"其《題東坡遺墨卷後》亦云："少年喜爲文，兄弟俱有名。世人不妄言，知我不如兄。"蘇轍自言"廢詩"②，似乎不完全是客氣話。蘇轍雖然最爲推重杜甫，但他學習杜詩基本上僅限於使用了一些杜詩中的語典和句法，其詩歌在風格上和杜詩有很大差異。他的詩歌雖然在一定程度上反映了社會現實，但其力度和深度均去杜甫較遠。

因以上論及蘇軾和蘇轍，故順便對蘇洵略作介紹。蘇洵，字明允，眉州眉山人，二十七歲始發憤爲學。歐陽修曾上其所著書二十二篇，士大夫争傳之。曾與人同修《太常因革禮》一百卷。有《蘇洵集》十六卷，附録二卷。蘇洵老而好學，故有秉燭之明。蘇洵以文勝，得以名列唐宋八大家之列，其文以儒家爲旨歸，而雜以縱横家、法家習氣，有賈誼之風。他欲以文章聳動人主，又欲用世，故特欲以富國强兵説動君王。蘇洵對國家當時的現實有較爲清醒的認識，他在《審勢》中説："官吏曠惰，職廢不舉，而敗官之罰不加嚴也；多贖數赦，不問有罪，而典刑之禁不能行也；冗兵驕狂，負力幸賞，而維持姑息之恩不敢節也；將帥覆軍，匹馬不返，而敗軍之責不加

① （宋）蘇轍《詩病五事》。

② （宋）蘇轍《同子瞻泛汴泗得漁酒二詠》（其二）云："懶思久廢詩。"

重也；羌胡强盛，陵壓中國，而邀金繒、增幣帛之耻不爲怒也。”[①]他又説：“方今天下雖號無事，而政化未清，獄訟未衰息，賦斂日重，府庫空竭。而大者又有二虜之不臣，天子震怒，大臣憂恐。”[②]國勢日衰，不免使儒士有救國之心，蘇洵著有《權書》，自云：“《權書》，兵書也，而所以用仁濟義之術也。”[③]他講權書、權術、權謀，其法家思想和用世之心於斯可見[④]。但他的文章相對缺少文采。蘇洵的詩衹有四十多首，皆古質樸拙，木訥少文，有復古傾向。蘇洵詩歌全無動人處，本不足觀，其較可諷誦者一兩聯而已。蘇洵二子蘇軾、蘇轍皆以文采動天下[⑤]，蘇洵的文名，也許多半是蘇軾兄弟立身揚名、以顯父母的結果。蘇洵與杜甫無甚關係，僅附説於此。

以上討論了北宋中期詩人學杜的情況。從上文的分析可以看出這個時期詩人學杜的特點：

第一，在這個時期，杜甫在詩歌史上的典範地位已經確立，梅堯臣、蘇舜欽、歐陽修、王安石、曾鞏、王令、蘇軾、蘇轍等重要詩人都對杜甫和杜詩非常推重，蘇軾甚至提出了杜甫“一飯不忘君”這一影響深遠的命題。

第二，這個時期的詩人普遍繼承了杜甫的“詩史”精神，寫出了許多關心國事民生的作品。這一方面是杜甫關心現實的精神在宋代的影響，一方面是北宋中期詩人對北宋前期詩歌遠離現實的不良傾向進行反思的結果。

---

① （宋）蘇洵《審勢》，《蘇洵集》卷一，中國書店 2000 年版，第 3 頁。以下凡引蘇洵詩文皆見此本，除有必要者僅注出詩文題名。

② （宋）蘇洵《上韓舍人書》。

③ （宋）蘇洵《權書引》。

④ 按蘇洵《上皇帝十事書》云：“臣之所以自結髮讀書至於今茲，犬馬之齒幾已五十，而猶未敢廢者，其意亦欲效尺寸於當時，以快平生之志耳。”

⑤ 按蘇軾、蘇轍名字的由來見蘇洵《名二子説》。

第三,在詩歌創作上,北宋中期詩人普遍受到杜詩的影響,表現在:這個時期的詩人在詩歌中都不同程度地化用杜詩;大部分詩人都有一些句法和詩句風格與杜甫相似;王安石的集句詩中直接使用了很多杜詩;宋代最優秀的詩人蘇軾有許多詩歌學習和模仿杜詩,風格也與杜詩接近。特别值得一提的是,這個時期的詩人蘇舜欽,其詩歌成就雖然有限,却是在内容和風格上都學習杜甫的詩人。由此也可以看出,北宋中期是杜甫産生深刻影響、杜詩得到廣泛繼承的時期。

第四,總結北宋中期詩人的學杜情况,有一點值得特别説明,那就是:這個時期還没有出現在學杜方面取得很高成就的詩人。從創作上看,梅堯臣的詩比較平庸,較少佳作,風格平淡。蘇舜欽的詩在内容和風格上都學習杜甫,他比王禹偁前進了一步,但寫得不够細緻,錘煉不够,總體上成就有限。歐陽修學習了杜詩的一些句法,有些詩句的風格也接近杜詩,但他主要學習李白。王安石的詩歌總體上與杜詩有很大差異,藝術上與杜詩相距更遠。蘇軾有許多詩歌學習杜詩,但其詩歌的總體風格更接近李白,蘇詩的高妙流宕與杜詩的沉鬱頓挫有很大差異。蘇轍詩歌平白,成就有限,在詩歌的整體風格上更不似杜詩。所以説,杜詩在這個時期雖然得到廣泛繼承,産生了很大影響,但此時並没有出現能够全面繼承杜詩精髓的詩人。

杜詩是詩歌史上的一座高峰。北宋初期的詩人開始認識這座高峰,而北宋中期的詩人雖然依然徘徊在這座高峰之下,却普遍産生了對它的敬仰。這就意味着杜詩會在此後産生更爲深遠的影響。

第三章　北宋後期：杜詩藝術繼承期

北宋後期,活躍在詩壇的是黄庭堅、陳師道、韓駒、秦觀、張耒等詩人,他們是蘇軾影響下的詩人群體,後來以黄庭堅爲首的詩人群體被稱爲江西詩派。江西詩派有自己的創作主張,他們的詩歌字斟句酌,法度井然,不僅支配了當時的文壇,也對後世産生了極大的影響。杜甫在詩壇的崇高地位在此之前已經確立,在這個時期更被奉爲詩學典範。江西詩派普遍注重借鑒杜詩,特别是黄庭堅極爲注重杜甫在煉字、煉句、謀篇等方面的藝術經驗。江西詩派崇杜學杜,迎來了宋代詩人學杜的第一個高潮。

第一節　黄庭堅對杜甫藝術技巧的學習

黄庭堅是"蘇門四學士"之一,他主張詩歌應該有其社會作用,但不贊成蘇軾那些嬉笑怒駡譏刺社會的文章。他在詩歌創作上强調出新,特别重視對詩歌藝術技巧的探尋①。黄庭堅是"一祖三宗"中的"三宗"之首,在詩歌創作上推崇杜甫②,並着力學習和繼

---

① 關於黄庭堅的詩歌創作可參見莫礪鋒《論黄庭堅詩歌創作的三個階段》,《文學遺産》1995 年第 3 期,第 70 頁。

② 關於黄庭堅學杜,學界的主要觀點如下:謝思煒指出:"在詩藝解釋方面,特别值得一提的是黄庭堅以及他所代表的江西詩派。"參見謝思煒《杜詩解釋史概述》,《文學遺産》1991 年第 3 期,第 74 頁。周裕鍇認爲黄庭堅學杜前後期有所不同,他青年時期"對杜詩的理解主要是從社會功能和(轉下頁)

承了杜甫詩歌的藝術技巧。關於黄庭堅學杜,可以概括爲以下幾個方面。

一、在詩學觀念上推崇杜甫

黄庭堅對杜甫和杜詩非常推崇,既注重其思想意義,更推崇其藝術技巧。他把杜甫作爲自己學詩的典範。其《老杜浣花溪圖引》云:

拾遺流落錦官城,故人作尹眼爲青。碧鷄坊西結茅屋,百花潭水濯冠纓。故衣未補新衣綻,空蟠胸中書萬卷。探道欲

(接上頁)倫理價值的角度着眼",晚年則"發展了杜甫夔州後詩抒寫個人感情和日常生活的創作傾向",着眼點放在句法、句中有眼、點鐵成金和拗體七律等方面。參見周裕鍇《工部百世祖,涪翁一燈傳——杜甫與江西詩派》,《杜甫研究學刊》1990年第3期,第18頁。莫道才論述了黄庭堅對杜甫詩歌的認識,指出黄庭堅鍾愛杜甫,對杜詩的"忠義"、"點鐵成金"、"大巧"等"認識甚深"。參見莫道才《黄庭堅論杜甫》,《杜甫研究學刊》1997年第2期,第53頁。黄鎮林討論了黄庭堅在語言和詩歌技巧等方面對杜詩的學習,參見黄鎮林《語不驚人死不休——略論黄庭堅學杜》,《杜甫研究學刊》2000年第4期,第41頁。錢志熙在討論黄庭堅的詩歌理論和詩學體系的同時涉及杜詩對黄庭堅詩歌的影響問題,他討論了黄庭堅各體詩歌的淵源,認爲杜甫對黄庭堅的詩歌創作産生了很大影響。"山谷學杜,不單衹七律一體,七古、七絶乃至五古,都見學杜之功,更重要的是,他的學杜,最根本的是學習杜甫由傳統中推陳出新的創造法則,所以杜甫對他的影響是整體性的……就體裁而言,山谷學杜,近體更多於古體,近體之中七律之學杜工夫最深,成就最大。"參見錢志熙《黄庭堅詩學體系研究》,北京大學出版社2003年版,第352頁。周金標認爲黄庭堅的七絶變體繼承了杜甫的詩歌藝術,參見周金標《試論黄庭堅的七絶變體》,《江蘇廣播電視大學學報》2005年第2期,第55頁。鄭永曉則討論了黄庭堅學杜方面的歷史争議,認爲"應該對黄山谷學杜的功績予以確認,在一定意義上,黄庭堅是詩歌史上學杜得其精髓的重要詩人之一"。參見鄭永曉《關於黄山谷學杜的歷史争議及重新認識》,《廣州大學學報》2005年第8期,第59頁。

度羲皇前，論詩未覺國風遠。干戈崢嶸暗宇縣，杜陵韋曲無鷄犬。老妻稚子且眼前，弟妹飄零不相見。此公樂易真可人，園翁溪友肯卜鄰。鄰家有酒邀皆去，得意魚鳥來相親。浣花酒船散車騎，野墻無主看桃李。宗文守家宗武扶，落日蹇驢馱醉起。願聞解鞍脱兜鍪，老儒不用千户侯。中原未得平安報，醉裏眉攢萬國愁。生綃鋪墻粉墨落，平生忠義今寂寞。兒呼不蘇驢失脚，猶恐醒來有新作。常使詩人拜畫圖，煎膠續弦千古無。①

按此就《老杜浣花溪圖》吟詠老杜故事，可以看出山谷對老杜頗多欽敬之意。山谷有詩云："老杜文章擅一家，國風純正不欹斜。帝閽悠邈開關鍵，虎穴深沉探爪牙。千古是非存史筆，百年忠義寄江花。潛知有意升堂室，獨抱遺編校舛差。"②亦是欽敬杜甫之意。黄庭堅敬佩地説："文章韓杜無遺恨"③，"拾遺句中有眼"④。他又説："建安才六七子，開元數兩三人。"⑤這開元的"兩三人"中自然包括杜甫。

黄庭堅作詩，喜以杜詩爲韵。如《戲題巫山縣用杜子美韵》，即用老杜《巫山縣汾州唐使君十八弟宴别兼諸公携酒樂相送率題小詩留於屋壁》之韵。《以酒渴愛江清作五小詩寄廖明略學士兼簡初和父主簿》是以杜詩"酒渴愛江清"爲韵。黄庭堅也曾經用杜甫詩例次韵，如其《李右司以詩送梅花至潞公予雖不接右司想見其人用

① （宋）黄庭堅撰，（宋）任淵、史容、史季温注，劉尚榮校點《黄庭堅詩集注》，中華書局2003年版，第1341頁。以下凡引黄庭堅詩皆見此本，除有必要者僅注出詩題。

② （宋）黄庭堅《次韵伯氏寄贈蓋郎中喜學老杜詩》。

③ （宋）黄庭堅《病起荆江亭即事十首》（其七）。

④ （宋）黄庭堅《贈高子勉四首》（其四）。

⑤ （宋）黄庭堅《再用前韵贈子勉四首》（其三）。

老杜和元次山詩例次韵》即是。他的集句詩,也多使用杜詩①。黄庭堅也會用學杜來稱許别人,比如他曾經説:"二子學邁俗,窺杜見牖窗。"②山谷以杜詩譽人,是因爲杜甫是山谷心目中的詩學典範。

二、大量使用杜詩典故

黄庭堅在自己的詩歌中大量使用杜詩的典故。黄庭堅認爲杜詩"無一字無來處",受此影響,他在詩歌創作上主張使用所謂"奪胎换骨"的創作方法,這個方法也成爲江西詩派的創作宗旨。黄庭堅詩用典最多,也有"無一字無來處"的特點。如其《題惠崇畫扇》:"惠崇筆下開江面,萬里晴波向落暉。梅影横斜人不見,鴛鴦相對浴紅衣。"此詩首句使用杜甫《丹青引》"將軍下筆開生面",三句使用林逋《梅》之"疏影横斜水清淺"及錢起詩"曲終人不見",末句則使用杜牧《齊安郡後池絶句》之"鴛鴦相對浴紅衣"。四句而四用典,黄庭堅詩歌多是如此。

在詩歌創作中,黄庭堅最喜化用杜詩。如其"應憐坐客竟無氈,更遭官長頗譏謗"③,即從杜甫《戲簡鄭廣文虔兼呈蘇司業源明》之"廣文到官舍,繫馬堂階下。醉則騎馬歸,頗遭官長罵。才名四十年,坐客寒無氈"化出。黄庭堅"田舍老翁百不憂"④,即杜甫《徐卿二子歌》之"吾知徐公百不憂"。"龜以靈故焦,雉以文故翳"⑤,即杜甫《遣興五首》(之三)"漆有用而割,膏以明自煎"之意。"朝回焚諫草"⑥,即杜甫《晚出左掖》之"避人焚諫草"。"近

① (宋)黄庭堅《戲贈張叔甫》。

② (宋)黄庭堅《奉答謝公静與榮子邕論狄元規孫少述詩長韵》。

③ (宋)黄庭堅《送碧香酒用子瞻韵戲贈鄭彦能》。

④ (宋)黄庭堅《送鄭彦能宣德知福昌縣》。

⑤ (宋)黄庭堅《奉和文潛贈無咎篇末多見及以既見君子云胡不喜爲韵》(其一)。

⑥ (宋)黄庭堅《謝公定和二范秋懷五首邀予同作》(其一)。

臣知天喜"[1]，即杜甫"天顔有喜近臣知"。"風撼鶺鴒枝，波寒鴻雁影"[2]，即杜甫"鴻雁影來連峽内，鶺鴒飛急到沙頭"。"未有涓埃可報君"[3]，即杜甫"未有涓埃答聖朝"。"曹霸弟子沙苑丞，喜作肥馬人笑之"[4]，用杜甫《丹青引》。"十日五日一水石"[5]，是杜甫《戲題山水圖歌》"十日畫一水，五日畫一石"的縮略。"豫章從小有梁棟，也似鄭公雙鬢絲"[6]，此用老杜詩"鄭公樗散鬢成絲"。"光陰一鳥過"[7]，出杜甫"身輕一鳥過"。"詩到隨州更老成，江山爲助筆縱横"[8]，出杜甫《戲爲六絶句》"庾信文章老更成，凌雲健筆意縱横"。又"碑同峴首千年石，詩到夔州十絶歌"[9]，"夔州十絶歌"指杜甫《夔州歌十絶句》。又如"誰能同此勝絶味，唯有老杜《東樓詩》"[10]，《東樓詩》指杜甫《宴戎州楊使君東樓》。

山谷"形模彌勒一布袋，文字江河萬古流"[11]，化用杜甫句"不廢江河萬古流"。山谷"坐中索起時被肘，亦任旁人嫌我真"[12]，化用杜甫《遭田父泥飲美嚴中丞》之"高聲索果栗，欲起時被肘"及《暇日小園散病將種秋菜督勒耕牛兼書觸目》之"不愛入州府，畏人嫌我真"。此種方法大概就是黄庭堅所説的"奪胎换骨"或"點鐵成

---

① （宋）黄庭堅《常父惠示丁卯雪十四韵謹同韵賦之》。

② （宋）黄庭堅《和答子瞻和子由常父憶館中故事》。

③ （宋）黄庭堅《次韵張昌言給事喜雨》。

④ （宋）黄庭堅《次韵子瞻和子由觀韓幹馬因論伯時畫天馬》。

⑤ （宋）黄庭堅《次韵子瞻題郭熙畫山》。

⑥ （宋）黄庭堅《題子瞻寺壁小山枯木二首》（其二）。

⑦ （宋）黄庭堅《歲寒知松柏》。

⑧ （宋）黄庭堅《憶邢惇夫》。

⑨ （宋）黄庭堅《宋楙宗寄夔州五十詩三首》（其三）。

⑩ （宋）黄庭堅《廖致平送緑荔支爲戎州第一王公權荔支緑酒亦爲戎州第一》。

⑪ （宋）黄庭堅《病起荆江亭即事十首》（其九）。

⑫ （宋）黄庭堅《戲呈聞善》。

金"。黄庭堅"未應白髮如霜草,不見丹砂似箭頭。顧我今成喪家狗,期君早作濟川舟"①。"未應"二句,反用杜詩《陪章留後侍御宴南樓》"本無丹竈術,那免白頭翁";"顧我"二句使用杜詩"昔如縱壑魚,今如喪家狗","顧我老非題柱客,知君才是濟川功",四句之内,三用杜詩。"臣甫杜鵑再拜詩"②,用杜甫《杜鵑行》。"一天月色爲誰好"③,是從杜詩"中天月色好誰看"化出。"百年雙鬢欲俱白,千里一書真萬金"④,上句化用杜詩"百年雙鬢白",下句化用杜詩"家書抵萬金"。

又杜甫云"文章千古事",山谷則云"道德千古事"⑤。杜甫云"潤物細無聲",山谷則云"潤物無聲春有功"⑥。杜甫云"不覺前賢畏後生",山谷則云"前賢畏後生"⑦。杜甫云"坐客寒無氈",山谷則云"廣文何憾客無氈"⑧。杜甫云"庭前八月梨棗熟",山谷則云"八月梨棗紅"⑨。杜甫云"結交皆老蒼",山谷則云"少日結交皆老蒼"⑩。杜甫云"總戎皆插侍中貂",山谷則云"幾人能插侍中貂"⑪。山谷《題韋偃馬》"一洗萬古凡馬空"⑫,此直接襲用杜甫

① （宋）黄庭堅《次韻德孺惠貺秋字之句》。

② （宋）黄庭堅《書磨崖碑後》。

③ （宋）黄庭堅《寄黄龍清老三首》(其三)。

④ （宋）黄庭堅《從舅氏李公擇將抵京輔以歸江南初自淮之西猶未秋日思歸》。

⑤ （宋）黄庭堅《招子高二十二韵兼簡常甫世弼》。

⑥ （宋）黄庭堅《二月丁卯喜雨吴體爲北門留守文潞公作》。

⑦ （宋）黄庭堅《和答李子真讀陶庾詩》。黄庭堅《次韵答任仲微》又云:"深信前賢畏後生。"

⑧ （宋）黄庭堅《次韵張祕校喜雪三首》(其一)。

⑨ （宋）黄庭堅《讀方言》。

⑩ （宋）黄庭堅《次韵答和甫廬泉水三首》(其一)。

⑪ （宋）黄庭堅《次韵元禮春懷十首》(其二)。

⑫ （宋）黄庭堅《題韋偃馬》。

《丹青引》中的成句。杜甫云“先判一飲醉如泥”，山谷云“須判一飲醉如泥”①。杜甫云“飢鷹待一呼”，山谷則云“正有飢鷹待一呼”②。杜甫云“仗鉞奮忠烈”，山谷則云“爲國奮忠烈”③。

除大量使用杜詩外，黄庭堅還使用與杜甫本人相關的典故，如“杜陵白髮垂垂老”④，“詩催孺子成鷄栅”⑤，“君不見杜陵白頭在同谷，夜提長鑱掘黄獨”⑥。又“老杜當年鬢髮華，尚言春到酒須賒。不堪詩思相料理，惱亂街頭賣酒家。”⑦《過洞庭青草湖》：“我雖貧至骨，猶勝杜陵老。憶昔上岳陽，一飯從人討。”又“空餘杜陵泪，一爲漢中潸”。此均用杜甫典故。

黄庭堅是宋代詩人中第一個大量使用杜詩典故的詩人，他使用杜甫典故和化用杜詩，一方面出於對杜詩的推崇，一方面與其“奪胎换骨”的藝術追求緊密相關。

三、學習杜詩句法與錘煉詩句

黄庭堅非常重視對杜詩句法的學習。首先，他大量使用杜甫喜用的“當句對”。如“野水自添田水滿，晴鳩却唤雨鳩歸”⑧。又：“作雲作雨手翻覆，得馬失馬心清凉……一丘一壑可曳尾，三沐三

---

① （宋）黄庭堅《和答任仲微贈别》。

② （宋）黄庭堅《雪後登南禪茅亭簡張仲謀二首》。

③ （宋）黄庭堅《次韵斌老冬至書懷示子舟篇末見及之作因以贈子舟歸》。

④ （宋）黄庭堅《和師厚秋半時復官分司西都》。

⑤ （宋）黄庭堅《次韵寅菴四首》（其四）。按此暗用杜甫《催宗文樹鷄栅》。

⑥ （宋）黄庭堅《戲和于寺丞乞王醇老米》。

⑦ （宋）黄庭堅《次韵元禮春懷十首》（其八）。

⑧ （宋）黄庭堅《自巴陵略平江臨湘入通城無日不雨至黄龍奉謁清禪師繼而晚晴邂逅禪客戴道純欸語作長句呈道純》。

疊取刳腸。"①一首之中兩用當句對。又"騎驢覓驢但可笑,非馬喻馬亦成癡"②;"春風春雨花經眼,江北江南水拍天"③;"夢鹿分真鹿,無鷄應木鷄"④;"美人美人隔湘水,其雨其雨怨朝陽"⑤。又"迷時今日如前日,悟後今年似去年"⑥;"小德有爲因有累,至神無用故無功"⑦。其次,黄庭堅也使用杜甫常用的"時空並馭"的手法,如《寄懷公壽》"智愚相懸三十里,榮枯同有百餘年"⑧。他還以藥名入詩⑨,於詩歌創作頗有遊戲心態。黄庭堅還有一些句法頗似杜甫,如"心猶未死杯中物,春不能朱鏡裏顔"等⑩。

黄庭堅比較注重詩句的錘煉,其五言詩略有杜意,一些詩句也與杜詩風格相似。《登快閣》之"落木千山天遠大,澄江一道月分明",闊大高華,與杜詩略似。黄庭堅的詩歌中的一些對仗比較巧妙,如"平生幾兩屐,身後五車書"⑪,"與世浮沉唯酒可,隨人憂樂以詩鳴"⑫。詩句的錘煉,也是山谷學杜的一個方面。

黄庭堅有一些詩寫得較好,如《寄黄幾復》云:"我居北海君南海,寄雁傳書謝不能。桃李春風一杯酒,江湖夜雨十年燈。持家但有四立壁,治病不蘄三折肱。想得讀書頭已白,隔溪猿哭瘴溪藤。"

---

① (宋)黄庭堅《夢中和觴字韵》。

② (宋)黄庭堅《寄黄龍清老三首》(其三)。

③ (宋)黄庭堅《次元明韵寄子由》。

④ (宋)黄庭堅《次韵吉老十小詩》(其六)。

⑤ (宋)黄庭堅《古風次韵答初和甫二首》(其二)。

⑥ (宋)黄庭堅《雜詩》。

⑦ (宋)黄庭堅《和吕秘丞》。

⑧ (宋)黄庭堅《寄懷公壽》。

⑨ (宋)黄庭堅《荆州即事藥名詩八首》《藥名詩奉送楊十三子問省親清江》。

⑩ (宋)黄庭堅《次韵柳通叟寄王文通》。

⑪ (宋)黄庭堅《和答錢穆父詠猩猩毛筆》。

⑫ (宋)黄庭堅《再次韵兼簡履中南玉三首》(其二)。

此詩就流暢自然，感情也比較真切。第二聯是黄庭堅集中名句，上句回憶昔日游宴之樂，回憶在和煦的春風中，一邊觀賞盛開的桃李花，一邊和朋友舉杯暢飲。下句寫而今好事不再，自己獨對殘燈，寂寞聽雨，流落江湖已經十年。昔日游宴之樂與今日漂泊之苦相對照，以景語寫情懷，較爲動人。

四、黄庭堅反映社會現實的詩歌

黄庭堅詩歌雖然號稱師法杜甫，但他"没有重視杜詩豐富的社會内容和現實主義精神，却片面地强調杜詩在格律字句等形式上的特點"①，對民生疾苦不太關心，詩集中反映民瘼的詩歌也寥寥無幾。他的《戲和答禽語》云："南村北村雨一犁，新婦餉姑翁哺兒。田中啼鳥自四時，催人脱袴著新衣。著新替舊亦不惡，去年租重無袴著。"此略及民間疾苦。當然，他還是關心人民生活的，比如他對出外做官的友人説："上黨地寒應强飲，兩河民病要分憂。"②但這樣内容的詩歌在黄庭堅集中較少。黄庭堅有《流民嘆》一首，詩云：

> 朔方頻年無好雨，五種不入虚春秋。邇來后土中夜震，有似巨鼇復戴三山游。傾墻摧棟壓老弱，冤聲未定隨洪流。地文劃劙水嚮沸，十户八九生魚頭。稍聞澶淵渡河日數萬，河北不知虚幾州。纍纍襁負襄葉間，問舍無所耕無牛。初來猶自得曠土，嗟爾後至將何怙。刺史守令真分憂，明詔哀痛如父母。廟堂已用伊吕徒，何時眼前見安堵。疏遠之謀未易陳，市上三言或成虎。禍災流行固無時，堯湯水旱人不知。桓侯之疾初無證，扁鵲入秦始治病。投膠盈掬俟河清，一簞豈能續民命。雖然猶願及此春，略講周公十二政。風生群口方出奇，老

① 程千帆、吴新雷《兩宋文學史》，第205頁。

② （宋）黄庭堅《送顧子敦赴河東三首》（其三）。

生常談幸聽之。

按此詩寫河北災荒,流民流落襄、葉間,略及民生疾苦,有杜甫"詩史"意。又山谷《和謝公定征南謡》:"漢南食麥如食玉,湖南驅人如驅羊。"此亦言及時事。

但是,從整體上看山谷詩歌題材比較狹窄,像以上那些詩歌及像《次韵游景叔聞洮河捷報寄諸將四首》這樣略及國事的詩歌在其集中是很少的。總體上説,他關心的是自己的小天地,對國家大事和民生疾苦不甚掛懷,就像他自己説的那樣:"身憂天下自有人,寒士何者愁添臆。"①

五、黄庭堅詩的特點及學杜的得失

黄庭堅詩的特點,一是用典太多,幾不可讀;二是詩風瘦硬奇崛,讀來使人不喜;三是多有筋骨,少見風神,純爲宋調,未見唐音。後山詩中的真情,山谷反不具備。

人多云山谷學杜,但讀山谷集,祇見其推崇杜甫和化用杜詩,至其真正學杜之處,反不可見。山谷學杜,尚不及陳後山。後山學杜,其詩有杜甫真摯樸質的一面,山谷却連真摯都不能及。錢鍾書説:"讀《山谷集》好像聽異鄉人講他們的方言,聽他們講得滔滔滚滚,只是不大懂。"②這也正是我們讀《山谷集》的真切感受。黄庭堅認爲杜詩無一字無來處,這是他眼中的杜詩。黄庭堅學杜也正是從這一點入手的。他的詩正是錢鍾書所謂"學問的展覽和典故成語的把戲"。錢鍾書《宋詩選注》選王安石詩 10 首,蘇軾 18 首,

---

① (宋)黄庭堅《對酒歌答謝公静》。

② 錢鍾書《宋詩選注》,第 103 頁。錢基博對黄庭堅也有大體相似的批評,如批評其"煉句而未能煉意"、"筆老而意欠到",見錢基博《中國文學史》,中華書局 1995 年版,第 558 頁。

張耒 8 首，陸游 27 首，連陳師道和秦觀也各有 5 首，而詩名顯赫與蘇軾並稱“蘇黄”的黄庭堅却衹有 3 首，這頗能表明錢鍾書對山谷詩的看法和態度。山谷詩見學未見才，有學問而少情韵，難稱好詩。

山谷詩的缺點之一是好用典，好用僻典。正如錢基博所云：“庭堅以清爲奥，以生出新，以澀作健；而‘以故爲新，以俗爲雅’……然猶恨雕琢工多耳……庭堅未泯斧鑿，實傷雕琢；而其好用事，以語僻難曉，則與西崑不同體而同弊。”①黄庭堅的詩歌寫得最好的是寫景、詠物、抒懷、酬唱等内容，在藝術上力避滑熟，以生澀爲特點，講究點鐵成金，所以使用的典故很多。因爲用典太多太僻，他的一些詩歌顯得比較艱澀，如《次韵徐文將至國門見寄二首》（其一）：“槐催舉子作花黄，來食邯鄲道上粱。便欲掃床懸麈尾，正愁喘月似燈光。”這樣的詩，如果不熟悉他詩中的那些典故就不可解。錢鍾書對他有毫不客氣的批評：

> 杜詩是否處處有來歷，没有半個字杜撰，且撇開不談。至少黄庭堅是那樣看它，要學它那樣的……“無一字無來處”就是鍾嶸《詩品》所謂“句無虚語，語無虚字”。鍾嶸早就反對的這種“貴用事”、“殆同書抄”的形式主義，到了宋代，在王安石的詩裏又透露迹象，在“點瓦爲金”的蘇軾的詩裏愈加發達，而在“點鐵成金”的黄庭堅的詩裏登峰造極。“讀書多”的人或者看得出他句句都是把“古人陳言”點鐵錯金，明白他講些什麽；“讀書少”的人只覺得碰頭絆脚無非古典成語，仿佛眼睛裏擱了金沙鐵屑，張都張不開，别想看東西了……黄庭堅有著著實實的意思，也喜歡説教發議論；不管意思如何平凡、議論怎樣迂腐，只要讀者了解他的那些古典成語，就會確切知道他的心

① 錢基博《中國文學史》，第 565 頁。

> 思,所以他的詩給人的印象是生硬晦澀,語言不够透明,仿佛冬天的玻璃窗蒙上一層水汽、凍成一片冰花……讀者知道他詩裏確有意思,可是給他的語言像簾子般的障隔住了,弄得咫尺千里,聞聲不見面。正像《文心雕龍·隱秀》篇所説:"晦塞爲深,雖奥非隱";這種"耐人思索"是費解,不是含蓄。①

好詩須流暢可解,山谷詩用典太多,特别是用僻典太多,則使詩晦澀難通。用典反成魔障,影響了詩歌的表達。

黄庭堅的另一個毛病是他的一些詩歌在句法和形式上故意求奇求怪。如其《衝雨向萬載道中得逍遥觀托宿遂戲題》云:"逍遥近道邊,憩息慰憊懣。晴暉時晦明,謔語諧讜論。草萊荒蒙蘢,室屋壅塵坌。僕僮侍偪仄,涇渭清濁混。"此詩各句的偏旁居然都是相同的。山谷詩的一些句式怪異生新,如"笑陸海潘江"、"如鐘磬鼓笙"②,皆用"一四"句式,讀來不太流暢,不够自然。

黄庭堅詩也有以文爲詩的傾向。如其《以團茶洮州緑石硯贈無咎文潛》云:"晁子智囊可以括四海,張子筆端可以回萬牛……晁無咎贈君越侯所貢蒼玉璧,可烹玉塵試春色。澆君胸中《過秦論》,斟酌古今來活國。張文潛贈君洮州緑石含風漪,能淬筆鋒利如錐。請書元祐開皇極,第入《思齊》《訪落》詩。"他的詩還有以詩説理之病,如其《頤軒詩六首》,通篇都在説理,哲理濃而詩味不足。

黄庭堅詩題材狹窄,眼界不寬,集中多是竹石花酒、唱和酬應,其境界與杜詩相去甚遠。黄庭堅説:"百戰百勝不如一忍,萬言萬當不如一默。"③説明他受佛道的影響比較大。《陳留市隱》寫的是陳留市上的一位"刀鑷工",此人"惟一女,年七歲矣",他"日以刀

① 錢鍾書《宋詩選注》,第97頁。

② (宋)黄庭堅《晚泊長沙示秦處度范元實用寄明略和父韵五首》。

③ (宋)黄庭堅《贈送張叔和》。

鑷所得錢與女子醉飽，則簪花吹長笛，肩女而歸”。黄庭堅説他“無一朝之憂，而有終身之樂”，遂以爲他是一位“有道者”，反映了黄庭堅對這類人物的嚮往。對佛道的追求，對日常生活的留戀，減少了黄庭堅詩歌的力度，使他的詩歌不够深刻。

值得注意的是，山谷的一些七言絶句較爲流暢清新，有唐人風韵而略顯瘦勁。如《王才元舍人許牡丹求詩》：“聞道潛溪千葉紫，主人不剪要題詩。欲搜佳句恐春老，試遣七言賒一枝。”又《雨中登岳陽樓望君山二首》：“投荒萬死鬢毛斑，生出瞿塘灩澦關。未到江南先一笑，岳陽樓上對君山”，“滿川風雨獨憑欄，綰結湘娥十二鬟。可惜不當湖水面，銀山堆裏看青山”。又《題小景扇》：“草色青青柳色黄，桃花零落杏花香。春風不解吹愁却，春日偏能惹恨長。”①《鄂州南樓書事四首》（其一）：“四顧山光接水光，凭欄十里芰荷香。清風明月無人管，併作南樓一味凉。”又其《觀化》詩云：“柳似羅敷十五餘，宫腰舞罷不勝扶。年年折在行人手，爲問春風管得無”，“紅羅步障三十里，憶得南溪躑躅花。馬上春風吹夢去，依稀人摘雨前茶”。這些詩都寫得清新可喜。

總之，黄庭堅的詩講究字句的錘煉，重視用典，但詩情寡淡，詩味貧乏，奥澀笨拙，多安排，少情韵，多僻典，少性情。他的詩雖也有明快流暢之作，但總體上缺乏情韵。黄庭堅學杜崇杜，也衹是化用了大量杜詩，學習了杜詩的一些藝術技巧。他不僅自覺學杜，自詡似杜②，在當時似乎也有人認爲他似杜③，但他的詩與杜詩其實並

---

① （宋）黄庭堅《題小景扇》。按此當是賈至《春思二首》（其一）：“草色青青柳色黄，桃花歷亂李花香。東風不爲吹愁去，春日偏能惹恨長。”或是山谷以此詩爲人題扇，誤書其中數字，别人誤認此詩爲山谷所作。

② 黄庭堅説自己“學似斫輪扁，詩如飯顆山”，見《次韵吉老十小詩》（其十）。

③ （宋）黄庭堅《觀崇德墨竹歌》。

不相似。杜詩之深沉有力、沉鬱頓挫,杜甫之仁厚忠愛,皆黄庭堅所不能及。後人於此亦屢屢致意,如宋張戒《歲寒堂詩話》卷上:"黄魯直自言學杜子美,子瞻自言學陶淵明,二人好惡,已自不同。魯直學子美,但得其格律耳。"清吴喬《圍爐詩話》卷四:"錢牧齋云:'黄魯直學杜,不知杜之真脉絡。'"清張謙誼《絸齋詩談》卷五《評論》二:"黄山谷學杜之皮毛耳,截句更粗。人言江西派落坑塹,果然。"清潘德輿《養一齋詩話》卷二引王若虚云:"魯直雄豪奇險,善爲新樣,固有過人者;然於少陵初無關涉。"清方東樹《昭昧詹言》卷八《杜公》:"錢牧翁譏山谷爲不善學杜,以爲未能得杜真氣脉,其言似也。但杜之真氣脉,錢亦未能知耳……但山谷所得於杜,專取其苦澀慘澹、律脉嚴峭一種,以易夫向來一切意浮功淺、皮傅無真意者耳;其於巨刃摩天、乾坤擺蕩者,實未能也。"黄庭堅在當時就有詩名,後人又創爲"一祖三宗"之説,但他雖然尊杜,其詩歌却與杜詩相去甚遠。黄庭堅曾自誇説"未覺新詩減杜陵"①,這未必能得到後人的認可。

第二節　陳師道學杜的成就

陳師道是北宋後期力學杜甫的重要詩人,他學習杜甫並取得了較高的成就。後人説陳師道"閉門覓句",但他的詩既用心思,又見功夫,既見錘煉,又顯性情,非尋章摘句、雜湊成文者所能比擬。可以説,陳師道是北宋時期學杜最成功的詩人,其學杜的成就超過了黄庭堅。陳師道學杜,可以歸納爲以下幾個方面。

一、推崇杜甫與化用杜詩

宋代詩人崇杜,陳師道更是真心崇杜。在同代詩人中,陳師道

① (宋)黄庭堅《飲韓三家醉後始知夜雨》。

最推崇的是蘇軾和黄庭堅，他贊揚蘇軾，説他是“一代不數人，百年能幾見”的人物[1]。他推崇黄庭堅，表示願意作他的弟子——“陳詩傳筆意，願立弟子行。”[2]但他對蘇黄（還包括王安石）的詩歌並不完全認同，他説：“詩欲其好，則不能好。王介甫以工，蘇子瞻以新，黄魯直以奇。獨子美之詩，奇常工易新陳，無不好者。”[3]可見，在他的心目中，寫詩最好的是杜甫。

後山崇杜，屢屢見於其詩章。即使他作詩詠李白像，也不從李白寫起，而是先説杜甫，其詩開篇云“君不見浣花老翁醉騎驢，熊兒捉轡驥子扶”[4]，由杜甫引出李白，又明確説明李白不及杜甫，即所謂“清蓮居士亦其亞”，由此可以想見杜甫在後山心目中的地位。

在宋代詩人中，陳師道是專力作詩的人，他的詩歌創作也取得了不小的成就。他説：“此生精力盡於詩，末歲心存力已疲。不共盧王争出手，却思陶謝與同時。”[5]從中可知其作詩用心之苦，也可以看出他對自己詩歌的自負。此詩末句使用杜詩“焉得思如陶謝手，令渠述作與同遊”，似亦含有以杜自比之意。他又説：“學詩如學仙，時至骨自换。”[6]後山力學杜詩，經過長期的藝術實踐，他在一定程度上把自己的凡胎换成了杜甫的仙骨。

陳師道學杜首先表現在他大量使用和化用杜甫的詩句。雖然陳師道對學習杜甫而在“一句之内至竊取數字以仿像之”的做法非

---

① （宋）陳師道《送蘇公知杭州》，（宋）陳師道撰，（宋）任淵注，冒廣生補箋，冒懷辛整理《後山詩注補箋》卷二，中華書局1995年版，第68頁。以下凡引陳師道詩皆見此本，除有必要者僅注出詩題。

② （宋）陳師道《贈魯直》。

③ （宋）宋何薳《春渚紀聞》卷七《詩詞事略》“後山評詩人”條，中華書局1983年版，第113頁。

④ （宋）陳師道《和饒節詠周昉畫李白真》。

⑤ （宋）陳師道《絶句》。

⑥ （宋）陳師道《次韻答秦少游》。

常不屑,但他自己就恰恰有這樣的習氣。他不僅是“仿像”,而且有時是直接“拿來”。如《次韵答學者》之“筆下倒傾三江水”,當然從杜甫“詞源倒流三江水”變化而來,而“準擬明年共我長”,更是直接使用杜甫的“明年共我長”的成句。後山詩云“白鷗没浩蕩,愛惜鬢毛斑”①,“百年雙白鬢,一别五經秋”②,其中的“白鷗没浩蕩”和“百年雙白鬢”即爲直接使用杜詩,而一字不易。“才名四十年,盛氣蓋諸儒”③,即杜甫《戲簡鄭廣文虔兼呈蘇司業源明》“才名四十年,坐客寒無氈”,後山詩顯然直用杜詩。“百年雙鬢白”④,即杜甫之“百年雙白鬢”,五字相同,衹是順序略有變化。又《寄單州張朝請》云“平生天上張公子,尚記門間半面人”,直接使用杜甫《贈張四學士》之“天上張公子”的成句。“二謝將能事,重陽只故臺”⑤,直接使用杜甫“孰知二謝將能事,頗學陰何苦用心”之句。除此之外,陳師道還喜歡直接使用杜甫詩題作爲自己詩歌的題目,如《寓目》《野望》等。

錢鍾書曾經指出宋詩的一個很大的毛病,即把抄書當作詩。他説古典主義有個流弊,那就是“把詩人變成領有營業執照的盗賊”,西崑體是“認準了一家去打劫”,而江西詩派是“挨門排户大大小小人家都去光顧”⑥。錢鍾書此説自然準確無比,但他也許有一個小小的疏忽,那就是作爲江西詩派代表人物之一的陳師道,雖然也偶爾“大大小小人家都去光顧”,但他主要還是“認準了一家去打劫”。從這個角度,我們不妨説:陳師道是江西詩派的代表而有西崑體的作派。陳師道所認準的這一家就是杜甫。在陳師道的詩

---

① （宋）陳師道《從蘇公登後樓》。
② （宋）陳師道《送吴先生謁惠州蘇副使》。
③ （宋）陳師道《送路糾歸老丹陽》。
④ （宋）陳師道《送外舅郭大夫夔路提刑》。
⑤ （宋）陳師道《送智叔令咸平》。
⑥ 錢鍾書《宋詩選注・序》,第 18 頁。

歌之中,化用杜甫詩句的地方可謂比比皆是。

陳師道《送外舅郭大夫槩西川提刑》“連年萬里别,更覺貧賤苦”,分别出自杜詩“復爲萬里别”和“乃知貧賤苦”。其《答張文潛》云“昔聞杜氏子,剪髻事尊客”,其中的“杜氏子”,即唐代王珪之母,杜甫《送重表姪王砅評事使南海》云:“我之曾祖姑,爾之高祖母。爾祖未顯時,歸爲尚書婦。隋朝大業末,房杜俱交友。長者來在門,荒年自糊口。家貧無供給,客位但箕帚。俄頃羞頗珍,寂寥人散後。入怪鬢髮空,吁嗟爲之久。自陳翦髻鬟,鬻市充杯酒。”後山詩即用此典。“月到千家静,林昏一鳥歸”①,看似平易,却是錘煉而來,“月到千家静”一句當從杜甫“千家山郭静朝暉”變化而來。《送杜侍御純陜西轉運》“關中正須蕭丞相,省内早要富民侯”,從杜甫《洗兵馬》而來。“倏看雙鳥下,已負百年身”②,從杜甫“長爲萬里客,有愧百年身”化出。“巾帽猶堪語笑傾”③,是反用杜甫的“羞將短髮還吹帽,笑倩旁人爲正冠”。《次韵答晁無咎》中“挽鬚兒女競”,“念舊説蘇鄭”等,皆用杜詩。又《次韵無斁偶作二首》(之一)“已傳烏鵲喜,欲聽鶺鴒聲”,使用杜詩“浪傳烏鵲喜,深負鶺鴒詩”。又“歷塊過都聊可待”④,即化用杜甫“歷塊過都見爾曹”。“反愁消息真”⑤,即杜甫之“反畏消息來”。“解醉佳人錦瑟旁”⑥,即杜甫之“暫醉佳人錦瑟旁”。

又《和魏衍三日二首》(之二):“君不見天寶杜陵翁,屈宋才堪作近鄰”,此用杜甫“竊攀屈宋宜方駕”之句。“藏家不必萬人

① (宋)陳師道《秋懷示黄預》。
② (宋)陳師道《次韵秦少游春江秋野圖》。
③ (宋)陳師道《送趙承議》。
④ (宋)陳師道《贈魏衍三首》(之一)。
⑤ (宋)陳師道《宿深明閣二首》(之二)。
⑥ (宋)陳師道《次韵夏日》。

傳"①,當從杜甫"將詩不必萬人傳"脱出。"美政真吾母,名家更杜陵"②,化用杜詩"名家無出杜陵人"。"初無贊公色,不異净名醫"③,"贊公"出自杜詩。"襟抱從前相向開"④,即老杜"一生襟抱向誰開"。"白頭青簡兩相催"⑤,是杜甫"干戈衰謝兩相催"的變化。後山有時在詩中注明是使用杜詩,如其《晁無咎畫山水扇》云:"君不見杜陵老翁語,湘娥增悲真宰泣",即直接説明使用杜詩。"李杜齊名吾豈敢"⑥,此化用杜句,又自比杜甫。又"飛騰無那高詹事,奔軼難甘杜拾遺"⑦,亦用杜甫事。紀昀謂後山使用杜句是"一時口熟不覺",此説頗有道理。

從上面的例證可知,陳師道不僅在詩學觀念上推崇杜詩,而且在其詩中化用了大量杜詩。在這一點上,他和黄庭堅非常相似。

二、詩句的錘煉與句法師法杜甫

杜甫自云"詩是吾家事",他對詩歌語言的錘煉尤其重視。後山學杜,也對詩歌語言的錘煉非常關注。與此同時,後山學習和使用了杜甫的一些獨特的詩歌句法。

後山同杜甫一樣很重視詩歌語言的錘煉。其《贈二蘇公》中有"桂椒楠櫨楓柞樟"、"嚴王陳李司馬揚"這樣的句子,前一句全部是木字部首,指七種木材,後一句以姓氏代表六個人名,這種句式不一定好,却是用心經營的結果。後山詩歌頗有杜甫"語不驚人死不休"的意味,如其《和江秀才獻花三首》(之二)云:"疏花得雨數

---

① (宋)陳師道《何郎中出示黄公草書四首》(之一)。
② (宋)陳師道《杜侍郎挽詞三首》(之一)。
③ (宋)陳師道《贈趙奉議》。
④ (宋)陳師道《送提刑李學士移使東路》。
⑤ (宋)陳師道《送提刑李學士移使東路》。
⑥ (宋)陳師道《寄文潛無咎少游三學士》。
⑦ (宋)陳師道《賀文潛》。

枝黄，白鬢緣愁百尺長。"上句"疏"、"數"同音，下句"白"、"百"同音，且同音字在上下句的位置也都是相對的，這都是他的用心之處。又《贈歐陽叔弼》："歲歷四三仍此地，家餘五一見今朝"，上下句使用數字爲對，較爲工巧。按"四三"謂十二年，指歐陽叔弼多年漂泊流落，"五一"用歐陽修典，歐陽修晚號"六一居士"，時歐陽修已殁，故衹餘五"一"。歐陽叔弼爲歐陽修第三子，後山用此寫其家世甚工，聯語亦頗見心思。

後山還喜歡使用杜詩句法。黄庭堅就説："陳無己，天下士也……其作詩深得老杜之句法，今之詩人，不能當也。"①如杜甫詩喜用"當句對"，後山學杜，詩中"當句對"亦偶爾用之，如"欲入帝城須帝利，且尋詩社著詩勳"②，"短短長長柳，三三五五星"③，都是"當句對"。後山還學杜甫"時空並馭"的句法，如"海外三年謫，天南萬里行"④，"早作千年調，中懷萬斛愁"⑤，"萬里可堪長做客，一年將盡未還家"等⑥。

三、後山五言律詩學杜

陳師道學習杜詩，以五言律詩最似。後山五言律詩學杜，可以分成兩個層面：一是他的一些五言律詩直接從某首杜詩化出，即直接模仿杜詩；二是他的五言律詩在整體風格上受到杜詩的影響。

首先，陳師道的一些五言律詩直接脱胎於某一首杜詩，這是後山學杜的一種方式。如《晁無咎張文潛見過》云："白社雙林去，高軒二妙來。排門衝鳥雀，揮壁帶塵埃。不憚除堂費，深愁載酒回。

① （宋）魏衍《彭城陳先生集記》，《後山詩注補箋》卷首引。
② （宋）陳師道《寄亳州何郎中二首》（之一）。
③ （宋）陳師道《夜句三首》（之三）。
④ （宋）陳師道《懷遠》。
⑤ （宋）陳師道《元符三年七月蒙恩復除棣學喜而成詩》。
⑥ （宋）陳師道《和富中容朝散值雨感懷》。

功名付公等,歸路在蓬萊。”按杜甫《范二員外邈、吴十侍御郁特枉駕闕展待,聊寄此》云:“暫往比鄰去,空聞二妙歸。幽棲誠簡略,衰白已光輝。野外貧家遠,村中好客稀。論文或不愧,肯重款柴扉。”後山詩即從這首杜詩變化而來,不僅格調相似,用語也十分相似。《鶴林玉露》云:“杜、陳一時之事相類。二詩藴籍風流,未易優劣。”①

《送張衡山》:“昔别青衿子,今爲白髮翁。此行何日見,多難向來同。官事酣歌裏,湖山秀句中。風塵莫回首,留眼送歸鴻。”按杜甫《九日登梓州城》:“伊昔黄花酒,如今白髮翁。追歡筋力異,望遠歲時同。弟妹悲歌裏,朝廷醉眼中。兵戈與關塞,此日意無窮。”後山詩模仿杜甫此詩,不僅句式相似,連韵脚都基本相同。

又《十五夜月》:“向老逢清節,歸懷托素暉。飛螢元失照,重露已沾衣。稍稍孤光動,沉沉衆籟微。不應明白髮,似欲勸人歸。”按杜甫《倦夜》云:“竹凉侵卧内,野月滿庭隅。重露成涓滴,稀星乍有無。暗飛螢自照,水宿鳥相呼。萬事干戈裏,空悲清夜徂。”杜甫《月》云:“天上秋期近,人間月影清。入河蟾不没,搗藥兔長生。只益丹心苦,能添白髮明。干戈知滿地,休照國西營。”後山詩和兩首杜詩相比較,可以看出有許多相似之處,許多詩句是從杜甫這兩首詩化出。兩者的不同之處是杜甫心懷天下,故能於月夜愁悶之中念及國事,而後山則多是自嘆自憐。又後山《寄無斁》:“敬問晁夫子,官池幾許深。已應飛鳥下,復作卧龍吟。待我中痾愈,同君把臂臨。泥塗無去馬,夏木有來禽。”杜甫《路逢襄陽楊少府入城戲呈楊員外綰》:“寄語楊員外,山寒少茯苓。歸來稍暄暖,當爲斸青冥。翻動神仙窟,封題鳥獸形。兼將老藤杖,扶汝醉初醒。”後山詩當從杜甫此詩脱出。

其次,陳師道還有一些詩歌在整體風格上學杜。杜甫五言律詩的主體風格可以用沉鬱頓挫來概括。後山的一些詩歌學習杜

---

① （宋）陳師道《後山詩注補箋》冒廣生補箋引。

詩，在風格上與杜詩十分相似。如《寄外舅郭大夫》：

巴蜀通歸使，妻孥且舊居。深知報消息，不敢問何如。身健何妨遠，情親未肯疏。功名欺老病，泪盡數行書。

此詩風格極似杜詩，正如《瀛奎律髓》所云："後山學老杜，此其逼真者。枯淡瘦勁，情味幽深。"《詩人玉屑》亦稱此篇爲"全篇之似杜者"①。

陳師道《丞相温公挽詞三首》亦與杜詩相似，如其第三首云："少學真成己，中年托著書。輟耕扶日月，起廢極吹噓。得志寧論晚，成功不願餘。一爲天下慟，不敢愛吾廬。"《石洲詩話》謂此詩"真有杜意"②，此是後山刻意學杜之作。又《巨野》："餘力唐虞後，沉人海岱西。不應容桀黠，寧復有青齊。燈火魚成市，帆檣藕帶泥。十年塵霧底，瞥眼怪鳧鷖。"此詩力大，萬鈞九鼎，酷肖杜詩。《智寶院後樓懷胡元茂》："晚渡呼舟疾，寒城著霧深。昏鷗明鳥道，風葉亂霜林。久客登臨目，中年懷舊心。猶須一長笛，領覽自霑襟。"此詩沉痛悲愴，亦多有杜意。

下再舉數例以説明。《病起》："今日秋風裏，何鄉一病翁。力微須杖起，心在與誰同。灾疾資千悟，冤親併一空。百年先得老，三敗未爲窮。"此亦與杜詩頗似，正如《瀛奎律髓》所云："後山詩似老杜，只此亦含細味。"③《次韵晁無斁除日抒懷》："世學違從衆，名家最近天。感時猶壯志，得句起衰年。袁酒無何飲，陶琴不具弦。平生揮翰手，幾見絶韋編。"此詩與杜詩風格相類，幾乎句句相似，並且第三聯"袁酒無何飲，陶琴不具弦"，亦爲杜甫"杜酒偏勞勸，張

① （宋）陳師道《後山詩注補箋》冒廣生補箋引。
② （宋）陳師道《後山詩注補箋》冒廣生補箋引。
③ （宋）陳師道《後山詩注補箋》冒廣生補箋引。

梨不外求"句法的翻版。又《别劉郎》:"一别已六載,相逢有餘哀。公私兩多事,灾病百相催。無酒與君别,有懷向誰開。深知百里遠,肯爲老夫來。"此詩也沉着老健,直追杜詩。

《四庫全書總目》云:"(後山)五言律詩,佳處往往邁杜甫,而間失之僻澀……大抵詞不如詩,詩則絶句不如古詩,古詩不如律詩,律詩則七言不如五言。"①對後山的五言律詩有很高評價,可見後山五言律詩學杜取得了不小的成就。

四、後山五言古詩學杜

後山五言古體亦多有學杜者。《四庫全書總目》云:"其(後山)五言古詩,出入郊、島之間,意所孤詣,殆不可攀。而生硬之處,則未脱江西之習。"②此未盡準確,因爲後山五言古體多有感情真摯樸素、可以流傳者。如《送内》云:

> 麀麌顧其子,燕雀各有隨。與子爲夫婦,五年三别離。兒女豈不懷,母老妹已笄。父子各從母,可喜亦可悲。關河萬里道,子去何當歸。三歲不可道,白首以爲期。百畝未爲多,數口可無飢。吞聲不敢盡,欲怨當歸誰。

按陳師道家貧,元豐七年(1084)其岳父任職四川,陳師道無力撫養妻兒,衹能把妻兒寄養在岳父家,隨岳父入川。"與子爲夫婦,五年三别離",結婚五年之間,竟然有三次别離,平常的詩句中,有説不盡的悲慨和辛酸。"父子各從母,可喜亦可悲",是説他自己因爲母親年老,不能與妻兒同往。詩人不知道何時纔能與妻兒團圓,故而發出"三歲不可道,白首以爲期"的感嘆。此詩沉鬱頓挫,極似杜詩。

---

① (清)永瑢等《四庫全書總目》卷一五四《後山集提要》,第1329頁。
② (清)永瑢等《四庫全書總目》卷一五四《後山集提要》,第1329頁。

陳師道又與他的一女二子道別，作《别三子》云：

> 夫婦死同穴，父子貧賤離。天下寧有此，昔聞今見之。母前三子後，熟視不得追。嗟乎胡不仁，使我至於斯。有女初束髮，已知生離悲。枕我不肯起，畏我從此辭。大兒學語言，拜揖未勝衣。唤耶我欲去，此語那可思。小兒襁褓間，抱負有母慈。汝哭猶在耳，我懷人得知。

詩寫父子分别，真字字血泪，不忍卒讀。"有女初束髮，已知生離悲"，這樣的細節描寫，讓人想起《北征》和《羌村三首》中杜甫的兩個女兒；"枕我不肯起，畏我從此辭"的神態，與杜甫兒女的"嬌兒不離膝，畏我復却去"何其相似。生活的艱辛使陳師道的詩歌與杜詩染上同樣的血泪，語言的沉摯樸素，感情的深沉内斂，也同杜詩一脉相承。錢鍾書説陳師道"可以寫出極樸摯的詩"①，或謂此也。

元祐二年(1087)，陳師道任徐州教授，生活稍微安定，即從岳父家接回妻兒，作《示三子》云：

> 去遠即相忘，歸近不可忍。兒女已在眼，眉目略不省。喜極不得語，泪盡方一哂。了知不是夢，忽忽心未穩。

此詩沉摯深切，極似老杜。後二句即杜甫"相對如夢寐"的情境。後山五言古體中真摯的感情與杜甫有許多相似之處，詩中的"樸氣"也與杜詩相通。後山五言古體學杜取得了相當高的成就。

五、後山其他體裁的詩歌學杜

後山不僅五言古、律學習杜甫，其他體裁的詩歌也學習杜甫，

① 錢鍾書《宋詩選注》，第103頁。

其中一些七言律詩與杜詩頗似。

如《九日寄秦觀》:"疾風回雨水明霞,沙步叢祠欲暮鴉。九日清樽欺白髮,十年爲客負黄花。登高懷遠心如在,向老逢辰意有加。淮海少年天下士,獨能無地落烏紗。"全詩自然老健而又疏放不羈,與杜甫七律何其相似。特别是二聯,言九日登高本應暢飲,無奈白髮欺人,不能盡興,而多年漂泊,遠離故鄉,真辜負了故鄉重陽的菊花,此置諸杜集中亦可稱佳句。

又如《次韵李節推九日登南山》:"平林廣野騎臺荒,山寺鳴鐘報夕陽。人事自生今日意,寒花只作去年香。巾欹更覺霜侵鬢,語妙何妨石作腸。落木無邊江不盡,此身此日更須忙。"此詩首聯寫景,點明重九日登臨所見。二聯寫寒花依舊,而人事全非,抒發物是人非的感慨。三聯用孟嘉落帽事,此典杜甫亦嘗用之,上一句嘆老,下一句贊美李節推的詩才,與題目呼應。末聯上句出自杜詩"無邊落木蕭蕭下,不盡長江滚滚來",言節物推移,時光流逝,不應汲汲於俗物。此詩與杜甫九日詩多有相似之處,正如《瀛奎律髓》所説:"詩律瘦勁,一字不輕易下,非深於詩者不知,亦當以亞老杜可也。"又《次韵春懷》:"老形已具臂膝痛,春事無多櫻笋來。敗絮不温生蟣蝨,大杯覆酒著塵埃。衰年此日仍爲客,舊國當時只廢臺。河嶺尚堪供極目,少年爲句未須哀。"此詩老健疏放,亦極似杜詩。此外,後山七言古詩亦有似杜者,如《寄鄧州杜侍郎》等。

按後山、山谷律詩都學習杜甫,而後山律詩尤精於山谷。正如《瀛奎律髓》所云:"自老杜後,始有後山律詩,往往精於山谷也。山谷宏大而古詩尤高,後山嚴密而律詩尤高。"《四庫全書總目》説後山七言律詩"風格磊落,而兼失之太快太盡"①,是衹看到了其詩的短處,未盡準確。

---

① (清)永瑢等《四庫全書總目》卷一五四《後山集提要》,第1329頁。

六、後山學杜的成就及其不及杜甫的原因

陳師道學杜，既有所得，亦有所失。他學杜之所以比較成功，是因爲他與杜甫一樣有着真摯樸質的情感。後山感情真摯，是個認真、耿直、執着的人①，所以後山詩歌似杜，既是學習的結果，也是天性的自然流露。一般認爲後山作詩是閉門覓句，其詩由苦吟而來，如《四庫全書總目》就説："師道詩得自苦吟，運思幽僻，猝不易明。"②讀後山詩，我們發現他的詩集中並不缺少流暢的有真情實感的詩歌。錢鍾書説"他想做到'每下一俗間言語'也'無字無來處'，可是本錢似乎没有黄庭堅那樣雄厚，學問没有他那樣雜博，常常見得竭蹶寒窘"③。我們認爲，他固然没有黄庭堅學問雜博，但這正好使他的詩歌不至於因爲用事過多而雕琢過分，使他可以寫出語言樸素而感情真摯的詩歌。陳師道學問不及黄庭堅，這反而成爲他的一個優點④。

但是，陳師道學杜却並不能趕上杜甫。很多人看到了後山詩與杜詩的"似"，但也有很多人看到了兩者的"不似"。後山學杜而不及杜，除了藝術和天分方面的原因之外，一個重要的原因是其人生境界與杜甫相去較遠。後山境界遠不及老杜，老杜於飢寒之中常能思及天下百姓和國家大事，此爲後山所不及。後山自己説"卧

---

① 陳師道與杜甫一樣，亦偶爲戲謔之詞，如其《嘲秦觀》云"長鋏歸來夜帳空，衡陽回雁耳偏聰"，即以秦觀獨居未娶相嘲。又其《和豫章公黄梅二首》，亦微有與黄庭堅戲謔之意。

② （清）永瑢等《四庫全書總目》卷一五四《後山詩注提要》，第 1329 頁。

③ 錢鍾書《宋詩選注》，第 103 頁。

④ 曹鳳前認爲陳師道的詩歌風格與黄庭堅有很大的差異，"將他納入'江西詩派'的陣營是不妥當的"。參見曹鳳前《陳師道是江西派詩人嗎——兼談陳師道與黄庭堅詩風之差異》，《徐州師範學院學報》1987 年第 2 期，第 69 頁。

家還就道,自計豈蒼生”①,自言其出處皆因貧賤,所爲是自爲計耳,不關乎蒼生。後山家境貧寒,又久爲下層官吏,但他對民生疾苦幾乎視而不見,衹有很少的詩約略言及。如其《田家》:“鷄鳴人當行,犬鳴人當歸。秋來公事急,出處不待時。昨夜三尺雨,竈下已生泥。人言田家樂,爾苦人得知?”這首詩寫出了田家早出晚歸的辛勞,但語言比較和緩,態度也很温和,即使這樣不痛不癢的詩歌在後山集中也幾乎是僅見的。可見,陳師道雖然在詩歌藝術上學杜,但他並没有繼承杜甫關心民瘼的精神,他本人也没有杜甫自比稷契、致君堯舜的高尚情懷和境界②。這是他學杜而不及杜的根本原因。

宋嚴羽《滄浪詩話・詩辯》云:“後山本學杜,其語似之者但數篇,他或似而不全,又其他則本其自體耳。”但在我們看來,陳師道的詩沉鬱孤峭,稱得上學杜有得。陳師道推崇杜甫,他在自己的詩歌中大量化用杜詩,同時也比較注重詩歌語言和句法的錘煉。他的五言律詩和五言古詩都有很像杜詩的作品。杜甫詩歌沉鬱頓挫的風格主要體現於其五言古、律詩,陳師道學杜最佳的也是其五言詩。陳師道其他體裁的詩歌也學習杜詩,並有相當的成就。雖然其人生境界不及杜甫,詩中關心民瘼的作品極少,但他感情深沉真摯,這是他學杜成功的重要原因。

第三節　韓駒詩説略

韓駒,字子蒼,蜀人,有《陵陽集》。韓駒被吕本中列入江西詩

① (宋)陳師道《宿合清口》。

② 日本學者横山伊勢雄指出:“陳詩是直接學杜詩而形成了他自家的風格”,但“與杜相比,陳的憂患始終是個人的、内向的”。見其《陳師道的詩與詩論》,張寅彭譯,《陰山學刊》1997年第2期,第17頁。

派，他對此頗不以爲然。蘇轍與其有師徒名分，曾評其詩似儲光羲。《四庫全書總目》云："駒學原出蘇氏，吕本中作《江西宗派圖》，列駒其中，駒頗不樂。然駒詩磨淬剪截，亦頗涉豫章之格。其不願寄黄氏門下，亦猶陳師道之瓣香南豐，不忘所自爾，非必其宗旨之迥别也。"此説近是。韓駒對蘇軾、蘇轍兄弟的詩詞頗爲熟悉，亦偶爾借鑒他們詩詞的語意，如其"明年千里共嬋娟"及"莫言千里殊，共此圓寂光"①，均化用蘇軾之"千里共嬋娟"。但從詩歌創作看，韓駒詩琢磨推敲，注重用典，實略近於江西詩派。

杜甫對韓駒的影響，主要表現在韓駒使用了一些杜詩的典故。如韓駒《世美》"門前雪泥又活活"，出自杜甫之"所向泥活活，思君令人瘦"；此詩之"人生動若參與商"，出自杜甫之"人生不相見，動如參與商"。其《答蔡伯世食笋》之"三年客東都"，出自杜甫"二年客東都，所歷厭機巧"。《西山梅花二首》（其一）之"空山有佳人"，出自杜甫"絶代有佳人"。《次韵程致道館中桃花》"一掃凡花空"，出自杜甫"斯須九重真龍出，一洗萬古凡馬空"。其"使君小隊來郊坰"②，出自杜甫"元戎小隊出郊坰，問柳尋花到野亭"。其"壓倒雲安麴米春"及"一盞熏人醉，雲安米正淘"③，出自杜甫"聞道雲安麴米春，纔傾一盞即醺人"。其"却來江檻俯青郊"④，出自杜甫"背郭堂成蔭白茅，緣江路熟俯青郊"。

韓駒《遜子生日》之"應須萬卷讀"，出自杜甫"讀書破萬卷"。

---

① （宋）韓駒《次韵師白中秋會飲且餞予行》《靖康元年自南都移黄州八月十六日華藏民老渡江見訪於定山下院一夕别去以詩送之》，（宋）韓駒撰《陵陽集》，文淵閣《四庫全書》本。以下凡引韓駒詩皆見此本，爲節省篇幅僅注出詩題。

② （宋）韓駒《二十九日戎服按軍城外向儀曹亦至戲贈一首》。

③ （宋）韓駒《以正賜庫蒲萄醅送何斯舉復次其韵》《曾大父有詩云三春拂榻花黏袖午夜淘丹月在池舍弟子飛歸蜀與語及此因取爲韵》。

④ （宋）韓駒《智勇師歸永嘉自言所居在萬竹間乞詩送行》。

其《送王秘閣二首》（其一）之“文采陸離今尚存”，出自杜甫“文彩風流猶尚存”。《久雨溪漲壽朋惠示長句次韻一首》之“夜來顛風起天末，起占初日照屋梁”，出自杜甫之“凉風起天末”及“落月滿屋梁”。《送黄若虚下第歸湖南》之“長淮白浪摇”，出自杜甫“長淮浪高蛟龍怒”。《題萬松亭》之“一匹猶無好東絹”，出自杜甫“我有一匹好東絹”。《次范元長韵兼簡鄭有功博士》之“樗散鄭公官益冷”，出自杜甫“鄭公樗散鬢成絲”。《次韵錢遜叔侍郎見簡》之“他年余老蜀”，出自杜甫“此生那老蜀，不死會歸秦”。《錢遜叔見示小詩次韵》之“未辨青銅三百錢”，出自杜甫“速宜相就飲一斗，恰有三百青銅錢”。《送曾宏父》之“不敢吹嘘上九天”，用杜甫“揚雄更有河東賦，唯待吹嘘送上天”。《次韵蘇彦師見寄》之“從此論交同畢杜，巷南巷北莫相疏”，出自杜甫《逼仄行贈畢曜》。《題李伯時畫昭君圖》之“寄語雙鬟負薪女，灸面慎勿輕離家”，出杜甫《負薪行》。《謝人寄小胡孫》之“真宜少陵覓，未解柳州憎”，用杜甫《從人覓小胡孫許寄》。《次韵何文縝種竹》之“杜陵窮老覓榿栽”，出自杜甫《憑何十一少府邕覓榿木栽》。《再次韵兼簡李道夫》之“桃竹猶能杖”，出自杜甫之《桃竹杖引贈章留後》。《次韵游橘陂》之“自擬渼陂行”及《送曾宏父》之“橘陂新和渼陂篇”，用杜甫《渼陂行》；該詩之“吾兼吏隱名”，用杜甫“浣花溪裏花饒笑，肯信吾兼吏隱名”。又其“聞君補吏成都去，更與重尋舊草堂”①，以及《金粟堆》之“少陵金粟堆前泪”、《次韵黑氈歌》之“長伸兩脚得安卧，莫作杜老憐腰支”、《漆其外戲爲短歌》之“少陵匏罇安在哉”，均用杜甫事。《漆其外戲爲短歌》之“乞取田家老瓦盆”，則用杜甫之“莫笑田家老瓦盆，自從盛酒長兒孫”。可見，韓駒使用杜詩典故頗多。

---

① （宋）韓駒《先大夫元豐間及進士第滎州伯父喜而賦詩宣和四年通道兄登科某時爲著作郎侍立集英殿與觀唱名未幾通道兄調而歸某謹次伯父韵以送之》。

此外，《黄氏補千家集注杜工部詩史》《分門集注杜工部詩》《九家集注杜詩》中均有韓駒論杜條目。

韓駒少年時期讀書甚多，其《李氏娱書齋》云："憶吾童稚時，書亦甚所愛。傳抄春復秋，諷誦晝連晦。飲食忘辛鹽，污垢失盥頮。"其較好的學問爲其使事用典打下了基礎。從流傳下來的作品看，韓駒詩琢磨字句，考求聲律，注重對仗和用典，頗涉黄庭堅之格。但另一方面，其詩總體上又較爲流暢，技巧熟練，使事自然而語言妥帖，亦略具唐體之優長。

第四節　秦觀詩歌的特點和學杜之處

秦觀是"蘇門四學士"之一，在北宋後期詩人中，秦觀詩有唐人遺韵。他雖然有一些模仿杜詩的詩作，但總體上受杜甫的影響較小。

一、秦觀詩文的成就和特點

秦觀詩明麗中見情韵，曉暢中顯淺易，有唐人遺韵。其長處在於富於情韵，其短處在於詩思孱弱，力量不够，所謂"詩似小詞"者。秦觀詩歌使用典故不像黄庭堅那樣密不透風，也不太使用僻典，他從蘇軾那裏學了清新流暢的長處，但他的詩不像蘇軾詩歌風格多樣，變化多端。秦觀經常與僧人往還，自己也研究佛教經典，所以詩中常常使用佛教的典故，如"彌猴鏡裏三身現，龍女珠中萬象開"①，"還

① （宋）秦觀《照閣》，（宋）秦觀撰，周義敢、程自信、周雷編注《秦觀集編年校注》卷四，人民文學出版社2001年版，第74頁。以下凡引秦觀詩皆見此本，除有必要者僅注出詩題。

似此花並此葉,壞空成住未曾閑"等①。但總體上説,秦觀使用的還多是常見的典故,並且没有多到令人生厭的地步。秦觀的視野比較窄,對民生不大關心。他的《田居四首》分寫四季農事,詩風清麗。詩中寫到農人的辛勞和賦税的繁重,但總體還是寫田居之樂。

秦觀詩可當得一個"秀"字,絶句尤似唐人,如"二十四橋人望處,台星正在廣寒宫"②,"預想江天回首處,雪風横急雁聲長"③,"渺渺孤城白水環,舳艫人語夕霏間。林梢一抹青如畫,應是淮流轉處山"④。他的詩寫得比較清秀,特别是他早年鄉居時,詩風更有唐人風味。秦觀敏感多情,其《賞酴醾有感》云:"春來百物不入眼,唯見此花堪斷腸。借問斷腸緣底事,羅衣曾似此花香。"由此也可以看出其詩歌的力量遠不及杜甫。

秦觀的詩比黄庭堅清新可誦,總體成就却是有限的。《四庫全書總目》云:"今觀其集,少年所作,神鋒太隽或有之,概以爲靡曼之音,則詆之太甚。……'過嶺以後詩,高古嚴重,自成一家,與舊作不同。'"⑤但我們祇是感覺到秦觀詩的清麗,"詩似小詞"之説不爲無據。如著名的《春日五首》(之二):"一夕輕雷落萬絲,霽光浮瓦碧參差。有情芍藥含春泪,無力薔薇卧曉枝。"元好問就譏其詩爲"女郎詩"。也有學者看出秦觀詩歌"辭雖華而氣古"的特點,指出稱其爲"女郎詩"是"極大的歷史誤會"⑥。詩風孱弱,自是其短,然明麗嫵媚,也可以視爲其長。

秦觀的文章略輸文采,但頗有條理,有清晰明白的優點,也算

---

① (宋)秦觀《和圓通院白衣閣二首》(其一)。

② (宋)秦觀《中秋口號》。

③ (宋)秦觀《次韵參寥見别》。

④ (宋)秦觀《泗州東城晚望》。

⑤ (清)永瑢等《四庫全書總目》卷一五四《淮海集提要》,第1330頁。

⑥ 徐培均《少游豈盡女郎詩——試論秦觀詩的思想與藝術》,《上海社會科學院學術季刊》1986年第2期,第185頁。

是學蘇有得。他也寫賦，但基本是模擬古人，成就遠不及蘇軾。

二、秦觀詩歌的學杜之處

秦觀詩歌不學杜，但有一首是模擬杜甫的。秦觀《秋興九首其七擬杜子美》云："紫領寬袍漉酒巾，江頭蕭散作閑人。悲風有意催林葉，落日無情下水濱。車馬憧憧諸道路，市朝衮衮共埃塵。覓錢稚子啼紅頰，不信山翁篋笥貧。"這説明秦觀對杜詩的風格還是較爲熟悉，但此篇意在學杜而終不似。

秦觀雖不學杜，但他在自己的詩中化用了一些杜詩。如"會有黄鸝鳴翠柳，何妨白眼望青天"①，即從杜甫"兩個黄鸝鳴翠柳，一行白鷺上青天"變化而來。"白衣蒼狗無常態"②，即是杜甫《可嘆》中"天上浮雲如白衣，斯須改變如蒼狗"的縮略。"唯有廣文官獨冷"③，出杜甫"廣文先生官獨冷"。"人生無根柢"④，即杜甫《四松》之"我生無根蒂"。《晚出左掖》"金爵觚稜轉夕暉，翩翩宫葉墮秋衣。出門塵障如黄霧，始覺身從天上歸"，詩名襲杜甫《宣政殿退朝晚出左掖》，内容也有相似之處。《春日偶題呈上尚書錢丈》："三年京國鬢如絲，又見新花發故枝。日典春衣非爲酒，家貧食粥已多時。"此詩"日典"句出杜甫《曲江》"朝回日日典春衣"。《漫郎》"字偕華星章對月"，出杜甫"兩章對秋月，一字偕華星"。《金山晚眺》"清渚白沙茫不辨"，"清渚白沙"即杜詩中的"渚清沙白"。《口號》小序"莫思身外無窮，且睹尊前見在"，此亦出杜詩"莫思身外無窮事，且盡生前有限杯"。

秦觀也從杜甫那裏學習了一些句法，其詩中也有杜甫經常使

---

① （宋）秦觀《次韵參寥三首》（其一）。

② （宋）秦觀《寄孫莘老少監》。

③ （宋）秦觀《次韵裴秀才上太守向公二首》。

④ （宋）秦觀《秋夜病起懷端叔作詩寄之》。

用的"當句對",如"莫誇春色期秋色,未信桃花勝菊花"[1]。他也偶爾使用杜甫慣用的"時空並馭"的手法,如"不因名動五千里,豈見文高二百年"[2]。但總體上這樣的詩句很少。

總之,在北宋後期的詩人中,秦觀詩最爲明麗而富有情韵,有唐人遺韵,但也明顯有詩思孱弱的缺點。他推崇杜詩,其《韓愈論》云:"杜子美者,窮高妙之格,極豪逸之氣,包沖澹之趣,兼峻潔之姿,備藻麗之態,而諸家之作所不及焉。然不集諸家之長,杜氏亦不能獨至於斯也,豈非適當其時故耶?孟子曰:'伯夷,聖之清者也。伊尹,聖之任者也。柳下惠,聖之和者也。孔子,聖之時者也。孔子之謂集大成。'嗚呼,杜氏、韓氏,亦集詩文之大成者歟。"此即秦觀提出的杜詩"集大成"説,由此亦可見杜詩在其心目中的地位。但是,從其詩歌創作看,他雖然有一些模仿杜詩的詩作,也化用了一些杜詩,但總體上受杜甫的影響較小。

第五節　張耒學杜

張耒也是北宋後期較爲重要的詩人之一,其詩歌的特點是平易舒坦,"格寬語秀",有唐人風韵。他自信自己的詩文有驅蛇之力[3],在創作上也確有一定成就。他的詩較多地反映了民生疾苦,表現出他對民生的關心,在這點上他繼承了杜甫、白居易、張籍等詩人的傳統,並比其他的宋代詩人做得要好。張耒的悼亡詩云:

---

① (宋)秦觀《處州閑題》。

② (宋)秦觀《客有傳朝議欲以子瞻使高麗大臣有惜其去者白罷之作詩以紀其事》。

③ (宋)張耒《逐蛇》,(宋)張耒撰,李逸安、孫通海、傅信點校《張耒集》卷五,中華書局 1990 年版,第 59 頁。以下凡引張耒詩皆見此本,除有必要者僅注出詩題。

“結髮爲夫婦，少年共飢寒……失我同心人，撫事皆悲酸。”①語淺情深，感情真摯，他七言絶句中有一組悼亡詩也較見真情。

張耒詩歌的缺點是出語比較隨意，不够精練，語言平易，風格不甚鮮明。他的詩寫得較多，題材廣泛，事事皆可入詩，像是用詩歌寫的流水帳，也不太講究章法。他的七言絶句稍好，而律詩常常中間兩聯或前三聯都寫景狀物，使全詩缺少變化，因而顯得平易、平板和平常。結構千篇一律，又使他的詩顯得呆滯刻板。章法和句法缺少變化無疑是他詩歌的一個缺點，雖然他也有講究的時候。

有學者認爲張耒“宗主杜甫而兼學白居易、張籍、王建”②，還有學者對張耒詩進行過較爲詳細的討論③。關於張耒學杜，本書認爲主要有以下幾個方面：

一、尊杜及用詩歌表現民生疾苦

張耒在詩學觀念上是尊杜的，在他的心目中杜甫（也許還有李白）是前代最爲優秀的詩人。張耒有《讀杜集》一詩，可以代表他的杜詩學觀，詩云：

> 風雅不復興，後來誰可數。陵遲數百歲，天地實生甫。假之虹與霓，照耀蟠肺腑。奪其富貴樂，激使事言語。遂令困飢寒，食糲衣掛縷。幽憂勇憤怒，字字倒牛虎。嘲詞破萬家，摧拉誰得禦？又如滔天水，決泄得神禹。他人守一巧，爲豆不能簠。君獨備飛奔，捷蹄兼駿羽。飄萍竟終老，到死尚爲旅。高才遭委棄，誰不怨且怒！君乎獨此忘，所惜唐遺緒。悲嗟痛禍亂，欲取彝倫叙。天資自忠義，豈媚後人睹。艱難得一職，言

① （宋）張耒《悼逝》。
② 王少華《張耒詩有唐音瑣議》，《齊魯學刊》1987 年第 5 期，第 131 頁。
③ 尹占華《論張耒的詩》，《西北師大學報》2004 年第 4 期，第 11 頁。

事竟齟齬。此心耿可見，誰肯浪自苦。鄙哉淺丈夫，誇己訕其主。文章不知道，安得擅今古？光焰萬丈長，猶能伏韓愈。

從此詩可以看出，張耒以爲風雅不興數百年，直到杜甫出現，纔使風雅再振；杜甫一生困於飢寒，但其詩力大，非旁人可比；杜甫詩歌又能兼備衆妙，有集大成的特點；杜甫漂泊一生，不爲世用，但他天性忠義，性格耿直，故能使後人敬服。這説明，張耒不僅認爲杜甫在詩歌藝術上首屈一指，其忠義的品格也非常值得敬佩。此外，和宋代詩人一樣，張耒也喜歡以李杜譬人①，這也表明他在詩學觀念上有崇杜之意。

張耒詩中表現關懷民生的詩篇較多，在這點上他繼承了杜甫、白居易、張籍等"惟歌生民病"的精神。正如錢鍾書所説："在'蘇門'裏，他的作品最富於關懷人民的内容……他受白居易和張籍的影響頗深。"②

張耒比較關心農民生活。其《大雪歌》云："老農占田得吉卜，一夜北風雪漫屋。屋壓欲折君勿悲，隴頭新麥一尺泥。泥深麥牢風莫吹，明年作餅大如箕。野人食飽官事少，莫畏瑟縮寒侵肌。"張耒見大雪而念及農民將年豐糧足，又説自己無功受禄，"無功及物慚受禄"，因而感到慚愧，態度也比較真誠。張耒《旱謡》云："七月不雨井水渾，孤城烈日風揚塵。楚天萬里無纖雲，旱氣塞空日晝昏。土龍蜥蜴竟無神，田中水車聲相聞。努力踏車莫厭勤，但憂水勢傷禾根。道傍執送者何人，稻塍争水殺厥鄰。五湖七澤水不貧，正賴老龍一屈伸。"此詩寫天旱傷農，竟有因争水而殺人者，農民的艱辛於斯可見。張籍在篇末希望龍興致雨，解民憂患，表達了對農

① （宋）張耒《次韵智叔三首》（其一）、《贈無咎以既見君子云胡不喜爲韵八首》（其五）。

② 錢鍾書《宋詩選注》，第80頁。

民的同情。《訴魃》也是一首反映天旱的詩，當時"壽安夏旱，麥且死，民憂之，無所不禱。雲既興，輒有大風擊去之。間而雨塵，不辨人物"，張耒以爲旱之神曰魃，故作此詩，向上天控訴。詩中寫到壽安大旱的情景："歲庚申兮斗建巳，旬逾十兮雨不施。秀者燋兮實者悴，麥莽莽兮不出塊。舊穀既没兮待新以食，奪其所望兮民憂以惑。捨耒而兵兮奪攘剽賊，急不知慮兮求生頃刻。"張耒希望上天處置旱神，使天降甘霖，糧食豐收："幸帝震怒兮降魃罪疾，無俾在世兮幽沉深溺。雷伐鼓兮電揚旗，雨卷壑兮雲張帷。泛游澤兮湛甘滋，充槁瘠兮奮枯萎。禾黍茂兮蔬果肥，歲既登兮民飽嬉。"另外，張耒有《叙雨》一詩，他寫此詩是因爲福昌之民禱旱於西山，"旱歲取水以祠輒應"，故"作歌以揚之"，這也表明他關心農事。張耒《聽客話澶淵事》寫著名的澶淵之盟，有詩史意味，表明他對國事的關心。

張耒《和大雪折木》寫大雪之後，人民窮困無食，而鹿山長官却"高樓大飲"，縱情歡謔，張耒希望這些人能够體恤民情，關心百姓，"百里飢寒仰長官，勉充此心救民瘼"。《京師阻雨二首》云"朱門樂事無時無，爾自賤貧空太息"，也是寫社會的貧富不均。《田家三首》亦寫農民的苦樂，"田家苦作候時節，汲汲未免寒與飢。去來暴取獨何者？請視《七月》豳人詩"。

張耒《一畝》通過一個具體的事例寫出了農民生活的艱辛，詩云："一畝秋蔬半成實，竈突無煙已三日。良人傭車斃車下，老婦抱子啼空室。秋風九月天已寒，飢腸不飽衣苦單。我身爲吏救無術，坐視啼泣空泛瀾。"丈夫傭車死於車下，妻子和孩子無衣無食，啼飢號寒，張耒看到了農民的極度貧困和社會的不公，並對農民寄予深切同情。《去年》云："去年四月多風雨，麥秀不實農夫苦。今年麥好風雨調，萬口嗷嗷飢待哺。何事今晨還衣袂，朝日無光寒慘切。天工與物無怨尤，安用日與人爲仇？"糧食不收時農民貧困，糧食豐收後農民依然貧困，詩人不禁對上天提出質問。

張耒《和晁應之憫農》寫"壯兒"甘心爲盗,被捕受刑也不後悔。民不畏死,是因爲"爲盗操戈足衣食,力田竟歲猶無穫。飢寒刑戮死則同,攘奪猶能緩朝夕"。這首詩寫出了官逼民反的殘酷現實。《八盗》寫八人爲盗,横行江湖,劫掠百姓的史實,寫出了當時盗賊蜂起的社會現實。張耒悲憤地説:"年來屢下寬大詔,赤子未免寒與飢。恩如憂病政如藥,知病無藥何由治?"[①]《絶句九首》(其八)云:"黄葉桑林赤土岡,蓬茅小徑度牛羊。似聞流乞之唐汝,嘆息何人爲發倉。"當時累年飢旱,流民大起,就食唐汝,張耒嘆息不知何人能開倉救濟災民。

由此可見,張耒不僅推崇杜甫,還寫了較多的關心百姓生活的詩歌。

二、模仿杜詩與化用杜詩

張耒詩通俗明白,在總體風格上不像杜甫,而像白居易。張耒有《效白體二首》《效白體贈楊補之》等,是他學習白居易的詩作。他又自言"與淵明神交於千載之上"[②],其詩亦有學陶者,其《次韵陶淵明飲酒詩》十九首就是學陶之作。

張耒也有刻意學杜、仿杜之作。如《冬後三日郊赦到同郡官拜赦回有感》云:"詔書夜下走風雷,清曉州門拜赦回。天上六龍歸禁闕,人間一雨到根荄。江邊時日將舒柳,雪後春光欲到梅。白首放臣隨衆喜,教兒深酌手中杯。"按杜甫《小至》詩云:"天時人事日相催,冬至陽生春又來。刺繡五紋添弱綫,吹葭六琯動浮灰。岸容待臘將舒柳,山意衝寒欲放梅。雲物不殊鄉國異,教兒且覆掌中杯。"可知,張耒此詩即全仿杜甫《小至》,衹是這樣的詩作在張耒集中極少。

---

① (宋)張耒《送程德孺赴江西》。

② (宋)張耒《次韵淵明飲酒詩》。

張耒説："男兒事業多，何必學讀書。"①他的詩歌用典不是很多，没有江西詩派掉書袋的毛病，總體較爲自然流暢，不太用力，但他在詩中還是化用了一些杜甫詩句。例如："未遭官長責"②，反用杜甫之"頗遭官長罵"。"龍虎氣鬱律"③，即杜甫之"瑶池氣鬱律"。"時無蘇司業，何處見酒盞"④，即從杜甫"賴有蘇司業，時時與酒錢"化出。"聊爲梁父吟"⑤，即杜甫"日暮聊爲梁甫吟"的縮略。"男兒常讀五車書"⑥，即杜甫之"男兒須讀五車書"。

又張耒"山中老僧舊相識"⑦，即杜甫"山中儒生舊相識"。"樓頭酒貴不敢沽，三百銅錢輸杜甫"⑧，此反用杜甫之"速宜相就飲一斗，恰有三百青銅錢"。"飄零一酒樽"⑨，"零落江湖酒一杯"⑩，均出杜甫"飄零酒一杯"。"白首無聊劇，昏昏只醉眠"⑪，是把杜甫"頭白昏昏只醉眠"分割成兩句。"病妻老去惟尋藥，稚子年來解愛書"⑫，此仿杜甫"老妻畫紙爲棋局，稚子敲針作釣鈎"。"洛陽自古帝王都"⑬，此從杜甫"秦中自古帝王州"變化而來。"傳語風光共此嬉"⑭，

① （宋）張耒《阿幾》。
② （宋）張耒《晚歸寄無咎二首》（其二）。
③ （宋）張耒《書館直舍》。
④ （宋）張耒《次韵子夷兄弟十首》（其七）。
⑤ （宋）張耒《感春十三首》（其五）。
⑥ （宋）張耒《贈李德載》。
⑦ （宋）張耒《宿龜山寺下投旻師》。
⑧ （宋）張耒《寄子由先生》。
⑨ （宋）張耒《歲暮獨酌書事奉懷晁永寧》。
⑩ （宋）張耒《發泗州》。
⑪ （宋）張耒《八月十一日晨興三首》（其二）。
⑫ （宋）張耒《夏日雜興四首》（其四）。
⑬ （宋）張耒《春日遣興》。
⑭ （宋）張耒《次韵王敏仲至西池會飲》。

此即杜甫之“傳語風光共流轉”。“瀾翻健筆欲凌雲”①,即杜甫之“凌雲健筆意縱橫”。“但令甕有賢人酒,何用門迎長者車”②,此從杜甫“座對賢人酒,門聽長者車”化出。“試問朱門餘酒肉”③,即杜甫“朱門酒肉臭”之意。“青蛾皓齒作塵埃”④,當出杜甫“青蛾皓齒在樓船”。“閑官幸可典朝衣”⑤,此出杜甫“朝回日日典春衣”。“一抛硯井雙蓬鬢,天畔詩成獨倚樓”⑥,上句模仿杜甫“路經灩澦雙蓬鬢”,下句則從杜甫“行藏獨倚樓”化出。

張耒還在詩中使用杜甫本人的典故。如張耒以詩向朋友索酒,詩云:“酸寒杜陵老,痛飲遺身世。雲安小縣麯米春,遥知美味無多子。猶令此老氣如虎,傲兀幾以醉爲異。争知侯家美酒如江湖,金鐺犀杓與之俱。”⑦此使用杜甫典故,並有以杜自比之意。“杜老不厭賦”⑧,“詩和少陵佳句新”⑨,“杜老閣前勞賦詠”⑩,亦使用杜甫典。

另外,張耒不僅在詩中化用杜詩,在他的文章中也偶爾化用杜詩。如《祭秦少游文》稱贊秦觀“脱略等輩,論交老成”,即出杜甫《壯遊》之“脱略小時輩,結交皆老蒼”。

---

① (宋)張耒《題李方叔文卷末》。

② (宋)張耒《絶句二首》(其一)。

③ (宋)張耒《北風》。

④ (宋)張耒《宫人斜》。

⑤ (宋)張耒《和蘇适春雪八首》(其二)。

⑥ (宋)張耒《遣興次韵和晁應之四首》(其四)。

⑦ (宋)張耒《王都尉惠詩求和逾年不報王屢來索而王許酒未送因次其韵以督之》。

⑧ (宋)張耒《寄陳履常二首》(其一)。

⑨ (宋)張耒《鄧慎思學士挽詞》。

⑩ (宋)張耒《探梅有感》。

三、學習杜詩句法

張耒不屑於語言的反復鍛煉，他説："區區爲對偶，此格最污下。"[①]此雖是就文章而言，但也反映了他的詩學觀。從總體上看，張耒詩錘煉剪裁不够，這使他的詩歌顯得不太簡净，有時甚至有些囉嗦。錢鍾書説："看來他（張耒）往往寫了幾句好句以後，氣就泄了，草草完篇，連復看一遍也懶……他在律詩裏接連用同一個字押韵都不管帳。"[②]所論極是。如其《京師廢宅》的中四句"古窗雨積昏殘畫，朽樹經陰長寄生。門下老人時灑掃，舊時來客嘆平生"，兩句都用一個"生"字作韵脚，果然是"連復看一遍也懶"。用他自己的話説，就是雖然"老去裁詩我未工"[③]，或者"詩書老去信無功"[④]，但也"老去詩書倦討論"了[⑤]。張耒論詩也有粗疏之病，如他論孟郊、賈島詩，所引詩歌就往往有誤[⑥]。

儘管如此，張耒還是從杜甫那裏借鑒了一些句法。他偶有詩句似杜，如"山川錯吴楚，人物混荆揚"[⑦]，"波浪流萍遠，風霜客雁征"[⑧]，這樣的詩句就很像杜詩。張耒也有當句對，如"船來船去知多少，橋北橋南常别離"[⑨]，"路窮流水遠更遠，目斷夕陽西復西"[⑩]，

---

① （宋）張耒《與友人論文因以詩投之》。
② 錢鍾書《宋詩選注》，第 80 頁。
③ （宋）張耒《寄滁洲邵子發同年二首》（其二）。
④ （宋）張耒《夏日二首》（其一）。
⑤ （宋）張耒《遣興次韵和晁應之四首》（其一）。
⑥ （宋）張耒《評郊島詩》。
⑦ （宋）張耒《孝感縣》。
⑧ （宋）張耒《福昌書事言懷一百韵上運判唐通直》。
⑨ （宋）張耒《北橋送客》。
⑩ （宋）張耒《登楚望北樓》。

“莫謂無情即無語,春風傳意水傳愁”[①]。張耒也有時空並馭的手法,如“山川老去三年淚,關塞秋來萬里愁”[②],“千里塵埃常旅泊,五年憂患困侵淩”[③],“身老易傷千里目,眼驚還見一年花”[④],“旅飯二年無此味,故園千里幾時還”[⑤],這些詩句均是。此外,張耒詩中有時連用比喻,較見錘煉之功,如“時如轉轂無停軌,客似飛鴻不定家”[⑥],“人事水泡能幾日,流光駒隙却堪驚”[⑦]。可知他的詩歌也是經過一些錘煉的。

錢鍾書云:“宋之柯山、白石、九僧、四靈,則宋人之有唐音者。”[⑧]張耒詩歌在風格上比較接近唐詩,他的詩注重情感的自然表達,而不太注重詩句的鍛煉和雕琢。張耒在詩學觀念上尊杜,在詩歌創作上也有學杜之處,特别是他寫了一些關心民瘼的詩,並化用了較多的杜詩,在句法上也受到了杜甫的一些影響。儘管如此,張耒的詩歌風格並不像杜甫,而是比較接近白居易,汪藻在《柯山張文潛集書後》中就説:“公詩晚更效白樂天體,而世之淺易者往往以此亂真。”又清武英殿聚珍版《柯山集·提要》云:“(柯山)晚歲詩務平淡,效白居易,樂府效張籍。”他的詩歌風格不近宋而近唐,可惜他的才氣不够大,致使他的詩歌有明顯的粗疏之病,當然他也有一些詩歌是平易中見秀美的。

---

① (宋)張耒《偶題二首》。

② (宋)張耒《遣興次韵和晁應之四首》(其四)。

③ (宋)張耒《宿泗州戒壇院》。

④ (宋)張耒《同袁思正諸公登楚州東園樓》。

⑤ (宋)張耒《春日》。

⑥ (宋)張耒《鴻軒下有薔薇予初至時生意蓋僅存耳予爲灌溉壅護今年春遂大盛仲春著花數百萼大幾如芍藥豐盛妍麗頃所未見也余有黄州之行酌酒賞别》。

⑦ (宋)張耒《下春風嶺》。

⑧ 錢鍾書《談藝録》(補訂本),第2頁。

以上分析了杜甫對北宋後期的重要詩人黄庭堅、陳師道、韓駒、秦觀、張耒詩歌創作的影響。綜合以上分析可以看出，北宋後期詩人學杜有以下特點：

第一，在這個時期，杜甫在詩壇的地位無比崇高，宋代詩人最終選擇杜甫爲詩歌的典範。杜甫典範地位的確立極大地影響了江西詩派的詩歌創作，並對後世的詩歌創作産生了影響。

第二，這個時期雖然確立了宋詩的主要風格，但詩人的詩風並不一致。黄庭堅、陳師道屬於典型的宋調，而秦觀詩明麗富有情韵，張耒詩平易舒坦，"格寬語秀"，均有唐人風韵。

第三，這個時期的詩人非常注重對杜甫藝術技巧的學習，在這方面，以黄庭堅和陳師道爲代表。藝術技巧是杜甫詩歌成就的重要方面，通過對杜詩藝術技巧的學習，特别是通過對詩歌字句的反復錘煉，宋代詩人不僅創作出平淡瘦勁、平和内斂的詩歌，而且確立了一種依靠才力作詩的方法。

第四，還應該看到，以黄庭堅爲首的江西詩派，片面學習杜詩的句法和藝術技巧，講究字句的錘煉，重視用典，但詩情寡淡，詩味貧乏，杜詩之深沉有力、沉鬱頓挫和杜甫之仁厚忠愛，皆爲其所不能及。結果是他們創作的詩歌雖然模仿杜詩法度，却與杜詩相去甚遠。這是這個時期的詩人學杜的深刻教訓。

第五，這個時期的詩歌有脱離現實的傾向，除了張耒寫了一些關心民瘼的詩之外，其他詩人關心的祇是自己的生活。這也是片面學習杜甫字句、法度所産生的不良後果。

第六，值得注意的是，陳師道寫出了感情真摯、沉鬱孤峭的作品，在風格上很接近杜詩。陳師道的五言律詩和五言古詩都有很像杜詩的作品，這是這個時期詩人學杜的最重要收穫，陳師道也成爲這個時期學習杜甫最有成就的詩人。

以江西派詩人爲主的北宋後期詩人學杜，既有成績，也有不足，既有經驗，也有教訓。除黄庭堅、陳師道、韓駒外，江西詩派的其他詩人,如徐俯、潘大臨、吕本中等,其詩歌創作也不同程度地受到杜甫的影響。徐俯早年學習黄庭堅,晚年的作品力求擺脱江西詩派的束縛,始略有唐人風致。潘大臨的作品多已散佚,從現存作品看,其詩歌沉着瘦硬,略似黄、陳。吕本中頗能得黄庭堅、陳師道句法,注重對仗工整及推敲字句,晚年詩作直接追摹杜甫,感慨悲壯而蒼鬱深沉。但總體而言,江西詩派能學習杜詩的技巧,却難以企及杜甫的境界,所以他們學習杜甫的成就總體上看是有限的,即使陳師道寫出了極似杜甫的詩。學杜而未至,是因爲他們大多還缺少烽火硝煙的洗禮。

第四章　南宋前期：學杜高潮期

北宋滅亡，宋室南渡，國破家亡的痛苦刺激着詩人敏感的心靈，南宋詩壇發生了很大變化。江西詩派追求技巧、叙寫日常生活的創作方法有了改變，呼籲抗金、描寫現實、叙寫離亂、反映愛國情懷的詩歌大量湧現。這個時期活躍在詩壇上的是曾幾、陳與義、陸游、楊萬里、范成大等詩人，他們的詩歌創作無一例外都鮮明地打上了這個時代的印記。

北宋詩人，特别是江西詩派，注重的是杜詩的技巧，他們贊揚杜詩是詩中六經，也是出於儒家的聖者觀念。南宋詩人對杜詩的認識要比北宋詩人深刻，陳與義就説："但恨平生意，輕了少陵詩。"[①]這説明天崩地裂的現實使南宋詩人對杜詩有了新的理解。這是宋人學杜的又一個高潮期，在這個時期，就連辛棄疾這樣的詞人也深受杜甫影響，其作品有杜詩"體大"、"意深"之長，故可與老杜並稱[②]。張忠綱云："唐詩名家輩出，而稼軒取杜獨多。"[③]梁桂芳亦云："辛詞往往和杜詩一樣，呈現沉鬱頓挫之風。"[④]李清照也曾在詞中襲用杜甫詩句[⑤]。而在詩歌創作方面，陳與義等詩人終於寫

---

① (宋) 陳與義《正月十二日自房州城遇金虜至奔入南山十五日抵回谷張家》，(宋) 陳與義撰，白敦仁校箋《陳與義集校箋》卷一七，上海古籍出版社1990年版，第492頁。以下凡引陳與義詩皆見此本，除有必要者僅注出詩題。

② 劉揚忠《稼軒詞與老杜詩》，《文學遺産》1992年第6期，第79頁。

③ 張忠綱《南宋時期的山東杜詩學》，《詩聖杜甫研究》，第569頁。

④ 梁桂芳《杜甫與宋代文化》，重慶大學出版社2011年版。

⑤ 張忠綱《南宋時期的山東杜詩學》，《詩聖杜甫研究》，第566頁。

出了杜甫那樣的沉鬱頓挫、蒼茫高華的詩篇。

第一節　曾幾學杜論略

曾幾,字吉甫,有《茶山集》。早年從舅氏孔文仲、武仲講學,事親孝,母死後蔬食十五年。工詩,有名於時,今存古今體詩五百六十餘首。

在詩學觀念上,曾幾較爲推重杜甫與黄庭堅。他説:"老杜詩家初祖,涪翁句法曹溪。"①又説:"工部百世祖,涪翁一燈傳。閑無用心處,參此如參禪。"②在《次陳少卿見贈韻》一詩中,他贊美陳少卿"華宗有後山,句律嚴七五。豫章乃其師,工部以爲祖",可見他推崇江西詩派,對其詩風和源流頗爲熟悉。但是,曾幾衹有少量的詩歌近於杜甫和黄庭堅,如《次曾宏甫見寄韻》云:"今晨尺書至,令我寸心寬。老去光陰速,人生會合難。竹輿雲洞暖,釣艇玉溪寒。小憩饒陽否,吾衰合掛冠";"剖符舒子國,蠟屐皖公臺。恨不從山簡,欣然見老萊。功名身已老,交舊首空回。早晚依劉去,朝廷不乏材"。可謂沉鬱頓挫,老健疏放。《送李商叟》云:"好去皇華使,佳哉所領州。職除天禄閣,家近岳陽樓。一别誰青眼,相逢各白頭。西來多驛騎,能寄短書不。"《歸途》云:"歸途似烏鵲,得樹且依棲。一寸客亭燭,數聲村舍雞。路長風正北,野曠日沉西。夢作祠官去,江干入馬蹄。"此二首亦深婉老健。由此可見,杜甫的五言律詩對曾幾有極大的啓發。又其《寒食日誦老杜示宗文宗武詩寄

① (宋)曾幾《李商叟秀才求齋名于王元渤以養源名之求詩》(其二),(宋)曾幾《茶山集》,中國書店2018年版,第230頁。以下凡引曾幾詩皆見此本,爲節省篇幅僅注出詩題。

② (宋)曾幾《東軒小室即事五首》(其四)。

二子》云："衰年寒食又清明，欹枕詩成字不成。欲寄宗文與宗武，一春風雨大江横。"曾幾對杜詩的喜愛於此詩中可見，而其末句又化用黄庭堅之"出門一笑大江横"，可見他對黄詩的熟悉。曾幾《謝寄端硯四首》（其一）云："我居南楚君南越，遣騎持書致石泓。未識松煤先一笑，向人鴝鵒眼猶明。"此顯爲學習山谷之作。但是，曾幾詩歌總體上較爲流利輕快，與杜甫和黄庭堅的詩歌不似。如其《三衢道中》云："梅子黄時日日晴，小溪泛盡却山行。緑陰不減來時路，添得黄鸝四五聲。"此詩居然頗有楊萬里的風味。

大體而言，曾幾古體詩較爲古樸，近體詩風格輕快穩健，雖用典較多，而不失其流利。《四庫全書總目》之《茶山集提要》云："陸游爲作墓志云：'公治經學道之餘，發於文章。而詩尤工，以杜甫、黄庭堅爲宗。'魏慶之《詩人玉屑》則云：'茶山之學出於韓子蒼。'其説小異。然韓駒雖蘇氏之徒，而名列江西詩派中，其格法實近於黄。殊塗同歸，實亦一而已矣。後幾之學傳於陸游，加以研練，面目略殊，遂爲南渡之大宗。"①此説較爲準確。

曾幾的詩歌在内容上主要寫日常生活，憂懷國事的詩歌較少。其集中的酬贈之作占了很大比例，與陸游酬贈尤多。詠物之作亦較多，所詠之物包括臘梅、芭蕉、梅花、海棠、桂花、竹子、怪石、蛺蝶、螢火等，其中寫梅花的作品較有巧思。如其《黄香梅》云："雪裹何人作道裝，冰綃重疊色鵝黄。染時定著薔薇露，雨洗風吹故自香。"《消梅花》云："未見枝間著子初，聞名已療渴相如。花肌自是冰和雪，那得生兒不似渠。"《落梅》云："玉頬香肌委塵土，雪魄冰魂無處所。一年春事頓成空，不必飄零似紅雨。"《覓梅》云："欲尋梅去不禁寒，宜著書籤研滴間。聞道南坡開似雪，略分疏影到茶山。"《墨竹梅》云："的皪江梅竹外枝，能將幻法轉生機。憑君莫作風吹緑，便恐飄零學雪飛。"又其《尋梅至楊家見數株盛開》云："芒

① （清）永瑢等《四庫全書總目》卷一五八，第1359頁。

鞋竹杖尋梅去,只有香來未見花。村北村南行欲遍,數株如雪小民家。"《謝送蠟梅二首》云:"天將何物染江梅,白玉花成栗玉開。一種暗香全似舊,小罌和雪送春來";"化工團蠟作寒梅,絶勝牛酥點滴開。不是前村深雪裹,蜜蜂應認暗香來"。曾幾詠梅詩,與杜甫《江畔獨步尋花七絶句》有異曲同工之妙。

曾幾也有一些關心國事的詩歌,如其《喜聞天兵已臨衢寇》云:"野宿溪行各晏然,吴頭楚尾接風煙。豈知蒲澤深爲祟,不道柯山最近天。境上音郵多浪語,殿前兵馬是真傳。未能日報書三捷,竹簟紗幮到曉眠。"此寫官軍已近寇境而太平可期。其《六月十四日大雨連朝》云:"黄金北斗高,何似六月雨。舉頭看雲霄,此秘初未睹。今晨沛然下,其勢莫能禦。既蠲人鬱陶,又長我禾黍。誰言爲郡樂,病不對樽俎。似爲神所憐,用是娱悦汝。緇黄諠諷誦,巫覡亂呼舞。惠然從風來,兹事一不舉。臨民多秕政,何道致如許。稽首謝皇天,傾心奉明主。"此喜雨之作,透露出他對農事和百姓的關心,但總體上這樣的作品在其集中較少。

杜甫和江西詩派對曾幾的影響,首先表現在曾幾學習杜詩句法及其對詩句的錘煉上。曾幾《還守台州次陸務觀贈行韵》云:"父老喜我來,無異化鶴丁。兒童喜我來,小駟騎青青。"此模仿杜甫《草堂》之"舊犬喜我歸,低徊入衣裾。鄰舍喜我歸,酤酒携胡蘆。大官喜我來,遣騎問所須。城郭喜我來,賓客隘村墟",句法相同。而杜甫此數句,乃出自北朝樂府《木蘭詩》。曾幾《立春》之"翠看蔬甲小,黄愛韭苗新",句法頗似杜甫之"紅入桃花嫩,青歸柳葉新"。曾幾喜用當句對,如其《次雪峰空老韵二首》(其二)云:"獨烹茶山茶,未對雪峰雪。"《大暑》云:"蘭若静復静,茅茨深又深。"《蛺蝶》云:"一雙還一隻,能白或能黄。"《寄信守徐稺山侍郎》云:"已卜春前春後日,重尋水北水南人。"《題徐子禮自覺齋時子禮爲江陰抱麾之行》云:"誰知密密深深地,參得明明了了心。"《久雨》云:"雲去雲來何日了,花開花落不曾知。"《寓居吴興》云:"江北江南猶斷絶，秋風秋雨敢淹留。"《乞梅曾宏甫二首》（其二）云："臘前臘後無非雪，溪北溪南盡是梅。"又："可憐朵朵枝枝弱，自占深深淺淺紅。"[①]這些使用當句對的詩句，表明了曾幾對詩句錘煉的重視，這是他受到杜甫和江西詩派影響的地方。

杜甫對曾幾的影響，還表現在曾幾使用杜詩典故上。曾幾詩數量不多，但使用杜詩典故之處很多。其《釃甕酒》之"入眼從來未曾有"，出自杜甫"畜眼未見有"；"甕頭又戴老瓦盆"，出自杜甫"莫笑田家老瓦盆"；"已辦糟床注"，出自杜甫之"已覺糟床注"。此是一首之中三用杜詩。《玩鷗亭》之"白鷗無數没浩蕩，相親相近俄相安"，出自杜甫"白鷗没浩蕩"及"相親相近水中鷗"，此是一首之中兩用杜詩。曾幾之子作亭於官舍明清堂後，種竹千竿，曾幾以"留客"名其亭，乃取自老杜"竹深留客處"之句，曾幾又作詩云："衰翁九節杖，來往亦風流"[②]，此兩句出自杜甫"安得仙人九節杖"及"來往亦風流"。曾幾《立春》之"十載東都客"，出杜甫"二年客東都，所歷厭機巧"。《次陳少卿見贈韵》之"少卿令德公，不肯入州府"，《贈疏山清老》之"杖拂有餘閑，時時入州府"，化用杜甫之"不愛入州府，畏人嫌我真"及"昔者龐德公，未曾入州府"。又其"被花惱處君知否"[③]，化用杜甫《江畔獨步尋花七絶句》（其一）之"江上被花惱不徹，無處告訴只顛狂"。曾幾之"可畏韵險艱，浮梁裊相拄"[④]，此化用杜甫《龍門閣》之"滑石欹誰鑿，浮梁裊相拄"。《次緑字韵》"雖非古仇池，要是好崖谷"，用杜甫之"東柯好崖谷，不與衆

---

① （宋）曾幾《曾宏甫見招看海棠而郡城新有更初闔扉之令予聞鼓亟歸一詩呈宏甫》。

② （宋）曾幾《逮子作亭於官舍明清堂後種竹殆千竿余名其亭以留客取老杜竹深留客處之句因題二小詩云》（其二）。

③ （宋）曾幾《置酒簽廳觀荷徐判官携家釀四首》（其二）。

④ （宋）曾幾《陳卿又和三首而仲通判亦三作嚴教授再賦皆有見及語予不可以無言故復次韵》。

峰群"。《造姪寄人面毛竹杖四》"人生七十稀,况復已過二",用杜詩"酒債尋常行處有,人生七十古來稀"。《詠南池》云:"既絶車馬喧,遂適林塘幽。"此出杜甫"浣花流水水西頭,主人爲卜林塘幽"。《聞東湖荷花盛開未嘗一游寄鄭禹功》之"兼隨鄭廣文,人境兩疏快",此徑用杜甫之"舊與蘇司業,兼隨鄭廣文"。《贈閻德夫參議》之"神交又得王無功,一飯何嘗留俗客",出自杜甫之"一飯未曾留俗客,數篇今見古人詩"。《同鄭禹功登巾子山》之"往赴鄭老同幽期",出杜甫之"時赴鄭老同襟期"。《郡中迎懷玉山應真請雨得之未霑足》之"憫雨連三月,爲霖抵萬金",《聞寇至初去柳州》之"扁舟抵萬金",出杜甫之"烽火連三月,家書抵萬金"。《病起贈曾宏甫》之"酒杯君入手,藥裹我關心",出杜甫之"藥裹關心詩總廢"。《龍溪新亭》之"與子成二老,由來非一朝",出杜甫之"與子成二老,來往亦風流"。《次曾宏甫赴光守留别二首韵》之"世以文章著,朝須寵數頻",出杜甫之"名豈文章著,官因老病休"。《鄧帥寄梅並山堂酒》之"新歲雨肥梅",出自杜甫"緑垂風折笋,紅綻雨肥梅",此詩之"不是園官送"亦出自杜甫之詩題《園官送菜》。

曾幾《留别榮茂實侍郎》之"六月鏡湖凉",出自杜甫"越女天下白,鑒湖五月凉"。《寓廣教僧寺》之"野外無供給",出杜甫之"不嫌野外無供給"。《聞寇退欲還柳州寄柳守常子正》之"瘴色休看鏡",出自杜甫之"勳業頻看鏡"。《造姪寄建茶》"無人分得好,更憶仲容賢",出自杜甫"嗣宗諸子姪,早覺仲容賢"。《尹少稷寄顧渚茶》之"駸駸要路津",出杜甫"立登要路津";此詩之"降魔固有神",出杜甫之"園陵固有神,掃灑數不缺"。《鄭侍郎招賞瑞香感舊有作》之"鄭驛留賓處",出杜甫"山陽無俗物,鄭驛正留賓"。《送戚弼甫解官鹽場二首》(其二)之"訪舊今無幾",出自杜甫"訪舊半爲鬼"。《挽李泰發参政三首》(其一)之"公昔遭前政",《聞李泰發参政得旨自便將歸以詩迓之》之"苦遭前政墮危機",皆出自杜甫"破膽遭前政,陰謀獨秉鈞"。《聞李泰發参政得旨自便將歸以詩迓之》"天上謫仙皆欲殺"，出自杜甫"世人皆欲殺，吾意獨憐才"。《挽程伯禹尚書三首》（其三）之"豈知垂老别，華屋落山丘"，使用杜甫的詩題《垂老别》。《王履道左丞見訪》之"故人空厚禄"，用杜甫之"厚禄故人書斷絶"。

曾幾《同逢子韵寄逮子促其歸》"借令不共黄花酒，莫與西風作後塵"，用杜甫"伊昔黄花酒，如今白髮翁"。《次鄭禹功韵》"豈有行厨洗玉盤"，用杜甫"竹裹行厨洗玉盤，花邊立馬簇金鞍"。《即事》"觸忤幽人到眼邊"，化用杜甫"劍南春色還無賴，觸忤愁人到酒邊"。《福帥張淵道送荔子》"豈無重碧實瓶罍，難得輕紅薦一杯"，出自杜甫"重碧拈春酒，輕紅擘荔枝"。《八月十五夜月二首》（其二）"復亂洲前蘆荻花"，化用杜甫"請看石上藤蘿月，已映洲前蘆荻花"。《歲盡》"貧中尊俎未嘗開"，化用杜甫"苦憶荆州醉司馬，謫官樽俎定常開"。《西崦》"一重仍一掩"，化用杜甫"一重一掩吾肺腑，山鳥山花吾友于"。《題摘蔬亭》"春日細春盤"，化用杜詩"春日春盤細生菜"。《途中二首》"小麥青青大麥黄"，化用杜甫"大麥乾枯小麥黄"。《賀曾裘甫得解》"乃祖詞場筆有神"，《曾宏甫到光山遣送鵝梨淮魚等數種》"但愧新詩如有神"，均出自杜甫"下筆如有神"。《處守謝景思寄勸農詩次其韵》"使君小隊出田間，却擁旌旗鼓吹還"，用杜甫"元戎小隊出郊坰，問柳尋花到野亭"。《次子蒼追憶館中納凉韵》"欲論舊事愁無奈，願挽天河作酒漿"，《癸未八月十四日至十六夜月色皆佳》"明時諒費銀河洗"，皆用杜甫"安得壯士挽天河"。《送曾宏甫守天台》"子美詩中島嶼青"，此用杜甫"台州地闊海冥冥，雲水長和島嶼青"。《送周德修侍郎守武陵郡》"人生五馬從來貴"，用杜甫"人生五馬貴，莫受二毛侵"。曾幾"一路澄清縱幽討，不妨書札細論文"①，此用杜甫"何

① （宋）曾幾《送周仲固寺正提舉湖北茶鹽余建炎己酉歲嘗爲此官》。

時一尊酒,重與細論文"。"得醉春時近眼花"①,用杜甫"笑時花近眼,舞罷錦纏頭"。"不愁屋漏床床濕"②,用杜甫"床頭屋漏無乾處"。其"廣文到吾廬,索隱妙蓍卜"③,用杜甫之"廣文到官舍,繫馬堂階下"。"孤月浪中翻"④,徑用杜甫成句"薄雲岩際宿,孤月浪中翻";同詩之"逼仄何逼仄",則使用杜甫詩題《逼仄行》。

此外,曾幾"收拾雖微少陵老,寵光還有翰林公"⑤,"杜老豈無詩,應爲六丁取",此皆用杜甫不賦海棠事。《送賀子忱參議之官閩中》之"詩似拾遺留劍外",《家釀紅酒美甚戲作》之"可憐老杜不對汝,但愛引頸舟前鵝",《鄭顧道衝雨見過》之"始知猶勝杜陵老,舊雨客來今亦來",《松風亭四首》(其一)之"長卿壁四立,杜老茅三重",亦皆用杜甫事。由以上可見,曾幾對杜詩極爲熟悉,亦非常喜歡使用杜詩典故。

總之,曾幾詩歌學習杜甫和黄庭堅,但較少江西詩派習氣,不僅不用僻典,詩風也較爲流利。其七言詩,特别是其七言絶句,有的居然頗爲接近楊萬里的詩風。在内容上,他的詩歌多寫日常生活,對民生疾苦和國家大事衹是偶爾提及。曾幾的詩歌不僅化用杜甫詩句極多,而且用典較爲妥貼,又追求對仗的工整和詩句的錘煉,這是他受杜甫和江西詩派影響的地方。但他的詩輕快流利,避免了江西詩派使用僻典和詩意晦澀的毛病。曾幾是江西詩派與陸

---

① （宋）曾幾《次曾宏甫社日賞海棠吴守宅且試新茗韵》。

② （宋）曾幾《蘇秀道中自七月二十五日夜大雨三日秋苗以蘇喜而有作》。

③ （宋）曾幾《沈明遠教授用東坡仇池石韵賦予所蓄英石次其韵》。

④ （宋）曾幾《上饒方君小倅官而不婚宦居偏户閑静無官宦之事舍後梯城而上即棚爲亭盡得溪山之勝名之曰快哉爲作四小詩以快哉此風爲韵》(其三)。

⑤ （宋）曾幾《曾宏甫見招看海棠而郡城新有更初闔扉之令予聞鼓亟歸一詩呈宏甫》。

游之間的津梁，正如《文津閣四庫全書總目》之《茶山集提要》所云："幾詩風骨高騫，而含蓄深遠，介乎豫章、劍南之間。"錢鍾書有"詩分唐宋"之説，在宋代詩人中，黄庭堅、陳師道近於宋，秦觀、張耒近於唐，而曾幾與陸游則處乎唐宋之間，他的部分詩歌也頗能得唐宋之長。陸游的詩歌成就自然遠遠超過曾幾，但其詩中亦有明顯學習曾幾的痕迹。曾幾的詩留存不多，他的名聲也被江西詩派和中興詩人所掩，但他的詩歌上承杜甫與江西詩派，下開詩學大家陸游，實應得到重視。

第二節　兩宋學杜的典範陳與義

陳與義是南宋的重要詩人，他親身經歷了北宋的滅亡和南宋的偏安，不僅對國破家亡的屈辱有真實的感受，對亂世中流離漂泊的艱辛也有切身體會。他説："迴環三百里，行盡力都窮。巴丘左移右，章華西轉東。"①可見他親身經歷了許多漂泊流離之苦。他的數量不多的詩，包含了無盡的殺伐與征戰、無數的死難和流離。可以説，是數十年的戰爭成就了一個詩人。他的五言詩沉鬱頓挫，在風格上極爲接近杜詩。其七言律詩境界蒼楚闊大，繼承了杜甫的優長。他從杜甫那裏學習了句法，也經常化用杜詩，他的詩歌在内容上也很接近杜詩。可以説，在宋代詩人中，陳與義稱得上是"詩宗已上少陵壇"②。當然，他在早期和晚期都有不少留連光景之作。

---

① （宋）陳與義《自五月二日避寇轉徙湖中復從華容道烏沙還郡七月十六日夜半出小江口宿焉徙倚柂樓書事十二句》。

② 參見（宋）楊萬里《跋陳簡齋奏草》。關於陳與義詩歌及其與杜詩的關係，主要有以下觀點：胡明指出，"陳與義的詩尤其是南渡之後的詩，風格追紹老杜，沉鬱悲壯，慷慨雄渾"，並且陳與義的詩與江西詩派有很大的不同。參見胡明《關於陳與義詩歌的幾個問題》，《中州學刊》1989年第2期，第94頁。（轉下頁）

關於陳與義學杜及相關問題,論述如下。

一、陳與義沉鬱頓挫的五言詩

陳與義是宋代學杜最有成就的詩人。他不像黄庭堅那様衹化用一些杜詩或者從杜甫那裏學習一些句法,而是比較全面地繼承了杜詩的風格。國家的動盪和時局的變化,以及他自己的不斷漂泊,使他對杜詩有了更真切的體會。其五言詩沉鬱頓挫,繼承了杜詩的風格和優長,有很高的價值。

如其《茅屋》詩云:"茅屋年年破,春風歲歲來。寒從草根退,花值客愁開。時序添詩卷,乾坤進酒杯。片雲無思極,日暮却空回。"此詩首聯點題,並暗用杜甫《茅屋爲秋風所破歌》的語典。二聯寫時序不關人事,反襯詩人之客愁。三聯寫詩人以詩酒解憂,境界闊大。尾聯則融情入景。全詩沉鬱中見疏放,與杜詩頗似。又《秋

(接上頁)白敦仁指出陳與義七言律詩、五言律詩等與杜甫詩歌有相似性,參見白敦仁《論陳簡齋學杜》,《杜甫研究學刊》1993 年第 3 期,第 1 頁。吴中勝認爲,杜甫重社會憂患,陳與義則有社會憂患和個人憂患的雙重負荷。參見吴中勝《陳與義與陶杜心態比較論》,《贛南師範學院學報》1995 年第 2 期,第 42 頁。吴忠勝認爲陳與義詩歌沉鬱似老杜,宏壯在杜陵廊廡,但他們之間也有種種差異。"杜甫的心理可以説是單一型的社會憂患,而陳與義則是雙重心理。杜甫的心懷要比陳與義博大深廣……(陳與義)沉鬱憂患之時有退避有解脱,不如杜甫執着。所以其沉鬱宏壯亦不如杜之深廣,他們有着程度上的差異。陳與義終是似杜而不能比杜:'簡齋似於杜而全滯於色相矣。'"另外,"杜詩偏向'社會史',陳詩偏向'心靈史'。"參見吴忠勝《"詩宗已上少陵壇"嗎》,《杜甫研究學刊》1996 年第 1 期,第 56 頁。李琨認爲:"陳與義無論思想内容和藝術風格都與江西詩派相去甚遠,實不應爲江西派中人。"參見李琨《陳與義屬於"江西詩派"嗎?》,《遼寧大學學報》1999 年第 4 期,第 83 頁。施洪波則指出:陳與義"完成了由表面學杜到内質同杜的飛躍,造成了後期詩歌與杜詩風神相近,顯得悲慨雄渾,奇壯沉鬱,在最大程度上改造、豐富了江西詩風"。參見施洪波《論陳與義之學杜》,《浙江廣播電視大學學報》2002 年第 2 期,第 42 頁。

雨》：“瀟瀟十日雨，穩送祝融歸。燕子經年别，梧桐昨夢非。一凉恩到骨，四壁事多違。衮衮繁華地，西風吹客衣。”此詩寫秋雨，詩律精妙，亦似杜詩。又如《西風》：“木末西風起，中含萬里凉。浮雲不愁思，盡日只飛揚。夢斷頭將白，詩成葉自黄。不關明主棄，本出涸陰鄉。”按“詩成葉自黄”出杜甫“吟詩秋夜黄”，此詩也與杜甫的五言律相近。

簡齋五言律詩有極似杜詩者，如《道中寒食二首》云：“飛絮春猶冷，離家食更寒。能供幾歲月，不辦了悲歡。刺史蒲萄酒，先生苜蓿盤。一官違壯節，百慮集征鞍。”“斗粟淹吾駕，浮雲笑此生。有詩酬歲月，無夢到功名。客裏逢歸雁，愁邊有亂鶯。楊花不解事，更作倚風輕。”按“食更寒”，即杜甫“佳辰强飲食猶寒”之意。兩詩沉鬱感慨，逼近杜甫。

靖康元年（1126）正月，金兵入寇，簡齋自陳留避地襄漢，轉徙湖湘之間，集中有《發商水道中》，自此始經離亂漂泊，詩歌與杜詩更似。《發商水道中》云：“商水西門路，東風動柳枝。年華入危涕，世事本前期。草草檀公策，茫茫杜老詩。山川馬前闊，不敢計歸時。”在離亂之中，陳與義認識到老杜的價值，對杜詩有了新的認識，詩歌更多地具備了杜詩的沉鬱之風，不唯形似，而且傳神。以前學杜不及，而亂離之中自然及之。自此之後，陳與義學杜取神，寫出了一系列與杜詩神似的詩篇。

如《次舞陽》：“客子寒亦行，正月固多陰。馬頭東風起，緑色日夜深。大道不敢驅，山徑費推尋。丈夫不逢此，何以知嶇嶔。行投舞陽縣，薄暮森衆林。古城何年缺？跋馬望日沉。憂世力不逮，有泪盈衣襟。嵯峨西北雲，想像折寸心。”這是陳與義漂泊生活的生動寫照，“大道不敢驅，山徑費推尋”，詩句平易，却寫出了躲避金兵的實際情況。據葉夢得《避暑録話》卷下，當時金兵遊騎旁出，四處搶劫，避難之人有時因嬰兒啼哭而招致金兵劫掠，所以凡嬰兒未解事，不可戒語者，率棄之道旁以去，纍纍相望。“大道”二句在平常的語句之中藴含着無數流民的辛酸和嬰兒的血泪,這是那個時代的“詩史”。《次南陽》:“却憑破鞍去,風林生七哀。”《西軒寓居》:“辛苦元吾事,淹留更此心。”慷慨悲憤,有不能爲國出力之嘆,見出簡齋兵興後感慨之深。

流離之中,詩人常對景傷懷。其《雨中觀秉仲家月桂》云:“月桂花上雨,春歸一憑欄。東西南北客,更得幾回看。紅衿映肉色,薄暮無乃寒。園中如許樹,獨覺賦詩難。”月桂雨中花開,美豔動人,詩人憑欄而望,雖也覺月桂美麗,但自己既是漂泊流落之客,東西南北之人,如此美景不知尚能觀看幾回。“東西南北客,更得幾回看”,真見感慨,詩人自云“賦詩難”也就在情理之中了。又《感事》云:

> 喪亂那堪説,干戈竟未休。公卿危左衽,江漢故東流。風斷黄龍府,雲移白鷺洲。云何舒國步,持底副君憂。世事非難料,吾生本自浮。菊花紛四野,作意爲誰秋?

此詩沉鬱頓挫,逼近杜詩。“風斷黄龍府,雲移白鷺洲”一聯,上句寫二帝北狩,下句寫金陵宗廟①,與杜甫“渭北春天樹,江東日暮雲”、“黄牛峽静灘聲轉,白馬江寒樹影稀”是同一寫法。此聯表面上純是景語,却深關國事時局,比杜甫用這種句法寫友情更進一層。

陳與義詩云“莫愁織綺地,年來戰馬過”②,這樣的詩句深刻地反映了那個烽火連天的時代,是宋金戰爭的真實寫照。而“偷生亦

---

① 此説見《瀛奎律髓》卷三二。《陳與義集校箋》認爲“其説近是而未確”,以爲“‘雲移白鷺洲’,蓋有慨於朝局之中變也”。似以《瀛奎律髓》之説較爲恰切。

② (宋)陳與義《送大廣赴石城》。

聊耳，難與衆人言”[①]，“客心忽悄愴，歸路迷行踪”[②]，“百感醉中起，清泪對君揮”[③]，則曲折地反映了戰亂中的士人心態。

簡齋五言詩有極似杜詩者。如《適遠》：“處處非吾土，年年備虜兵。何妨更適遠，未免一傷情。石岸煙添色，風灘暮有聲。平生五字律，頭白不貪名。”《均陽舟中夜賦》：“遊子不能寐，船頭語輕波。開窗望兩律，煙樹何其多。晴江涵萬象，夜半光蕩摩。客愁彌世路，秋氣入天河。汝洛塵未銷，幾人不負戈。長吟宇宙内，激烈悲蹉跎。”《細雨》：“避寇煩三老，那知是勝遊。平湖受細雨，遠岸送輕舟。天地悲深阻，山川慰久留。參差發鄰舫，未覺壯心休。”均與杜詩非常接近。再如《晚晴野望》：“洞庭微雨後，凉氣入綸巾。水底歸雲亂，蘆藂返照新。遥汀横薄暮，獨鳥度長津。兵甲無歸日，江湖送老身。悠悠只倚杖，悄悄自傷神。天意蒼茫裏，村醪亦醉人。”紀昀評曰：“‘兵甲’二句誠爲高唱，結意沉摯”，“此首入之杜集，殆不可辨”。“江湖送老身”一句，以空闊顯孤微，是杜甫“乾坤一草亭”的句法[④]。其餘如“供世無筋力，驚心有别離。好爲南極柱，深慰旅人悲”[⑤]，“多難還分手，江邊白髮新”[⑥]，“極知身有幾，不奈世相違。歲暮蒹葭響，天長鴻雁微”[⑦]，“海内無堅壘，天涯有近親”等[⑧]，均接近杜詩的風格。

簡齋五言律最近杜詩，再舉幾例説明。《除夜》云：“疇昔追歡

---

① （宋）陳與義《獨立》。

② （宋）陳與義《與通道游澗邊》。

③ （宋）陳與義《同左通老用陶潛還舊居韵》。

④ 陳與義詩中這種句法尚有其《金潭道中》之“海内兵猶壯，村邊歲自華”。

⑤ （宋）陳與義《别伯恭》。

⑥ （宋）陳與義《再别》。

⑦ （宋）陳與義《别孫道信》。

⑧ （宋）陳與義《過孔雀潭贈周静之》。

事,如今病不能。等閑生白髮,耐久是青燈。海内春還滿,江南硯不冰。題詩餞殘歲,鐘鼓報晨興。”又《雨中》:“北客霜侵鬢,南州雨送年。未聞兵革定,從使歲時遷。古澤生春靄,高空落暮鳶。山川含萬古,鬱鬱在樽前。”兩詩均深闊沉着,極似杜詩。

從簡齋五言詩的創作看,其五言詩的風格與杜詩非常接近。正如吴之振所説:“陳與義……天分既高,用心亦苦,意不拔俗,語不驚人,不輕出也。晚年益工……劉後村謂‘元祐後詩人迭起,不出蘇黄二體,及簡齋始以老杜爲詩。建炎間,避地湖嶠,行萬里路,詩益奇壯。造次不忘憂愛。以簡嚴掃繁縟,以雄渾代尖巧,第其品格,當在諸家之上。’”①簡齋兵興之後的詩篇,可謂深得杜詩神韻。

二、陳與義雄渾闊大的七言詩

陳與義七言詩學杜也有很高成就,繼承了杜甫七律雄渾闊大的風格。在宋代詩人中,人們一般以爲黄庭堅等學杜最有成就,但黄庭堅實際上衹是學習了杜甫的一些句法,化用了杜詩的一些典故,他的詩歌與杜詩在風格上並没有多少相似之處。而陳與義學杜,却能學習和繼承杜詩的風格,特别是繼承了杜甫雄渾闊大的風格,這是陳與義對宋代詩歌的重要貢獻。如其《觀江漲》云:

> 漲江臨眺足消憂,倚杖江邊地欲浮。疊浪並翻孤日去,兩津横捲半天流。黿鼉雜怒争新穴,鷗鷺驚飛失故洲。可爲一官妨快意,眼中唯覺欠扁舟。

按杜甫有同題之作。簡齋此詩學杜詩之境界闊大,寫得很有聲勢。宋人學杜,很少有人能學杜甫之闊大,而簡齋能之。

正如錢鍾書所説:“至南渡偏安,陳簡齋流離兵間,身世與杜相

① （清）吴之振等選《宋詩鈔》,第1279頁。

類，惟其有之，是以似之。七律如‘天翻地覆傷春色，齒豁頭童祝聖時’；‘乾坤萬事集雙鬢，臣子一謫今五年’；‘登臨吴蜀横分地，徙倚湖山欲暮時’；‘五年天地無窮事，萬里江湖見在身’；‘孤臣白髮三千丈，每歲煙花一萬重’；雄偉蒼楚，兼而有之。學杜得皮，舉止大方，五律每可亂楮葉。是以劉辰翁序《簡齋集》，謂其詩‘望之蒼然，而肌骨匀稱，不如後山刻削’也。”①所言極是。

按“登臨吴蜀横分地，徙倚湖山欲暮時”出簡齋《登岳陽樓二首》（其一），全詩爲：“洞庭之東江水西，簾旌不動夕陽遲。登臨吴蜀横分地，徙倚湖山欲暮時。萬里來遊還望遠，三年多難更憑危。白頭吊古風霜裹，老木滄波無恨悲。”此詩二聯雄闊，三聯是從杜甫“萬里悲秋常作客，百年多病獨登臺”化出，亦時空並馭，雄闊蒼渾。《登岳陽樓二首》（其二）云：“天入平湖晴不風，夕帆和雁正浮空。樓頭客子杪秋後，日落君山元氣中。北望可堪回白首，南遊聊得看丹楓。翰林物色分留少，詩到巴陵還未工。”又《巴丘書事》：“三分書裹識巴丘，臨老避胡初一遊。晚木聲酣洞庭野，晴天影抱岳陽樓。四年風露侵遊子，十月江湖吐亂洲。未必上流須魯肅，腐儒空白九分頭。”這些詩歌都雄闊悲壯，激烈蒼楚，風格與杜詩非常相近。

簡齋七言律詩有深度，有感慨，不做無病呻吟，在其集中成就最高。每逢佳節，簡齋便興感慨，其《重陽》云：“去歲重陽已百憂，今年依舊嘆羈遊。籬底菊花唯解笑，鏡中頭髮不禁秋。涼風又落宫南木，老雁孤鳴漢北洲。如許行年那可記，謾排詩句寫新愁。”按詩作於建炎三年（1129），時詩人留岳陽，在這一年的重陽節，他想到自己連年漂泊，居無定所，不禁悲從中來。二聯“籬底菊花唯解笑，鏡中頭髮不禁秋”，從杜甫《九日》之“即今蓬鬢改，但愧菊花開”化出，表達了與杜甫同樣的感慨。又如《元日》：“五年元日只

① 錢鍾書《談藝録》（補訂本），第173頁。

流離，楚俗今年事事非。後飲屠蘇驚已老，長乘舴艋竟安歸。携家作客真無策，學道刳心却自違。汀草岸花知節序，一身千恨獨沾衣。"亦感慨極深。簡齋感情真摯，其七言律送别詩也非常動人，如《送熊博士赴瑞安令》："衣冠衮衮相逢地，草木蕭蕭未變時。聚散同驚一枕夢，悲歡各誦十年詩。山林有約吾當去，天地無情子亦飢。笑領銅章非失計，歲寒心事欲深期。"

總之，如果説簡齋五言詩得杜甫沉鬱頓挫之長，那麽他的七言律就有杜詩雄渾闊大之美。宋人學杜者，簡齋當爲第一。

此外，陳與義還擅長寫七言絶句，他的成名作就是一組稱作《墨梅》的七言絶句：

巧畫無鹽醜不除，此花風韵更清姝。從教變白能爲黑，桃李依然是僕奴。

病見昏花已數年，只應梅蕊固依然。誰教也作陳玄面，眼亂初逢未敢憐。

粲粲江南萬玉妃，别來幾度見春歸。相逢京洛渾依舊，唯恨緇塵染素衣。

含章檐下春風面，造化功成秋兔毫。意足不求顔色似，前身相馬九方皋。

自讀西湖處士詩，年年臨水看幽姿。晴窗畫出横斜影，絶勝前村夜雪時。

此組詩描摹細膩，寄興深遠，可稱佳構。第一首末二句謂梅本爲白，而變之爲黑，亦足以奴僕桃李，詩人以此表達自己的高潔以及對俗世的不屑，不愧是衆口傳誦的佳句。但此種寫法和風格與杜甫無涉。

以聯章絶句寫時事，是陳與義的特長，這樣的詩歌纔有些接近杜詩。陳與義有《鄧州西軒書事十首》，非寫於一時，當是在靖康元年(1126)七月前陸續寫成。詩云：

小儒避賊南征日，皇帝行天第一春。走到鄧州無脚力，桃花初動雨留人。

千里空攜一影來，白頭更著亂蟬催。書生身世今如此，倚遍周家十二槐。

瓦屋三間寬有餘，可憐小陸不同居。易求蘇子六國印，難覓河橋一字書。

莫嫌啖蔗佳境遠，橄欖甜苦亦相并。都將壯節供辛苦，準擬殘年看太平。

皇家卜年過周曆，變故未必非天仁。東南鬼火成何事，終待胡鋒作争臣。

楊劉相傾建中亂，不待白首今同歸。只今將相須廉藺，五月並門未解圍。

不須夜夜看太白，天地景氣今如斯。始行夷狄相攻策，可惜中原見事遲。

詔書憂民十六事，父老祝君一萬年。白髮書生喜無寐，從今不仕可歸田。

范公深憂天下日，仁祖愛民全盛年。遺廟只今香火冷，時時風葉一騷然。

諸葛經行有夕風，千秋天地幾英雄？吊古不須多感慨，人生半夢半醒中。

按第一首云“皇帝行天第一春”，指宋欽宗趙桓繼皇帝位的靖康元年(1126)，在這一年，因金人分道犯境，宋徽宗傳位後“東巡”，百官多有潛逃者。金兵縱兵四掠，殺人如麻。與此同時，官吏索錢，盜賊蜂起。陳與義説“相逢江漢邊，盜起方如雲”①，這是當時的真實寫照。人民自然是極度貧困，出現了人相食的現象，人肉之價，賤如犬豕。正是在這種情況下，詩人避地鄧州，已是精疲力盡，而天時不與人事，桃花依舊開放，“桃花初動雨留人”，風物與人事形成巨大反差，真有杜陵“國破山河在，城春草木深”之意。其餘各首，或感嘆衰病，或念及國事，或傷及戰事，或感嘆民生，表現出陳與義對國事的深深關切，也表明了他的一些政治見解。

這組詩讓人想起杜甫的《諸將五首》，雖然一爲七律，一爲七絶，但它們内在的憂國精神是相同的。陳與義的“只今將相須廉藺，五月並門未解圍”，正同於杜甫的“多少材官守涇渭，將軍且莫破愁顔”；其“不須夜夜看太白，天地景氣今如斯”，正是杜甫的“洛陽宫殿化爲烽，休道秦關百二重”；其“諸葛經行有夕風，千秋天地幾英雄”，正是杜甫的“西蜀地形天下險，安危須仗出群材”。陳與義這十首絶句，字字血泪，是那個時代的詩史，也是詩人的心靈史。

同以上絶句一樣，陳與義流離之中寫的一些絶句，頗及時事，

---

①（宋）陳與義《寄題趙景温筠居軒》。

表達出他對國事的關心和對君國的繫念。其《有感再賦》云："憶昔甲辰重九日，天恩曾與宴城東。龍沙此日西風冷，誰折黄花壽兩宫。"按當時徽欽二帝先後北遷至金國的中京，金人計口給糧，監視嚴密，宗室多有死者。簡齋在重陽節念及二帝，故有"龍沙此日西風冷，誰折黄花壽兩宫"之句。簡齋之思君戀闕及其悲慨之情，真有老杜詩風。

除此之外，陳與義也以絶句寫漂泊，其《牡丹》詩云："一自胡塵入漢關，十年伊洛路漫漫。青墩溪畔龍鍾客，獨立東風看牡丹。"詩融情入景，以看花表流離，是難得的佳作。陳與義還用絶句寫他殺敵的雄心，他慷慨地説："中興天子要人才，當使生擒頡利來。正待吾曹紅抹額，不須辛苦學顔回。"①建炎元年（1127），趙構繼皇帝位，大赦天下，減免賦税，招納人才，以圖抗金。陳與義聞訊，故有此慷慨之作。

總之，無論是陳與義的七言律詩還是七言絶句，都學杜似杜，學杜而能得杜詩精神，取得了很高的成就。

三、刻意學習某首杜詩

陳與義學杜還有一種情况，那就是他會刻意學習某一首或某幾首杜詩。對杜詩的學習和模仿，在這些詩歌中表現得更爲明顯。例如，陳與義用長篇古體寫自己在戰亂中的漂泊生活，這是他學習杜甫《北征》等詩篇的結果。陳與義詩云：

> 久謂事當爾，豈意身及之。避虜連三年，行半天四維。我非洛豪士，不畏窮谷飢。但恨平生意，輕了少陵詩。今年奔房州，鐵馬背後馳。造物亦惡劇，脱命真毫釐。南山四程雲，布襪傲險巇。籬間老炙背，無意管安危。知我是朝士，亦復顰其

① （宋）陳與義《題繼祖蟠室三首》（其三）。

> 眉。呼酒軟客脚,菜本濯玉肌。窮途士易德,歡喜不復辭。向來貪讀書,閉户生處髭。豈知九州内,有山如此奇。自寬實不情,老人亦解頤。投宿恍世外,青燈耿茅茨。夜半不能眠,澗水嗚聲悲。①

按此詩作於建炎二年(1128)正月,當時陳與義自鄧州往房州,遇虜,奔入南山。詩寫避地奔逃之艱辛萬種和離合悲歡,感情充沛,出語沉痛,“盡艱苦歷落之態,雜悲喜憂畏之懷……杜《北征》、柳《南澗》,蓋兼之”②,“轉换餘情,殆不忍讀,欣悲多態,尚覺《北征》爲煩”③。此詩與杜詩風格極爲相似,正如錢鍾書所説:“他(陳與義)的《正月十二日自房州城遇虜至》又説‘但恨平生意,輕了少陵詩’,表示他經歷了兵荒馬亂纔明白以前對杜甫還領會不深。他的詩進了一步,有了雄闊慷慨的風格。”④

簡齋七言古體《雷雨行》學習了杜甫的《冬狩行》。簡齋詩云:

> 憶昨炎正中不融,元帥仗鉞臨山東。萬方嗷嗷叫上帝,黄屋已照睢陽宫。嗚呼吾君天所立,豈料四載猶服戎。禹巡會稽不到海,未省駕舶觀民風。定知諫諍有張猛,不可危急無高共。自古美惡周必復,犬羊汝莫窮妖凶。吉語四奏元氣通,德音夜發春改容。雷雨一日遍天下,父老感泣霑其胸。臣少憂國今成翁,欲起荷戟傷疲癃。小遊太一未移次,大樹將軍莫振功。劉琨祖逖未足雄,晏球一戰腥臊空。諸君努力光竹素,天

① (宋)陳與義《正月十二日自房州城遇金虜至奔入南山十五日抵回谷張家》。

② 《陳與義集校箋》卷一七引《劉須溪評本增注》。

③ 《陳與義集校箋》卷一七引劉辰翁語。

④ 錢鍾書《宋詩選注》,第132頁。

子可使塵常蒙？君不見夷門山頭虎復龍，向來佳氣元葱葱。

按此詩學杜甫《冬狩行》，“沉鬱頓挫，頗似少陵，其聲情跌宕，蒼凉悲壯，尤與《冬狩行》諸篇爲近，蓋力作也”①。

又簡齋《醉中》云：“醉中今古興衰事，詩裹江湖摇落時。兩手尚堪杯酒用，寸心唯是鬢毛知。稽山擁郭東西去，禹穴生雲朝暮奇。萬里南征無賦筆，茫茫遠望不勝悲。”此與杜甫《曲江二首》略似。《書懷示友十首》與杜甫《遣興》組詩有異曲同工之妙，這組詩既寫時事，又及古人，使用五言古體，寄興深遠，寄志抒憤。十首詩中化用杜詩之處較多，“似聞有老眼，能作薦鶚書”，“不肯兄事錢，但欲僕命騷”，“試問門前客，終歲幾覆車”等，皆有杜詩風味。另外，簡齋之《詠清溪石壁》，直接模仿了杜甫的《萬丈潭》。

直接從某一首或幾首杜詩入手學習和模仿杜詩，是杜詩對宋詩影響的一個方面。從這個角度學習杜詩，北宋詩人也有一些，但從取得的成就看，當以陳與義爲最高。

四、學習杜詩的章法和句法

除了風格和内容的相近之外，陳與義在詩歌創作中還廣泛地學習和繼承了杜詩的一些章法和句法。

陳與義作詩頗能學習和運用杜詩章法。如其《對酒》云：“新詩滿眼不能裁，鳥度雲移落酒杯。官裹簿書無日了，樓頭風雨見秋來。是非衮衮書生老，歲月匆匆燕子回。笑撫江南竹根枕，一樽呼起鼻中雷。”此詩中四句對仗，一句言事，一句寫景，章法富於變化，即是從杜詩章法而來。

在句法方面，陳與義也能向杜甫學習。正如仇遠所説：“簡齋

① 參見《陳與義集校箋》卷二五《雷雨行》箋注。

吟集是吾師,句法能參杜拾遺。”[1]如杜甫常以人名入詩,在一聯之中,上下句分别使用一個人名,以人名及其所包含的典故表達情感和思想。這種方法,陳與義也頻繁使用,如“宋玉有文悲落木,陶潛無酒對黄花”[2],“不怪參軍談瞎馬,但妨中散送飛鴻”[3],“練飛空詠徐凝水,帶斷疑分漢帝河”[4],“愁邊潘令鬢先白,夢裏老萊衣更斑”[5],“垂露成幃仲長統,明月爲燭張志和”[6],“避地梁鴻不偕老,弄烏萊子若爲心”[7],此類均是。“士衡去國三間屋,子美登臺七字詩”亦是[8],“子美”句用杜甫《登高》典。除此之外還有一些,如“虚傳袁盎脱,不見華元歸”[9],“袁宏詠史罷,孫登清嘯餘”[10],“平生第温嶠,未必下張巡”[11],“玄晏不堪長抱病,子真那復更爲官”[12],“王粲登樓還感慨,紀瞻赴召欲逡巡”[13],“遂聞王蠋死,不見華元歸”[14],等等。

陳與義廣泛使用“當句對”,如“詩情不與歲情闌,春氣猶兼水氣寒”[15],“未暇藏身北山北,且須覓地西枝西”[16](按“西枝西”用杜

---

① (元)仇遠《讀陳去非集》,見《陳與義集校箋》附録七《集評》。
② (宋)陳與義《次韵周教授秋懷》。
③ (宋)陳與義《目疾》。
④ (宋)陳與義《次韵家弟碧綫泉》。
⑤ (宋)陳與義《再用景純韵詠懷二首》(其一)。
⑥ (宋)陳與義《述懷呈十七家叔》。
⑦ (宋)陳與義《陳叔義學士母阮氏挽詞二首》(其一)。
⑧ (宋)陳與義《寓居劉倉廨中晚步過鄭倉臺上》。
⑨ (宋)陳與義《聞王道濟陷虜》。
⑩ (宋)陳與義《寥落》。
⑪ (宋)陳與義《再别》。
⑫ (宋)陳與義《次韵邢九思》。
⑬ (宋)陳與義《贈漳州守綦叔後》。
⑭ (宋)陳與義《劉大資挽詞二首》(其一)。
⑮ (宋)陳與義《即席重賦且約再遊二首》(其二)。
⑯ (宋)陳與義《述懷呈十七家叔》。

甫在西枝村覓地暫居事），又“雖然山上山，政爾吏非吏”①，“但修天爵膺人爵，始信書堂有玉堂”②。杜甫詩中，常常是在一聯之中一句寫時間，一句寫空間，簡齋也經常使用這種時空並馭的手法。如“萬里功名路，三生翰墨身”③，“百年今日勝，萬里此生浮”④，“十年白社空看鏡，萬里青天一岸巾”⑤，“四年孤臣泪，萬里遊子色”⑥，“萬里回頭看北斗，三更不寐聽鳴榔”⑦，“十年去國九行旅，萬里逢公一欠伸”⑧，“百年癡黠不相補，萬事悲歡豈可期”⑨，“冥冥萬里風，淅淅三更雨”⑩，“一代名超古，千年泪染衣”⑪。這顯然也是陳與義刻意學杜的結果。

五、使用杜詩典故及襲用杜詩詩題

陳與義在自己的詩歌中大量化用杜詩，使用杜甫和杜詩的典故，這與他喜愛杜詩、對杜詩極爲熟悉是分不開的。

簡齋有詩題云《友人惠石兩峰巉然取杜子美玉山高並兩峰寒之句名曰小玉山》，衹要看看這樣的詩題，就可以想見簡齋對杜詩的熟悉程度。可以説，簡齋一喜一憂，都會念及杜甫。在漂泊之

① （宋）陳與義《同叔易於觀我齋分韵得自字》。

② （宋）陳與義《次周漕示族人韵》。

③ （宋）陳與義《翁高郵挽詩》。

④ （宋）陳與義《縱步至董氏園亭三首》（其一）。

⑤ （宋）陳與義《景純再示佳什殆無遺巧勉成二章一以報佳貺一以自貽》（其二）。

⑥ （宋）陳與義《己酉九月自巴丘過湖南別粹翁》。

⑦ （宋）陳與義《江行野宿寄大光》。

⑧ （宋）陳與義《贈漳州守綦叔後》。

⑨ （宋）陳與義《自黄巖縣舟行入台州》。

⑩ （宋）陳與義《喜雨》。

⑪ （宋）陳與義《劉大資挽詞二首》（其一）。

中，簡齋會不斷想到杜詩，"已吟子美湖南句，更擬東坡嶺外文"①。一旦生活稍微安定，衣食足用，簡齋也會想起杜甫，他感嘆杜甫儒冠誤身，流離疾苦，不如自己雖然隨人俯仰，却生活安泰，所謂"絶勝杜拾遺，一飽常間關。晚知儒冠誤，猶戀終南山"②。正是因爲簡齋熟悉杜詩，刻意學習杜詩，他在自己的詩歌中纔大量化用杜詩。如《連雨不能出有懷同年陳國佐》：

雨師風伯不吾謀，漠漠窮陰斷送秋。欲過蘇端泥浩蕩，定知高鳳麥漂流。檐前甘菊已無益，階下决明還可憂。安得如鴻六尺馬，暫時相對説新愁。

此詩"欲過蘇端泥浩蕩"，用杜甫《雨過蘇端》③，"檐前甘菊已無益"用杜甫《嘆庭前甘菊花》，"階下决明還可憂"用杜甫《秋雨嘆》"雨中百草秋爛死，階下决明顔色鮮"，"安得如鴻六尺馬"用杜甫《苦雨》"願騰六尺馬，背若孤鴻征"。一首之中，四處使用杜詩。《張迪功携詩見過次韵謝之二首》(其一)中的"偶有一錢何足看"、"不嫌野外時迂蓋"，分别使用杜甫《空囊》中的"留得一錢看"和《賓至》中的"不嫌野外無供給"，一首之中兩用杜詩。這首詩第二首中的"政待移厨洗玉盤"，亦出自杜詩"竹裹行厨洗玉盤"。

再有，《謝楊工曹》"客居最負青春好，世事空隨白髮新"，從杜甫"浮雲不負青春色，細雨何孤白帝城"化出，同詩"獨無芋栗供賓客"，從杜詩"錦里先生烏角巾，園收芋栗未全貧。慣看賓客兒童

① (宋) 陳與義《度嶺》。

② (宋) 陳與義《雜書示陳國佐胡元茂四首》(其一)。

③ 杜甫《雨過蘇端》的典故似爲簡齋所喜用，如其《次韵張迪功春日》"從此不憂風雨厄，杖藜時可過蘇端"亦用此典。

喜，得食階除鳥雀馴”化出。“鏡中無復故人憐”①，從杜甫“鏡中衰顏色，萬一故人憐”化出。《覺心畫山水賦》“老生囊中之法未試”②，此出杜甫“未試囊中餐玉法”。“慎勿辭典衣，已不慮添壑”③，化用杜甫“朝回日日典春衣”、“焉知餓死填溝壑”。“免對妻兒賦百憂”④，用杜甫《百憂集行》。“終要白鷗波”⑤，出杜甫“白鷗没浩蕩，萬里誰能馴”。“有句驚人雖可喜”⑥，用杜甫“語不驚人死不休”。“官柳正須工部出”⑦，用杜甫《西郊》詩，工部指杜甫。“來牛去馬無窮債”⑧，用杜甫“去馬來牛不復辨”。“况乃一字能千金”⑨，出杜甫“八分一字值千金”。“筆端風雨發天慳”⑩，用杜甫“筆落驚風雨”。“江山相助莫相違”⑪，出杜甫“暫時相賞莫相違”。

這樣的例證還有很多。杜甫云“恨别鳥驚心”，簡齋則云“啼鳥驚心處處同”⑫。杜甫云“許身一何愚，竊比稷與契”，簡齋則云“自許稷契身”⑬。杜甫云“甚知丈人真”，簡齋則云“我知丈人真”⑭。杜甫云“巡檐索共梅花笑，冷蕊疏枝半不禁”，簡齋則云“人人索笑

---

① （宋）陳與義《謹次十七叔去鄭詩韵二章以寄家叔一章以自詠》。

② （宋）陳與義《覺心畫山水賦》。

③ （宋）陳與義《舍弟踰日不和雪勢更密因再賦》。

④ （宋）陳與義《次韵當張迪功坐上見貽張將赴南都任二首》（其一）。

⑤ （宋）陳與義《送張迪功赴南京掾二首》（其二）。

⑥ （宋）陳與義《元方用韵見寄次韵奉謝兼呈元東二首》（其二）。

⑦ （宋）陳與義《西郊春事漸入老境元方欲出遊以無馬未果今日得詩又有舉鞭何日之嘆因次韵招之》。

⑧ （宋）陳與義《答元方述懷作》。

⑨ （宋）陳與義《聞葛工部寫華嚴經成隨喜賦詩》。

⑩ （宋）陳與義《次韵光化宋唐年主簿見寄二首》（其一）。

⑪ （宋）陳與義《次韵光化宋唐年主簿見寄二首》（其二）。

⑫ （宋）陳與義《次韵樂文卿北園》。

⑬ （宋）陳與義《汝州吴學士觀我齋分韵得真字》。

⑭ （宋）陳與義《汝州吴學士觀我齋分韵得真字》。

那得禁"①。杜甫云"慣看賓客兒童喜",簡齋則云"兒童慣看客"②。杜甫《龍門》云"氣色皇居近,金銀佛寺開",簡齋同題之作則云"金銀佛寺浮佳氣"③。杜甫云"明年此會知誰健",簡齋則云"明年强健更相約"④。杜甫云"一生襟抱向誰開",簡齋則云"一生襟抱與山開"⑤。杜甫云"九重春色醉仙桃",簡齋則云"暖日熏楊柳,濃春醉海棠"⑥。杜甫云"身世雙蓬鬢",簡齋則云"聊將兩蓬鬢"⑦。杜甫云"癲狂柳絮隨風舞",簡齋寫柳絮則云"癲狂忽作高千丈"⑧。杜甫云"懶朝真與世相違",簡齋則云"龜腸從與世相違"⑨。杜甫《冬至》云"年年至日常爲客",簡齋《冬至》詩反用之,云"人生本是客,杜叟顧未知"⑩。杜甫云"非無江海志",簡齋云"平生江海志"⑪。杜甫云"江邊一樹垂垂發",簡齋云"芙蓉墻外垂垂發"⑫。杜甫云"九日明朝是",簡齋云"重陽明日是"⑬。

此外,簡齋"一日搜腸一百回"⑭,出杜詩"一日須來一百回"。

---

① （宋）陳與義《次韵富季申主簿梅花》。

② （宋）陳與義《觀我齋再分韵得下字》。

③ （宋）陳與義《龍門》。

④ （宋）陳與義《中秋不見月》。

⑤ （宋）陳與義《雨中再賦海山樓》。

⑥ （宋）陳與義《放慵》。按(清)仇兆鰲《杜詩詳注》卷二云:"後人沾丐杜詩,皆成佳句。杜有'春色醉仙桃'句,陳簡齋云:'暖日熏楊柳,濃陰醉海棠'……各見脱化之妙。"

⑦ （宋）陳與義《夏日集葆真池上以緑陰生晝静賦詩得静字》。

⑧ （宋）陳與義《柳絮》。

⑨ （宋）陳與義《送善相僧超然歸廬山》。

⑩ （宋）陳與義《冬至二首》。

⑪ （宋）陳與義《西軒》。

⑫ （宋）陳與義《芙蓉》。

⑬ （宋）陳與義《九月八日戲作兩絶句示妻子》(其二)。

⑭ （宋）陳與義《對酒》。

“人間多待須微禄”①，出杜詩“耽酒須微禄”。“惜無陶謝手”②，出杜詩“焉得思如陶謝手”。“百年信難料”③，出杜詩“百年不敢料”。“呼兒具紙筆”④，此襲杜詩《春陵行》之“呼兒具紙筆”。《觀雨》“不嫌屋漏無乾處，正要群龍洗甲兵”⑤，上句用杜甫《茅屋爲秋風所破歌》，下句用杜甫《洗兵馬》。“足以慰遲暮”⑥，出杜甫“且用慰遲暮”。“喜心翻倒相迎地”⑦，用杜詩“喜心翻倒極”。

除了大量使用杜詩典故，陳與義有時還直接使用杜詩的詩題作題目，有時則是效法杜詩詩題。除了上文的例子以外，陳與義有詩名《北征》，是杜甫《北征》的同題之作。他的《十七日夜詠月》則是效法杜甫的《一百五日夜對月》。簡齋又有與杜甫同題的詩作《月夜》。此外，簡齋有時還將杜甫的詩題入詩⑧。這都是陳與義受杜詩影響之處。

六、對陳與義學杜的評價

陳與義是宋代詩人中學杜最爲成功的詩人。關於宋代詩人學杜，一般認爲黄庭堅等比較成功，陳與義衹是後來的繼承者。但僅就詩歌學杜來看，黄庭堅衹是苦學杜詩句法，陳師道則陷在自己生活的小圈子裏，詩風也悲而不壯。真正恢張悲壯，得老杜神髓的應

① （宋）陳與義《對酒》。
② （宋）陳與義《雨》。
③ （宋）陳與義《夜步堤上三首》。
④ （宋）陳與義《同通老用淵明獨酌韵》。
⑤ （宋）陳與義《觀雨》。
⑥ （宋）陳與義《留别天寧永慶乾明金鑾四老》。
⑦ （宋）陳與義《得席大光書因以詩迓之》。
⑧ （宋）陳與義《雨晴》：“盡取餘凉供穩睡。”錢鍾書謂此句：“采用杜甫一個詩題裏的字面：《七月三日亭午已後較熱退，晚加小凉，穩睡有詩》。”參見錢鍾書《宋詩選注》，第135頁。

當是陳與義。陳與義學杜,以雄渾代尖巧,以沉鬱掃平白,在宋代詩人中成就最高。

儘管如此,杜詩和陳詩還是有不少不同。陳詩力弱,杜詩力大。陳與義也憂國憂民,但總覺不似杜甫那樣真摯深切。杜甫"感時花濺泪,恨别鳥驚心",花開鳥語,都寓家國之痛。而簡齋性格放達,總能於漂泊流離之中留連光景,樂而忘憂。如其《兩絶句》云:"西風吹日弄晴陰,酒罷三巡湖海深。岳陽樓上登高節,不負南來萬里心。"其《初識茶花》云:"青裙玉面初相識,九月茶花滿路開。"此與杜甫的執着有所不同。陳與義自己就説"安穩輕節序,艱難惜歡愉"①,他的樂而忘憂,也許與他自己"艱難惜歡愉"的想法有關。他的這個特點,也反映在其十八首《無助詞》裏。這是陳與義與杜甫的不同之處。

七、關於陳與義與江西詩派的討論

方回首創"一祖三宗"之説,把陳與義列入江西詩派。關於陳與義是否此派中人的問題,學界有不少争論②。本書以爲,陳與義的詩歌創作與江西詩派有較大差異,陳與義不應列入江西詩派。

首先,陳與義的詩歌創作方法與江西詩派有很大不同。陳與義詩云:"忽有好詩生眼底,安排句法已難尋。"③這説明他作詩比較注重詩情的自然感發,情動於衷纔形之於詩。雖然簡齋也較多地用典,但他更重視興會和感發,這與江西詩派奪胎换骨的作詩方法有比較大的差異。

陳與義有一些歌詠和描寫日常生活的詩篇,不脱宋人風味。如《以石龜子施覺心長老》《以紙托樂秀才擣治》,寫送覺心長老石

① (宋)陳與義《粹翁用奇父韵賦九日與義同賦兼呈奇父》。
② 張毅《宋代文學研究》,北京出版社2001年版,第860頁。
③ (宋)陳與義《春日二首》(其一)。

龜及托樂秀才搗治紙張事，都是日常生活中常見的瑣事。簡齋作詩也有宋人以文爲詩的習氣，如《同楊運幹黄秀才村西買山藥》，不僅寫的是生活瑣事，還比較詳細地寫出其前後過程。但是，陳與義總體上還是比較注重感發和興會。其詩歌有時寫得自然工巧，極有韵味，如“客子光陰詩卷裏，杏花消息雨聲中”①，可稱是妙手偶得②。“春生殘雪外，酒盡落梅時”③，也有唐人風韵。這是他與江西詩派的不同。

其次，在使用典故方面陳與義與江西詩派有很大差異。簡齋詩數量不多，但佳作不少，同宋代詩人一樣，他在自己的詩中也化用了不少前人詩句，特别是杜詩。但陳與義使用典故畢竟與黄庭堅等不同，他詩中的典故還遠遠達不到濃得化不開的地步。從這個角度説，判定陳與義是江西詩派並不妥當。

再次，陳與義的視野要比黄庭堅、陳師道大得多，詩歌内容比他們豐富得多，詩歌境界也比他們闊大。陳與義身經戰亂，故時爲憂國之言，“小儒五載憂國泪，杖藜今日溪水側。欲搜奇句謝兩公，風作浪湧空心惻”④。他説“東西俱有礙，群盜何時息”⑤，希望早日實現天下太平。正如羅大經所説：“（陳與義）遭值靖康之亂，崎嶇流落，感時恨别，頗有一飯不忘君之意。”⑥這使他的詩歌在風格和内容上都與江西詩派有很大的不同。

---

①（宋）陳與義《懷天經智老因訪之》。

② 關於此聯，《瀛奎律髓》卷二六云：“以‘客子’對‘杏花’，以‘雨聲’對‘詩卷’，一我一物，一情一景，變化至此，乃老杜‘即今蓬鬢改，但愧菊花開’，賈島‘身世豈能遂，蘭花又已開’，翻窠换臼，至簡齋而亦奇也。”

③（宋）陳與義《年華》。

④（宋）陳與義《同范直愚單履遊涪溪》。

⑤（宋）陳與義《開壁置窗命曰遠軒》。

⑥（宋）羅大經《鶴林玉露》卷一六。

我們看到，在“南北東西俱我鄉”的漂泊之中①，陳與義不僅“臨老傷行役”②，也時時念及戰亂，他在《登城樓》中說：“百年幾憑欄，亦有似我否？”他在《遊董園》中說：“東北方用武，六月事戈矛。甲裳無乃重，腐儒故多憂。”他在登《鄧州城樓》中說：“獨撫欄杆詠奇句，滿樓風雨不枝梧。”杜甫《冬深》云：“難招楚客魂。”簡齋則傷痛地說：“易破還家夢，難招去國魂。”③其哀傷和沉痛與杜甫一樣深刻。簡齋所作還有詩史意味，如《五月二日避貴寇如洞庭湖絶句》及《二十二日自北沙移舟作是日聞賊革面》，記貴仲正起兵事，可補史志之闕④。可以説，這樣的内容、風格、語言和境界，都是江西詩派所不具備的。

我們設想，如果山谷、後山也遭逢此亂，他們也許會從自己的小圈子裏跳出來，對社會現實更多地看上幾眼，從而改掉空掉書袋的毛病。浸透了鮮血，染上了烽煙，詩歌纔能真正地脱胎换骨，點鐵成金。陳與義“感時撫事，慷慨激越，寄托遥深，乃往往突過古人”⑤。黄庭堅才大，但詩歌成就似不及簡齋。後山情深，可惜衹關心自己的妻兒。他們的視野都不如簡齋放得開，境界不及簡齋高遠，詩風也的確没有簡齋的雄闊⑥。根據以上分析，本書以爲陳與義不能列入江西詩派。

陳與義學杜，不在於化用杜句和使用杜甫典故，也不在於對杜詩的推崇，而是學習杜之風格和杜之精神——“意足不求顔色似，

---

① （宋）陳與義《秋日客思》。

② （宋）陳與義《道中書事》。

③ （宋）陳與義《道中書事》。

④ 参見《陳與義集校箋》卷二二《五月二日避貴寇如洞庭湖絶句》箋注。

⑤ （清）永瑢等《四庫全書總目》卷一五六《簡齋集提要》，第1349頁。

⑥ （清）吴之振在《宋詩鈔》的《〈簡齋詩鈔〉序》中説：“第其品格，當在諸家之上。劉須溪序其詩，亦謂較勝黄、陳。”此亦以爲簡齋詩在黄、陳之上。（第1279頁）

前身相馬九方皋"①。陳與義學杜取得了很大成績，他的五言詩沉鬱頓挫，頗得杜詩精髓。他的七言詩雄渾闊大，繼承了杜詩的風格。他不僅直接學習杜詩，還廣泛地學習了杜詩的章法和句法。在宋代詩人中，雖然陳與義的詩歌與杜詩也有差異，但他依然是學杜最有成就的詩人。

第三節　杜甫對陸游詩歌創作的影響

陸游是南宋最有成就的詩人，詩歌數量極多，内容也非常豐富。按照錢鍾書的説法，其詩可以分爲兩個方面，"一方面是悲憤激昂，要爲國家報仇雪耻，恢復喪失的疆土，解放淪陷的人民；一方面是閑適細膩，咀嚼出日常生活的深永的滋味，熨貼出當前景物的曲折的情狀。"②大體而言，陸游憂時念亂和寫軍中生活的詩作多作於早年，而寫日常生活的留連光景之作則晚年較多。他自號"放翁"，生活"豐富多彩"，並非朝夕憂念國事，至少不像宋人眼中的杜甫那樣"一飯不忘君"。放翁集中很多是寫飲酒、品茶、對月、賞花、飯僧、學道、讀書、聽琴的詩作，有時使人感覺這些詩歌與其憂國之作似乎不是出於一人之手。陸游詩歌的風格難以用一言概括，大體壯年從軍之作風格較爲豪壯，有略似高岑之處。平居閑吟之什則詩風平易，似陶淵明、白居易。特别是其晚年之作，直一宋代之白樂天。他的詩多爲律詩，比較重視對仗和詩句的錘煉，在這點上他接近杜甫並與江西詩派相似，但他的詩歌並没有江西詩派晦澀難懂的毛病。與杜詩相比，放翁詩氣魄小了許多，造詣不及杜詩。尤其是他雖以七言律詩名世，但杜詩闊大蒼茫之境，放翁終身未能

---

① （宋）陳與義《和張規臣水墨梅五絶》。

② 錢鍾書《宋詩選注》，第170頁。

及之,憂國之念則約略似之。關於杜詩對陸游詩歌的影響①,討論如下。

一、崇杜的杜詩觀與自比杜甫

從陸游《與兒輩論李杜韓柳文章偶成》這樣的詩題就可以看出,杜詩是陸游經常與兒輩討論的話題。在北宋,杜詩韓筆已經成爲文學典範,陸游早就把他老師曾幾的詩文比作杜之詩與韓之文,説曾幾的詩文可以毫無愧色地"雜之韓杜編"②。從陸游的詩歌中看,陸游對杜甫的詩歌和人格是非常推崇和敬仰的。

在陸游心目中,杜甫占有重要地位。其《宋都曹屢寄詩且督和答作此示之》云:"古詩三千篇,删取財十一。每讀先再拜,若聽清廟瑟。詩降爲楚騷,猶足中六律。天未喪斯文,杜老乃獨出。陵遲至元白,固已可憤疾。及觀晚唐作,令人欲焚筆。"這是陸游心中的"中國文學簡史",在這部文學史中,詩騷以降,最偉大的詩人就是杜甫,是杜甫獨出纔使斯文未喪。陸游還有《白鶴館夜坐》云:"屈宋死千載,誰能起九原?中間李與杜,獨招湘水魂。自此競摹寫,幾人望其藩?蘭苕看翡翠,煙雨啼青猿。"同樣表達了對杜甫詩歌

① 關於陸游學杜問題,主要有以下觀點:吴中勝、鍾峰華指出,陸游人格理想似老杜,風格技巧和表現手法似老杜,文學主張似老杜,但陸游功名之念甚於杜,詞意句法重迭互見的缺點甚多。參見吴中勝、鍾峰華《"放翁前身少陵老"嗎——論陸游學杜》,《杜甫研究學刊》1999年第3期,第42頁。曹拴姐認爲:"陸游來到四川,隨着閲歷的豐富、眼界的開闊,其詩歌從思想内容到藝術風格、表現手法都開始向杜甫靠攏,成爲宋代學杜最有成就的篇章。"參見曹拴姐《詩外工夫與杜甫門墻——以川中詩爲例談陸游學杜》,《巢湖學院學報》2005年第2期,第118頁。

② (宋)陸游《别曾學士》,(宋)陸游著,錢仲聯校注《劍南詩稿校注》卷一,上海古籍出版社2005年版,第1頁。以下凡引陸游詩皆見此本,除有必要者僅注出詩題。

的敬仰。

乾道八年(1172)九、十月間，陸游在閬中游杜甫祠堂，作有《遊錦屏山謁少陵祠堂》一首，詩云：

> 城中飛閣連危亭，處處軒窗臨錦屏。涉江親到錦屏上，却望城郭如丹青。虛堂奉祠子杜子，眉宇高寒照江水。古來磨滅知幾人，此老至今元不死。山川寂寞客子迷，草木搖落壯士悲。文章垂世自一事，忠義凜凜令人思。夜歸沙頭雨如注，北風吹船横半渡。亦知此老憤未平，萬竅争號泄悲怒。

此詩不僅稱贊杜甫的文章可以並世不滅，更推重杜甫的忠義使人長懷敬仰，表達了陸游對杜甫的詩文和人格的欽服之意。淳熙五年(1178)四月，陸游東歸過忠州，杜甫曾居忠州龍興寺並有題壁詩，陸游見之，作《龍興寺吊少陵先生寓居》一首，詩云："中原草草失承平，戍火胡塵到兩京。扈蹕老臣身萬里，天寒來此聽江聲。"自注云："以少陵詩考之，蓋以秋冬間寓此州也。寺門聞江聲甚壯。"陸游在此詩中感嘆安史之亂使大唐社稷傾頽，更感嘆杜甫在戰亂中流離萬里，其中寄寓了對杜甫遭遇的感懷，也包含了對自己身世的感嘆。

陸游對杜甫的遭遇抱有深切的同情。淳熙四年(1177)十一月，陸游到成都杜甫草堂拜謁杜甫遺像，作《草堂拜少陵遺像》一詩，詩云：

> 清江抱孤村，杜子昔所館。虛堂塵不掃，小徑門可款。公詩豈紙上，遺句處處滿。人皆欲拾取，志大才苦短。計公客此時，一飽得亦罕。阨窮端有自，寧獨坐房琯？至今壁間像，朱綬意蕭散。長安貂蟬多，死去誰復算？

詩寫到杜甫草堂拜謁杜甫遺像的所見所感,不僅高度贊揚了杜甫高超的詩歌藝術,而且對杜甫在仕途上的遭遇及其客居時的艱辛表示同情。陸游又有《題少陵畫像》一首云:"長安落葉紛可掃,九陌北風吹馬倒。杜公四十不成名,袖裹空餘三賦草。車聲馬聲喧客枕,三百青銅市樓飲。杯殘炙冷正悲辛,仗内鬥鷄催賜錦。"表達了同樣的感慨。

慶元元年(1195)冬,陸游在山陰作《讀杜詩》云:

> 城南杜五少不羈,意輕造物呼作兒。一門酣法到孫子,熟視嚴武名挺之。看渠胸次隘宇宙,惜哉千萬不一施。空回英概入筆墨,生民清廟非唐詩。向令天開太宗業,馬周遇合非公誰?後世但作詩人看,使我撫几空嗟咨。

此詩肯定了杜詩的地位,認爲杜詩可以和《詩經》中的雅頌相提並論①。同時,陸游認爲杜甫有經世之才,而不應該僅僅被看作詩人,這當是寄托了詩人自己的某種感慨。淳熙元年(1174)夏,陸游還在蜀州遇到杜甫後人②,他感慨説:"可憐城南杜,零落依澗曲。面餘作詩瘦,趨拜尚不俗。"③

陸游集中有許多詩是學梅堯臣的,如《過林黄中食柑字有感學宛陵先生體》等④。錢鍾書認爲,陸游"於少陵,不過悲其志事,作

---

① 陸游在《讀杜詩》中也説"千載詩亡不復删,少陵談笑即追還。常憎晚輩言詩史,清廟生民伯仲間",用意相同。

② 據陸游《野飯》詩注:"杜氏自譜,以爲子美下峽留一子守浣花舊業,其後避成都亂,徙眉州大埡或徙大蓬云。"

③ (宋)陸游《野飯》。

④ 錢鍾書認爲陸游《劍南集》中詩顯仿宛陵者,有《寄贈曾學士》等近十首,又有詩句模仿宛陵。並且,陸游對宛陵詩"唱嘆倍至,於他家蓋未有是"。參見錢鍾書《談藝録》(補訂本),第115—116頁。

泛稱語，不詳論詩律也"[1]，他"詳論"的是梅堯臣。其實，即使未詳論杜甫"詩律"，也可以確定陸游對杜甫的詩歌藝術是非常贊賞的。慶元二年(1196)春，陸游在山陰作《懷舊》詩云："翠崖紅棧鬱參差，小益初程景最奇。誰向豪端收拾得，李將軍畫少陵詩？"以爲可以藝術地再現眼前美景的當是杜詩，而不是他也十分推崇的梅堯臣。從以上可以看出，在陸游心目之中，杜甫是唐代最偉大的詩人，這就是陸游的杜詩觀。

陸游還經常自比杜甫。在宋代，一方面杜甫在詩歌史上的崇高地位得到確定，另一方面，宋代詩人也常常認定自己的詩歌有與杜詩一樣的成就，其表現就是自比杜甫。在宋代自比杜甫的詩人中，陸游是比較"突出"的一個。

陸游在《倚樓》中說"太史周南方卧疾，拾遺劍外又逢春"，時陸游在成都，此即自比杜甫。他在《夜從父老飲酒村店作》中說"夜中醉歸騎草驢，嵬昂不須宗武扶"，以其子比宗武，自己當然就是杜甫。在另一首詩裏，陸游得意地說"宗文樹鷄栅"[2]，此用杜甫詩題《催宗文樹鷄栅》，他的兒子又摇身一變，成了杜甫的另一個兒子宗文。

陸游《雨中熟睡至夕》"少陵今雨無客至，寂寞衡門晝常閉"，詩中的少陵指詩人自己。《春來食不繼戲作》"瘦如飯顆吟詩面，飢似柴桑乞食身"，也是以杜甫自比。陸游有時以杜甫自嘲，他說"鶴料無多又掃空，今年真是浣花翁"[3]。又"未佩魚符無吏責，看花且作拾遺顛"[4]，"玉門關外何妨死，飯顆山頭不怕窮"[5]，此類均是。陸

---

① 錢鍾書《談藝録》(補訂本)，第116頁。

② (宋)陸游《小酌》。

③ (宋)陸游《遣興》。

④ (宋)陸游《得都下八月書報蒙恩牧叙州》。按此用杜甫《江畔獨步尋花七絶句》之"江上被花惱不徹，無處告訴只顛狂"。

⑤ (宋)陸游《野興》。

游在《自笑》一詩中,不僅使用杜甫《北征》的典故,以"平章春韭秋菘味,拆補天吴紫鳳圖"來表示自己生活的貧困,更像杜甫一樣把自己的奴僕稱爲"獠奴",所謂"惟餘數卷殘書在,破篋蕭然笑獠奴"①。陸游當然忘不了把這頂崇高的桂冠送給他敬佩的詩人和朋友。他夜讀岑嘉州詩集,感嘆説"公詩信豪偉,筆力追李杜"②;他送查元章赴夔漕,説"白髮劉賓客,青衫杜拾遺"③,讓人搞不清他一聯之中涉及的兩位大詩人哪位指朋友,哪位指自己。他誇獎閻郎中品德高尚,也説他"正如少陵入嚴幕,本自不用尚書郎"④。

當代人恐怕不會把自己或自己的朋友比成李杜,但宋人會這樣做,陸游尤其會這樣做。陸游的這種自比,一方面反映了他在詩歌上的自信,一方面説明了杜甫在他心目中地位的崇高。這是陸游杜詩觀的一個方面。

二、大量使用杜詩典故

宋代詩人熟悉杜詩,也喜歡在自己的詩歌中使用杜甫和杜詩的典故。在宋代詩人中,使用杜甫典故最多的恐怕要數陸游。

陸游學詩是從江西詩派入手,特别是他早期的詩歌,還不能擺脱江西詩派的束縛,其詩歌自然就講究錘煉和用典。他早年的《和陳魯山十詩以孟夏草木長繞屋樹扶疏爲韵》就是模仿黄庭堅的作品。他在《九月一日夜讀詩稿有感走筆作歌》中自述學詩體會説:"我昔學詩未有得,殘餘未免從人乞。力孱氣餒心自知,妄取虚名有慚色。"其中包含了對早年學習江西詩派的反思。從陸游詩中有

---

① 陸游《自笑》。按陸游多次用到杜甫"天吴紫鳳"的典故,如其《歸耕》"衣拆天吴舊繡圖",《歲晚盤尊索然戲書》"燈前短褐拆天吴",《自夏秋匱甚慨然有感》"天吴拆繡舊衣褠",《歲暮貧甚戲書》"褐衣顛倒著天吴"。

② (宋)陸游《夜讀岑嘉州詩集》。

③ (宋)陸游《送查元章赴夔漕》。

④ (宋)陸游《題閻郎中溧水東皋園亭》。

時會看出他受江西詩派影響的痕迹，如其《樓上醉歌》云："劖却君山湘水平，斫却桂樹月更明。"自注云："太白詩：'劖却君山好，平鋪湘水流。'老杜詩：'斫却月中桂，清光應更多。'"一聯之中，李杜並用。但陸游對江西詩派"挨門挨户去盜竊"的作詩方法是不滿的，他説："文章最忌百家衣，火龍黼黻世不知。誰能養氣塞天地，吐出自足成虹蜺。"[①]儘管如此，陸游詩歌中的典故還是很多的，特别是杜詩的典故，可謂洋洋大觀。陸游使用杜詩典故可以簡單地分爲以下幾種情况：

（一）直接使用杜詩語典

陸游詩中較多的是直接使用杜詩典故。乾道七年（1171）陸游在夔州登白帝城，作《夜登白帝城樓懷少陵先生》，詩云："拾遺白髮有誰憐，零落歌詩遍兩川。人立飛樓今已矣，浪翻孤月尚依然。升沉自古無窮事，愚智同歸有限年。此意凄凉誰共語，夜闌鷗鷺起沙邊。""人立飛樓"，用杜甫《白帝城最高樓》之"城尖徑仄旌旆愁，獨立縹緲之飛樓"；"浪翻孤月"用杜甫《宿江邊閣》之"薄雲巖際宿，孤月浪中翻"。此詩寫陸游夜登白帝城，見江山依舊，不能不想起曾登臨此樓的杜甫，而杜甫已去，詩人不禁生出無限感慨。陸游"減盡腰圍白盡頭，經年做客向夔州"[②]，詩人在夔州飲酒食橘，不由想起杜甫和杜詩，他説："麴米春香雖可醉，瀼西新橘尚餘酸。"[③]按杜甫《撥悶》詩云"聞道雲安麴米春，纔傾一盞即醺人"，陸游"麴米春香"句即用此。杜甫《暮春題瀼西新賃草屋》云："此邦千樹

① （宋）陸游《次韵和楊伯子主簿見贈》。

② （宋）陸游《九月三十日登城門東望凄然有感》。按陸游集中多有此種感慨，出語相似，如其《看鏡》云"凋盡朱顔白盡頭"，《暮秋遣興》云"改盡朱顔白盡頭"，《秋感》云"瘦盡腰圍白盡頭"，《予未冠即交諸名勝今無復在者感嘆有作》云"惆悵今年白盡頭"，《正月十六日送子虡至梅市歸舟示子遹》云"策府還山白盡頭"。

③ （宋）陸游《一病四十日天氣遂寒感懷有賦》。

橘,不見比封君……畏人江北草,旅食瀼西雲。"可知瀼西多橘,陸游詩中的"瀼西新橘"正用杜甫此詩典故。

陸游《遣興》云:"日高羹馬齒,霜冷駕鷄棲。"此用杜甫《園官送菜》典,當是陸游也和杜甫一樣感嘆世上小人太多,君子爲小人所傷,"苦苣刺如針,馬齒葉亦繁。青青嘉蔬色,埋没在中園",看來掩袖工讒之輩代代皆有。《次韵魯山新居絶句》"君曾布衣尚可活,那有日興須萬錢",用杜甫《飲中八仙歌》之"左相日興費萬錢"。"健如黄犢已無緣"①,用杜甫《百憂集行》"健如黄犢走復來"。杜甫曾居夔州之瀼西,有《瀼西寒望》詩云"定卜瀼西居",陸游居於此地時作《寄張真父舍人》云"擬卜瀼西居"。他對朋友説"就令有使即寄書,豈如無事長相見"②,此用杜甫《病後過王倚飲贈歌》"只願無事長相見"。"永懷杜拾遺,抱病起登臺"③,用杜甫《九日》之"抱病起登江上臺"。"海内故人書斷絶"④,用杜甫《狂夫》之"厚禄故人書斷絶"。

杜甫云"老夫情懷惡",陸游則云"久客情懷惡"⑤。杜甫云"爲報鴛行舊,鷦鷯在一枝",陸游則云"青衫猶是鵷行舊,白髮新從劍外生"⑥。杜甫云"凄凉大同殿",陸游則云"凄凉黄魔宫"⑦。杜甫云"昔曾如意舞",陸游云"悶拈如意舞"⑧。杜甫云"稚子敲針作釣

① (宋)陸游《曾原伯屢勸居城中而僕方欲自梅山入雲門今日病酒偶得長句奉寄》。

② (宋)陸游《寄酬楊齊伯少卿》。

③ (宋)陸游《秋懷》。

④ (宋)陸游《暮秋》。

⑤ (宋)陸游《南沮水道中》。

⑥ (宋)陸游《醉中感懷》。

⑦ (宋)陸游《將赴官夔府書懷》。

⑧ (宋)陸游《南窗》。

鈎”，陸游云“敲針作釣得魚歸”①。杜甫云“家書抵萬金”，陸游則云“尺書東來抵萬金”②。

杜甫《負薪行》云：“夔州處女髮半華，四十五十無夫家。更遭喪亂嫁不售，一生抱恨堪咨嗟。”陸游《書驛壁》則云：“女兒薄命天不惜，青燈獨宿江邊舍。黎明賣薪勿悲吒，女生豈有終不嫁。”③杜甫在閬中有《南池》一首，乾道八年（1172）春，陸游在閬中有同題之作，詩注引杜詩云：“杜詩所謂‘安知有蒼池，萬頃浸坤軸’者，今已盡廢。”詩中“數莖白髮愁無那”之句，亦從杜甫《樂遊園歌》“數莖白髮那抛得”化出。

陸游《上巳臨川道中》“三月三日天氣新”，此徑用杜甫《麗人行》中句。《因王給事回使奉寄》“正嘆船如天上坐”，用杜甫《小寒食舟中作》。《十二月八日步至西村》“多病所須唯藥物”，此徑用杜甫《江村》中成句。“牽蘿且復補茅屋”④，此用杜甫《佳人》句。又“錦官花重更關情”⑤，用杜甫《春夜喜雨》。“茅屋秋雨漏”⑥，用杜甫《茅屋爲秋風所破歌》。“孫翁下筆開生面”⑦，用杜甫《丹青引》。“衰髮不勝簪”⑧，用杜甫《春望》。“只合長齋繡佛前”⑨，用杜甫《飲中八仙歌》。

杜甫云“凌雲健筆意縱横”，陸游則云“參謀健筆落縱横”⑩。

---

① （宋）陸游《盆池》。
② （宋）陸游《後園獨步有懷張季長正字》。
③ （宋）陸游《書驛壁》。
④ （宋）陸游《十月八日九日連夕雷雨》。
⑤ （宋）陸游《夜雨感懷》。
⑥ （宋）陸游《古意》。
⑦ （宋）陸游《離堆伏龍祠觀孫太古畫英惠王像》。
⑧ （宋）陸游《郫縣道中思故里》。
⑨ （宋）陸游《觀音院讀壁間蘇在廷少卿兩小詩次韻》。
⑩ （宋）陸游《次韵子長題吴太尉雲山亭》。

杜甫云“江上被花惱不徹”,陸游則云“猶有餘情被花惱”①。杜甫云“憶年十五心尚孩”,陸游則云“老客天涯心尚孩”②。杜甫云“自鋤稀菜甲,小摘爲情親”,陸游則云“小畦稀甲已堪烹”③。杜甫云“自笑狂夫老更狂”,陸游云“莫笑狂生老更狂”④。杜甫云“未掣鯨魚碧海中”,陸游則云“手掣鯨魚意未平”⑤。杜甫云“宫殿風微燕雀高”,陸游則云“那計風微燕雀高”⑥。杜甫云“千秋萬歲名,寂寞身後事”,陸游則云“寂寞身後名”⑦。杜甫云“裘馬頗清狂”,陸游則云“裘馬清狂渭水濱”⑧。杜甫云“得食階除鳥雀馴”,陸游云“豈比鳥雀馴階除”⑨。杜甫云“煌煌太宗業”,陸游云“煌煌祖宗業”⑩。杜甫云“教兒且覆手中杯”,陸游云“要君共覆手中杯”⑪。杜甫云“律中鬼神驚”,陸游云“得句鬼神愁”⑫。杜甫云“香稻啄餘鸚鵡粒”,陸游則云“紅稻不須鸚鵡啄”⑬。杜甫云“肯與鄰翁相對飲,隔籬呼取盡餘杯”,陸游云“千里安期那可得,笑呼鄰父共傳杯”⑭。

---

① (宋)陸游《和譚德稱送牡丹》。
② (宋)陸游《春晚書懷》。
③ (宋)陸游《喜雨》。
④ (宋)陸游《將至金陵先寄獻劉留守》。
⑤ (宋)陸游《睡起》。
⑥ (宋)陸游《和范待制秋興》。
⑦ (宋)陸游《晚步》。
⑧ (宋)陸游《醉題》。
⑨ (宋)陸游《和范舍人病後二詩末章兼呈張正字》。
⑩ (宋)陸游《登城》。
⑪ (宋)陸游《夜飲》。
⑫ (宋)陸游《遥夜》。
⑬ (宋)陸游《江上散步尋梅偶得三絶句》(其三)。
⑭ (宋)陸游《吾廬》。

杜甫云“雨抛金鎖甲，苔卧緑沉槍”，陸游云“緑沉金鎖少年狂”①。杜甫云“便下襄陽向洛陽”，陸游云“直自襄陽向洛陽”②。杜甫云“自斷此生休問天”，陸游云“自斷殘年休問天”③。陸游《春興》云“雖非愛酒伴，猶是别花人”，自注云：“杜詩：‘走覓南鄰愛酒伴’”。此類均是。

（二）一詩之中多處使用杜詩

陸游有時會在一首詩中多處使用杜詩典故。如《病中久廢遊覽悵然有感》“裘馬清狂遍兩川，十年身是地行仙。歸來訪舊半爲鬼，已矣此生休問天”，此四句之中三用杜詩。《醉中作》“愛酒官長罵，近花丞相嗔”，兩句兩用杜詩。又《夙興弄筆偶書》“杜老慣聽兒索飯，鄭公何啻客無氈。春風不解嫌貧病，尚擬花前醉放顛”，此四句之中三用杜詩。《木瓜鋪短歌》有“餘年有幾百憂集”，“細思寧是儒冠誤”等多處使用杜詩。“青錢三百幸可辦，且判爛醉酤郫筒”④，此上句用杜甫《偪仄行》之“速宜相就飲一斗，恰有三百青銅錢”，下句用杜甫《杜位宅守歲》之“誰能更拘束，爛醉是生涯”，及杜甫《將赴成都草堂途中有作先寄嚴鄭公五首》（其一）之“魚知丙穴由來美，酒憶郫筒不用酤”，兩句之中三用杜詩。又《躬耕》云：“無復短衣隨李廣，但思微雨過蘇端”，上句用杜甫《曲江三章章五句》之“短衣匹馬隨李廣”，下句用杜詩《雨過蘇端》，一聯之中兩用杜詩。

---

① （宋）陸游《建安遣興》。按陸游《北窗》詩亦云：“壯志已孤金鎖甲，倦游空攬黑貂裘。”。

② （宋）陸游《送襄陽鄭帥唐老》。

③ （宋）陸游《初夏雜興》。

④ （宋）陸游《春感》。陸游紹熙二年（1191）冬在山陰作《思蜀》云“玉食峨嵋栮，金齏丙穴魚”，亦用杜甫《將赴成都草堂途中有作先寄嚴鄭公五首》中典故。又其《上章納禄恩畀外祠遂以五月初東歸》云“網户餉魚勝丙穴，旗亭送酒等郫筒”，《園中對酒作》云“也有青銅三百錢”。

（三）使用關於杜甫的傳説

陸游詩中有時使用關於杜甫的傳説。按唐韋絢《劉賓客嘉話録》云："杜善鄭廣文，嘗以花卿及姜楚公畫鷹示鄭，鄭曰：'足下此詩可以療疾。'他日鄭妻病，杜曰：'爾但言：子章髑髏血模糊，手提擲還崔大夫。如不瘥，即云：觀者徒驚帖壁飛，畫師不是無心學。未間，更有：太宗拳毛騧，郭家師子花。如又不瘥，雖和扁不能爲也。'"關於杜甫的這個傳説，陸游屢屢用之。如其《予秋夜觀月得瘧疾枕上賦小詩自戲》云："貪看霜月步亭皋，不覺寒侵范叔袍。且倚誦詩驅瘧鬼，斷無人寄碧腴膏。"《寓嘆》："狂誦新詩驅瘧鬼，醉吹横笛舞神龍。"《頭風戲作》："只道有詩驅瘧鬼，誰知無檄愈頭風。"這些詩中均使用了關於杜甫的這個傳説。

（四）重複使用杜詩典故

陸游詩歌本來就有許多重複之處，如"到處風塵常撲面，豈惟京洛化人衣"①，"邊月空悲新雪鬢，京塵猶染舊朝衣"等②。陸游詩句重複的缺點在使用杜甫典故上也頗有表現，那就是陸游會在不同的詩中反復使用杜詩中相同的典故。下略舉例説明。

陸游《定拆號日喜而有作》"挽鬚預想諸兒喜"，此用杜甫《北征》"生還對童稚，似欲忘飢渴。問事競挽鬚，誰能即嗔喝"。而他的"稚子入旅夢，挽鬚勸還家"③，亦出於此。"要挽天河洗洛嵩"④，"欲傾天上河漢水，净洗關中胡虜塵"⑤，"誕欺成俗真當懼，誰挽天河一洗空"⑥，均用杜甫《洗兵馬》。

---

① （宋）陸游《果州驛》。

② （宋）陸游《感事》。

③ （宋）陸游《鼓樓鋪醉歌》。

④ （宋）陸游《八月二十二日嘉州大閲》。

⑤ （宋）陸游《夏夜大醉醒後有感》。

⑥ （宋）陸游《曉出東城馬上作》。

杜甫云"門泊東吴萬里船"，陸游則云"門泊吴船亦已謀"①，"休問東吴萬里船"②。杜甫云"杜曲幸有桑麻田"，陸游則云"杜曲桑麻夢想歸"③，"杜曲桑麻猶鬱鬱"④，"杜陵歸老有桑麻"⑤。杜甫云"巡檐索共梅花笑，冷蕊疏枝半不禁"，陸游則云"也思試索梅花笑，凍蕊疏疏欲不禁"⑥，"如今莫索梅花笑，古驛燈前各自愁"⑦，"正喜巡檐梅花笑，已悲臨水送將歸"⑧。杜甫云"賴有蘇司業，時時乞酒錢"，陸游則云"也知世少蘇司業"⑨，"酒錢覓處無司業"⑩，"從來未識蘇司業"⑪，"司業與錢還復酤"⑫。杜甫云"咸陽客舍一事無，相與博塞爲歡娱。馮陵大叫呼五白，袒跣不肯成梟盧"，陸游則云"酒酣博簺爲歡娱，信手梟盧喝成采"⑬，"咸陽呼五白，何遽不能盧"⑭。杜甫云"許身一何愚，竊比稷與契"，陸游則云"杜老何妨希稷卨"⑮，"士初許身輩稷契"⑯。杜甫云"勳業頻看鏡"，陸游則

① （宋）陸游《予行蜀漢間道出潭毒關下每憩羅漢院山光軒今復過之悵然有感》。

② （宋）陸游《江瀆池醉歸馬上作》。

③ （宋）陸游《晦日西窗懷故山》。

④ （宋）陸游《魯墟》。

⑤ （宋）陸游《病中雜詠》。

⑥ （宋）陸游《東屯呈同遊諸公》。

⑦ （宋）陸游《梅花絶句》。

⑧ （宋）陸游《别梅》。

⑨ （宋）陸游《獨飲醉卧比覺已夜半矣戲作此詩》。

⑩ （宋）陸游《累日無酒亦不肉食戲作此詩》。

⑪ （宋）陸游《秋晚湖上》。

⑫ （宋）陸游《初寒對酒》。

⑬ （宋）陸游《樓上醉書》。

⑭ （宋）陸游《縱筆》。

⑮ （宋）陸游《城東馬上作》。

⑯ （宋）陸游《讀書》。

云"衰顔安用頻看鏡"[①],"功名莫看鏡"[②],"看鏡嘆勳業"[③],"看鏡功名空自許,上樓懷抱若爲寬"[④]。杜甫云"囊空恐羞澀",陸游則云"未敢羞空囊"[⑤],"那復計囊空"[⑥]。

陸游"酒寧剩欠尋常債"[⑦],"寧教酒欠尋常債"[⑧],都使用杜甫"酒債尋常行處有"。"愛花却笑拾遺狂"[⑨],"愛花欲死杜陵狂"[⑩],也使用相同的杜典。陸游"夜半歸來步松影,真成赤脚踏層冰"[⑪],"未能踏層冰"[⑫],均使用杜甫《早秋苦熱堆案相仍》之"安得赤脚踏層冰"。"餘年有幾何? 長鑱真托汝"[⑬],"惟應托長鑱,寂寞送浮生"[⑭],"托命須長鑱"[⑮],均用杜甫《同谷七歌》之"長鑱長鑱白木柄,我生托子以爲命"。

正如錢鍾書所説:"放翁多文爲富,而意境實少變化。古來大家,心思句法,複出重見,無如渠之多者……雖以其才大思巧,善於泯迹藏拙,而湊添之痕,每不可掩。往往八句之中,啼笑雜遝,兩聯

---

① (宋)陸游《題庵壁》。
② (宋)陸游《遣興》。
③ (宋)陸游《秋郊有懷》。
④ (宋)陸游《晚登望雲》。
⑤ (宋)陸游《東郊飲村酒大醉後作》。陸游《次韵范参政書懷》"杖頭何恨一錢無",亦用杜甫《空囊》典。
⑥ (宋)陸游《屏迹》。
⑦ (宋)陸游《西村醉歸》。
⑧ (宋)陸游《園中小飲》。
⑨ (宋)陸游《病酒宿土坊驛》。
⑩ (宋)陸游《梅花》。
⑪ (宋)陸游《夏夜泛舟書所見》。
⑫ (宋)陸游《明日再遊又賦》。
⑬ (宋)陸游《藥圃》。
⑭ (宋)陸游《夜坐》。
⑮ (宋)陸游《秋晚》。

之内，典實叢疊；於首擊尾應、尺接寸附之旨，相去殊遠。文氣不接，字面相犯。"①重複使用杜詩典故，是陸游詩歌的一個缺點。

三、放翁的好對仗

陸游詩歌對仗非常用心，"比偶組運之妙，冠冕兩宋"②。這是杜甫以來精心錘煉語言的傳統所産生的影響。陸游既有精心的對仗，又在詩中大量使用當句對和時空並馭的對仗。

《劍南詩稿》中的好對仗的確較多，精於對仗是陸游詩歌的一個特點。如《萬州放船過下巖小留》"醉裏偏憐江水緑，意中已想荔枝紅"，《夜酌》"比紅有詩狂猶在，染白無方老已成"，《悲秋》"已驚白髮馮唐老，又起清秋宋玉悲"，顔色詞用得巧妙，意象鮮明。《贈道流》"留得朱顔憑緑酒，掃空白髮賴丹砂"，更是一聯之中四用顔色詞。《六月十四日宿東林寺》"戲招西塞山前月，來聽東林寺裏鐘"，此爲流水對。《舟過小孤有感》"萬里客經三峽路，千篇詩費十年功"，《娥江野飲贈劉道士》"客堪共醉百無一，事不諧心十常九"，一聯之中四處使用數字。《登賞心亭》"全家穩下黄牛峽，半醉來尋白鷺洲"，地名恰成巧對。《讀書》"文辭博士書驢券，職事參軍判馬曹"，《歸興》"正看日暮牛羊下，又見月明烏鵲飛"。一驢一馬，牛羊烏鵲，對仗巧妙。其他如《宿魚梁驛五鼓起行有感》"閉户著書千古計，變名學劍十年功"，《春雨》"心向宦途元淡薄，夢尋鄉國苦參差"，《雨夜》"倦枕殘燈人寂寞，幽窗小草字欹斜"，《晚自白鹿泉上歸》"詩從病後功殊少，酒到愁邊量自增"，《對酒戲作》"色比鵝雛京口酒，聲如貫珠渭城歌"，《病起》"志士凄凉閑處老，名花零落雨中看"，《自嘲》"身是在家狂道士，心如退院病禪師"，《書憤》"劇盜曾從宗父命，遺民猶望岳家軍"，也都各盡其妙。

---

① 錢鍾書《談藝録》（補訂本），第125—128頁。

② 錢鍾書《談藝録》（補訂本），第118頁。

這樣的對仗在陸游集中較多:“尋碑野寺雲生屨,送客溪橋雪滿衣”①;“州如斗大真無事,日抵年長未易消”②;“又向蠻方作寒食,强持卮酒對梨花。物如巢燕年年客,心羨遊僧處處家”③;“何妨海内功名士,共賞人間富貴花”④;“三疊凄涼渭城曲,數枝閑澹閬中花”⑤;“不得講書一行字,倚遍臨江百尺樓”⑥;“令傳雪嶺蓬婆外,聲震秦川渭水濱”⑦;“一生不作牛衣泣,萬事從渠馬耳風”⑧;“老病已全惟欠死,貪嗔雖斷尚餘癡。數莖雪鬢江湖遠,九轉金丹日月遲”⑨;“報國雖思包馬革,愛身未忍價羊皮”⑩;“氣鍾太華中條秀,文在先秦兩漢間”⑪;“重簾不捲留香久,古硯微凹聚墨多”⑫。這些對仗,均爲用心之作。放翁詩中的對仗講究錘煉,頗見巧思,是杜甫“語不驚人死不休”的具體體現。

杜甫七言律詩中開始較多地使用“當句對”,而陸游詩中“當句對”也極多。試舉例説明:《新灘舟中作》“九年行半九州地,三峽歸無三日程”;《園中賞梅》“春前春後百回醉,江北江南千里愁”;

---

① (宋)陸游《留題雲門草堂》。

② (宋)陸游《逍遥》。

③ (宋)陸游《寒食》。

④ (宋)陸游《留樊亭三日王覺民檢詳日携酒來飲海棠下比去花亦衰矣》。

⑤ (宋)陸游《閬中作》。

⑥ (宋)陸游《次韵師伯渾見寄》。

⑦ (宋)陸游《成都大閲》。

⑧ (宋)陸游《和范待制秋興》。

⑨ (宋)陸游《和范待制秋日書懷二首游自七月病起蔬食止酒故詩中及之》。

⑩ (宋)陸游《獵罷夜飲示獨孤生》。

⑪ (宋)陸游《獨孤生策字景略河中人工文善射喜擊劍一世奇士也有自峽中來者言其死於忠涪間感涕賦詩》。

⑫ (宋)陸游《書室明暖終日婆娑其間倦則扶杖至小園戲作長句》。

《示兒》"早茶采盡晚茶出，小麥方秀大麥黄"；《今年立冬後菊方盛開小飲》"野實似丹仍似漆，村醪如蜜復如齏"；《寄宇文成州》"復起卿當用卿法，長閑吾實愛吾廬"；《秋日出遊戲作》"半醒半醉人争看，是聖是凡誰得知"；《暮春》"燕去燕來還過日，花開花落即經春"。又："官情已盡詩情在，世味無餘睡味長"①；"風力漸添帆力健，櫓聲常雜雁聲悲"②；"磊落人爲磊落州，滕王閣望越王樓"③；"巴東峽裏最初峽，天下泉中第四泉"④；"關北關南霜露寒，瀼東瀼西山谷盤"⑤；"客中常欠尊中酒，馬上時看檐上花"⑥；"不堪酒渴兼消渴，起聽江聲雜雨聲"⑦。

其實，陸游集中的"當句對"雖然是用心之作，却並非處處使用得當。在很多地方，使用"當句對"反而使他的詩歌顯得油滑。如：《示兒子》"爲農爲士亦奚異，事國事親惟不欺"；《紀懷》"半醒半醉常終日，非士非農一老翁"；《風雨》"因思世事悲身事，更聽風聲雜雨聲"；《示子虡》"聿弟元知是難弟，德兒稍長豈常兒"；《病齒》"似病非病臂已瘳，當墮未墮齒難留"；《暮秋》"舍前舍後養魚塘，溪北溪南打稻場"；《雜題》"半飽半飢窮境界，知晴知雨病形骸"；《醉中絶句》"有山有水登臨地，無病無愁嘯傲身"；《村飲》"雪前雪後梅初動，街北街南酒易賒"；《書況》"鴉去鴉歸還過日，花開花落又經春"；《村居》"造物與閑仍與健，鄉人知老不知年"；《書懷》"不飢不寒萬事足，有山有水一生閑"；《衰疾》"舊叨刻印俄銷印，老愧彈冠亟掛冠"；等等。這樣的當句對就顯得比較油滑，反而影響了詩意

① （宋）陸游《客叩門多不能接往往獨坐至晚戲作》。

② （宋）陸游《望江道中》。

③ （宋）陸游《寄答綿州楊齊伯左司》。

④ （宋）陸游《蝦蟆碚》。

⑤ （宋）陸游《初冬野興》。

⑥ （宋）陸游《和范舍人書懷》。

⑦ （宋）陸游《忠州醉歸舟中作》。

的傳達。正如錢鍾書所云:“放翁自作詩,正不免輕滑之病。”①

在杜甫詩中使用較多的“時空並馭”的對仗,在陸游集中也比比皆是。例如:《秋夜書懷》“鄉遠每勞千里夢,雨慳未放九秋凉”;《雨後獨登擬峴臺》“誰能招唤三秋月?我欲憑陵萬里風”;《聞虜政衰亂掃蕩有期喜成口號》“天開地闢逢千載,雷動風行遍九州”;《衰病》“萬里秋風吹鬢髮,百年世事嘆頭顱”;《嚴州大閱》“清渭十年真昨夢,玉關萬里又秋風”;《到家旬餘意味甚適戲書》“欲酬清浄三生願,先洗功名萬里心”;《題湖邊旗亭》“八千里外狂漁父,五百年前舊酒樓”;《聞虜亂》“百年身易老,萬里志猶存”;《覽鏡》“三萬里天供醉眼,兩千年事入悲歌”;《有叟》“憑闌秋萬里,閉户醉經年”;《自遣》“睡少未成千里夢,愁深先怯五更鐘”;《戲題酒家壁》“百年此際成遺老,萬里當時賦遠遊”;《初夏出遊》“安西萬里人何在?廣武千年恨未平”;《獨坐》“六十年前故人盡,八千里外寄書稀”。此外還有:“道路半年行不到,江山萬里看無窮”②;“簿書未破三年夢,杖屨先尋百尺樓”③;“十年塵土青衫色,萬里江山畫角聲”④;“四海道途行太半,百年光景近中分”⑤;“九萬里中鯤自化,一千年外鶴仍歸”⑥;“萬里因循成久客,一年容易又秋風”⑦;“萬里風塵舊朝士,百年鉛槧老書生”⑧;“世態十年看爛熟,家山萬里

① 錢鍾書《談藝録》(補訂本),第115頁。
② (宋)陸游《水亭有懷》。
③ (宋)陸游《登江樓》。
④ (宋)陸游《晚晴聞角有感》。
⑤ (宋)陸游《雨後登西樓獨酌》。
⑥ (宋)陸游《寓驛舍》。
⑦ (宋)陸游《宴西樓》。
⑧ (宋)陸游《秋思》。

夢依稀"[1]；"慵追萬里騎鯨客，且伴千年化鶴仙"[2]；"夜濕三更清露墜，眼明萬里片雲明"[3]；"萬里客魂迷楚峽，五更歸夢隔胥濤"[4]；等等。時空並馭，容易形成詩歌的高壯氣象，但使用太多，開卷即是"千年"、"萬里"，也易成俗調。

四、模仿和學習杜詩句法

陸游詩中一些句式明顯從杜詩變化而來，或是對杜詩的模仿，或是對杜詩的學習。如杜甫《北征》中有"或紅如丹砂，或黑如點漆"的句式，陸游則在詩裹説"或如釜上甑，或如坐後屏。或如倨而立，或如喜而迎，或深如螺房，或疏如窗櫺"[5]，把這種排比的比喻發揮到極致。杜甫云"昔如縱壑魚，今如喪家狗"，陸游則云"昔如脱淵魚，今如走山鹿"[6]。杜甫云"公來雪山重，公去雪山輕"，陸游則云"公去蓬山輕，公歸蓬山重"[7]。杜甫云"弟妹悲歌裹，乾坤醉眼中"，陸游則云"日月悲歌裹，關山泪眼邊"[8]。陸游的這些詩句明顯可以看出是對杜詩的模仿。

陸游也有些詩句風格頗近杜詩。如《遊南塔院》"病骨凉如洗，歸心浩莫收"；《夜行》"艱危窮自慣，寒苦老難禁"；《秋懷》"年光雙雪鬢，生機一漁舟"。又"素秋風露重，久客鬢毛催"[9]，"皂貂破弊

---

① （宋）陸游《過野人家有感》。

② （宋）陸游《待青城道人不至》。

③ （宋）陸游《十日夜月中馬上作》。

④ （宋）陸游《和范待制秋興》。

⑤ （宋）陸游《繫舟下牢溪游三游洞二十八韵》。又陸游《東村步歸》"山果紛丹漆"，則是杜甫《北征》"或紅如丹砂，或黑如點漆"的縮略。

⑥ （宋）陸游《釣臺見送客罷還舟熟睡至覺度寺》。

⑦ （宋）陸游《喜楊廷秀秘監再入館》。

⑧ （宋）陸游《夜雨》。

⑨ （宋）陸游《晚泊慈姥磯下》。

歸心切,白髮淒涼老境催”[①],“昏眸雲霧隔,衰鬢雪霜新”[②],“五十未名老,無如衰疾何。肺肝空激烈,顔鬢已蹉跎”[③]。這些詩句很接近杜詩沉鬱頓挫的風格。

五、五七言學杜與具體篇章模仿杜詩

陸游有一些五七言詩在風格上與杜詩接近,還有一些具體篇章是明顯模仿杜詩的。首先,陸游的一些五言詩頗有杜甫沉鬱頓挫之妙。如《聞雨》云:“慷慨心猶壯,蹉跎鬢已秋。百年殊鼎鼎,萬事只悠悠。不悟魚千里,終歸貉一丘。夜闌聞急雨,起坐涕交流。”頗近杜詩之沉鬱頓挫,用語也接近杜詩[④]。又《飲罷寺門獨立有感》:“一邑無平土,邦人例得窮。淒涼遠嫁婦,憔悴獨醒翁。今古闌干外,悲歡酒醆中。三巴不摇落,搔首對丹楓。”《秋夜》:“湖海秋初到,房櫳夜轉幽。露濃驚鶴夢,月冷伴蛩愁。生計依微禄,年光墮遠遊。嚴灘已在眼,早晚放孤舟。”《病中作》:“浮世寄酣枕,勞生居漏船。已悲身老大,更著病沈綿。親舊動千里,歡娱無百年。床頭周易在,端擬絶韋編。”這些詩歌均略似杜詩。又《病後登山亭》:“野客雙蓬鬢,空山一草亭。睡魔欺茗薄,疾豎怯丹靈。治世窮馮衍,殘年老管寧。安居得後死,不敢恨飄零。”此詩不僅化用杜甫《暮春題瀼西新賃草屋》中的名句“身世雙蓬鬢,乾坤一草亭”,而且其整體風格亦與杜詩極爲相似[⑤]。又《作雪》:“雪雲寒不動,林鳥噤無聲。病起衰何劇?囊空醉不成。中原亂方作,弱虜運

---

① (宋)陸游《鄉中每以寒食立夏之間省墳客夔適逢此時淒然感懷》。

② (宋)陸游《四月二十九日作》。

③ (宋)陸游《五十》。

④ 杜甫《江漢》詩云“落日心猶壯,秋風病欲蘇”,陸游之“慷慨心猶壯”用語與此相類。

⑤ 陸游《暮春》也使用杜甫此詩典故,詩云:“身已雙蓬鬢,家惟一素琴。”又《題僧庵》:“憂患雙蓬鬢,裝資一布囊。”

將平。臺省多賢俊，常談愧老生。"這些五言詩均是陸游學杜之作。

其次，陸游七言詩亦有豪壯似杜者。如《感憤》云："今皇神武是周宣，誰賦南征北伐篇。四海一家天曆數，兩河百郡宋山川。諸公尚守和親策，志士虛捐少壯年。京洛雪消春又動，永昌陵上草芊芊。"又"夜聽簌簌窗紙鳴，恰似鐵馬相磨聲。起傾斗酒歌出塞，彈壓胸中十萬兵"①，"丈夫可爲酒色死？戰場橫屍勝床笫。華堂樂飲自有時，少待擒胡獻天子"②，此均頗有壯氣。此種七言詩在陸游集中還有一些，情緒和氣勢都比較激越慷慨，與杜甫的七律接近。但杜甫七律的蒼茫雄渾，陸游總不能及，正如他自己所說的那樣——"書希簡古終難近，詩慕雄渾苦未成"③。

陸游還有一些具體篇章，在風格和内容上刻意模仿和學習杜詩中的具體詩篇。如《甲子晴》云："今日甲子晴，秋稼始可言。老農喜相覓，隨事具鷄豚。掃地設菅席，酌酒老瓦盆。耳熱仰視天，何異傾金尊。牛羊散墟落，霽色滿衡門。起舞屬父老，勿恨此酒渾。"此似杜甫《贈衛八處士》④。又《遠遊二十韵》詩云：

> 早歲志遠遊，萬里携孤劍。所至必吊古，如疾得針砭。荒寒過吴宫，摧剥觀禹窆。及仕楊潤間，掛席度天塹。梁宋不可遊，北望每懷歉。會有蜀漢役，奇險日窺覘。築壇訪遺址，燒棧想烈焰。轅門俯清渭，徹底緑可染。舊史所登載，一一嘗考驗。胡羊美無敵，黍酒實醇釅。枕戈南山下，馳獵久不厭。比參劍南幕，壯志就收斂。卜鄰楊雄宅，遂欲老鉛槧。但愛古柏

① （宋）陸游《弋陽道中遇大雪》。

② （宋）陸游《前有樽酒行》。

③ （宋）陸游《江村》。

④ （宋）陸游《笥中偶得去年二月都下數詩》"欲尋舊友半爲鬼，重到西湖疑隔生"，亦用杜甫《贈衛八處士》典。

> 青，肯顧海棠豔。人生不易料，白首東歸剡。稽山秋峨峨，鏡水春瀲瀲。餘俸買扁舟，月下采菱芡。湖山最奇處，容我釣石占。婚嫁幸已畢，百事不關念。但當勤醉歌，一死不汝欠。

此詩於嘉定二年(1209)春作於山陰，全仿杜甫《壯遊》。按杜甫在大曆元年(766)於夔州作《壯遊》一詩，可視爲杜甫的自傳。杜甫《壯遊》以"遊"爲綫索，寫少壯時的壯游和中年以後的行迹，追叙一生，由少而壯，由壯而老，行踪與憂國融爲一爐。《遠遊二十韵》同杜甫的《壯遊》一樣，述一生的行踪，寫少年的自負和豪邁，也寫晚年的歸隱，題目、内容、風格、用語、體裁均與杜甫的《壯遊》相似。

陸游《三山杜門作歌》與杜甫《同谷七歌》非常相似，詩云：

> 我生學步逢喪亂，家在中原厭奔竄。淮邊夜聞賊馬嘶，跳去不待鷄號旦。人懷一餅草間伏，往往經旬不炊爨。嗚呼！亂定百口俱得全，孰爲此者寧非天！

> 高宗下詔傳神器，嗣皇御殿猶揮涕。當時獲綴鵷鷺行，百寮拜舞皆歔欷。小臣疏賤亦何取，即日趨召登丹陛。嗚呼！橋山歲晚松柏寒，殺身從死豈所難！

> 中歲遠遊逾劍閣，青衫誤入征西幙。南沮水邊秋射虎，大散關頭夜聞角。畫策雖工不見用，悲吒那復從軍樂。嗚呼！人生難料老更窮，麥野桑村白髮翁。

> 晚入南宫典箋奏，濫陪太史牛馬走。忽然名在白簡中，一棹還家傾臘酒。十年光陰如電雹，緑蓑黄犢從鄰叟。嗚呼！古來骯髒例倚門，况我本自安丘園！

寬恩四賦仙祠禄，每忍慚顔救枵腹。五秉初辭官粟紅，一瓢自酌巖泉緑。天公乘除不負汝，宿疾微平歲中熟。嗚呼！字字細讀逍遥篇，此去八十有幾年？

按《同谷七歌》是杜甫乾元二年(759)十一月在同谷所作。在這一年，杜甫經過長途跋涉，抵達同谷(今甘肅成縣)，這是杜甫一生中生活最爲困苦的時期。《同谷七歌》以七古組詩的形式叙寫了杜甫的極度窮困和對親人的刻骨思念，抒發其家破國亡的悲憤，七首詩高古樸淡，洗盡鉛華，長歌當哭，堪稱千古絶唱。陸游的《三山杜門作歌》共五首，在五首詩中，陸游回憶了自己的一生，在結構上同杜甫的《同谷七歌》一様，都是聯章的七古，在每一首中也都是先點題叙事，後感慨悲歌。内容的感傷沉重，情緒的悲憤激越，都與杜甫的《同谷七歌》相似。又陸游有《戍兵有新婚之明日遂行者予聞而悲之作絶句》，此詩即是放翁集中之《新婚别》。

六、記録時代與關心國事

陸游詩歌數量極多，其詩繼承杜甫的詩史精神，深刻反映了社會現實，在一定程度上可以稱作是那個時代的詩史。

從陸游詩歌中，我們可以瞭解當時的社會生活。《幽居》云："翳翳桑麻巷，幽幽水竹居。紉縫一獠婢，樵汲兩蠻奴。雨挾清砧急，籬懸野蔓枯。鄰村有鬻子，吾敢嘆空無。"此詩隆興元年(1163)秋作於山陰，在寫自己幽居生活的同時，寫出了"鄰村有鬻子"的社會現狀。《洊飢之餘復苦久雨感嘆有作》云"道傍襁負去何之？積雨仍愁麥不支"，寫出了淳熙九年(1182)正月山陰久雨傷稼的現實。又《秋穫歌》"數年斯民厄凶荒，轉徙溝壑殣相望。縣吏亭長如餓狼，婦女怖死兒童僵"，這也是當時現實的真實寫照。陸游關心百姓生活，他在《寄奉新高令》中説："小雨催寒著客袍，草行露宿敢辭勞。歲飢民食糟糠窄，吏惰官倉鼠雀豪。只要閭閻寬箠楚，不須停障肅弓刀。九重屢下丁寧詔,此責吾曹未易逃。"此詩是淳熙七年(1180)陸游於豐城高安道中寫給奉新知縣高南壽的,詩中寫到了農民的貧困和艱難,希望高縣令寬以待民,此與杜甫的《又呈吴郎》意味相同。

陸游《晚登子城》:"胡行如鬼南至海,寸地尺天皆苦兵。老吴將軍獨護蜀,坐使井絡無欃槍。"這樣的詩句不僅化用了杜詩,還反映了當時的戰爭情況。陸游説:"太行之下吹虜塵,燕南趙北空無人。"①這也有"詩史"之意。

從陸游詩歌還可以看到當時的一些風俗。如"蠻俗殺人供鬼祭"這樣的詩句②,真實地記録了歸州殺人祭鬼的風俗。《宿楓橋》詩云:"七年不到楓橋寺,客枕依然半夜鐘。風月未須輕感慨,巴山此去尚千重。"這樣的詩歌讓我們知道楓橋的夜半鐘聲在宋代依然鳴響。《蹋磧》詩云"竹枝慘戚雲不動,劍器聯翩日將夕",真實地記録了夔州舞劍器、唱《竹枝》的情景。"鵲語燈花故有靈",説明當時有以"鵲語燈花"爲報喜徵兆的風俗。"爾來人情甚不美,似欲殺我以麴蘖。滿傾不許計性命,傍睨更復騰頰舌"③,則寫出了當地勸酒之風。

"位卑未敢忘憂國"④,陸游關心國事,其詩也經常寫到國事,特别是國家的戰事。陸游少有壯志,他在紹興二十五年(1155)作的《夜讀兵書》中就説"平生萬里心,執戈王前驅"。陸游詩云"流落愛君心未已,夢魂猶綴紫宸班"⑤,此思君戀闕之情與杜甫相同。又其《喜小兒輩到行在》,前半寫其小兒學書、學語,作馬駕羊,後半

---

① (宋)陸游《涉白馬渡慨然有懷》。
② (宋)陸游《秭歸醉中懷都下諸公示坐客》。
③ (宋)陸游《或以予辭酒爲過復作長句》。
④ (宋)陸游《病起書懷》。
⑤ (宋)陸游《登樓》。

忽然轉寫戰事："却思胡馬飲江水，敢道春風無戰塵。傳聞賊棄兩京走，列城争爲朝廷守"，希望"從今父子見太平，花前飲水勿飲酒"。

陸游有從軍的經歷，也時時希望從戎報國。他慷慨地説："殺身有地初非惜，報國無時未免愁。"①"逆胡未滅心未平，孤劍床頭鏗有聲"②，由此可見其殺身報國之志。他又説"藥來賊境靈何用，米出胡奴死不炊"③，表示和敵人勢不兩立。陸游屢屢夢到招降敵將，表明他對勝利的渴望和對國事的關心④。他聞虜亂則喜⑤，思國事則憂。他想殺敵報國而不可得，"丈夫五十功未立，提刀獨立顧八荒"⑥，衹得感嘆"乾坤大如許，無處著此翁"⑦。他希望"上馬擊狂胡，下馬草軍書"⑧，但國事堪憂，失地難以收復，"舞女不記宣和妝，廬兒盡能女真語"⑨，"東都兒童作胡語"⑩，"翠華東巡五十年，赤縣神州滿戎狄"⑪，"甲子一周胡未滅，闗山還帶泪痕看"⑫，這樣的詩句可稱"詩史"，而這樣的現實更令詩人憂慮。畢竟年光易逝，功業難成，他悲哀地感嘆："黑貂十年弊，白髮一朝新。"⑬

---

① （宋）陸游《登慧照寺小閣》。

② （宋）陸游《三月十七日夜醉中作》。

③ （宋）陸游《感興》。

④ 如陸游《九月十六日夜夢駐軍河外遣使招降諸城覺而有作》中説"書飛羽檄下列城，夜脱貂裘撫降將"，正錢鍾書所謂"夢太得意"者。

⑤ （宋）陸游《聞虜亂有感》。

⑥ （宋）陸游《金錯刀行》。

⑦ （宋）陸游《醉歌》。

⑧ （宋）陸游《觀大散關圖有感》。

⑨ （宋）陸游《得韓無咎書寄使虜時宴東都驛中所作小闋》。

⑩ （宋）陸游《送范舍人還朝》。

⑪ （宋）陸游《曉嘆》。

⑫ （宋）陸游《舟中感懷三絶句呈太傅相公兼簡岳大用郎中》。

⑬ （宋）陸游《對酒嘆》。

陸游强烈地希望天下太平,他在《太平花》中說:"扶床踉蹌出京華,頭白車書未一家。宵旰至今勞聖主,泪痕空對太平花。"按太平花出劍南,天聖中獻至京師,仁宗賜名太平花。陸游童時出京,頭白而天下方亂,面對太平花而不見天下太平,不禁生出萬千感慨,正所謂"感時花濺泪"。陸游的《關山月》是集中名作,詩云:"和戎詔下十五年,將軍不戰空臨邊。朱門沉沉按歌舞,厩馬肥死弓斷弦。戍樓刁斗催落月,三十從軍今白髮。笛裏誰知壯士心,沙頭空照征人骨。中原干戈古亦聞,豈有逆胡傳子孫。遺民忍死望恢復,幾處今宵垂泪痕。"此詩作於淳熙四年(1177)正月,時陸游在成都。自隆興元年(1163)議和至此時已經有十五年,詩人用悲憤和哀傷的筆調寫出了朱門歌舞、將軍不戰和遺民盼望恢復的現實,表達了詩人憂國憂民、盼望恢復中原的願望。

陸游懷有收復失地的强烈願望,他悲凉地吟詠道:"三萬里河東入海,五千仞嶽上摩天。遺民泪盡胡塵裏,南望王師又一年。"① 他感嘆"國讎未報壯士老,匣中寶劍夜有聲"②。他又說:"汴洛我舊都,燕趙我舊疆。請書一尺檄,爲國平胡羌"③,"丈夫要爲國平胡,俗子豈識吾所寓"④,屢有爲國殺敵之念。他慷慨地說:"夜聽簌簌窗紙鳴,恰似鐵馬相磨聲。起傾斗酒歌出塞,彈壓胸中十萬兵"⑤,"丈夫可爲酒色死? 戰場横屍勝床笫。華堂樂飲自有時,少待擒胡獻天子"⑥。這樣的詩多有壯氣。

陸游在《戰城南》中寫道:"王師出城南,塵頭暗城北。五軍戰馬如錯繡,出入變化不可測。逆胡欺天負中國,虎狼雖猛那勝德。

① (宋)陸游《秋夜將曉出籬門迎凉有感》。
② (宋)陸游《長歌行》。
③ (宋)陸游《江上對酒作》。
④ (宋)陸游《夜宿二江驛》。
⑤ (宋)陸游《弋陽道中遇大雪》。
⑥ (宋)陸游《前有樽酒行》。

馬前嘔啰争乞降，滿地縱横投劍戟。將軍駐坡擁黄旗，遣騎傳令勿自疑。詔書許汝以不死，股栗何爲汗如洗？”逆胡馬前乞降，投戈遍地，這種事自然是陸游一厢情願的夢想，但也説明陸游收復失地的願望是如此的强烈。

淳熙六年（1179）六月，陸游作《大將出師歌》，寄托自己的理想。詩云：

> 將軍北伐辭前殿，恩詔催排苑中宴。紫陌鷩塵中使來，青門立馬群公餞。繡旗雜遝三十里，畫鼓敲鏗五千面。行營暮宿咸陽原，滿朝太息傾都羡。天聲一震胡已亡，捷書奕奕如飛電。高秋不閉玉關城，中夜罷傳青海箭。可汗垂泣小王號，不敢跳奔那敢戰。山川圖籍上有司，張掖酒泉開郡縣。還朝策勳兼將相，詔假黄鉞調金鉉。丈夫未遇誰得知，昔日新豐笑貧賤。

在陸游詩歌中，誅滅群胡、收復失地總是顯得極爲容易，所謂“天聲一震胡已亡”，似乎根本用不着經過浴血奮戰，“何時擁馬横戈去，聊爲君王護北平”①。此詩既是陸游的美好理想，也寄托着詩人的功名之念和君國之思。這種傾向在他的那首題目很長的詩《五月十一日夜且半夢從大駕親征盡復漢唐故地見城邑人物繁麗云西凉府也喜甚馬上作長句未終篇而覺乃足成之》中，表現得更爲明顯，正錢鍾書所謂“夢太得意”。

陸游又有《雪中忽起從戎之興戲作》，此爲一組七言絶句，詩云：“狐裘卧載錦駝車，酒醒冰鬚結亂珠。三尺馬鞭裝白玉，雪中畫字草軍書”；“鐵馬渡河風破肉，雲梯攻壘雪平壕。獸奔鳥散何勞逐，直斬單于釁寶刀”；“十萬貔貅出羽林，横空殺氣結層陰。桑乾

① （宋）陸游《秋懷》。

沙土初飛雪,未到幽州一丈深”;“群胡束手仗天亡,棄甲縱横滿戰場。雪上急追奔馬迹,官軍夜半入遼陽”。此組詩寄托了詩人的美好願望,但美好的願望畢竟不過是雪中的一時興起,題目中的“戲作”説得再明白不過了。陸游晚年也多有憂國之心,他在《感事》中説:“鷄犬相聞三萬里,遷都豈不有關中?廣陵南幸雄圖盡,泪眼山河夕照紅”;“堂堂韓岳兩驍將,駕馭可使復中原。廟謀尚出王導下,顧用金陵爲北門”;“渭上晝昏吹戰塵,横戈慷慨欲忘身。東歸却作漁村老,自誤青春不怨人”;“捫蝨當時頗自奇,功名遠付十年期。酒澆不下胸中恨,吐向青天未必知”。既有憂國之念,君國之思,也有立功之志。

七、陸游的閑適詩

在關心國事這一點上,陸游與杜甫是相同的。但是,陸游在關心國事的同時還有着自己豐富多彩的個人生活,所以他也寫了更多的閑適詩。在這一點上,他與杜甫明顯不同。

陸游《書憤》:“早歲那知世事艱,中原北望氣如山。樓船夜雪瓜洲渡,鐵馬秋風大散關。塞上長城空自許,鏡中衰鬢已先斑。出師一表真名世,千載誰堪伯仲間。”①《臨安春雨初霽》:“世味年來薄似紗,誰令騎馬客京華。小樓一夜聽春雨,深巷明朝賣杏花。矮紙斜行閑作草,晴窗細乳戲分茶。素衣莫起風塵嘆,猶及清明可到家。”②

---

① 按陸游屢以“鐵馬秋風”、“鐵馬冰河”入詩,如《早自烏龍廟歸》“鐵馬蹴冰悲昨夢,朱顔辭鏡感頽齡”,《十一月四日風雨大作》“夜闌卧聽風吹雨,鐵馬冰河入夢來”。在《書憤》中,陸游以長城自喻,他在《休日留園中至暮乃歸》中也説:“長城萬里知誰許,看鏡空悲兩鬢霜。”大散關的戰事是陸游念念不忘的青春記憶,他在淳熙十六年(1189)春天作《春夕睡覺》云:“自笑功名猶有夢,散關金鼓震函秦。”

② 陸游《焚香作墨瀋决訟吏皆退立一丈外戲作此詩》又云:“判牒不妨閑作草。”

這兩首詩都作於淳熙十三年（1186）的春天，一首豪壯、自負，夾雜着些許的無奈，一首平静、慵懶，點綴了一點感慨。兩首詩代表了陸游詩歌的兩種風格。實際上，在陸游的晚年，也許應該説在他的一生中，閑適詩占了主流。

在陸游壯年的詩作中就不乏閑適之作。如他在淳熙四年（1177）寫的《偶過浣花感舊遊戲作》云："憶昔初爲錦城客，醉騎駿馬桃花色。玉人携手上江樓，一笑鈎簾賞微雪。寶釵换酒忽徑去，三日樓中香未滅。市人不識呼酒仙，異事驚傳一城説。至今西壁餘小草，過眼年光如電掣。正月錦江春水生，花枝缺處小舟横。閑倚胡床吹玉笛，東風十里斷腸聲。"此詩上半痛快淋漓，後則有感傷意，亦不妨爲佳作，是他閑適生活的寫照。

陸游寫日常生活的詩較有韵味，如其《遊山西村》云："莫笑農家臘酒渾，豐年留客足鷄豚。山重水複疑無路，柳暗花明又一村。簫鼓追隨春社近，衣冠簡樸古風存。從今若許閑乘月，拄杖無時夜叩門。"寫山村情事，極有情味。二聯雖有所本，却無愧名句。淳熙五年（1178）九月，陸游在山陰作《懷成都十韵》，詩云：

> 放翁五十猶豪縱，錦城一覺繁華夢。竹葉春醪碧玉壺，桃花駿馬青絲鞚。鬥鷄南市各分朋，射雉西郊常命中。壯士臂立緑絛鷹，佳人袍畫金泥鳳。椽燭那知夜漏殘，銀貂不管晨霜重。一梢紅破海棠回，數蕊香新早梅動。酒徒詩社朝暮忙，日月匆匆迭賓送。浮世堪驚老已成，虚名自今笑何用。歸來山舍萬事空，卧聽糟床酒鳴甕。北窗風雨耿青燈，舊游欲説無人共。

由此詩可知陸游在成都生活的實况。

陸游的閑適詩以晚年退居山陰時居多，其山陰詩最是閑適放達，與白居易的閑適詩相似。英雄老來頹唐，放翁亦不能免。他説:"書生老抱平戎志,有泪如江未敢傾。"①但讀他的晚年詩,感覺頗多變化,那就是較少憶及軍中事,也較少感嘆國事,而是更多地專注於眼前的日常生活。另一個變化則是用典比以前少了。我們衹要看看詩題,就可以想見他此時的生活,如在淳熙九年(1182)五至八月間,他就寫了《新塘觀月》《觀張提刑周鼎》《八月十四日夜湖山觀月》《醉歌》《草書歌》《野飲夜歸戲作》等詩,可知陸游在山陰生活是多麽豐富多彩,觀月、賞鼎、夜遊、野炊、喝酒、寫字、登山、訪僧等,安排得妥帖自在,詩歌也很是散淡閑適。放翁山陰詩漸趨平淡,對仗雖工,却不尚用典,内容多寫日常生活,風格平和閑雅,衹偶有壯氣。

作爲一名"江湖風月民"②,陸游晚年自稱已經修煉到"萬事不掛眼"的境界③,其詩歌閑適放達也是意料中事。他的"憂國孤臣泪,平胡壯士心"雖然並未消磨凈盡④,但平安閑適的生活還是給了他不少的安慰,日子過得舒適而又愜意,正所謂"萬卷古今消永日,一窗昏曉送流年"⑤。陸游喜歡陶淵明詩,其閑適詩也有陶淵明、白居易的風味。如其《小園》詩云:"小園煙草接鄰家,桑柘陰陰一徑斜。卧讀陶詩未終卷,又乘微雨去鋤瓜。"陸游集中有許多此種風味的絶句,如《蔬圃絶句》:"擬種蕪菁已是遲,晚菘早韭恰當時。老夫要作齋盂備,乞得青秧趁雨移";"百錢新買緑蓑衣,不羨黄金帶十圍。枯柳坡頭風雨急,憑誰畫我荷鋤歸";"青青蔬甲早寒天,想像登盤已墮涎。更欲鋤畦向東去,園丁來報竹行鞭"。其七言律詩也多有白體,如《種蔬》:"老翁老去尚何言,除却翻書即灌園。處處

① (宋)陸游《夜步庭下有感》。
② (宋)陸游《寓嘆》云:"舊時京洛塵埃面,今作江湖風月民。"
③ (宋)陸游《自詠》。
④ (宋)陸游《新春》。
⑤ (宋)陸游《題老學庵壁》。

移蔬乘小雨，時時拾礫繞頹垣。江鄉地暖根常茂，旱歲蟲生葉未繁。四壁愈空冬祭近，更催稚子牧鷄豚。”純是白居易閑適詩的風味。

總體看來，放翁垂老之作，平易散淡，千篇一律，他以詩記每日事，故不無重複拖遝之處，其詩可稱爲“日記體”。他以詩文自遣，憶舊嘆老，詩亦不甚佳。陸游絶筆《示兒》云：“死去元知萬事空，但悲不見九州同。王師北定中原日，家祭無忘告乃翁。”此固《劍南集》中絶唱，但這樣的詩總體較少。正如錢鍾書所云：“放翁愛國詩中功名之念，勝於君國之思。鋪張排場，危事而易言之。捨臨殁二十八字，無多佳什。”[①]錢鍾書《談藝録》與其《宋詩選注》中對陸游詩歌的評價頗有不同，“無多佳什”之評顯然過於苛刻。

放翁集中七絶較少，却多有佳作。其《劍門道中遇微雨》云：“衣上征塵雜酒痕，遠遊無處不消魂。此身合是詩人未？細雨騎驢入劍門。”此詩是放翁集中佳作，關於此詩詩意，錢仲聯和錢鍾書的認識頗爲不同。錢仲聯謂爲憤慨之言，他說：“時方離南鄭前綫往後方，恢復關中之志不遂。‘合是詩人未’者，不甘於僅爲詩人也。”[②]錢鍾書則説：“韓愈《城南聯句》説：‘蜀雄李杜拔’，早把李白杜甫在四川的居住和他們在詩歌裏的造詣聯繫起來；宋代也都以爲杜甫和黄庭堅入蜀以後，詩歌就登峰造極——這是一方面。李白在華陰縣騎驢，杜甫《上韋左丞丈》自説‘騎驢三十載’，唐以後流傳他們兩人的騎驢圖；此外像賈島騎驢賦詩的故事、鄭綮的‘詩思在驢子上’的名言等等，也仿佛使驢子變成詩人特有的坐騎——這是又一方面。兩方面合湊起來，於是入蜀道中、驢子背上的陸游就得自問一下，究竟是不是詩人的材料。”[③]錢仲聯和錢鍾書對陸游

① 錢鍾書《談藝録》(補訂本)，第132頁。

② 錢仲聯《劍南詩稿校注》卷三《劍門道中遇微雨》注釋。

③ 錢鍾書《宋詩選注》，第178頁。

這首詩詩意的不同解釋,頗可見出他們學術方法的不同。陸游《答鄭虞任檢法見贈》:"文章要須到屈宋,萬仞青霄下鸞鳳。區區圓美非絶倫,彈丸之評方誤人。"關於"彈丸之評",錢仲聯和錢鍾書認識亦頗不相同。錢鍾書謂:"乃知圓者,詞義周妥、完善無缺之謂……故知圓活也者,詩家斬向之公,而非一家一派之私言也。"①錢仲聯則堅持此説爲江西詩派的觀點,他説:"江西派彈丸之評,從純藝術角度立論。放翁從軍山南以後,從現實生活之鍛煉中,認識到詩家向上一路……而此詩亦稱'彈丸之評'爲'誤人'也。"②觀點又與錢鍾書不同。又陸游《梅花絶句》云:

吾州古梅舊得名,雲蒸雨漬緑苔生。一枝只好僧窗看,莫售千金入鳳城。

探春歲歲在天涯,醉裏題詩字半斜。今日溪頭還小飲,冷官不禁看梅花。

池館登臨雪半消,梅花與我兩無聊。青羊宫裏應如舊,腸斷春風萬里橋。

今年真負此花時,醉帽何曾插一枝。漸老情懷多作惡,不堪還作送梅詩。

又《江上梅花》:

幽香淡淡影疏疏,雪虐風饕亦自如。正是花中巢許輩,人

---

①　錢鍾書《談藝録》(補訂本),第114—117頁。

②　錢仲聯《劍南詩稿校注》卷一六《答鄭虞任檢法見贈》注釋。

間富貴不關渠。

陸游又有《雪後尋梅偶得絶句十首》，其四云“雪裏芬芳亦偶然，世人便謂占春前。飽知桃李俗到骨，何至與渠争著鞭”。又《探梅》“平生不喜凡桃李，看了梅花睡過春”。不僅愛梅之情溢於言表，詩亦極富才情，興味盎然。陸游又極喜海棠，其《花時遍遊諸家園》云：“看花南陌復東阡，曉露初乾日正妍。走馬碧鷄坊裏去，市人唤作海棠顛”；“爲愛名花抵死狂，只愁風日損紅芳。緑章夜奏通明殿，乞借春陰護海棠”①。陸游此組絶句共十首，盡顯其愛花之情，頗多風韵。而杜甫集中無海棠詩，陸游《海棠》詩云：“拾遺舊詠悲零落，瘦損腰圍擬未工。”②他自負地注釋説：“老杜不應無海棠詩，意其失傳耳。”

另外，陸游的一些表現情感的詩歌也寫得非常動人。陸游是“深於情者”，他在詩中懷念自己的父母説：“木欲静風不止，子欲養親不留，夜誦此語涕莫收。吾親之没今幾秋，尚疑捨我而遠遊。心冀乘雲反故丘，再拜奉觴陳膳羞。陶盎治米聲叟叟，木甑炊餅香浮浮。”③詩很質樸，但讀來使人感動。他又有詩云：“采得黄花作枕囊，曲屏深幌閟幽香。唤回四十三年夢，燈暗無人説斷腸”；“少日曾題菊枕詩，蠹編殘稿鎖蛛絲。人間萬事消磨盡，衹有清香似舊時”④。更是

---

① 按劉克莊曾作《采荔二絶》與放翁呼應，其一云：“日三百顆沃饞涎，肘後丹方勿浪傳。晚與放翁争曠達，荔枝顛向海棠顛。”

② 按陸游又有《海棠》詩云：“蜀地名花擅古今，一枝氣可壓千林。譏彈更到無香處，常恨人言太刻深。”此必爲以“燕飲頹放”爲其罪的“正人君子”輩而發，蓋借海棠以寄慨。

③ （宋）陸游《宿彭山縣通津驛大風鄰園多喬木終夜有聲》。

④ （宋）陸游《余年二十時嘗作菊枕詩頗傳於人今秋偶復采菊縫枕囊凄然有感》。

一片深情。陸游之《沈園》詩也是字字血泪,沉痛之極①。

放翁勤於寫詩,"排日醉過梅落後,通宵吟到雪殘時",終於有了"六十年間萬首詩"②。他對自己的詩歌非常自信,説"此身去後詩猶在,未必無人粗見知"③。但是,他晚年詩工則工矣,從内容到風格却都千篇一律,缺少變化,讀來令人目倦。晚年詩作以寫閑適生活爲主,多爲七言律絶,風格閑澹平易,幾乎達到了"未嘗一事横胸次"的境界④,衹偶有憂國之心與壯懷之氣。此時的放翁,正錢鍾書所謂"老清客"耳⑤。

八、陸游詩歌的特點和成就

以上從幾個方面討論了杜甫對陸游詩歌創作的影響。從《劍南詩稿》可以看出,放翁詩以七言律詩爲主,雜以五言律詩和五七言絶句等各體。在内容上多寫日常平凡生活中的感受,如灌園、賞花、吟詩、做夢、思親、念舊、嘆老、遊覽、宴飲、民俗等,詩風平易,尤其是晚年所作,大類陶淵明、白居易。詩人早年豪縱,晚年頹唐,衹要看看《一齒動摇已久然餘皆堅甚戲作》《齒落》這樣的題目就能知道他的詩和白居易有多麽接近。他有强烈的功名之念、君國之思,

---

① 其《春遊》又云:"沈家園裹花如錦,半是當年識放翁。也信美人終作土,不堪幽夢太匆匆。"

② (宋)陸游《小飲梅花下作》。

③ (宋)陸游《記夢》。

④ (宋)陸游《初夏閑居》。

⑤ 錢鍾書《談藝録》(補訂本)引閻百詩《潛邱劄記》云:"放翁之才,萬頃海也。今人第以其'疏簾不卷留香久'等句,遂認作蘇州老清客耳。"(第129頁)錢鍾書在《宋詩選注》中也説:"他的作品主要有兩方面,一方面是悲憤激昂……一方面是閑適細膩……然而,除了明代中葉他很受冷淡之外,陸游全靠那第二方面打動後世好幾百年的讀者……就此造成了陸游是個'老清客'的印象。"參見《宋詩選注》,第170頁。

所以國事戰事在其詩中亦不斷提及。放翁詩的一個特點是對仗較爲用心，一聯之中騰挪變化，曲盡其妙，而又非常工穩。他又長於用典，用典的數量也很多，尤其是他的前期詩歌，在這一點上他學習了江西詩派。但放翁詩流暢易懂，這又與江西詩派不同。總體上説他的詩以平易爲主，慷慨有壯氣的衹是少數。

陸游是宋詩的集大成者，也是宋詩風格的最後完成者。趙仁珪師説：陸游"不但近集宋人之大成，而且遠集唐人及六朝人之大成"①，在内容上多寫日常生活的感受，在體裁上以七言律詩爲主，在寫法上講究對仗和用典，在風格上以平易爲主，這差不多是成熟和典型的宋詩的特點。因爲陸游是宋詩的集大成者，他詩歌的風格往往呈現出多元性，趙仁珪師就説："在風格上，他廣泛師法前人，相容並包各種風格，並經過熔鑄後自成一家之風。"②特别是陸游的愛國詩，"能集杜甫的沉鬱與李白的浪漫之大成。陸游善於把這兩種風格有機地融爲一爐，即以杜甫爲體——以杜甫式的深沉、雄厚、鬱結的風格作爲抒發愛國情感的基調；以李白爲用——吸收李白富於激情、想象、個性，善於誇張、跳躍、高度概括等藝術手法作爲抒情的表現方法。"③論者或以爲陸游詩似李杜蘇黄，或以爲似高岑陶孟，這正説明他的詩有着集大成的特點。大體言之，放翁詩之平易淺俗似白，達觀舒緩則似陶，對仗工穩似杜，流宕飄逸似李，豪情俠氣似高岑。特别是他的閑適詩，有似陶淵明、白居易之處。尤其是陶淵明，是放翁所深喜。

陸游詩平易瑣碎，多用典，好議論，工對仗，多爲七言律詩，多寫日常生活，是"標準"的宋詩，代表了宋詩風格的最後形成。在宋代，王安石詩歌喜歡使用典故，講究對仗，在歐陽修學習李白之時，

---

① 趙仁珪《宋詩縱横》，第226頁。
② 趙仁珪《宋詩縱横》，第226頁。
③ 趙仁珪《宋詩縱横》，第232頁。

他已初開宋調,但其詩歌並没有形成自己獨特的風格。蘇軾喜陶詩,語言平易,其詩歌不僅喜歡用典,而且特别擅長議論,這對宋詩的好議論有很大影響。黄庭堅及其影響下的江西詩派倡導“點鐵成金”,他們不僅使用古典成語多到密不透風,還對用典進行了理論上的探索。宋人作詩本來就喜歡使用典故,從江西詩派開始,宋人用典有了具體的方法論。陸游的詩歌仿佛同時兼有王安石、蘇軾、黄庭堅詩歌的某些特徵,而又自具特色。陸游詩是“標準”的宋詩,他是前代詩歌的集大成者,也是王安石、蘇軾、黄庭堅之後宋詩風格的最後完成者。陸游在長期的創作實踐中最後完成了唐詩到宋詩的過渡,並最終確立了宋詩的典型風格。

綜上,陸游詩歌在許多方面受到杜甫的影響,錢鍾書就説杜甫對陸游詩歌創作有“極大的啓發”①。他詩中化用了許多杜詩,有時也偶爾着意模仿某一首杜詩。他的五言律詩偶有杜詩的頓挫,他對七言律詩的對仗極爲用心,其七言律詩平易中見筋骨,暢達中有規範,成就較高,但要比杜詩平易。他還工於寫景,錢鍾書就説:“放翁高明之性,不耐沉潛,故作詩工於寫景叙事……至其模山範水,批風抹月,美備妙具,沾丐後人者不淺。每有流傳寫景妙句,實自放翁隱發之者。”②應該注意的是,他的詩並不似杜詩,總體上和杜詩相去較遠,杜詩之蒼茫深厚尤爲放翁所不及。

第四節　楊萬里學杜與“誠齋體”

在宋代詩人中,楊萬里是一個很有特點的詩人,他的詩被稱爲“誠齋體”。“楊萬里在宋代詩壇的地位超過陸游,這是宋人的看

---

① 錢鍾書《宋詩選注》,第173頁。

② 錢鍾書《談藝録》(補訂本),第130–131頁。

法……陸游成就大於誠齋，但楊萬里詩歌藝術創造性更高。"[1]楊萬里初學江西詩派，對杜甫也很崇敬，莫礪鋒論述過楊萬里詩風的詳細轉變過程[2]。楊萬里在《立春日有懷》中說要"一杯嚥下少陵詩"[3]，其實杜甫對楊萬里詩歌創作的影響並不很大。

一、楊萬里學杜的幾個方面

楊萬里學杜首先表現在他較多地使用杜詩典故。楊萬里熟悉杜詩，他在《與長孺共讀杜詩》中說"一卷杜詩揉欲爛"，和其他宋代詩人一樣，他在自己的詩中也使用了較多的杜詩典故，試舉例説明。

楊萬里《仲良見和再和謝焉》"自憐千慮短，所願一枝安"，用杜甫《宿府》之"已忍伶俜十年事，强移棲息一枝安"。《和人七夕》"蛛喜今宵綴，蠅憎昨日多"，化用杜詩，自注云："杜詩：七月六日苦炎蒸，況乃秋後轉多蠅。"[4]《曲江重陽》"莫問明年衰與健，茱萸何處不相逢"，《又題寺後竹亭》"醉把殘燈子細看"，均用杜甫《九日藍田崔氏莊》"明年此會知誰健，醉把茱萸子細看"。"誼風多年冷似鐵"[5]，此用杜甫"布衾多年冷似鐵"。《爲王監簿先生求近詩》云："林下詩中第一仙，西風吹到日輪邊。杜陵野客還驚市，國子先生小著鞭。拈出老謀開宇宙，本來清尚只雲泉。新篇未許兒童誦，

---

① 張瑞君《楊萬里在宋代詩歌發展中的地位及影響》，《山西大學學報》2001 年第 2 期，第 41 頁。

② 莫礪鋒《論楊萬里詩風的轉變過程》，《求索》2001 年第 4 期，第 105 頁。

③ （宋）楊萬里《立春日有懷》，傅璇琮、倪其心、孫欽善、陳新、許逸民主編《全宋詩》卷二二七五《誠齋集》，北京大學出版社 1998 年版，第 26070 頁。以下凡引楊萬里詩皆見此本，除有必要者僅注出詩題。

④ 按此用杜甫《早秋苦熱堆案相仍》之"七月六日苦炎蒸，對食暫餐還不能。每愁夜中自足蠍，況乃秋後轉多蠅"，楊萬里引用時有刪節。

⑤ （宋）楊萬里《赴調宿白沙渡族叔文遠携酒追送走筆取别》。

但得真傳敢浪傳。”按此詩中“杜陵野客還驚市”用杜甫《醉時歌》之“杜陵野客人更嗤”，“但得真傳敢浪傳”用杜甫《泛江送魏十八倉曹還京因寄岑中允參范郎中季明》之“見酒須相憶，將詩莫浪傳”。《和蕭伯振見贈》“車斜韵險難爲繼，聊復酬公莫浪傳”，《題吉水余端蒙明府縣門飛凫閣》“從公欲往其如懶，著句無佳莫浪傳”，也用杜甫此句。

楊萬里《跋馬公弼省幹出示山谷草聖浣花醉圖歌》“涪翁浣花醉圖歌，歌詞自作復自寫。少陵無人張顛死，此翁奄有二子者”，此詩中把黄庭堅比成杜甫。《憫旱》“更哦子美醉時歌，焉知餓死填溝壑”，此用杜甫《醉時歌》之“但覺高歌有鬼神，焉知餓死填溝壑”。《和蕭伯振禱雨》“未辭托命長鑱柄，黄獨那能支一年”，此用杜甫《乾元中寓居同谷縣作歌七首》之“長鑱長鑱白木柄，我生托子以爲命。黄精無苗山雪盛，短衣數挽不掩脛”。“透屋旋生衾裏鐵”，“殘杯冷炙自無分，不是不肯叩富兒”①，使用杜甫“布衾多年冷似鐵”，“朝扣富兒門，暮隨肥馬塵。殘杯與冷炙，到處潛悲辛”。《又和春雨》“未愛少陵紅濕句，可人却是道知時”，化用杜甫《春夜喜雨》。《再和》“願參佳句法如何”，此用杜甫《寄高三十五書記》之“美名人不及，佳句法如何”。“廣文先生自有飯，諸公衮衮端無羨”②，此用杜甫《醉時歌》之“諸公衮衮登臺省，廣文先生官獨冷”。《見潭帥劉恭父舍人》“斯人尚典型”，此徑用杜甫《秦州見敕目薛三璩授司議郎畢四曜除監察與二子有故遠喜遷官兼述索居凡三十韵》中句。“我無杜曲桑麻在，也道此生休問天”③，此用杜甫《曲江

---

① （宋）楊萬里《次東坡先生用六一先生雪詩律令龜字二十韵舊禁玉月梨梅練絮白舞鵝鶴等字新添訪戴映雪高卧齧氈之類一切禁之》。

② （宋）楊萬里《題羅巨濟教授蓬山堂》。

③ （宋）楊萬里《送王無咎善邵康節皇極數二首》（其一）。

三章章五句》其三。“只哦少陵七字詩，但得長年飽吃飯”①，此用杜甫《病後遇王倚飲贈歌》“但使殘年飽吃飯，只願無事常相見”。“酒債多多在”②，此用杜詩“酒債尋常行處有”。《送子仁姪南歸》“嗟予老更狂”，此用杜甫《狂夫》“欲填溝壑唯疏放，自笑狂夫老更狂”。“石間霜皮二千尺，石似孤根根似石”③，此用杜甫《古柏行》“孔明廟前有老柏，柯如青銅根如石。霜皮溜雨四十圍，黛色參天二千尺”。

楊萬里“春回十日梅初覺，一夜商量一併開”④，此用杜甫《江畔獨步尋花七絶句》之“繁枝容易紛紛落，嫩葉商量細細開”。“遥憐兒女團欒處”⑤，此用杜甫“遥憐小兒女”。“朱顔不借紫金丹”⑥，用杜甫“衰顔欲付紫金丹”。《寄陸務觀》“不應李杜翻鯨海，更羨夔龍集鳳池”，此用杜甫《紫宸殿退朝口號》“宫中每出歸東省，會送夔龍集鳳池”。“少年行路今已矣，厚禄故人書寂然”⑦，此用杜詩“厚禄故人書斷絶”。“百罰知君亦不辭”⑧，此用杜詩“百罰深杯亦不辭”。此外，楊萬里“藥裹關心正腹煩”⑨，用杜甫“藥裹關心詩總廢”。“讀書萬卷筆有神”⑩，用杜甫“讀書破萬卷，下筆如有神”。

---

① （宋）楊萬里《上元夜裏俗粉米爲繭絲書吉語置其中以占一歲之福禍謂之繭卜因戲作長句》。

② （宋）楊萬里《和慶長懷麻陽叔二詩》。

③ （宋）楊萬里《胡達孝水墨妙絶一世爲余作枯松孫枝石間老柏謝以長句》。

④ （宋）楊萬里《正月三日驟暖多稼亭前梅花盛開》。

⑤ （宋）楊萬里《除夜宿石塔寺》。

⑥ （宋）楊萬里《次韵寄題馬少張致政亦樂園》。

⑦ （宋）楊萬里《寄謝蜀帥表起巖尚書閣學寄贈藥物》。

⑧ （宋）楊萬里《嘗酴醾酒》。

⑨ （宋）楊萬里《雨霽看東園桃李行溪上進退格》。

⑩ （宋）楊萬里《送王長文赴上庠》。

又杜甫云"儒冠多誤身",楊萬里則云"儒冠多誤儂飽諳"①。杜甫云"名垂萬古知何用",楊萬里則云"名垂萬古知何有"②。而楊萬里"日茹葉淘呻斷編"中的"葉淘"③,也就是杜甫詩中的"槐葉冷淘"。

其次,楊萬里學杜還表現在他集杜爲詩和以杜詩爲韵。楊萬里熟悉杜詩,有時會集杜詩爲詩。其《類試所戲集杜句跋杜詩呈監試謝昌國察院》是較早的集杜詩,詩云:

> 有客有客字子美,日糴太倉五升米。錦官城西生事微,盡醉江頭夜不歸。青山落日江湖白,嗜酒酣歌拓金戟。語不驚人死不休,萬草千花動凝碧。稚子敲針作釣鈎,老夫乘興欲東流。巡檐索共梅花笑,還如何遜在揚州。老去詩篇渾漫與,蛺蝶飛來黄鸝語。往時文采動人主,來如雷霆收震怒。一夜水高數尺强,濯足洞庭望八荒。閶闔晴開昳蕩蕩,安得仙人九節杖。君不見西漢杜陵老,脱身事幽討。下筆如有神,汝與山東李白好。儒術於我何有哉? 願吹野水添金杯。焉知餓死填溝壑,如何不飲令心哀。名垂萬古知何用,萬牛回首丘山重。

按此長詩全集自杜詩,總體較爲自然流暢,雖後半稍顯滯澀,但全詩亦可稱爲成功之作。根據楊萬里的另一詩題《予因集杜句跋杜詩呈監試謝昌國察院謝丈復集杜句見贈予以百家衣報之》,可知這位謝昌國也曾經作過集杜詩④。

---

① (宋)楊萬里《都下和同舍客李元老承信贈詩之韵》。

② (宋)楊萬里《都下和同舍客李元老承信贈詩之韵》。

③ (宋)楊萬里《寄題龍泉李宗儒師儒槐陰書院》。

④ 宋代詩人作集杜詩,除文天祥外,尚有杜汪《集杜工部句詠寒亭》《集工部句題暖谷》、高斯得《立春日集杜句》、黄公度《晚泊同安林明府携酒相過戲集杜陵句爲醉歌行》、項安世《集杜句爲老母壽三首》、葉衡《鹿田寺集杜五言》、曹彦約《同景輔登樓約集少陵句》《戲集少陵句》等。

楊萬里作詩還會以杜詩爲韵。其《夢亡友黄世永夢中猶喜談佛既覺感念不已因和夢李白韵以記焉二首》云："子在人每憎，子亡憎者惻。自吾失此友，但覺生意息。猶解夢裹來，豈子餘此憶。死生知有無，賢聖或未測。渾作白日看，不記夜許黑。尚憐紫鸞姿，未舉先折翼。只驚玉雪容，冷面帶古色。夢泪覺猶濕，悲罷喜有得。""去年客京都，子去我未至。得書不得面，安用殷勤意。猶矜各未老，相見當亦易。不知此蹉跎，交道遽云墜。一杯胡不仁，埋此經世志。弦絶諒何益，蕙嘆庸不悴。吾聞佛者流，正以生作累。夢中尚微言，子豈悲世事。"按杜甫《夢李白二首》："死别已吞聲，生别常惻惻。江南瘴癘地，逐客無消息。故人入我夢，明我長相憶。恐非平生魂，路遠不可測。魂來楓葉青，魂返關塞黑。君今在羅網，何以有羽翼。落月滿屋梁，猶疑照顔色。水深波浪闊，無使蛟龍得。""浮雲終日行，遊子久不至。三夜頻夢君，情親見君意。告歸常局促，苦道來不易。江湖多風波，舟楫恐失墜。出門搔白首，若負平生志。冠蓋滿京華，斯人獨憔悴。孰云網恢恢，將老身反累。千秋萬歲名，寂寞身後事。"楊萬里的兩首詩全以杜甫《夢李白二首》的韵脚爲韵脚。又《臨賀别駕李子西同年寄五字詩以杜句君隨丞相後爲韵和以謝焉五首》，亦以杜甫"君隨丞相後"爲韵。

楊萬里還學習了杜甫的一些句法。楊萬里自己對詩歌句法比較重視，他詩中的對仗常能輕巧入妙，如"青霜紅碧樹，白露紫黄花"①，一聯十個字中使用了六個表示顔色的詞，而不顯得堆積纍贅。楊萬里熟悉杜甫句法，他在《戲用禪觀答曾無逸問山谷語》的序言中説："昨日評諸家詩，偶入禪觀，如杜之詩法出審言，句法出庾信，但過之耳。白樂天云'笙歌歸院落，燈火下樓臺'，不如杜子美云'落花游絲白日静，鳴鳩乳燕青春深'也。"可知他對杜甫句法頗多領會。在學習杜甫句法方面，楊萬里主要是使用了一些當句

① （宋）楊萬里《秋圃》。

對。例如,《過宜福橋》"是田是沼渾難辨,何地何村不一同",《風花》"身行楚嶠遠更遠,家寄秦淮東復東",《春夜孤坐》"詩句行來行去裏,情懷不醉不醒中",此均爲當句對。又"春去春來渾是夢,花開花落若爲情"①,"紅紅白白花臨水,碧碧黄黄麥際天"②,"一生怕熱常逢熱,千里還家未到家"③,"辛勤送客了未了,珍重順風催復催"④,"今日非昨日,南風轉北風"⑤,"舊雨仍新雨,今年勝去年"⑥,"行春莫放一日一,修禊仍逢三月三"⑦,"却入青原更青處,飽看黄本硬黄書"⑧,"無夕不談談不睡,看薪成火火成灰"等⑨,亦均爲當句對。

楊萬里説:"詩瘦近來惟有骨,可憐辛苦爲虚名。"⑩可知他是着意爲詩。他還自負地説:"覓句深參少陵髓。"⑪他甚至會夢到杜甫和他談論詩歌句法:"忽夢少陵談句法,勸參庾信謁陰鏗。"⑫他的詩歌也略略反映了當時的一些史實,如《讀罪己詔》:"亂起吾降日,吾將强仕年。中原仍夢裏,南紀且愁邊。陛下非常主,群公莫自賢。金臺尚未築,乃至羨强燕,"這樣的詩歌略有詩史意味。儘管如此,楊萬里的詩歌總體上和杜詩還是有很大不同。楊萬里曾

① (宋)楊萬里《和張功父聞子規》。
② (宋)楊萬里《過楊村》。
③ (宋)楊萬里《五月一日過貴溪舟中苦熱》。
④ (宋)楊萬里《曉出洪澤霜晴風順》。
⑤ (宋)楊萬里《過淮陰縣》。
⑥ (宋)楊萬里《和周仲容春日二律句》。
⑦ (宋)楊萬里《三月三日雨作遣悶十絶句》。
⑧ (宋)楊萬里《賀澹庵先生胡侍即新居落成二首》。
⑨ (宋)楊萬里《送周仲覺訪來又别》。
⑩ (宋)楊萬里《感興》。
⑪ (宋)楊萬里《和九叔知縣昨游長句》。
⑫ (宋)楊萬里《書王右丞詩後》。

經感嘆説："句裏略無煙火氣，更教誰上少陵壇。"①從他自己的詩歌看，他似乎並没有登上少陵壇。楊萬里學習杜甫，僅僅是使用了一些杜詩的典故，用杜甫詩句集句作詩，還學習了一些杜詩的句法，他的詩和杜詩並不相類。

二、楊萬里詩與"誠齋體"

楊萬里的詩清新小巧，這來自他的"活法"。所謂"活法"，意思是"要詩人又不破壞規矩，又能够變化不測，給讀者以圓轉而'不費力'的影響"，楊萬里的"活法"，更是要"恢復耳目觀感的天真狀態"②。如《閑居初夏午睡起二絶句》："梅子留酸軟齒牙，芭蕉分緑與窗紗。日長睡起無情思，閑看兒童捉柳花"；"松陰一架半弓苔，偶欲看書又懶開。戲掬清泉灑蕉葉，兒童誤認雨聲來"。這就是楊萬里詩歌的典型風格。《曉出净慈送林子方》："畢竟西湖六月中，風光不與四時同。接天蓮葉無窮碧，映日荷花别樣紅。"《小池》："泉眼無聲惜細流，樹陰照水愛晴柔。小荷纔露尖尖角，早有蜻蜓立上頭。"這都是誠齋集中佳作，誠齋詩多爲此種風味。

楊萬里顯然找到了一種作詩的方法，他有一種輕巧的思維，能把眼前所見立刻變化入詩，這是他所獨具的本領。當然缺點也很明顯，那就是太流利，太容易，顯得不够深刻，不太耐人咀嚼。他的詩中又有很多紀行詩，真是見山見水，摇筆即來。來得容易，自然不免細碎。小景致，小感觸，顯得不够深刻，也不够渾厚。

同時，楊萬里詩歌也不免陷於油滑和滑稽。如其《寄題劉元朋環翠閣》云："一夜秋聲惱井桐，夢回得句寄西風。詩成却問題詩處，正在東山東復東。"又《將至萍鄉欲宿爲重客據館乃出西郊》："哦詩渾忘路高低，忽怪松梢與路齊。準擬醉眠萍實驛，驛西西去

---

① （宋）楊萬里《蜜漬梅花》。

② 錢鍾書《宋詩選注》，第161頁。

更山西。"又《過烏石大小二浪灘俗呼浪爲郎因戲作竹枝歌》:"小郎灘下大郎灘,伯仲分司水府關。誰爲行媒教作贅,大姑山與小姑山。"這些詩都有些油滑的毛病。

楊萬里的詩被稱爲"誠齋體",他的詩的確有"體"的意義,與宋代其他詩人非常不同。他最初也是學江西詩派,他曾説過"参透江西社,無燈眼亦明"①。但從他現存的詩看,其詩與江西詩派大不相同。楊萬里詩歌的特點主要表現在寫景詩上,他的詩以七言律絶爲主,特别是七言絶句,最能表現他詩歌的特點,那就是新鮮、活潑、機智、精巧,能够非常絶妙地傳達出景物的妙處。用錢鍾書的話説,就是"用敏捷靈巧的手法,描寫了形形色色從没描寫過以及很難描寫的景象"②,誠齋"如攝影之快鏡,兔起鶻落,鳶飛魚躍,稍縱即逝而及其未逝,轉瞬即改而當其未改,眼明手捷,縱矢躡風,此誠齋之所獨也"③。的確,楊萬里寫景,傳神留影,既迅速又輕巧,這是他的拿手絶技。使用這種絶技,當然以七言絶句最爲合適,誠齋集中也以這種體裁爲最多,如其《西歸集》中的紀行詩,就大多是七言絶句,所謂"誠齋體"指得也就是這類詩歌。從内容上看,楊萬里寫得最多的就是這類寫景詩。他行旅中所作的紀行詩,其實也屬於這類寫景詩。其他還有一些應酬之作,没有什麽突出的特點。

誠齋從早年到晚年,詩歌風格變化不大,早年略受江西詩派影響,但詩歌還是非常明白易懂,没有沾染江西詩派剽竊堆砌、晦澀難曉的毛病。晚年之作略顯沉潛和繁冗,愛講講道理,發發議論,但寫景狀物還是那種輕快的手法。他的詩歌不追求用典,但他生活在宋代這樣一個大環境中,又是江西詩派"出身",他的詩歌自然也使用了一些典故,其中包括杜甫的典故。

---

① (宋)楊萬里《和周仲容春日二律句》(其二)。

② 錢鍾書《宋詩選注》,第162頁。

③ 錢鍾書《談藝録》(補訂本),第118頁。

楊萬里的這種絶妙的手法當然也是對中國古典詩歌的一種貢獻。他的一支筆，能够非常輕巧地把眼前的景物惟妙惟肖地表現出來，這種本領很了不起。但他的詩歌太輕快，太靈巧，細碎輕薄，不够沉着有力，給人華而不實、文勝於質的感覺。另外，"他那種一揮而就的'即景'寫法也害他寫了許多草率的作品"①。更爲重要的是，他的詩歌不能使人感動，用錢鍾書的話説："他的詩多聰明、很省力、很有風趣，可是不能沁入心靈。"②他滿目都是山川風景，而不肯向多災多難的人間看上一眼，這也是他詩歌的一個重要缺憾③。在這一點上，他不僅遠遠不如杜甫，也遠遠不如他的好朋友陸游和范成大。

第五節　范成大學杜

范成大是南宋中興四大詩人之一，年輩與陸游、楊萬里相若。他的詩比陸游、楊萬里寫得少，以絶句的成就爲最高。他最有特色的是寫農民和農事的詩，以《四時田園雜興》的六十首絶句爲代表。在這些詩歌中，他既寫農村生活的恬淡美好，也寫農民生活的艱辛和租税的繁重，取得的成就最高。此外較有特色的是他的紀行詩，

---

① 錢鍾書《宋詩選注》，第162頁。

② 錢鍾書《宋詩選注》，第162頁。

③ 孫望、常國武持見與此不同，他們認爲楊萬里詩歌的"思想價值"表現在他"對國事的深切關注和堅决主戰的政治態度上"，同時，楊萬里的詩歌"還有許多描寫農民勞動生活題材的作品"。見孫望、常國武主編《宋代文學史》（下），人民文學出版社1996年版，第84頁。錢鍾書則説："楊萬里的主要興趣是天然景物，關心國事的作品遠不及陸游的多而且好，同情民生疾苦的作品也不及范成大的多而且好；相形之下，内容上見得瑣屑。"見《宋詩選注》，第162頁。

以一組使金紀行詩爲代表。這組詩歌反映了北方淪陷區人民渴望恢復的心情,也表現了使金途中的山川風物之美。學界普遍認爲,范成大的使金詩閃爍着愛國主義的光輝[①]。他行旅遍及中國,"於南北西三方,皆走萬里"[②],所以集中紀行之作非常多,程傑就談到他以筆記爲詩的特點[③]。但除此組詩外,紀行之作佳作較少。

范成大詩歌的特點是古質樸素,温和秀麗,總體不尚用典。晚年詩風有所變化,更注重格律和對仗,也較以前放得開。他詩風平淡,求其有壯氣者,數聯而已。有人説他"歌行古風,神攝太白;山川行旅,取徑老杜;七律,極有樊川英爽俊逸之風;五律,時得武功細膩旖旎之格;樂府,力追王仲初遒峭之姿;絶句,頗擅劉夢得竹枝之調……在宋詩中,最能脱略江西,饒有唐韵"[④]。但在我們看來,他不學杜甫,詩歌也不像杜詩。現將杜甫對范成大詩歌創作的影響略論如下:

一、化用杜詩與學習杜詩句法

范成大詩中的江西餘習較少,錢鍾書説他詩中"没有斷根的江西派習氣時常要還魂作怪"[⑤],這多少有點冤枉他。他對杜詩非常

---

① 參見姜逸波《范成大"使金"詩的愛國思想》,《湘潭大學學報》(語言文學增刊)1985年,第50頁;時寶吉《淺論范成大的愛國詩》,《殷都學刊》1986年第1期,第112頁;徐立《范成大紀游詩文簡論》,《四川師範大學學報》1992年5期,第26頁;徐新國《論范成大的愛國詩》,《揚州師院學報》1993年第1期,第16頁。

② (宋)范成大《丁酉重九藥市呈坐客》自注,(宋)范成大著《范石湖集》卷一七,上海古籍出版社1981年版,第240頁。以下凡引范成大詩皆見此本,除有必要者僅注出詩題。

③ 程傑《論范成大以筆記爲詩——兼及宋詩的一個藝術傾向》,《南京師大學報》1989年第4期,第52頁。

④ 周汝昌《范石湖集・前言》,上海古籍出版社1981年版,第5頁。

⑤ 錢鍾書《宋詩選注》,第195頁。

熟悉，如他在《雲安縣》一詩的自注中說："杜子美詩云：'涪萬無杜鵑。'《雲安》詩云：'終日子規啼。'今萬州界固不聞杜鵑，而雲安已自少矣……杜子美詩云'禹功多斷石'，其實甚長。"①又云"誰道東川無杜鵑"②，多處引用杜詩與親眼所見相參證。他熟悉杜詩，也就不可避免地使用了一些杜詩的典故。如其《次韵唐子光教授河豚》"深山大澤龍蛇生"，用杜甫《送孔巢父謝病歸游江東兼呈李白》之"深山大澤龍蛇遠"。《秋日雜興》"莫嫌酒味薄"，用杜甫《羌村三首》之"苦辭酒味薄"。《倚竹》"君看脉脉無言處，中有杜陵飢客詩"，題目《倚竹》出自杜甫《佳人》之"天寒翠袖薄，日暮倚修竹"。《聖集誇説少年俊遊用韵記其語戲之》"倚袖竹風憐翠薄"，也用杜甫此典。他的《除夜書懷》"平生酒一杯"，用杜甫《不見》之"敏捷詩千首，飄零酒一杯"。《代人七月十四日生朝》"來歲城南尺五天"，用杜甫所引俗語"城南韋杜，去天尺五"。

范成大"屋山從捲杜陵茅"③，"布衾如鐵復似水"④，均用杜甫《茅屋爲秋風所破歌》。《次韵子永見贈建除體》："滿炷寒缸油，共此書檠光。平生卜鄰願，何意登我堂。"此用杜甫"共此燈燭光"、"王翰願卜鄰"、"焉知二十載，重上君子堂"等詩句。《喜雪示桂人》"從今老杜詩猶信，梅片飛時雪也飛"，用杜甫《和裴迪登蜀州東亭送客逢早梅相憶見寄》"東閣官梅動詩興，還如何遜在揚州。此時對雪遥相憶，送客逢春可自由"。又《夔州竹枝歌》"行人莫笑女粗醜，兒郎自與買銀釵"，用杜甫《負薪行》"若道巫山女粗醜，何得此有昭君村"。《嘉陵江過合州漢初縣下》"關下嘉陵水，沙頭杜老舟"，《賞海棠》"但得常如妃子醉，何妨獨欠少陵詩"，均用杜典。

① （宋）范成大《雲安縣》自注。
② （宋）范成大《鄰山縣》。
③ （宋）范成大《中秋無月復次韵》。
④ （宋）范成大《次韵李子永雪中長句》。

他又説:“杜陵詩是吾詩句:‘卧病豈登江上臺’。”[①]“唤渡聊相覓,巡檐得細看”[②],用杜甫《舍弟觀赴藍田取妻子到江陵喜寄》之“巡檐索共梅花笑,冷蕊疏枝半不禁”。

范成大的詩歌中還使用了一些佛典,錢鍾書説他是“黄庭堅以後、錢謙益以前用佛典最多、最内行的名詩人”[③]。如“百年如泡亦如電”[④],就用了《金剛經》中的典故。又其《題記事册》云:“北山山下小庵居,佛劫仙塵只故吾。八萬四千空色界,不離一法認毘盧。”

范成大從杜詩中學了一些句法。他對詩歌的句法較爲講究,在詩中也使用了一些當句對,如“前山忽接後山暗,暑雨全如秋雨寒”[⑤];“三登三降岡始斷,一步一休日欲斜”[⑥];“舊雨雲招新雨至,高田水入下田鳴”[⑦];“愁水愁風吹帽後,作雲作雨授衣初”[⑧]。有時他還偶爾用到時空並馭的句法,如“五更貫索埋光後,萬里鈎陳放仗時”[⑨];“兩年池上經行處,萬里天邊未去人”[⑩];等等。范成大有少數對仗較用心思,如“每歲有詩題白雁,今年無酒對黄花”[⑪];“蜀道雖如履平地,杜鵑終勸不如歸”[⑫]。范成大集中好對仗不多,在這

---

① (宋)范成大《釣臺》。

② (宋)范成大《合江亭隔江望瑶林莊梅盛開過江訪之馬上哦此》。

③ 錢鍾書《宋詩選注》,第195頁。

④ (宋)范成大《次韻時叙賦樂先生新居》。

⑤ (宋)范成大《積雨蒸潤體中不佳頗思故居之樂戲書呈子文》。

⑥ (宋)范成大《覆盆鋪》。

⑦ (宋)范成大《墊江縣》。按此出梅堯臣《春日拜壠經田家》“南嶺禽過北嶺叫,高田水入低田流”。

⑧ (宋)范成大《離池陽十里清溪口復阻風》。

⑨ (宋)范成大《冬至日天慶觀朝拜雲日晴麗遥想郊禋慶成作歡喜口號》。

⑩ (宋)范成大《十一月十日海雲賞山茶》。

⑪ (宋)范成大《重九獨登賞心亭》。

⑫ (宋)范成大《再用前韵》。

點上他遠不及他的好朋友陸游，甚至也比不上楊萬里。

對范成大來説，杜詩的豪壯是他始終所不能及的，他衹有少量詩句稍有壯氣，如"酒邊蠻舞花低帽，夢裏胡笳雪没鞲"①；"虎狼地僻炊煙晚，風雨天低夏木寒"②；"頓轡青驪飛脱兔，離弦白羽嘯寒鴟"③。而求其全篇豪壯蒼茫者，則不可得。

二、反映民生疾苦與《四時田園雜興》的成就

范成大對窮苦者抱有深深的同情，他在一首詩中寫到冬天賣魚菜者，詩云："飯籮驅出敢偷閑？雪脛冰鬚慣忍寒。豈是不能扃户坐，忍寒猶可忍飢難。"④他在另一首詩中寫到雪中賣藥者，詩題云《墻外賣藥者九年無一日不過，吟唱之聲甚適。雪中呼問之，家有十口，一日不出即飢寒矣》，都對他們致以深切同情。范成大寫農村農事既寫農民之樂，更寫農民之憂，都親切有味。

范成大的詩歌，廣泛地反映了農民的苦難生活。如《樂神曲》："豚蹄滿盤酒滿杯，清風蕭蕭神欲來。願神好來復好去，男兒拜迎女兒舞。老翁翻香笑且言，今年田家勝去年。去年解衣折租價，今年有衣著祭社。"今年所以勝過去年，是因爲今年不用解衣折租，透露出農民的辛酸。《催租行》："輸租得鈔官更催，踉蹌里正敲門來。手持文書雜嗔喜：'我亦來營醉歸耳！'床頭慳囊大如拳，撲破正有三百錢：'不堪與君成一醉，聊復償君草鞋費。'"官吏的横行鄉里，農民的痛苦無奈，歷歷在目。范成大又有《後催租行》："老父田荒秋雨裏，舊時高岸今江水。傭耕猶自抱長飢，的知無力輸租米。自

---

① （宋）范成大《畫工李友直爲余作冰天桂海二圖冰天畫使北虜渡黄河時桂海畫遊佛子巖道中也戲題》。

② （宋）范成大《峰門嶺遇雨泊梁山》。

③ （宋）范成大《海雲回按驍騎於城北原時有吐番出没大渡河上》。

④ （宋）范成大《雪中聞墻外鬻魚菜者求售之聲甚苦有感三絶》。

從鄉官新上來,黄紙放盡白紙催。賣衣得錢都納却,病骨雖寒聊免縛。去年衣盡到家口,大女臨岐兩分首。今年次女已行媒,亦復驅將换升斗。室中更有第三女,明年不怕催租苦。”嫁女如賣女,痛入骨髓。又如《勞畬耕》云:

峽農生甚艱,斫畬大山巔。赤埴無土膏,三刀財一田。頗具穴居智,占雨先燎原。雨來亟下種,不爾生不蕃。麥穗黄剪剪,豆苗緑芊芊。餅餌了長夏,更遲秋粟繁。税畝不什一,遺秉得饜餐。何曾識粳稻,捫腹嘗果然。我知吴農事,請爲峽農言:吴田黑壤腴,吴米玉粒鮮。長腰匏犀瘦,齊頭珠顆圓。紅蓮勝雕胡,香子馥秋蘭。或收虞舜餘,或自占城傳。早秈與晚罷,濫吹甑甗間。不辭春養禾,但畏秋輸官。奸吏大雀鼠,盗胥衆螟蝝。掠剩增釜區,取盈折緡錢。兩鍾致一斛,未免催租瘢。重以私債迫,逃屋無炊煙。晶晶雲子飯,生世不下咽。食者定游手,種者長流涎。不如峽農飽,豆麥終殘年。

峽農甘冒艱辛,斫畬大山之巔,就是因爲這裏租税較輕,還可以吃飽飯。不像那些土地肥沃的地方,被奸吏徵求,反而没有飯吃。詩中説“奸吏大雀鼠,盗胥衆螟蝝”,表現出農民對奸吏的痛恨。

《四時田園雜興》六十首,是范成大集中著名的篇章。在這一組詩歌中,范成大寫農人之樂和農人之憂,對農村生活詳細描繪,對農民的苦難寄以深切同情,有較高的成就。如:

梅子金黄杏子肥,麥花雪白菜花稀。日長籬落無人過,惟有蜻蜓蛺蝶飛。

晝出耘田夜績麻,村莊兒女各當家。童孫未解供耕織,也傍桑陰學種瓜。

黄塵行客汗如漿，少住儂家漱井香。借與門前磐石坐，柳陰亭午正風涼。

采菱辛苦廢犁鋤，血指流丹鬼質枯。無力買田聊種水，近來湖面亦收租。

垂成穡事苦艱難，忌雨嫌風更怯寒。箋訴天公休掠剩，半賞私債半輸官。

新築場泥鏡面平，家家打稻趁霜晴。笑歌聲裏輕雷動，一夜連枷響到明。

黄紙蠲租白紙催，皂衣旁午下鄉來。長官頭腦冬烘甚，乞汝青錢買酒回。

探梅公子款柴門，枝北枝南總未春。忽見小桃紅似錦，却疑儂是武陵人。

范成大的這組詩歌非常感人，也有許多創新，正如錢鍾書所説："他晚年所作的《四時田園雜興》不但是他的最傳誦、最有影響的詩篇，也算得中國古代田園詩的集大成……到范成大的《四時田園雜興》六十首纔仿佛把《七月》《懷古田舍》《田家詞》這三條綫索打成一個總結，使脱離現實的田園詩有了泥土和血汗的氣息。根據他的親切的觀感，把一年四季的農村勞動和生活鮮明地刻劃出一個比較完全的面貌。田園詩又獲得了生命，擴大了境地。"①這也是杜甫關注現實、關心民瘼的優良傳統的再現。

① 錢鍾書《宋詩選注》，第194頁。

三、使金紀行詩中的愛國精神

范成大使金途中寫的一組紀行詩,既寫途中山川形勝、風物之美,又寫淪陷人民對恢復失地的渴望,十分動人。如:

州橋南北是天街,父老年年等駕回。忍泪失聲詢使者,幾時真有六軍來。

傾檐缺吻護奎文,金碧浮圖暗古塵。聞説今朝恰開寺,羊裘狼帽趁時新。

嶢闕叢霄舊玉京,御床忽有犬羊鳴。他年若作清宫使,不挽天河洗不清。

連衽成帷迓漢官,翠樓沽酒滿城歡。白頭翁媪相扶拜,垂老從今幾度看。

荒寺疏鐘解客鞍,由山東畔白煙寒。望都風土連唐縣,翁媪排門帶癭看。

燕石扶欄玉雪堆,柳塘南北抱城回。西山剩放龍津水,留待官軍飲馬來。①

這些詩歌表達了詩人强烈的愛國精神,也有詩史意義。在這一點上,與杜詩有相通之處。

此外,范成大懷念親人的作品比較感人,如他懷念弟弟的詩裏

① (宋)范成大《州橋》《相國寺》《宣德樓》《翠樓》《望都》《龍津橋》。

説："把酒新年一笑非，鶺鴒原上巧相違。墨濃雲瘴我猶住，席大雪花君未歸。萬里關山燈自照，五更風雨夢如飛。别離南北人誰免，似此别離人亦稀。"①

楊萬里評價范成大的詩説："大篇决流，短章斂芒，縟而不釀，縮而不窘，清新嫵麗，奄有鮑謝，奔逸雋偉，窮追太白，求其隻字之陳陳，一倡之嗚嗚，而不可得也。今海内詩人，不過三四，而公皆過之，無不及也。"②其實，除了那些寫農村生活的詩歌和使金絶句，范成大的詩歌都不大能使人感動，也難以引起人的共鳴。杜甫對范成大産生了一些影響，如他在詩中使用了一些杜詩的典故，他的使金紀行詩和《四時田園雜興》等描寫農村生活的詩繼承了杜甫的精神實質。但是，范成大的詩總體上平易古質，不求文采，並不像唐詩。他的詩有議論的傾向，如《題日記》："誰言萬事轉頭空，未轉頭時亦夢中。若向夢中尋夢覺，覺來還入大槐宫。"他還有一些詩歌寫得平庸瑣屑，如那首很長的《嘲蚊四十韵》。他有一些詠史詩，如《讀唐太宗紀》《重讀唐太宗紀》等，議論都不免陳舊，並不見佳。他的詩中唱和酬應之作也比較多，他的大量的紀行詩中也不乏留連光景之作。

通過對曾幾、陳與義、陸游、楊萬里、范成大等人詩歌的分析，可以看出他們各自學杜的特點，也可以總結出南宋前期詩壇學杜的特點：

第一，這個時期，經過戰火的洗禮，詩人們對杜詩有了更深刻的認識。杜詩不僅是詩歌技巧上學習的典範，也是他們戰火中的知音。

---

① （宋）范成大《甲午除夜猶在桂林念致一弟使虜今夕當宿燕山會同館兄弟南北萬里感悵成詩》。

② （宋）楊萬里《范石湖集·序》，《范石湖集》附録三。

第二,這個時期是兩宋學杜的高潮期,主要表現在此時的詩人學杜取得了巨大成就。尤其是陳與義,其五言詩沉鬱頓挫,七言詩雄渾闊大,繼承了杜詩的風格,在内容上也接近杜詩。他是兩宋學杜成就最高的詩人。

第三,將江西詩派學杜與陳與義學杜進行比較,可以得出這樣的結論:單純學習杜詩的技巧、藝術、法度,不會寫出有杜詩那樣成就的詩。衹有把學習技巧、錘煉語言與學習杜甫思想、境界結合起來,在適當的歷史條件下,纔能寫出杜甫那樣的作品。這正是陳與義超越江西詩派的地方,也是他學杜成功的原因。

第四,陸游的詩儘管從整體上與杜詩相去較遠,杜詩之蒼茫深厚爲其所不及,但陸游詩的圓熟和注重句法錘煉,其集大成的成就和愛國精神,都明顯受到杜詩的影響。范成大的使金紀行詩和《四時田園雜興》等描寫農村生活的詩,繼承了杜甫的精神實質。相比較而言,楊萬里的詩不學杜詩,與杜詩差異也最大。

第五,這個時期的詩人,普遍受到江西詩派的影響。但陳與義的詩已經與江西詩派有很大差距,不能簡單地把他歸入江西詩派。陸游寫得最多的是閑適詩,與江西詩派差距更大。楊萬里是輕巧的唐體,范成大的詩平易古質,都與江西詩派不同,這説明這個時期江西詩派的勢力和影響在逐步減小。但是,江西詩派"點鐵成金"、"奪胎换骨"的作詩方法在此時與宋詩平易的風格相結合,最終形成宋詩多用典、有筋骨、好議論、較平白的典型風格,促使宋詩的風格最後定型。

第五章　南宋後期：以詩存史期

南宋後期，首先登上詩壇的是永嘉四靈，即徐照、徐璣、翁卷和趙師秀，他們擺脱江西詩派的束縛，轉而學習晚唐詩，使唐體重新流行。在此階段，杭州書商陳起刻印《江湖集》，該集的作者多爲低級官吏、隱逸之士、僧道或江湖謁客，稱爲江湖詩派。江湖詩派成員身份複雜，詩風也不太一致。其主要成員包括姜夔、劉過、戴復古、劉克莊等詩人，其中以戴復古、劉克莊的成就較爲突出。宋亡之際，又出現了文天祥、謝翱、林景熙、汪元量、謝枋得、鄭思肖等一大批詩人，用詩歌歌詠和記録亡國的痛苦與悲哀。在這些詩人中，文天祥、汪元量等人的作品有明顯的以詩存史的意味①，受到杜甫的影響比較明顯。

第一節　永嘉四靈的詩歌創作

永嘉四靈指南宋後期的徐照、徐璣、翁卷和趙師秀，因其字或號中均有一"靈"字，故合稱"四靈"。他們關係密切，交往比較頻

---

① 關於南宋遺民詩人，方勇結合宗國覆亡的歷史背景討論了謝枋得、謝翱、林景熙、汪元量等詩人的詩歌創作，並對南宋遺民詩人的布局結構、成員類型和不同心態、詩歌主題等進行了深入探討，指出南宋末年的遺民詩人普遍存在"以詩存史"的觀念，"使杜詩的'詩史'精神得到了大力弘揚"。參見方勇《南宋遺民詩人群體研究》，人民出版社2000年版，第223頁。

繁,詩中頗有些同題之作。如徐照集中有《贈不食姑》[1],徐璣有《不食姑》,翁卷有《贈不食姑》。趙師秀也有《一真姑》,從詩的内容看,這個一真姑也就是那個不食姑。徐璣有《西征有寄翁趙徐三友》,頗可説明四靈的親密關係。四靈詩風接近,實不甚佳。從形式上看,他們都慣於使用五言律詩。從内容上看,則大多是寫景詠物、流連光景之作。四靈的詠物詩,所詠爲花草樹木、山水禽鳥之類。他們很少用典,即使用典也不佳。如徐照在《石門瀑布》中説"一派從天落,曾經李白看",用李白詩歌的典故,就很不自然。從風格上看,他們的詩均淺顯細碎,以晚唐姚合、賈島爲宗。他們的詩歌很少涉及社會現實,不僅内容單調狹窄,風格單一,藝術性也不高。

四靈之中,徐照家貧,他在《不寐》中説:"擁衾多不寐,吟思被愁分。雪氣衝簾入,鴻聲帶雨聞。兒飢因廢學,親没未營墳。何致貧如此,肝腸痛莫云。"他訴説貧苦的詩歌雖然寒窘,却還引人同情。

徐璣除了能作五言律詩還能作長一些的五言古詩和五言排律,如《上葉侍郎十二韵》《送蔡侍郎鎮建寧》等。他還寫了一首長詩《傳胡報二十韵》,證明在留連光景之餘還能稍微關心一下國事。徐璣的七言絶句比較圓熟,如《春雨》:"斷橋横落淺沙邊,沙岸疏梅卧曉煙。新雨漲溪三尺水,漁翁來覓渡船錢";"柳著輕黄欲染衣,汀沙漠漠草菲菲。曉風吹斷寒煙碧,無數鴛鴦溪上飛"。又《丹青閣》:"翠靄空霏忽有無,筆端誰著此工夫。溪山本被人圖畫,却道溪山是畫圖。"徐璣有當句對,如"春水生時都是水,西山青外别無山"[2],衹是對得比

① (宋)徐照《贈不食姑》,(宋)徐照、徐璣、翁卷、趙師秀著《永嘉四靈詩集》,浙江古籍出版社 1985 年版,第 47 頁。以下凡引永嘉四靈詩皆見此本,除有必要者僅注出詩題。

② (宋)徐璣《登滕王閣》。

較生硬，不够自然妥帖。

翁卷作詩態度非常認真，徐璣説他作詩是“磨礱雙鬢改，收拾一編成”[①]。翁卷也説：“傳來五字好，吟了半年餘。”[②]這大概也是他們四人共同的作詩態度和方法，他有些七言絶句較好。趙師秀在四靈之中成就較高，他除了五律之外還擅長七律，有些作品有身世之感。

四靈詩歌的最大缺點是不能使人感動，即使是哀挽之作，即使是悼念最好的朋友，也多落入俗套。如徐照《哭居塵禪師》：“今朝聞實信，一隻海船遥。此世永相隔，何僧可與交。茶從秋後盡，門絶月中敲。昨夜山家夢，親曾到石橋。”翁卷悼念好朋友徐璣的《哭徐璣》，也不感人。

永嘉四靈的詩就像一束色彩生硬單調的塑料花，徒具花的形狀而没有花的香氣和生命。《四庫全書總目》説：“蓋四靈之詩，雖鏤心鉥腎，刻意雕琢，而取徑太狹，終不免破碎尖酸之病”[③]，“其所取者，大抵尖新刻畫之詞，蓋一時風氣所趨，四靈如出一手也”[④]。紀昀説：“四靈名爲晚唐，其所宗實止姚合一家，所謂武功體者是也。其法以新切爲宗，而寫景細瑣，邊幅太狹，遂爲宋末江湖之濫觴。”[⑤]他們的詩風清淡細碎，其詩既不能觸及社會現實，又不能抒發自己的真正性情。

永嘉四靈的詩不似杜詩。據説他們寫詩是爲了改江西詩派之病，其實他們的成就尚遠不及江西詩派。趙師秀曾選姚合、賈島詩爲《二妙集》，又選沈佺期以下七十六家詩爲《衆妙集》，竟然排除杜甫。

---

① （宋）徐璣《書翁卷詩集後》。

② （宋）翁卷《寄葛天民》。

③ （清）永瑢等《四庫全書總目》卷一六二《芳蘭軒集提要》，第 1389 頁。

④ （清）永瑢等《四庫全書總目》卷一六二《西巖集提要》，第 1390 頁。

⑤ （清）永瑢等《四庫全書總目》卷一六五《雲泉詩提要》，第 1410 頁。

他們的詩歌與杜詩是截然不同的,杜甫的優長他們没有領會,也没能繼承。如果認真探究他們和杜甫的關係的話,那就是徐照曾經寫過一首《杜甫墳》,詩云:"耒陽知縣非知己,救厄無踪豈忍聞。若更聲名可埋没,行人定不吊空墳。"詩中的議論也照樣空泛無味。

第二節　戴復古的詩歌創作

戴復古,字式之,號石屏,天台人。他早年不甚讀書,中年以布衣身份遊諸公間,一生未仕,落魄江湖四十年,曾南至甌閩,北窺吴越,上會稽,浮洞庭,遊歷四方。《新元史》卷二四四《烈女傳》載戴復古事蹟,謂其流寓武寧時,有富家愛其才,以女妻之。居二年,欲歸,告以曾娶。妻盡以奩具贈之,並送以詞,其中有"後回君若重來,不相忘處,把杯酒,澆奴墳土"之句。既别,遂赴水死。此詞似是後人僞撰。有《石屏詩集》,收詩約兩千首。

一、戴復古詩歌的主要内容

戴復古的詩歌多寫行旅、遊覽、酬贈、送别、題畫、訪僧等内容,尤其是遊覽登臨之作甚多。戴復古爲人謹慎,每於廣座中口不談世事,但他寫的關心國事和民生的詩歌實際上有一定的數量。如其《南嶽》云:"南雲縹緲連蒼穹,七十二峰朝祝融。凌空棟宇赤帝宅,修廊翼翼生寒風。朝家遣使嚴祀典,御香當殿開宸封。願福四海扶九重,干戈永息年屢豐。五嶽惟今見南嶽,北望乾坤雙淚落。"[1]按彼時五嶽之中唯有南嶽衡山在南宋境内,故戴復古望南嶽而感國土之淪喪,以至於淚下。又其《頻酌淮河水》云:"有客游濠

---

① (宋)戴復古著,吴茂雲、鄭偉榮點校《戴復古集》,浙江大學出版社2012年版。以下凡引戴復古詩皆見此本,除有必要者僅注出詩題。

梁，頻酌淮河水。東南水多鹹，不如此水美。春風吹緑波，鬱鬱中原氣。莫向北岸汲，中有英雄泪。”其《江陰浮遠堂》云：“横岡下瞰大江流，浮遠堂前萬里愁。最苦無山遮望眼，淮南極目盡神州。”此時宋金以淮河爲界，淮河以北已經不再是宋之領土，故詩中有“中有英雄泪”之句。此與楊萬里《初入淮河四絶句》之“何必桑乾方是遠，中流以北即天涯”、“長淮咫尺分南北，泪濕秋風欲怨誰”同調。

戴復古《聞邊事》云：“昨日聞邊報，持杯不忍斟。壯懷看寶劍，孤憤裂寒衾。風雨愁人夜，草茅憂國心。因思古豪傑，韓信在淮陰。”其《新朝士多故人愁吟寄之》云：“野鹿自由性，孤鴻不就群。飄零生白髮，故舊半青雲。憂國家何有，愁吟天不聞。北風吹漢水，胡騎政紛紛。”又《所聞二首》云：“屢遣和戎使，三邊未解兵。武夫權漸重，宰相望何輕。天下思豪傑，君王用老成。時無渭濱叟，白首致功名”；“右席須賢久，丹書幾度催。賊驚中使轉，人望相公來。問政曲江宅，調羹庾嶺梅。莫因多病後，虚出應三台”。此皆是詩人憂懷國事之作。其《遇張韓伯説邊事》云：“每上高樓欲斷魂，沿江市井幾家存。飛鴻歷歷傳邊信，芳草青青補燒痕。北望苦無多世界，南來别是一乾坤。相逢莫説傷心事，且把霜螯薦酒樽。”《聞時事》云：“昨報西師奏凱還，近聞北顧一時寬。淮西勳業歸裴度，江左聲名屬謝安。夜雨忽晴看月好，春風漸老惜花殘。事關氣數君知否，麥到秋時天又寒。”《贛州呈雪蓬姚使君》云：“白旗走報山前事，昨日官軍破緑林。千里人煙皆按堵，一春農事最關心。不知郊外雨多少，試探田間水淺深。翠玉樓中無限好，可無閑暇一登臨。”此均言及國事。《秋懷》云：“紅葉無人掃，黄花獨自妍。聽談天下事，愁到酒樽前。”又：“夏閏得秋早，雨多宜歲豐。今朝上東閣，昨夜已西風。田野一飽外，乾坤萬感中。傳聞招戰士，人尚説和戎。”①其《戊戌冬》云：“造化人難測，寒

① （宋）戴復古《醉眠夢中得夏閏得秋早雨多宜歲豐一聯起來西風悲人且聞邊事》。

時暖似春。蛟龍冬不蟄,雷電夜驚人。四海瘡痍甚,三邊戰伐頻。静中觀氣數,愁殺草茅臣。”又其《讀三學士人論事三書》云:“邦計傷虚耗,邊民苦亂離。諸公事緘默,三學論安危。灾異天垂戒,修爲國可醫。傳聞上元夜,絶似太平時”;“黄屋見聞遠,朱門富貴忙。屠沽思報國,樵牧解談王。能轉禍爲福,毋令聖作狂。草茅垂白叟,尚擬見時康”。此亦透露出其憂國之情。

他關心民生的詩歌也有一些。如其《織婦嘆》云:“春蠶成絲復成絹,養得夏蠶重剥繭。絹未脱軸擬輸官,絲未落車圖贖典。一春一夏爲蠶忙,織婦布衣仍布裳。有布得著猶自可,今年無麻愁殺我。”此描寫織婦的困苦生活。其《烏鹽角行》云:“鳳簫鼉鼓龍鬚笛,夜宴華堂醉春色。豔歌妙舞蕩人心,但有歡娱别無益。何如村落卷桐吹,能使時人知稼穡。村南村北聲相續,青郊雨後耕黄犢。”又其《嘉熙己亥大旱荒庚子夏麥熟》云:

> 四野蕭條甚,百年無此荒。早禾遭夏旱,晚稻被蟲傷。富室無儲粟,農家已絶糧。逢人相告語,生理尚茫茫。

> 旱潦並爲虐,三農哭歲饑。當秋穀價貴,出廣米船稀。救死知吾拙,謀生恐計非。固窮君子事,辦采北山薇。

> 餓喙偏生事,空言不療飢。誰知歲豐歉,實繫國安危。世變到極處,人心無藉時。客來談盗賊,相對各愁眉。

> 瑣瑣饑年事,騣騣穀價高。人將委溝壑,誰肯發倉廒。涸沼負枯死,荒村犬餓號。與人同一飽,安得米千艘。

> 瀕海數十里,飢民及萬家。雨多憂壞麥,春好忍看花。鑿淺疏田水,占晴視晚霞。老農如鬼瘦,不住作生涯。

> 積雨喜新霽，山禽亦好音。白雲開曠野，紅日照高林。歉歲地惜寶，惠民天用心。君看大麥熟，顆顆是黄金。

此組詩寫嘉熙三年（1239）大旱，天下絶糧，盜賊蜂起，飢民萬家將委溝壑，好在大麥將熟，尚可給飢民以希望。又其《庚子薦饑》云：

> 正月彗星出，連年旱魃興。自應多變故，何可望豐登。孰有回天力，誰懷濟世能。嫠居不恤緯，憂國瘦崚嶒。

> 連歲遭饑饉，民間氣索然。十家九不爨，升米百餘錢。凛凛飢寒地，蕭蕭風雪天。人無告急處，閉户抱愁眠。

> 餓走抛家舍，從横死路岐。有天不雨粟，無地可埋屍。劫數慘如此，吾曹忍見之。官司行賑恤，不過是文移。

> 乘時皆閉糴，有穀貴如金。寒士糟糠腹，豪民鐵石心。可憐飢欲死，那更病相侵。到處聞愁嘆，傷時泪滿襟。

> 杵臼成虚設，蛛絲網釜鬵。啼飢食草木，嘯聚斫山林。人語無生意，鳥啼空好音。休言穀價貴，菜亦貴如金。

> 去歲未爲歉，今年始是凶。穀高三倍價，人到十分窮。險淅矛頭菜，愁聞飯後鐘。新來慰心處，隴麥早芃芃。

此寫連歲饑饉，穀價高漲，官府賑濟不利，百姓餓死者衆，但詩人看到隴麥生長，即已頗感欣慰。

戴復古的這些言及國事民生的詩歌，透露出其詩歌有限的寫實傾向。這些詩歌雖然與杜甫同類題材的詩歌有着相近的内容，但其詩中的批判性實際遠不及杜詩。如其《人不聊生梅柳早有春意》云:"歲歉家家窘,時危事事難。出門如有礙,對酒亦無歡。楊柳含春思,梅花耐歲寒。少須天意轉,穀熟萬民安。"此雖言及民生疾苦,但認爲天意可轉,穀熟之後即萬民可安。這樣的詩歌雖略及民生疾苦,但顯然不够深刻。另外,在這些詩歌中,我們也幾乎看不到戴復古自己的强烈情感。如他曾遇到一老嫗逢人大哭,云"我兒在謝陵不歸也",原來光州謝陵橋是其子與虜戰死之地,戴復古乃作《望花山張老家》云:"元從邊上住,來此避兵興。麥麨朝充食,松明夜當燈。蔽門麻莑莑,護壁石層層。老嫗逢人哭,吾兒在謝陵。"其詩中的感情可謂極爲克制。錢鍾書説他的詩歌"每每指斥朝政國事"①,其實他詩中這樣的作品並不突出,加之感情不够强烈,所以實際上是説不上什麽"指斥"的。

戴復古《京口喜雨樓落成呈史固叔侍郎》云:"使君歌了人皆飲,更賞谷中花似錦。五兵不用用酒兵,折衝樽俎邊塵寢。"又《題處士黄公山居》:"行盡松坡與竹坡,沿溪窈窕上岩阿。山深每恨客來少,寺近莫教僧到多。但覺洞中人不老,不知雲外事如何。邊頭又報真消息,鞀使來朝乞講和。"戴復古曾向陸游請教作詩,他的這些詩歌雖言及國事,但"危事而易言之",與陸游詩頗似,正錢鍾書所謂"夢太得意"者。

二、戴復古詩歌與杜詩

戴復古《栗齋鞏仲至以元結文集爲贈》云:"偉哉浯溪碑,千載氣凛凛。舂陵賊退篇,少陵猶斂衽。文章自一家,其意則古甚。"可見他對杜詩頗爲熟悉。實際上與大部分宋代詩人一樣,他對杜甫也極爲推崇。其《杜甫祠》云:"嗚呼杜少陵,醉卧春江漲。文章萬丈光,不隨枯骨葬。平生稷契心,致君堯舜上。時兮弗我與,屹然

① 錢鍾書《宋詩選注》,第234頁。

抱微尚。干戈奔走踪，道路飢寒狀。草中辨君臣，筆端誅將相。高吟比興體，力救風雅喪。如史數十篇，才氣一何壯。到今五百年，知公尚無恙。麒麟守高阡，貂蟬入畫像。一死不幾時，聲迹兩塵莽。何如耒陽江頭三尺荒草墳，名如日月光天壤。"此爲戴復古過耒陽杜甫祠所作，表達了他對杜甫的崇敬之情。據戴復古《寄耒陽令嚴坦叔》"江連杜甫墓，水落蔡倫池"，可知宋人多以爲杜甫墓在耒陽。戴復古遇到杜甫後人，贈詩云："杜陵之後有孫耒，自守詩家法度嚴。秀骨可仙官況薄，高情追古俗人嫌。起看星斗夜推枕，爲愛江山寒捲簾。飽吃梅花吟更好，錦囊雖富不傷廉。"[①]表達了對杜甫及其後人的欽敬。其論詩詩十首出自杜甫《戲爲六絶句》，其中一首論及杜詩，詩云："飄零憂國杜陵老，感寓傷時陳子昂。近日不聞秋鶴唳，亂蟬無數噪斜陽。"[②]此亦是推崇杜詩之意。他又説："憶著當年杜陵老，一生飄泊也風流。"[③]

杜甫對戴復古的主要影響表現在戴復古使用杜詩典故、化用杜甫詩句方面。戴復古《新喻縣蘇晋叔相會》之"典衣供酒錢"，出杜甫之"朝回日日典春衣，每日江頭盡醉歸"。其《送曉山夏肯甫入京》之"歲月頻看鏡"，《董叔震書堂》之"勳業時看劍"，均出杜甫之"勳業頻看鏡"。其《次韵陳叔强見寄》之"風生三尺劍，夢逐五湖船"，出自杜甫之"風塵三尺劍，社稷一戎衣"。其"詩書筆有神"[④]，出自杜甫之"下筆如有神"。其《喜聞平峒寇》之"江湖春水多"，出自杜甫之"江湖秋水多"。其《訪陳復齋寺丞於私第》之"乾坤萬感中"，出自杜詩"乾坤震蕩中"。《趙敬賢送荔枝》之"又勝擘輕紅"，

---

① （宋）戴復古《杜子野主簿約客賦一詩爲贈與僕一聯云生就石橋羅漢面吟成雪屋閬仙詩》。

② （宋）戴復古《昭武太守王子文日與李賈嚴羽共觀前輩一兩家詩及晚唐詩，因有論詩十絶，子文見之謂無甚高論，亦可作詩家小學須知》。

③ （宋）戴復古《趙克勤曾槖卿景壽同登黄南恩南樓》（其一）。

④ （宋）戴復古《題新淦何宏甫江村》。

出自杜詩“輕紅擘荔枝”。《寄建康留守制使趙用父都丞侍郎》之“片心天共廣”,出自杜甫“片雲天共遠”。《大熱五首》(其五)之“千古叫虞舜”,似出自杜甫“回首叫虞舜”。其“已無藏酒婦,幸有讀書兒”①,頗似杜詩之“曬藥能無婦,應門幸有兒”。其“相賞莫相違”②,出自杜甫之“傳語風光共流轉,暫時相賞莫相違”。其“緑垂當户柳,紅映隔墻花”③,頗似杜甫之“青惜峰巒過,黄知橘柚來”。他的“詩是君家事”④,用杜甫“詩是吾家事”。其詩中的僧人多被稱爲“贊公”,如“醉來歸興懶,留宿贊公房”⑤,“擁鼻行吟上下廊,今宵又宿贊公房”⑥,這也是受到杜詩的影響。戴復古《題曾無疑飛龍飲秣圖》云:“雲巢示我良馬圖,一騎欲來一騎趨。竹批雙耳目摇電,毛色純一骨相殊。”按“一騎欲來一騎趨”出杜甫之“一匹齕草一匹嘶”,“竹批雙耳目摇電”出杜甫之“竹批雙耳峻”。戴復古《求先人墨蹟呈表兄黄季文》:“我翁本詩仙,遊戲滄海上。引手掣鯨鯢,失脚墮塵網。”“引手掣鯨鯢”句,用杜甫“或看翡翠蘭苕上,未掣鯨魚碧海中”。他又説:“此畫流傳知幾載,生綃剥落精神在。何人爲我更作杜陵《飲中八仙歌》,將與冰壺主人爲此對。”⑦戴復古詩不尚用典,故化用杜詩亦少。

除化用杜詩詩句外,杜甫對戴復古詩歌創作的影響不大。杜詩在南宋時期非常流行,杜甫在詩壇的地位也非常崇高。戴復古

---

① (宋)戴復古《沈莊可號菊花山人即其所言》。
② (宋)戴復古《送侄孫汝白往東嘉問訊陳叔方諸丈》。
③ (宋)戴復古《夢中題林逢吉軒壁覺來全篇可讀天明忘了落句》。
④ (宋)戴復古《擬峴台杜子野主簿寓居》。
⑤ (宋)戴復古《劉興伯黄希宋蘇希亮慧力寺避暑》。
⑥ (宋)戴復古《廬山十首取其四》(其三)。
⑦ (宋)戴復古《趙遵道郎中出示唐畫四老飲圖滕賢良有詩亦使野人著句》。

有詩云："時人誰識老聾丞，滿口常談杜少陵。"①那位清高的名叫諸葛仁的"聾丞"談起杜詩來居然也滔滔不絕。但是，戴復古衹有少數的詩作略有沉鬱之氣②。如其《歸後遣書問訊李敷文》（其三）云："憶作南州客，歸來東海濱。尚懷憂世志，忍説在家貧。老作山林計，夢隨車馬塵。鬱孤臺上月，無復照詩人。"戴復古有詩云："故人昔住金華峰，面帶雙溪秋水容。故人今住伏龍山，陳陶故圃茅三間。千載清風徐孺子，門前共此一湖水。百花洲上萬垂楊，白鷗群裏歌滄浪。"③此全仿杜甫《玄都壇歌寄元逸人》之"故人昔隱東蒙峰，已佩含景蒼精龍。故人今居子午谷，獨在陰崖結茅屋"。其《部中書懷呈滕仁伯秘監》云："北風朝暮寒，園林日蕭條。自非松柏姿，何葉不飄摇。儒衣歷多難，陋巷困簞瓢。無地可躬耕，無才仕王朝。一飢驅我來，騎驢吟灞橋。通名丞相府，數月不見招。欲登五侯門，非皓齒細腰。索米長安街，滿口讀詩騷。時人試静聽，霜枝囀寒蜩。倘可悦人耳，安望如簫韶。"此詩中的"時人試静聽"出自杜甫的"丈人試静聽"，全詩與杜甫的《奉贈韋左丞丈二十二韵》略似。

總體上，戴復古詩歌的氣格去杜較遠。其《祝二嚴》云："前年得嚴粲，今年得嚴羽。我自得二嚴，牛鐸諧鍾吕。粲也苦吟身，束之以簪組。遍參百家體，終乃師杜甫。"嚴粲學杜，戴復古學嚴粲，然其詩平白俚俗，終不似杜甫。戴復古詩多平白無力，杜甫之蒼渾高華，他終身未到。

戴復古《衡陽度歲》云："爲懷賈誼到長沙，又過衡雲湘水涯。

---

① （宋）戴復古《諸葛仁叟縣丞極貧能保風節有權貴招之不屑其行》。

② 孫望、常國武認爲戴復古受到杜甫的影響較大，"頗得杜詩沉鬱頓挫的風神"。參見孫望、常國武主編《宋代文學史》（下），第215頁。

③ （宋）戴復古《伏龍山民宋正甫湖山清隱乃唐詩人陳陶故園曾景建作記俾僕賦詩》。

詩酒放懷真是癖,江湖久客若無家。茫茫萬事生春夢,草草三杯度歲華。把定東風笑相問,忍將桃李换梅花。"《和高與權》云:"相逢休説昧平生,高適能詩久擅名。欲課荒蕪來入社,羞將老醜對傾城。近來客裏仍多病,强向花前舉一觥。樂極自傷頭白早,樽前知我孟雲卿。"此二詩稍老健疏放,在其集中較爲少見。戴復古説:"萬事盡從忙裏錯,一心須向静中安。路當平處經行穩,人有常情耐久看。"①"閑居便是人間樂,克己何須座右銘。"②他的這種力求平穩的性格與杜甫顯然有很大不同,這也許是他的詩歌不似杜詩的原因。

宋趙以夫《石屏集題跋》謂戴復古詩"祖少陵"。元貢師泰《重刊石屏先生詩序》謂其"能入少陵之室",又謂其作詩"悉本於杜"。清宋世犖《重刊石屏集序》則謂其"瓣香於杜老"。此皆是虚譽之詞,不可采信。在學杜這一點上,我們不妨相信戴復古自己的話:"惡詩有誤公題品,不是夔州杜少陵。"③

三、戴復古詩歌的主要特徵

戴復古詩屬晚唐體,不尚用典,與江西詩派頗有不同。如其《題鄭寧夫玉軒詩卷》云:"良玉假雕琢,好詩費吟哦。詩句果如玉,沈謝不足多。玉聲貴清越,玉色愛純粹。作詩亦如之,要在工夫至。辨玉先辨石,論詩先論格。詩家體固多,文章有正脉。細觀玉軒吟,一生良苦心。雕琢復雕琢,片玉萬黄金。"此類古體,語皆平白,與江西詩派無涉。

他的詩出語平白,風格清淡,其内容雖有山川行旅、訪友感遇等,不可謂不豐富,寫法上却缺少變化。其集中寫景之作較多,雖

---

① (宋)戴復古《處世》。

② (宋)戴復古《與侄南隱等賡和》。

③ (宋)戴復古《謝吴秘丞作石屏集後序》。

亦精巧，實少丰神。可以説，他的詩歌有明顯的缺陷，那就是如楊萬里的詩歌一樣不能使人感動，總體上力量不够。他也有關心國事和民瘼的詩篇，但大多不够深刻。所以，戴復古雖然是江湖詩派中的名家，其詩歌却缺少傳世名篇。

在戴復古的詩中，我們可以看到他對屬對精巧的努力追求。他的五言詩中也確有巧對，如"檐楹雙燕語，風雨百花殘"①，"自從山以後，直到水之涯"②，"山好如佳客，吾歸作主人"③，"臘月三山雪，梅花一路詩"④，"畎畝一生事，乾坤百病身"⑤，"雲行山自在，沙合水分流"⑥，"黄花一杯酒，白髮幾重陽"⑦，"利名雙轉轂，今古一憑欄。春水渡傍渡，夕陽山外山"⑧，"生自前丁亥，今逢兩甲辰。黄粱一夢覺，青鏡二毛新"⑨，"詩家青眼舊，世路白頭新"⑩，"縣花潘岳賦，池草惠連詩"⑪，"天寒梅信早，海近雁聲多"⑫，"心寬忘地窄，亭小得山多"⑬，"臘月雪三尺，春風梅數枝"等⑭。其七言詩中也多有佳句，如《春日二首呈黄子邁大卿》（其二）之"或是或非塵裏事，無窮無達醉中身"，《寄湖州楊伯子監丞》之"遣病每懷詩卷

① （宋）戴復古《萍鄉客舍》。
② （宋）戴復古《訪楊伯子監丞自白沙問路而去》。
③ （宋）戴復古《歸來二首》（其二）。
④ （宋）戴復古《送彭司户之官三山》。
⑤ （宋）戴復古《寄南昌故人黄存之宋謙甫二首》（其二）。
⑥ （宋）戴復古《臨江小泊》。
⑦ （宋）戴復古《九日》。
⑧ （宋）戴復古《世事》。
⑨ （宋）戴復古《新年自唱自和》。
⑩ （宋）戴復古《聞嚴坦叔入朝再用前韵》。
⑪ （宋）戴復古《送季明府赴太平倅》（其三）。
⑫ （宋）戴復古《鄭南夫雲林隱居》。
⑬ （宋）戴復古《題春山李基道小園》。
⑭ （宋）戴復古《生朝對雪張子善有詞爲壽》。

屬，訪醫因問藥君臣"，《飲中達觀》之"赫赫幾時還寂寂，閑閑到底勝勞勞"，《清凉寺有懷真翰林運使之來》之"梅爲有香奇似雪，酒能無悶妙於詩"，《豫章巨浸呈陳幼度提幹》之"憂風憂雨動經月，足食足衣能幾家"，《江州德化縣漪嵐堂盡得廬山之勝醉中作此》之"有時酒興兼詩興，無限山光與水光"。又"臨風桃李花狼藉，照水樓臺影動摇"①，"樹頭樹底參差雪，枝北枝南次第春"②，"千里江山客行遠，三秋風雨桂開遲"，均是較爲巧妙的對仗③。戴復古雖有巧對，但大多數的對仗還是錘煉不够。他崇拜陸游，其《讀放翁先生劍南詩草》云："茶山衣鉢放翁詩，南渡百年無此奇。入妙文章本平澹，等閑言語變瑰琦。三春花柳天裁剪，歷代興衰世轉移。李杜陳黄題不盡，先生模寫一無遺。"但他的好對仗顯然遠不及陸游。他詩中衹是偶有壯闊之句，如"流水奔騰砥柱立，好山呈露晚雲開"等④。此外，其對仗偶有油滑之病，如《送黎明府》之"一身如許瘦，百姓不妨肥"、《客遊》之"倒餐甘蔗入佳境，晝著錦衣歸故鄉"等均是。儘管如此，戴復古詩歌總體上還是不尚用典，他自謂胸中無書，如商賈之乏資本，不能致奇貨，實非虚語。

戴復古的一些古體詩有樂府意味。他的一些樂府詩較有古意，如其《白苧歌》云："雪爲緯，玉爲經。一織三滌手，織成一片冰。清如夷齊，可以爲衣。陟彼西山，於以采薇。"其《羅敷詞》云："妾本秦氏女，今春嫁王郎。夫家重蠶事，出采陌上桑。低枝采易殘，高枝手難攀。踏踏竹梯登樹杪，心思蠶多苦葉少。舉頭桑枝掛鬢脣，轉身桑枝勾破裙。辛苦事蠶桑，實爲良家人。使君奚所見，爲

---

① （宋）戴復古《去年訪曾幼卿通判，携歌舞者同遊鳳山，僕有歌舞不容人不醉樽前方見董嬌嬈之句。今歲到鳳山，又闢西隅築堤種柳，新作數亭，且欲建藏書閣，後堂佳麗皆屏去之矣。僕嘉其志，又有數語並録之》。

② （宋）戴復古《山中見梅寄曾無疑》。

③ （宋）戴復古《寄項宜甫兼簡韓右司》。

④ （宋）戴復古《遊雲溪與郡宴用太守韵即事二首》（其一）。

妾駐車輪。使君口有言，羅敷耳無聞。蠶飢蠶飢，采葉急歸。"無論内容和語言都是擬古而作。他的一些古體詩較爲古樸，也有樂府意味。如其《江南新體》云："郎船江下泊，妾家樓上住。朝朝暮暮間，上下兩相顧。相顧不相親，風波愁殺人。"戴復古自注云"王建有此體"，此詩風格其實更近於南朝之吴歌西曲。戴復古詩中也頗有一些樂府詩的句法，如《客行河水東》中的"客行河水東，客行河水西。客行河水南，客行河水北"。又如"東家送檳榔，西家送檳榔。咀嚼唇齒赤，亦能醉我腸"，"縣官送月糧，鄰翁供菜把。咫尺是屠門，亦有賣鮮者"，"問木木成陰，問花花已謝。黄鸝出幽谷，杜鵑叫長夜"，"昨日看花開，今日見花落"等①。

戴復古的一些詩歌頗效白體，如其《琵琶行》云："潯陽江頭秋月明，黄蘆葉底秋風聲。銀龍行酒送歸客，丈夫不爲兒女情。隔船琵琶自愁思，何預江州司馬事。爲渠感激作歌行，一寫六百十六字。白樂天，白樂天，平生多爲達者語，到此胡爲不釋然。弗堪謫宦便歸去，廬山政接柴桑路。不尋黄菊伴淵明，忍泣青衫對商婦。"此從白居易《琵琶行》脱出，而加以議論。其《送來賓宰》云："君作來賓宰，聽我説來賓。蠻俗無王化，當爲行化人。有民無租賦，租賦出商旅。逐利遭重徵，商旅亦良苦。能放一分寬，可減十分怨。不愛資囊槖，但愛了支遣。民窮賴撫摩，官貧俸不多。但得百姓安，俸薄其奈何。勿謂朝廷遠，官職易遷轉。律己貴廉勤，遇事要明斷。自縣辟爲州，指日爲太守。須知早歸來，瘴鄉不可久。"此亦平易似白體。嘉定七年（1214）孟秋，起居舍人兼直學士院真德秀上殿直前奏邊事，不顧忌諱，一疏萬言，援引古今，鋪陳方略，忠誼感激而辭章浩瀚。戴復古獲見此疏，伏讀再三，乃作詩效白樂天體以紀其事。詩作白體，唯文采不及白居易耳。戴

---

① （宋）戴復古《久寓泉南待一故人消息桂隱諸葛如晦謂客舍不可住借一園亭安下即事凡有十首》（其一）、（其三）、（其四）、（其五）。

復古到趙叔垕山堂,適逢其家遭逢事變,戴復古作詩云:"一徑沿溪入,數椽松竹間。豈知人事變,自覺客身閑。采菊出尋酒,移床卧看山。蒼頭無可作,把釣過西灣。"①其詩歌恰如白詩之淺白,陶詩之平淡。

戴復古七言律詩之寫景佳句以及一些七言絶句,略似楊萬里,而靈巧次之。如其《江村晚眺二首》云:"數點歸鴉過别村,隔灘漁笛遠相聞。菰蒲斷岸潮痕濕,日落空江生白雲";"江頭落日照平沙,潮退漁舠閣岸斜。白鳥一雙臨水立,見人驚起入蘆花"。《桂》:"金谷園林知幾家,競栽桃李作春華。無人得似天工巧,明月中間種桂花。"《次韵郭子秀曉行》:"脱葉園林帶曉鴉,馬蹄步步踏霜華。山邊水際頻凝顧,怕有寒梅昨夜花。"《山村》:"山崦誰家緑樹中,短墻半露石榴紅。蕭然門巷無人到,三兩孫隨白髮翁";"萬竹稍頭雲氣生,西風吹雨又吹晴。題詩未了下山去,一路吟聲雜水聲"。《酴醿》:"東風滿架索春饒,三月梁園雪未消。牘馥何人炷蘭麝,柔枝無力帶瓊瑶。"《次韵盧申之正字野興》:"芋圃蔬畦接井湄,茅檐四面槿籬圍。門前盡日無人過,牛渡横塘野鴨飛。"《初夏游張園》:"乳鴨池塘水淺深,熟梅天氣半晴陰。東園載酒西園醉,摘盡枇杷一樹金。"此均與楊萬里詩頗似。戴復古絶句不追求雄渾,亦不過度雕琢,而是頗爲精煉,其寫景之作頗有一些機智輕靈之作,屬於輕巧的唐體。其五言詩亦有似楊萬里之處,如其《太湖縣雪中簡段子克知縣》云:"臘雪隨風下,蹇驢行路難。匆匆投邸舍,草草共杯盤。喜見豐年瑞,渾忘昨夜寒。兒童不解事,却作柳花看。"此詩末句寫兒童將雪花認作柳絮,頗有奇趣,恰如楊萬里之"戲掬清泉灑蕉葉,兒童誤認雨聲來"。又其《舟中》云:"檥棹河梁畔,推篷得句新。雲爲山態度,水借月精神。密樹藏飛翮,平波見躍鱗。饑年村落底,也有醉歸人。"此亦略似楊萬里,唯不如楊萬里

① (宋)戴復古《趙叔垕山堂安下其家適有喪事》。

之精警耳。

戴復古年壽在八十以上，詩歌亦多至約兩千首。其詩歌正大純雅，以淡雅自然爲宗。其《謝東倅包宏父三首》（其一）云："詩文雖兩途，理義歸乎一。風騷凡幾變，晚唐諸子出。本朝師古學，六經爲世用。諸公相羽翼，文章還正統。"所謂"正大純雅"，或此類也。其詩多寫景之作，所寫多爲清麗小景，幽美而平静。特别是其五言律之中四句多是全部寫景，殊少變化，從而造成詩意平白，詩味寡淡。戴復古詩風格清淡輕快，天然不廢斧鑿，音節和婉而平淡自然，風格在陶淵明、孟浩然及晚唐諸家之間。在宋則不似江西詩派，而是略近於楊萬里。錢鍾書認爲戴復古的作品"受了'四靈'提倡的晚唐詩的影響，後來又摻雜了些江西派的風格"，他甚至有着"調停那兩個流派的企圖"①。從戴復古詩歌看，他受到江西詩派的影響很小，不僅用典較少，而且基本保持了清淡平白的風格，更接近晚唐體。他曾評論朋友趙紫芝，謂其爲"東晋時人物，晚唐家數詩"②，可見他對晚唐體非常熟悉。但他似乎也認識到晚唐體的缺點，如他看到其侄孫昺的《東野農歌》一編中有"汲水灌花私雨露，臨池疊石幻溪山"、"草欺蘭瘦能香否，杏笑梅殘奈俗何"之句，認爲此兩聯體格純正、氣象和平，遂贊美他"不學晚唐體，曾聞大雅音"。戴復古《思歸二首》（其二）云："分無功業書青史，或有詩名身後存。"可見他對自己的詩歌才能非常自信。其《送吴伯成歸建昌二首》（其一）云："冥搜琢肺肝，苦吟忘晝夜。"似乎其詩亦是苦吟而來，而以平淡面目出之。戴復古的一些詩實與四靈相類，其詩平白而不尚用典，詩風清淡，體現出江湖詩派的一些特徵，總體成就不高。

---

① 錢鍾書《宋詩選注》，第234頁。

② （宋）戴復古《哭趙紫芝》。

第三節　劉克莊的詩歌及其學杜

劉克莊,字潛夫,號後村,莆陽人。生有異質,日誦萬言,爲文援筆立就。嘗受業於真德秀,真德秀以“學貫古今,文追騷雅”進之。以蔭入仕,賜同進士出身,官至工部尚書、龍圖閣學士。嘗賦梅花云:“東風謬掌花權柄,却忌孤高不主張。”①當國者以爲譏己,閑廢十年。其後又作訪梅詩云:“夢得因桃數左遷,長源爲柳忤當權。幸然不識桃并柳,却被梅花累十年。”②有《後村集》,存詩四千五百餘首。劉克莊是江湖詩派的重要詩人,在宋代文學史上頗有影響。

一、劉克莊詩歌的主要内容

從内容上看,劉克莊詩歌多寫酬贈唱和、登臨遊覽等日常生活,總體上詩境較爲狹窄。如其《歲晚書事十首》記家中瑣事,詩云:“荒苔野蔓上籬笆,客至多疑不在家。病眼看人殊草草,隔林迢遞見梅花”;“踏破儂家一徑苔,雙魚去换隻雞回。幸然不識聱牙字,省得閑人載酒來”;“細君炊秫婢繰絲,彩勝酥花總不知。窗下老儒衣露肘,挑燈自揀一年詩”;“門冷如冰盡不妨,由來富貴屬蒼蒼。誰能却學癡兒女,深夜潛燒祭竈香”;“歲晚郊居苦寂寥,日高鹽路去城遥。深深榕徑苔墻裏,忽有銀釵叫賣樵”;“主公晚節治家寬,婢慣奴驕號令難。圃在屋邊慵種菜,井臨砌畔怕澆蘭”;“日日

---

① (宋)劉克莊《落梅》,(宋)劉克莊著、辛更儒箋校《劉克莊集箋校》(第二册),中華書局2011年版,第162頁。本書以下所引劉克莊詩文皆見此集,除有必要者外僅注出題目。

② (宋)劉克莊《病後訪梅九絶》(其一)。

抄書懶出門，小窗弄筆到黄昏。丫頭婢子忙匀粉，不管先生硯水渾”①。這組詩描寫了諸多生活細節，饒有趣味，似可與范成大《四時田園雜興》對讀。其集中賞梅之作尤多，如《病後訪梅九絶》等。

宋室南遷之後，有權貴掠奪民田以爲己物，有至數千萬畝或綿延數百里者。劉克莊上奏説：“至於吞噬千家之膏腴，連亘數路之阡陌，歲入號百萬斛，則自開闢以來，未之有也。”他在《後村詩話》中説：“韋蘇州詩云：‘身多疾病思田里，邑有流亡愧俸錢。’太守能爲此言者鮮矣。若放翁云：‘身爲野老已無責，路有流民終動心。’退士能爲此言，尤未之見也。”這都透露出他對民瘼的關心。對於前代言及國事的詩歌，他也頗能稱賞，其《後村詩話》云：“《新安吏》《潼關吏》《石壕吏》《新婚别》《垂老别》《無家别》諸篇，其述男女怨曠，室家離别，父子夫婦不相保之意……唐自中葉以徭役調發爲常，至於亡國。肅代而後，非復貞觀開元之唐矣。新舊《唐史》不載者，略見杜詩。”“（杜甫）《東屯》云：‘築場憐穴蟻，拾穗許村童。’可見民胞物與之意。”此雖是討論杜詩，却也表現出他關心民生的態度。

劉克莊有一些描寫現實生活和國事民生的詩作，有代表性的有《築城行》《開壕行》《運糧行》《苦寒行》《國殤行》《軍中樂》《寄衣曲》《大梁老人行》《朝陵行》等篇，其中有一些是樂府詩。其《築城行》云：“萬夫喧喧不停杵，杵聲丁丁驚后土。遍村開田起窑竈，望青斫木作樓櫓。天寒日短工役急，白棒訶責如風雨。漢家丞相方憂邊，築城功高除美官。舊時廣野無城處，而今烽火列屯戍。君不見高城齾齾如魚鱗，城中蕭疏空無人。”此寫萬夫築城，飽歷艱辛，而督管者因此升任高官。其《開壕行》云：“前人築城官已高，後人下車來開壕。畫圖先至中書省，諸公聚看稱賢勞。壕深數丈周

---

①（宋）劉克莊《歲晚書事十首》（其一）、（其二）、（其五）、（其六）、（其七）、（其八）、（其九）。

十里,役兵大半化爲鬼。傳聞又起旁縣夫,鑿教四面皆成水。何時此地不爲邊,使我地脉重相連。"此寫開壕者城外挖壕的艱辛,参加勞動的役夫居然大半在勞役中死去。其《朝陵行》云:"國家諸陵陷河北,盗發寶衣斧陵木。或言陵下往來人,夜聞翁仲草間哭。何年却遣朝陵官,含桃璀粲登金盤。悲哉人家墳墓各有主,誰修永昌一抔土。"此言宋皇室原來的墳墓因在淮河以北,已爲異族占領,陵墓被盗而魂魄無主。

此外,劉克莊還有一些詩歌涉及朝廷政治。如其《觀元祐黨籍碑》云:"嶺外瘴魂多不返,冢中枯骨亦加刑。稍寬末後因奎宿,暫仆中間得彗星。早日大程知反覆,暮年小范要調停。書生幾點殘碑泪,一吊諸賢地下靈。"又其《感昔二首》云:"談攻説守漫多端,誰把先朝事細看。棄夏西郵忘險要,失燕北面受風寒。傍無公議扶種李,中有流言沮范韓。寄語深衣揮麈者,身經目擊始知難。""先皇立國用文儒,奇士多爲筆墨拘。澶水歸來邊奏少,熙河捷外戰功無。生前上亦知强至,死後人方誄尹洙。螻蟻小臣孤憤意,夜窗和泪看輿圖。"又其《明皇按樂圖》云:"今人不識前朝事,但見斷縑妝束異。豈知當日亂離人,説着開元總垂泪。"唐朝的"當日亂離人"與南宋的"今日偏安客"境遇和心情何其相似,此唐人故事也暗寓了南宋流亡者的悲哀。

他還有一些詩歌寫到與外族的戰爭。其《聞城中募兵有感二首》:"調發年多籍半空,虎符招補至閩中。莊農戎服來操戟,太守儒裝學拍弓。去日初辭鄉樹緑,到時愁見戍旗紅。募金莫作纏頭費,留製衣袍禦北風。""昔在軍中日募兵,萬夫魚貫列行營。懸金都市招徠廣,立的轅門去取精。二石開弓猶恨少,雙重被鎧尚嫌輕。伍符今屬他人手,歷歷空能記姓名。"此寫募兵之弊。其《贈防江卒六首》其一、其二云:"陌上行人甲在身,營中少婦泪痕新。邊城柳色連天碧,何必家山始有春。""壯士如駒出渥洼,死眠牖下等蟲沙。老儒細爲兒郎説,名將皆因戰起家。"此皆鼓勵將士戍邊報國。又其《冶城》云："斷鏃遺鎗不可求，西風古意滿原頭。孫劉數子如春夢，王謝千年有舊遊。高塔不知何代作，暮笳似説昔人愁。神州祇在闌干北，度度來時怕上樓。"《真州北山》云："憶昔胡兒入控弦，官軍迎戰北山邊。笳簫有主安新葬，蓑笠無人墾廢田。兵散荒營吹戍笛，僧從敗屋起茶煙。遥憐鍾阜諸峰好，閑鎖行宫九十年。"此皆言及戰事。《聞何立可李茂卿訃二首》云："初聞邊報暗吞聲，想見登譙與虜爭。世俗今猶疑許遠，君王元未識真卿。傷心百口同臨穴，極目孤城絶救兵。多少虎臣提將印，誰知戰死是書生。""何老長身李白鬚，傳聞死尚握州符。戰場便合營雙廟，太學今方出二儒。史館何人徵逸事，羽林無日訪遺孤。病夫疇昔曾同幕，西望關山涕自濡。"何立可、李茂欽皆劉克莊同官，聞其爲國捐軀，劉克莊悲不自勝。

需要注意的是，作爲朝廷官吏，劉克莊憂懷國事的詩歌要比戴復古等江湖謁客多一些，但這類詩歌在其全部詩歌中畢竟祇占了很小的比例。劉克莊《後村詩話》云："韓致光、吴子華皆唐末詞臣，位望通顯，雖國蹙主辱，而賦詠倡和不輟。存於集者不過流連光景之語，如感時傷事之作，絶未之見。當時公卿大臣往往皆如此。"大體而言，劉克莊的大部分詩歌也多是留連光景之作。而他那些關心國事民生的作品也不够深刻，感情不够强烈，與陸游、范成大、陳與義相比，表現時代的深度和廣度都遠爲不及。

二、劉克莊與晚唐體

劉克莊論詩亦慕氣格雄渾之句，如其《後村詩話》論劉禹錫云："劉夢得五言，如《蜀先主廟》云：'天下英雄氣，千秋尚凛然。勢分三足鼎，業復五銖錢。得相能開國，生兒不象賢。凄凉蜀故妓，歌舞魏宫前。'《八陣圖》云：'軒皇傳上略，蜀相運神機。水落龍蛇出，沙平鵝鸛飛。波濤無動勢，鱗介避餘威。會有知兵者，臨流指是非。'《中秋》云：'星辰讓光彩，風露發晶英。能變人間世，翛然是玉京。'七言如《洛中寺北樓》云:'高樓賀監昔曾登,壁上筆踪龍虎騰。中國書流讓皇象,北朝文士重徐陵。偶因獨見空驚目,恨不同時便服膺。惟恐塵埃轉磨滅,再三珍重囑山僧。'《西塞山懷古》云:'西晋樓船下益州,金陵王氣黯然收。千尋鐵鎖沉江底,一片降幡出石頭。人世幾回傷往事,山形依舊枕寒流。今逢四海爲家日,故壘蕭蕭蘆荻秋。'《哭吕温》云:'遺草一函歸太史,旅墳三尺近要離。'《金陵懷古》云:'山圍故國周遭在,潮打空城寂寞迴。'皆雄渾老蒼,沉着痛快,小家數不能及也。"可見,劉克莊頗爲推崇剛健雄渾的風格。

但是,劉克莊的詩歌却並非此種風格,而是輕巧的唐體。《宋詩鈔》之《後村詩鈔序》論其詩云:"初,趙紫芝、徐道暉諸人,擺落近世詩律,斂情約性,因狹出奇,合於唐人,時謂四靈體格。後村年甚少,刻琢精麗,與之並驅。已而厭之,謂諸人極力馳驟,纔望見賈島、姚合之藩而已。欲息唐律,專造古體。趙南塘曰:'不然,言意深淺,存人胸懷,不繫體格。若氣象廣大,雖唐律不害爲黄鐘大吕。否則,手操雲和,而驚飈駭電,猶隱隱絃撥間也。'後村感其言而止,然自是思益新,句愈工,涉歷老練,布置闊遠。論者謂江西苦於麗而冗,莆陽得其法而能瘦、能淡、能不拘對,又能變化而活動。蓋雖會衆作,而自爲一宗者也。"此云劉克莊初學四靈,後不滿足於晚唐體,欲專造古體,但最後還是沿襲唐律,終有所成。而《後村詩話》則云:"昔南塘力勉余息近體而續陳(子昂)、李(白)之作,余汩世故,忽忽不經意,而老至矣。"以此觀之,劉克莊似乎又頗以未改學古體爲悔。但無論如何,他的詩模擬四靈而爲晚唐體却是不争的事實。劉克莊與四靈有些交往,其《贈翁卷》云:"非止擅唐風,尤於選體工。有時千載事,衹在一聯中。世自輕前輩,天猶活此翁。江湖不相見,纔見又西東。"他在其《後村詩話》中又稱贊四靈,謂其對仗"甚佳"。劉克莊自四靈入手學習詩歌創作,後雖有所改易,但一生還是延續了這種晚唐體的風格。

劉克莊《後村詩話》云："魏野詩，除前輩拈出數聯之外，如'棋退難饒客，琴生却問兒'、'松風輕賜扇，石井勝頒冰'、'鶴病生閑撓，僧來廢静眠'、'雁急長天外，驢遲落照中'。又《咏菊》云：'五色中偏貴，千花後獨尊。'皆逼姚、賈而少有誦之者。"他自己的詩作亦是此種風味，如其《北山作》云："字瘦偏題石，詩寒半説雲。"《晚春》云："雨多田有鵲，潮小市無魚。"《煙竹鋪》云："主人家比漁舟小，客子房如鶴柵寬。"《答謝法曹》云："璧十五城方定價，桃三千歲一開花。"此正所謂晚唐體。故其《自昔》云"習爲聯絶真唐體"，其《自勉》亦云"苦吟不脱晚唐詩"，可見他也認爲自己的詩歌屬於晚唐體。

三、劉克莊與江西詩派

晚唐體講究錘煉字句，而江西詩派除了講究錘煉字句，還注重典故的使用。劉克莊看到了晚唐體狹小的格局，認爲依靠錘煉字句和着意雕琢僅能"望見賈島、姚合之藩"，這是遠遠不够的。雖然他在其《後村詩話》中曾贊譽賈島，以爲"其五言詩有晚唐詩人不能道者"，但同時又對賈島、姚合有所批評，稱"賈太雕鎸，姚差律熟"。爲了從晚唐體狹小清淡的格局中脱出，劉克莊轉而學習江西詩派，他一方面力求保持詩歌語言的順暢，一方面則在錘煉字句的同時在其詩歌中加入諸多典故。他對江西詩派的毛病頗有認識，其《後村詩話》云："大抵魯直文不如詩，詩律不如古，古不如樂府……其古律詩酷學少陵，雄健太過，遂流而入於險怪。要其病在太着意，欲道古今人所未道爾。"又云："游默齋序張晋彦詩云：'近世以來，學江西詩不善其學，往往音節聱牙，意象迫切。且議論太多，失古詩吟詠性情之本意。'切中時人之病。"爲了避免落入江西詩派的陷阱，他在大量用典的同時，力求保持詩歌的清新流暢。其《湖南江西道中十首》（其九）云："派裏人人有集開，竟師山谷友誠齋。只饒白下騎驢叟，不敢勾牽入社來。"可見他既不想追隨黄庭堅的江西詩派,也不願意屈從楊萬里輕巧的唐體,而是想調和唐宋,有所創新。

所以,劉克莊實際是在晚唐體和江西詩派兩者中間遊走,他力求調和兩家,各取所長。在劉克莊詩歌特别是他詩中的對仗中,我們可以看到他爲此做出的努力。他的詩歌力求流暢,而又講究對仗和用典,如其《瓜洲城》之"書生空抱聞雞志,故老能言飲馬年",《鳳凰臺晚眺》之"馬嘶衛霍空營裏,螢起齊梁廢苑中",《贈鍾主簿父子》之"妙年不患錐無穎,前輩曾言木就規",《獲硯》之"未愛潘郎呼作友,便教米老拜爲兄",《送王實之倅廬陵二首》(其二)之"黄本何堪處秦觀,白麻近已拜申公",皆屬此類。再如其《秋風》之"莫將宋玉心中事,吹向潘郎鬢畔來",《挽柯東海》之"撰出騷詞奴宋玉,寫成帖字婢羊欣",《穴蟻》之"聚如營洛日,散似去邠時",《得曾景建書一首》之"莫嫌身去依劉表,曾有人甘殺禰衡",《示兒》之"生羞奏技伶人裏,死怕標名狎客中",《哭趙紫芝》之"盡出香分妓,惟留硯付兒",《被酒》之"醉呼褚令爲傖父,狂唤桓公作老兵。舊有崢嶸皆鏟去,新無壘塊可澆平",《送陳户曹之官襄陽二首》(其二)之"起爲楚舞何其壯,吟退胡兵在此行。且喜《峴山碑》有跋,不愁《江表傳》無名",均體現出這種特徵。

在對仗方面,劉克莊最爲佩服的是陸游和楊萬里。其《後村詩話》云:"古人好對偶,被放翁用盡……近歲詩人雜博者堆隊仗,空疏者窘材料,出奇者費搜索,縛律者少變化。惟放翁記問足以貫通,力量足以驅使,才思足以發越,氣魄足以陵暴,南渡而後,故當爲一大宗。"又云:"今人不能道語,被誠齋道盡。'宿草春風又,新遷去歲無。''江水夜韶樂,海棠春貴妃。''橘中招綺夏,瓜處屏伾文。''晋殿吴宫猶碧草,王亭謝館盡黄鸝。''春歸便肯平平過,須做桐花一信寒。''東風染得千紅紫,曾有西風半點香。''年年不帶看花福,不是愁中即病中。''昇平不在簫韶裏,只在諸村打稻聲。''六朝未可輕嘲謗,王謝諸賢不偶然。''山根玉泉仰面飛,飛出山頂却下馳。'‘自從廬阜瀉雙練，至今銀灣乾兩支。雷聲驚裂龍伯眼，雪點濺濕姮娥衣。'"劉克莊又説："蕭千巖機杼與誠齋同，但才慳於誠齋，而思加苦……真誠齋敵手也。"劉克莊《後村詩話》多録詩人警句以備忘，所重尤在巧對，可謂連篇累牘，這也體現出他對"巧對"、"的對"的重視。

但劉克莊限於才力，其對仗大多並不高明。其《贈高九萬並寄孫季蕃二首》云："行世有千首，買山無一錢。紫髯長拂地，白眼冷看天。"詩中紫髯拂地而白眼看天的形象頗爲滑稽。其《送葉尚書奉祠》之"報答吾君吾相了，倘徉某水某丘邊"，《再和》之"寇來復去兔三窟，民散未收蜂一窩"，《自和二首》（其一）之"陋矣射鉤而中者，壯哉鳴鼓以攻之"，亦近乎打油體。其《答留通判元崇》之"君侯傑出南方者，老僕終當北面之"，則機械刻板。其《題許介之詩藁》之"我留鳶跕外，君住雁迴邊"，《老大》之"臨流往往看鳶墮，入署時時見馬來"，則是重複使用同一典故。他用典有時頗爲奇怪，如《哭梁運管》云："吊客傷心同瀝酒，愛姬收泪各分香。"死者爲丞相之孫，劉克莊在此用"分香"之典，頗不自然。又劉克莊《元日》云："甥侄拜多身老矣，親朋來少屋蕭然。"既然"甥侄拜多"，又何言"親朋來少"，其自相矛盾若此。《題陳遂卿隱居》云："子佩子衿輸少俊，某丘某水揀幽深。"此使用當句對，但非常笨拙。其《答友生》云："讀《易》參禪事事奇，高情已恨掛冠遲。清於楚客滋蘭日，貧似唐人乞米時。家爲買琴添舊債，厨因養鶴減晨炊。君看江表英雄傳，何似孤山一卷詩。"此類詩幾乎句句用典，但機械而刻意。劉克莊《後村詩話》云："前作有甚拙者：劉越石云：‘宣尼悲獲麟，西狩涕孔丘。'兩句一事也。阮嗣宗云：‘多言焉所告，繁辭將訴誰。'兩句一意也。然不以瑕掩瑜。"前人"兩句一意"，即所謂"合掌"。而劉克莊詩常常是兩句相去太遠，不相連屬，有支離破碎之病。

劉克莊《挽鄭子敬都承》云："立朝頗慕汲生戇，謀國不知晁氏危。"此上下句各用一人事蹟,其集中此類對仗極多,尤成俗調。如《甲辰春日二首》(其一)之"柳劉漏語誰云爾,絳灌憐才定不然",《題趙子固詩卷》之"字肖率更親手作,詩疑賈島後身吟",《題小室二首》(其一)之"士師何止三無愠,中散居然七不堪",《送表弟方時父》之"韓甥殷浩貧親戚,李益盧綸外弟兄",《夢方孚若二首》(其二)之"封侯反出李蔡下,成佛却居靈運先",《挽劉學諭》之"劉賁下第人稱屈,李漢編文後必傳",《哭孫季蕃》之"相君未識陳三面,兒女多知柳七名",《三月二十一日泛舟六絶》(其一)之"少游款段何從借,伯厚雞棲未易求",此類不勝枚舉。

劉克莊很注重詩歌中對仗的工巧與用典,衹是他的精力似乎全部用在了錘煉那兩聯對句上,導致他的詩有個很大的毛病,那就是仿佛其詩中的對仗是獨立存在的,這使全詩顯得不够渾融。也許他詩中的某一聯巧對還能引人注目,但整首詩留給人的印象反而不深,這是他片面追求字句錘煉所帶來的結果。當他片面依靠某種"技藝"或"方法"來寫詩時,較之發乎性情者,實際已落下乘。

當然他也有一些詩寫得較爲自然,如其《西山》云:"絶頂遥知有隱君,餐芝種术鹿爲群。多應午竈茶煙起,山下看來是白雲。"《葺居》云:"兵火間關鬢欲絲,歸來聊卜草堂基。架留手澤書堪看,爨有躬耕米可炊。畏濕先開通水竇,貪明稍斫近檐枝。旋移梅樹臨窗下,準備花時要索詩。"《出城二絶》云:"日日銅瓶插數枝,瓶空頗訝折來稀。出城忽見櫻桃熟,始信無花可買歸。""小憩城西賣酒家,緑陰深處有啼鴉。主人嘆息官來晚,謝了酴醾一架花。"其《九日登辟支巖過丁元暉給事墓及仲弟新阡二首》云:"絶巔萬籟静沉沉,重倚闌干感慨深。古佛龕中苔上面,故交冢上樹成陰。山無白額妨幽討,野有黄花且滿斟。莫怪裴徊侵暮色,老人能得幾登臨。""歷歷向時遊覽處,重來年已迫桑榆。大衾尚欲同林下,華表安知忽路隅。自古曾悲摘瓜蔓,即今不共插茱萸。人生患不高年爾,到得年高萬感俱。"全詩流暢而略見感慨。又其五言古體《發臨川》云："始予丱角來，家君綰銅墨。縣齋多休暇，縣圃足戲劇。雖云嗜梨栗，亦頗窺簡册。弟妹俱孩幼，親鬢方如漆。後予捧檄至，軒蓋候廣陌。於時志氣鋭，門户况烜赫。郡花照席紅，湖柳拂鞍碧。耆老互訊問，酒饌紛狼籍。今予挑包過，城郭宛如昔。高年雕落盡，滿眼少朋識。管子仕瘴煙，屈叟掩泉穸。蓽門訪舊師，目闇面黧黑。買醪與之酌，往事話歷歷。既生異縣感，復起故鄉憶。吾翁墓草深，高堂已斑白。貧居瀡髓空，遠遊温凊隔。二季官海濱，女子各有適。曾不如阿奴，碌碌在母側。回思盛壯時，去矣難復得。因成臨川吟，吟罷泪横臆。"此是劉克莊思親之作，全詩娓娓道來，深情滿紙，古樸深婉，反較其七律爲佳。

劉克莊在《三月二十五日飲方校書園十絶》（其十）中説："老來字字趨平易，免被兒童議刻深。"他的詩顯然還没有達到"刻深"的程度。劉克莊的對仗並不晦澀，也不大使用僻典，衹是略有巧思而已。他學習了江西詩派的一些寫法，但總體還是保持了唐體的特徵。

四、杜甫對劉克莊的影響

首先，劉克莊承認杜甫在詩壇的崇高地位，甚至視其爲"詩家之祖宗"。其《後村詩話》云："杜公爲詩家祖宗，然於前輩如陳拾遺、李北海極其尊敬，於朋友如鄭虔、李白、高適、岑參，尤所推讓……於虔則云'德尊一代，名垂萬古'，於適則云'美名人不及，佳句法如何'。又云：'獨步詩名在。'於參則云'謝朓每篇堪諷詠'，未嘗有競名之意。晚見《舂陵行》則云：'粲粲元道州，前賢畏後生。'至有'秋月'、'華星'之褒。其接引後輩又如此，名重而能謙，才高而服善，今古一人而已。"此對杜甫詩才有極高評價，還贊美他能推讓時人，接引後輩。《後村詩話》又云："《負薪行》言夔州俗，坐男而立女，有四十五十無夫家者。末云：'若道巫山女粗醜，何得此有昭君村？'《最能行》云：'峽中丈夫絶輕死，少在公門多在水。

小兒學問止《論語》,大兒結束隨商旅。''此鄉之人氣量窄,誤競南風疏北客。若道士無英俊才,何得山有屈原宅。'始言夔峽二邦之陋,末以昭君、屈原勉勵其士俗,公詩篇篇忠厚如此。"此則贊杜甫之忠厚人品。《後村詩話》還曾贊美杜甫品格,稱其"間關亂離,挺節無所汙"。

其次,劉克莊對杜甫詩歌亦有極高評價。其《後村詩話》云:"《壯遊》詩押五十六韵,在五言古風中尤多悲壯語。如云:'往者十四五,出遊翰墨場。斯文崔魏徒,以我似班揚。'又云:'脱略小時輩,結交皆老蒼。東下姑蘇臺,已具浮海航。到今有遺恨,不得窮扶桑。'又云:'上感九廟焚,下憫萬民瘡。小臣議論絶,老病客殊方。'雖荆卿之歌,雍門之琴,高漸離之筑,音調節奏,不如是之跌蕩豪放也。"此極贊杜詩。《後村詩話》又云:"子美與房琯善,其去諫省也,坐救琯。後爲哀挽,方之謝安。《投贈哥舒翰》詩,盛有稱許。然《陳濤斜》《潼關》二詩,直筆不少恕,或疑與素論相反。余謂翰未敗,非子美所能逆知。琯雖敗,猶爲名相。至於陳濤斜、潼關之敗,直筆不恕,所以爲詩史也,何相反之有?"此稱杜詩爲"詩史"。《後村詩話》又云:"杜五言感時傷事,如'親朋無一字,老病有孤舟',如'敢料安危體,尤多老大臣',如'不愁巴道路,恐濕漢旌旗';其用事琢對,如'須爲下殿走,不可好樓居',如'竟無宣室召,徒有茂陵求',如'魯衛稱尊重,徐陳略喪亡'。八句之中著此一聯,安得不獨步千古?若全集千四百篇,無此等句爲氣骨,篇篇都做'圓荷浮小葉,細麥落輕花'道了,則似近人詩矣。"此推崇杜詩之講究對仗及剛健風格。《後村詩話》云:"《岳陽樓》云:'昔聞洞庭水,今上岳陽樓。吴楚東南坼,乾坤日夜浮。親朋無一字,老病有孤舟。戎馬關山北,憑軒涕泗流。'岳陽樓賦詠多矣,須還此篇獨步,非孟浩然輩所及。"此亦爲稱揚杜甫詩作。

此外,劉克莊在詩歌中使用了一些杜甫和杜詩的典故。其《上巳與二客游水月洞分韵得事字》云:"杜陵更酸辛,窮眼眩珠翠。"

《湖南江西道中十首》(其三)云："少陵阻水詩難繼，子厚遊山記絶工。"《哭李景温架閣》云："漫招温處士，幾殺杜參謀。"《贈施道州二首》(其二)云："早晚相如通僰道，蒼皇子美問長安。"《别敖器之》云："東閣不遊緣有氣，草堂未架爲無貲。"此均用杜甫事。《芙蓉二絶》之"而今縱有看花意，不愛深紅愛淺紅"，使用了杜甫《江畔獨步尋花七絶句》之"桃花一簇開無主，可愛深紅愛淺紅"。《内翰洪公舜俞哀詩二首》(其二)云："甚愧丈人於甫厚，孰云夫子不回如。"此化用杜甫《奉贈韋左丞丈二十二韵》之"甚愧丈人厚"。其《春日五絶》(其一)云："眼邊桃李過匆匆，鏡裏衰顔豈再紅。久覺胃寒疏建焙，新因血熱戒郫筒。"詩中以"郫筒"代指酒，似出自杜甫"酒憶郫筒不用酤"。其《和南塘食荔嘆》云："在昔唐家充歲貢，吟諷何止杜陵翁。"此亦提到杜甫食荔枝事。他也以杜甫譽人，如《題袁秘書文藁》之"出蜀詩堪編杜集，涉湘文可補騷餘"，顯然是把這位袁秘書的文藁贊譽爲杜詩。他有時寫詩言及杜甫，如《再贈錢道人》云："拙貌慚君仔細看，鏡中我自覺神寒。直從杜甫編排起，幾箇吟人作大官。"衹是《後村詩話》述杜甫生平略有舛誤，如云"子美在天寶間，雖獻三賦，未嘗一用。不過扈駕入蜀，暫爲諫官"，稱杜甫"扈駕入蜀"顯然有誤。

儘管如此，從其詩歌創作看，劉克莊並不學杜詩，其詩歌與杜詩有極大差異，即使是杜詩中的典故也運用極少。其《後村詩話》云："楊、劉諸人師李義山可也，又師唐彦謙。唐詩雖雕斵對偶，然求如一抔三尺之聯，惜不多見。五言叙亂離云：'不見泥函谷，俄驚火建章。剪茅行殿濕，伐柏舊陵香。'語尤渾成，未甚破碎。若《西崑酬唱集》，對偶字畫雖工，而佳句可録者殊少，宜爲歐公之所厭也。"此批評楊億、劉筠諸人，而劉克莊自己的詩亦正有破碎小巧之病，去杜甚遠。劉克莊博覽群書，從其《後村詩話》看，唐宋人詩集之有名於世者多所寓目。但他追求好對仗，其對仗却遠不及陸游。他學習唐體，亦遠不及楊萬里。這大約是他才情有限的緣故。

劉克莊詩最大的缺點是不够渾成,有破碎支離之病。他屬於江湖詩派,所作當然是輕巧的唐體。但他又受到江西詩派的一些影響,頗爲追求屬對精巧和使用典故,其七言律詩中間的兩聯往往可見其雕搜之功。關於他詩中的用典,錢鍾書謂其是"在晚唐體那種輕快的詩裏大掉書袋,填嵌典故成語,組織爲小巧的對偶",而且是"事先把搜集的典故成語分門別類作好了些對偶,題目一到手就馬上拼湊成篇","現成得彷彿店底的宿貨"①。他的那些對仗原來是提前作好的,需要時就臨時"塞入"詩中,難怪這些對仗雖有巧思,却與全詩不大協調。劉克莊雖屬江湖詩派之唐體,其詩歌却不够流暢,原因正緣於此。這也説明詩歌當是發乎性情,而不應出於技巧性的拼湊。劉克莊的詩不僅不似杜詩,在南宋諸家中與陸游、楊萬里、范成大相比也遠爲不及。

第四節 文天祥學杜

文天祥是宋末抗元的英雄,他的詩歌以元軍攻破臨安爲界分前後兩期,前期比較無聊,内容平庸瑣屑,"他在這個時期裏的作品可以説全部都草率平庸,爲相面、算命、卜卦等人做的詩比例上大得使我們吃驚"②。他早期詩歌,多寫測字、看花、宴飲、遊覽、聽琴、奉聖,和他交往的人除了同僚,還有和尚、道士、相士、日者和書商。他在《出山》中説:"日日騎馬來山中,歸時明月長在地。但願山人一百年,一年三百餘番醉。"③又《江行》:"日日看山好,山山山

① 錢鍾書《宋詩選注》,第249頁。

② 錢鍾書《宋詩選注》,第279頁。

③ (宋)文天祥著《文天祥全集》卷二,中國書店1985年版,第19頁。以下凡引文天祥詩皆見此本,除有必要者僅注出詩題。

色蒼。”這大約是他前期生活和思想的真實寫照。他在早期詩歌中就使用杜詩，如他在《題彭小林詩稿》中說：“晚識宗文憶浣花，删餘今見雅名家。”此即用杜甫典。文天祥後期詩歌則長歌當哭，慷慨激昂，這個時期的詩歌“大多是直書胸臆，不講究修辭，然而有極沉痛的好作品”①。當然，這個時期他也有講究聲律對仗的作品，如“命有死時名不死，身無憂處道還憂”這樣的當句對②，也會使用“夢與千年接，心隨萬里馳”這樣時空並馭的手法③。文天祥立德、立功、立言，自可不朽，他是一個深受杜詩影響的詩人④，杜詩對他的影響主要有以下幾個方面：

一、集杜詩爲詩

文天祥不是最早集杜詩的人，但他作的集杜詩數量最多，成就

---

① 錢鍾書《宋詩選注》，第 279 頁。

② （宋）文天祥《己卯十月一日至燕越五日罹狴犴有感而賦》。

③ （宋）文天祥《病中作》。

④ 學界對文天祥詩歌及其與杜詩的關係有較多的討論。關於杜詩對文天祥詩歌的影響，鍾樹梁認爲有以下幾個方面，“一是詩篇意義重大，立大題目，寫大題材”，“二是詩篇震撼力强，深入人心，感人至深”，“三是詩歌聲氣廣，互相呼應，蔚然成風，同聲相應”。他說：“文天祥學杜甫，其精神與杜甫一脉相承，其行誼與杜甫易地而皆然，其詩篇是爲以陸游爲代表的南宋人學杜的一派，而且較陸游更有所發展。”他還認爲文天祥是“南宋一大家”。參見鍾樹梁《杜甫與文天祥》，《草堂》1986 年第 1 期，第 94 頁。有學者指出，文天祥“認真學習杜詩的‘詩史’傳統”，並且“學習杜詩的沉鬱頓挫，因而形成自己詩歌悲壯蒼凉的風格”。參見龍霖《少陵杜鵑心——文天祥學杜簡論》，《吉安師專學報》1995 年增刊，第 72 頁。屈守元指出，杜甫對文天祥影響最大，參見屈守元《文天祥與杜甫》，《杜甫研究學刊》2000 年第 4 期，第 40 頁。鄧曉瓊從文學創作的角度探討了文天祥學杜的成就，參見鄧曉瓊《“耳想杜鵑心事苦，眼看胡馬泪痕多”——論文天祥學杜詩》，《中國韵文學刊》2006 年第 4 期，第 68 頁。

也最高[①]。集句詩的開始比較早[②],大約在漢魏六朝就已經存在。在宋代,這種方式有較大的發展,王安石集中的集句詩就有六十多首,並取得了一定的成就。北宋孔平仲的《寄孫元忠》三十一首,所集全部爲杜甫詩句[③]。文天祥有《集杜詩》二百首,他在《集杜詩》的自序中説:

> 余坐幽燕獄中無所爲,誦杜詩,稍習諸所感興。因其五言,集爲絶句,久之,得二百首。凡吾意所欲言者,子美先爲代言之。日玩之不置,但覺爲吾詩,忘其爲子美詩也。乃知子美非能自爲詩,詩句自是人性情中語,煩子美道耳。子美於吾隔數百年,而其言語爲吾用,非性情同哉?昔人評杜詩爲詩史,蓋其以詠歌之辭,寓記載之實,而抑揚褒貶之意,燦然於其中,雖謂之史可也。予所集杜詩,自予顛沛以來,事變人事,概見於此矣,是非有意於爲詩者也。後之良史尚庶幾有考焉。

《集杜詩》二百首,説明杜甫對文天祥有很大的影響,杜甫的精神與文天祥產生了共鳴。文天祥説:"予所集杜詩,自予顛沛以來,事變人事,概見於此矣,是非有意於爲詩者也。後之良史尚庶幾有考焉。"這説明文天祥有以詩存史的意思,而這二百首集杜詩也的確有詩史的意味。莫礪鋒指出,"文天祥的這些集杜詩是歷代集句詩

---

① 黄鎮林認爲,文天祥的《集杜詩》抨擊權臣誤國,深切懷念妻兒故舊,愴然爲世道感嘆,集杜詩而能"運用自如、得心應手。做到天衣無縫、形同己出"。參見黄鎮林《善陳時事,同聲相應——從文天祥〈集杜詩〉看杜詩對後世的影響》,《杜甫研究學刊》1999年第1期,第39頁。

② 張明華《集句詩的發展及其特點》,《南京師範大學文學院學報》2006年第4期,第24頁。

③ (宋)孔文仲、孔武仲、孔平仲《清江三孔集》卷二七,文淵閣《四庫全書》本。

中最爲成功的作品”。莫礪鋒把文天祥的集杜詩按照題材内容分爲七大類，認爲這七類之中有六類皆有佳作，尤其以詠宋末史事及有關人物和詩人自己抗元入獄經歷的集句詩，成就最爲突出。但其中有些詩歌“有支離破碎之病，讀來不免有勉强拼湊成篇之感”，特别是《胡笳曲》十八首，“往往有詩意支離，詞句蕪雜之病”，“寫得比較草率”，“藝術成就不如《集杜詩》二百首”①。《集杜詩》中的一些作品，如《祥興第三十四》等篇，情思順暢，渾然天成，使人感到這就是文天祥的創作，“忘其爲子美詩也”，説明集杜詩中有些詩歌達到了很高的藝術境界。

二、集杜詩入樂

文天祥曾經集杜詩爲《胡笳曲》，開創了集杜詩入樂的先河②。他在《胡笳曲》的序言中説：“庚辰中秋日，水雲慰予囚所，援琴作《胡笳十八拍》，取予急徐，指法良可觀也。琴罷，索予作《胡笳》詩，而倉促中未能成就。水雲别去，是歲十月復來，予因集老杜句成拍，與水雲共商略之。”按水雲即宋代著名琴師汪元量，從小序可知，《胡笳曲》爲文天祥所作，他“與水雲共商略之”，當是商略集杜詩入樂的問題。文天祥説集老杜句“成拍”，可知詩歌是曾經入樂的，故以《胡笳曲》名之。《胡笳曲》共十八拍，其一至九拍云：

> 風塵澒洞昏王室，天地慘慘無顔色。而今西北自反胡，西望千山萬山赤。嘆息人間萬事非，被驅不異犬與鷄。不知明

① 莫礪鋒《簡論文天祥的〈集杜詩〉》，《杜甫研究學刊》1992 年第 3 期，第 45 頁。

② 有學者討論過文天祥《集杜詩》與《胡笳曲》的異同，指出“其相同處表現在詩歌中包含的主題精神和詩歌主張上，不同處表現在這兩類詩的藝術形式和給我們提供的認識價值上”。參見趙超、王渭清《文天祥〈集杜詩〉與〈胡笳曲〉異同論》，《寶鷄文理學院學報》2006 年第 2 期，第 93 頁。

月爲誰好,來歲如今歸未歸。

獨立縹緲之飛樓,高視乾坤又可愁。江風蕭蕭雲拂地,笛聲憤怒哀中流。鄰鷄野哭如昨日,昨日晚晴今日黑。蒼皇已就長途往,欲往城南忘南北。

三年奔走空皮骨,三年笛裏關山月。中天月色好誰看,豺狼塞路人煙絶。寒刮肌膚北風利,牛馬毛零縮如蝟。塞上風雲接地陰,咫尺但愁雷雨至。

黄河北岸海西軍,翻身向天仰射雲。胡馬長鳴不知數,衣冠南渡多崩奔。山木慘慘天欲雨,前有毒蛇後猛虎。欲問長安無使來,終日戚戚忍羈旅。

北庭數有關中使,飄飄遠自流沙至。胡人高鼻動成群,仍唱胡歌飲都市。中原無書歸不得,道路只今多擁隔。身欲奮飛病在床,時獨看雲泪沾臆。

胡人歸來血洗箭,白馬將軍若雷電。蠻夷雜種錯相干,洛陽宫殿燒焚盡。干戈兵革鬥未已,魑魅魍魎徒爲爾。慟哭秋原何處村,千村萬落生荆杞。

憶昔十五心尚孩,莫怪頻頻勸酒杯。孤城此日腸堪斷,如何不飲令人哀。一去紫臺連朔漠,月出雲通雪山白。九度附書歸洛陽,故國三年一消息。

只今年纔十六七,風塵荏苒音書絶。胡騎長驅五六年,弊裘何啻連百結。愁對寒雲雪滿山,愁看冀北是長安。此身未知歸定處，漂泊西南天地間。

午夜漏聲催曉箭，寒盡春生洛陽殿。漢主山河錦繡中，可惜春光不相見。自胡之反持干戈，一生抱恨空咨嗟。我已無家尋弟妹，此身那得更無家。南極一星朝北斗，每依南斗望京華。

《胡笳曲》均集杜甫七言詩爲句，各拍的句數並不相同，這可能是根據入樂的需要而確定的，當是與汪元量"商略"的結果。詩人自云"囹圄中不能得死，聊自遣耳"，但從全詩看，《胡笳曲》雖然有破碎雜湊之病，但也反映了詩人飄零異國的感懷和思家戀闕的心情。集杜詩爲詩並且入樂，是文天祥的一個創舉。

三、模仿杜詩與以詩存史

文天祥後期詩歌，慷慨激昂，直抒胸臆。作者自云："予在患難中，間以詩記所遭。"①可知這些詩歌以詩存史，記録了那個刀光劍影的時代，以及那個時代中個人的心路歷程，可稱詩史。

文天祥的詩歌繼承了杜甫的詩史精神。如其《和言字韵》云："悠悠天地闊，世事與誰論。清夜爲揮涕，白雲空斷魂。死生蘇子節，貴賤翟公門。前輩如瓶戒，無言勝有言。"此詩作於留北期間，詩人序云："予以議論太烈，北愈疑憚，不得歸闕，將校官屬，日有叛去，世道可嘆。"詩人的序言透露了作詩的背景，在"將校官屬，日有叛去"的時刻保持内心的堅貞，更屬可貴。又《愧故人》："九門一夜漲風塵，何事癡兒竟誤身。子産片言圖救鄭，仲連本志爲排秦。但知慷慨稱男子，不料蹉跎愧故人。玉勒雕鞍南上去，天高月冷泣孤臣。"詩中表達了他立志救國的决心。文天祥又有《六歌》云：

① （宋）文天祥《指南録後序》。

有妻有妻出糟糠,自少結髮不下堂。亂離中道逢虎狼,鳳飛翩翩失其凰,將雛二三去何方。何虞國破家亦亡,不忍舍君羅襦裳。天長地久終茫茫,牛女夜夜遥相望。嗚呼一歌兮歌正長,悲風北來起彷徨。

有妹有妹家流離,良人去後攜諸兒。北風吹沙塞草凄,窮猿慘澹將安歸。去年哭母南海湄,三男一女同歔欷,惟汝不在割我肌。汝家零落母不知,母知豈有瞑目時。嗚呼再歌兮歌孔悲,鶺鴒在原我何爲。

有女有女婉清揚,大者學帖臨鍾王,小者讀字聲琅琅。朔風吹衣白日黄,一雙素璧委道傍。雁兒啄啄秋無粱,隨母北首誰人將。嗚呼三歌兮歌愈傷,非爲兒女泪淋浪。

有子有子風骨殊,釋氏抱送徐卿雛。四月八日摩尼珠,榴花犀錢落繡襦。蘭湯百沸香似酥,欻隨飛電飄泥塗。汝兄十三騎鯨魚,汝今知在三歲無。嗚呼四歌兮歌以籲,燈前老我明月孤。

有妾有妾今何如,大者手將玉蟾蜍,次者親抱汗血駒。晨妝靚服臨西湖,英英雁落飄璚琚。風花亂墜鳥嗚呼,金莖沆瀣浮汙渠。天摧地裂龍鳳殂,美人塵土何代無。嗚呼五歌兮歌鬱紆,爲爾溯風立斯須。

我生我生何不辰,孤根不識桃李春。天寒日短空愁人,北風隨我鐵馬塵。初憐骨肉鍾奇禍,而今骨肉相憐我。汝在北兮嬰我懷,我死誰當收我骸。人生百年何醜好,黄粱得喪俱草草。嗚呼六歌兮勿復道,出門一笑天地老。

此組詩不僅反映了當時的歷史和文天祥的感懷，還直接模仿了杜甫的《同谷七歌》。文天祥又有《紀事》絶句一組，更有詩史意味：

三宫九廟事方危，狼子心腸未可知。若使無人折狂虜，東南那個是男兒。

春秋人物類能言，宗國常因口舌存。我亦瀕危專對出，北風滿野負乾坤。

單騎堂堂詣虜營，古今禍福了如陳。北方相顧稱男子，似謂江南尚有人。

百色無厭不可支，甘心賣國問爲誰，豺狼尚畏忠臣在，相戒勿令丞相知。

慷慨輕身墮蒺藜，羝羊生乳是歸期。豈無從史私袁盎，恨我從前少侍兒。

英雄未肯死前休，風起雲飛不自由。殺我混同江外去，豈無曹翰守幽州。

據此詩詩序，詩人使北期間，北人漸不遜，文天祥慷慨云："吾南朝狀元宰相，但欠一死報國，刀鋸鼎鑊，非所懼也。"從這些詩歌之中，也可以看出詩人救國和殉國的決心。《高沙道中》是叙述詩人從敵營逃出的長篇叙事詩，詩云：

三月初五日，索馬平山邊。疾馳趨高沙，如走阪上圓。夜行二百里，望望無人煙。迷途呼不應，如在盤中旋。昏霧腥且濕,怒飆狂欲顛。流澌在鬚髮,塵沫滿櫜鞬。紅日高十丈,方辨山與川。胡行疾如鬼,忽在林之巔。誰家苦竹園,其葉青戔戔。倉皇伏幽篠,生死信天緣。鐵騎俄四合,鳥落無虛弦。繞林勢奔軼,動地聲喧闐。霜蹄破叢翳,出入相貫穿。既無遁形術,又非縮地仙。猛虎驅群羊,兔魚落蹄筌。一吏射中目,頸血僅可濺。一隸縛上馬,無路脱糾纏。一廝蹦其足,吞聲以自全。一賓與一從,買命得金錢。一伻與一校,幸不逢戈鋋。嗟予何薄命,寄身空且懸。蕭蕭數竹側,往來度飛鸛。遊鋒幾及膚,怒興空握拳。跬步偶不見,殘息忽復延。當其蹙迫時,大風起四邊。意者相其間,神物來蜿蜒。更生不自意,如病乍得痊。須臾傳火攻,燃眉復相煎。一行輒一跌,奔命度平田。幽篁便自托,仰天坐且眠。晴曦正當晝,樵腸火生咽。斷甖汲勺水,天降甘露鮮。青山爲我屋,白雲爲我椽。彼草何荒荒,彼水何潺潺。首陽既無食,陰陵不可前。便如失目魚,一似無足蚿。不見道傍骨,委積有萬千。魂魄親蠅蚋,膏脂飽烏鳶。使我先朝露,其事亦復然。丈夫竟如此,吁嗟彼蒼天。古人擇所安,肯蹈不測淵。奈何以遺體,糞土同棄捐。初學蘇子卿,終慕魯仲連。爲我王室故,持此金石堅。自古皆有死,義不汙腥膻。求仁而得仁,寧怨溝壑填。秦客載張禄,吴人納伍員。季布走在魯,樊期托於燕。國士急人病,倜儻何拘攣。彼人莫我知,此恨付重泉。鵲聲從何來,忽有吉語傳。此去三五里,古道方平平。行人漸復出,胡馬覺已還。回首下山阿,七人相牽連。東野禦已窮,而復加之鞭。跰足如移山,携持姑勉旃。行行重狼顧,常恐追騎先。揚州二游手,面目輕且儇。自言同脱虜,波波口流涎。白日各持梃,其來何翩翩。奴輩殊無聊,似欲爲鷹鸇。逡巡不得避,默默同寒蟬。道逢采樵子,中流得舟船。竹畚當安車,六夫共赬肩。四肢與百骸,屈曲如杯棬。路人心爲惻,從者皆涕漣。星奔不可止,暮達城西阡。飢卧野人

> 廬，藉草爲針氈。詰朝從東渡，始覺安且便。人生豈無難，此難何迍邅。重險復重險，今年定何年。聖世基岱嶽，皇風扇垓埏。中興奮王業，日月光重宣。報國臣有志，悔往不可湔。臣苦不如死，一死尚可憐。堂上太夫人，鬢髮今猶玄。江南昔卜宅，嶺右今受廛。首丘義皇皇，倚門望惓惓。波濤避江介，風雨行淮堧。北海轉萬折，南洋泝孤騫。周遊大夫蠡，放浪太史遷。倘復遊吾盤，終當耕我綿。夫人生於世，致命各有權。慷慨爲烈士，從容爲聖賢。稽首望南拜，著此泣血篇。百年尚哀痛，敢謂事已遄。

這是一個人的逃亡經過，是這個國家興衰的一個側面，是一個時代刻骨銘心的記憶。文天祥被元軍押往大都，一路所見所感，寄之以詩。他經過保州，作《保州道中》，詩云：

> 昨日渡滹沱，今日望太行。白雲何渺渺，天地何茫茫。落葉混西風，黄塵昏夕陽。牛車過不住，氈屋行相望。小兒騎蹇驢，壯士駕乘黄。高低葉萬頃，黑白草千行。村落有古風，人間無時妝。宋遼舊分界，燕趙古戰場。蚩尤亂涿野，共工謫幽邦。郭隗致樂毅，荆軻携舞陽。臧盧互反覆，安史迭披猖。山川一今古，人物幾興亡。江南占畢生，往來習羊腸。天馬戴青蠅，電秣馳康莊。適從何有來，如此醉夢鄉。感時意踟蹰，惜往泪淋浪。厲階起玉環，左計由石郎。天地行日月，萬代乘景光。晝夜果可廢，春秋誠荒唐。吾生直須臾，俯仰際八荒。來者不可見，遠遊賦彷徨。

此詩叙寫路過保州所見風物，追述此地的歷史人文，抒發自己被俘的感懷，頗有沉鬱之氣。

錢鍾書説："我們可以參考許多歷史資料來證明這一類詩歌的

真實性,不過那些記載儘管跟這種詩歌在内容上相符,到底只是文件,不是文學,只是詩歌的局部説明,不能作爲詩歌的唯一衡量。也許史料裏把一件事情叙述得比較詳細,但是詩歌裏經過一番提煉和剪裁,就把它表現得更集中、更具體、更鮮明,産生了又强烈又深永的效果。"[①]從這個角度説,文天祥的詩歌算得上是真正的詩史,儘管在藝術上這些詩歌有平鋪直叙的毛病,顯得粗糙了一些。

總之,文天祥集杜句爲詩,又以集杜詩入樂,他的詩歌還有明顯的以詩存史的意味。杜甫對文天祥的詩歌創作産生了一定的影響。

第五節　林景熙的詩歌創作

林景熙是著名的遺民詩人[②],他二十歲左右入臨安太學,三十歲釋褐,任福建泉州教授,遷禮部駕閣,轉從政郎,都是低級官吏。宋亡不仕,隱居鄉里,往來吴越。元武宗至大三年(1310)卒於家,終年六十九歲。他被稱爲"宋元之際最富成就的詩人"[③]。

一、林景熙詩歌的内容和風格

林景熙的詩歌多是以遺民的身份寫對故國的懷念。如《南山有孤樹》:"南山有孤樹,寒烏夜繞之。驚秋啼眇眇,風撓無寧枝。托身未得所,振羽將逝兹。高飛犯霜露,卑飛觸茅茨。乾坤豈不

① 錢鍾書《宋詩選注・序》,第3頁。

② 關於林景熙的詩歌創作可參看陳增傑《林景熙的生平和詩歌評價》,《杭州大學學報》1994年第4期,第134頁;李青枝等《論宋末遺民詩人林景熙的詩歌藝術》,《長春師範學院學報》2004年第2期,第79頁。

③ 陳增傑《林景熙集校注・前言》,浙江古籍出版社1995年版,第8頁。

容，顧影空自疑。徘徊向殘月，欲墮已復支。"①此比宋爲南山孤樹，而以寒烏自比，抒發無枝可依的感懷。他又有《商婦怨》《故衣》等篇，均是采用象徵手法，寄托深遠，抒發故國之思，風格凄婉幽渺。他有《古松》《崑巖》《妾薄命》《精衛》等詩，用以表示自己堅貞的節操。他還有《故宫》《西湖》《拜岳王墓》等篇，均表示戀戀不忘故國之意。其《題陸大参秀夫廣陵牡丹詩卷後》云："南海英魂叫不醒，舊題重展墨香凝。當時京洛花無主，猶有春風寄廣陵。"也抒發了深沉的亡國之痛。他在《書陸放翁詩卷後》中説："青山一發愁濛濛，干戈況滿天南東。來孫却見九州同，家祭如何告乃翁？"亦是沉痛之言。

元軍破宋，盡發宋帝諸陵，棄骸骨草莽中，林景熙等人收拾宋帝遺骨，葬於越山，種冬青樹爲標志。這是他平生所做的一件大事，他的《夢中作》及《冬青樹》即寫此事。其《夢中作》四首云：

珠亡忽震蛟龍睡，軒敝寧忘犬馬情。親拾寒瓊出幽草，四山風雨鬼神驚。

一抔自築珠丘土，雙匣猶傳竺國經。獨有春風知此意，年年杜宇泣冬青。

昭陵玉匣走天涯，金粟堆前幾吠鴉。水到蘭亭轉嗚咽，不知真帖落誰家？

珠凫玉雁又成埃，斑竹臨江首重回。猶憶年時寒食祭，天家一騎捧香來。

---

① （宋）林景熙著，陳增傑校注《林景熙集校注》卷一，第1頁。以下凡引林景熙詩皆見此本，除有必要者僅注出詩題。

這四首詩幽婉蒼凉,人比之爲屈子《離騷》、杜陵詩史。

林景熙詩歌的總體風格是清空婉渺。他在《寄薌林故人》中說:"狺狺多楚狗,何處續離騷。"此當是激憤之言,但也反映出他詩歌直露的一面。

二、林景熙學杜

林景熙在他的詩歌中也化用了一些杜詩。如杜甫云"桓桓陳將軍",他則云"桓桓李將軍"①。杜甫云"路經灩澦雙蓬鬢",他則說"客鬢雙蓬老拾遺"②。杜甫云"慎莫近前丞相嗔",他則說"惟聞丞相嗔"③。杜甫云"杜曲幸有桑麻田",林景熙云"桑麻杜曲憶春風"④,"杜曲桑麻歸已晚"⑤。杜甫云"安得赤脚踏層冰",林景熙說"脚踏層冰思遠壑"⑥。杜甫云"翻手作雲覆手雨",林景熙云"世交翻覆如雲雨"⑦。林景熙詩中的"溪冷浣花宗武哭"⑧,"臣甫再拜鵑"⑨,"老矣杜陵客"⑩,"安得千萬間"等⑪,也使用杜典。他有時還偶爾使用時空並馭的句法,如"萬里夢魂形獨在,十年詩力鬢俱蒼"⑫;"衣冠萬里風塵老,名節千年日月懸"⑬;"九萬里程驚落羽,

① (宋)林景熙《秦吉了》。
② (宋)林景熙《獨夜》。
③ (宋)林景熙《故相賈氏居》。
④ (宋)林景熙《喜劉邦瑞遷居采芹坊》。
⑤ (宋)林景熙《元日即事》。
⑥ (宋)林景熙《納凉》。
⑦ (宋)林景熙《次韵山中見寄》。
⑧ (宋)林景熙《哭德和伯氏》。
⑨ (宋)林景熙《雜詠十首酬汪鎮卿》(其五)。
⑩ (宋)林景熙《陳子植草廬成求予賦》。
⑪ (宋)林景熙《陳子植草廬成求予賦》。
⑫ (宋)林景熙《答周以農》。
⑬ (宋)林景熙《聞家則堂大參歸自北寄呈》。

三千年事撫遺編"[1]。

林景熙有一些詩歌與杜詩略似，其《京口月夕書懷》："山風吹酒醒，秋入夜燈涼。萬事已華髮，百年多異鄉。遠城江氣白，高樹月痕蒼。忽憶憑樓處，淮天雁叫霜。"他在《答鄭即翁》一詩中説："初陽蒙霧出林遲，貧病雖兼氣不衰。老愛歸田追靖節，狂思入海訪安期。春風門巷楊花後，舊國山河杜宇時。一種閑愁無著處，酒醒重讀寄來詩。"陳增傑云，此詩筆意跌宕，感慨悲涼，而又纏綿悱惻，代表了林景熙鬱勃沉摯的風格[2]。但這樣的詩歌在林景熙集中較少，即使是這樣的詩歌也遠不及杜詩之沉鬱蒼茫。

總體上説，林景熙祇是使用了一些杜詩的典故而已，他祇有極少作品稍有壯氣，其詩的總體風格與杜詩並不相似。他祇是詩歌史上的一個小詩人，詩歌的成就和影響都很有限。他曾經感嘆説："人生皆有死，百年同須臾。獨遺文字芳，乃與天壤俱。"[3]林景熙自然可以不朽，這不僅是因爲他的詩歌，更因爲他收拾宋君遺骸的壯舉。

第六節　杜甫對汪元量詩歌創作的影響

汪元量是南宋的宫廷樂師，宋亡，隨三宫赴大都，在北方生活了十多年。羈留北方期間，曾在元朝廷任翰林院供奉，也曾奉命代元君主祭祀名山大川。他後來以道士身份回到南方，流連浙江、湖南、四川等地，元延祐四年（1317）前後卒。汪元量詩歌受到杜甫的一些影響，主要表現在以下幾個方面。

---

① （宋）林景熙《答金華王玉成》。

② 陳增傑《〈答鄭即翁〉詩評》，《林景熙集校注》卷一。

③ （宋）林景熙《訪二陸故居》。

一、用詩歌記録宋亡歷史

汪元量以詩記宋亡歷史,其詩有"詩史"之稱[①]。他把自己的詩歌稱爲"野史",説"我更傷心成野史,人看野史更傷心"[②]。他的這類詩多爲七言絶句,有所謂"幽憂沉痛"的風格。但細味其詩,過於流利暢達,押韵合轍,總體不脱其樂師本色。汪元量《醉歌》有詩史意味,詩云:

六宫宫女泪漣漣,事主誰知不盡年。太后傳宣許降國,伯顔丞相到簾前。

亂點連聲殺六更,熒熒庭燎待天明。侍臣已寫歸降表,臣妾簽名謝道清。

南苑西宫棘露芽,萬年枝上亂啼鴉。北人環立闌干曲,手指紅梅作杏花。

---

① 方勇指出:"南宋遺民詩人汪元量詩學杜甫,遵循'走筆成詩聊紀實'的創作原則,其詩全面真實而深刻地反映了宋末的歷史現實。在敘事紀實的形式方面,他還繼承了杜甫以聯章組詩來全方位多角度多層次地反映社會現實的手法而又有重大突破,使我國的詩史創作又進入一個新階段。"參見方勇《走筆成詩聊紀實——簡論南宋遺民詩人汪元量詩歌的特徵》,《天中學刊》1999年第4期,第35頁。關於汪元量詩歌的詩史特色還可參見章楚藩《略論愛國詩人汪元量的詩歌》,《杭州師院學報》1987年第3期,第72頁;高明泉《宋亡之詩史,悠悠之哀情——汪元量詩歌簡論》,《固原師專學報》1994年第4期,第29頁。

② (宋)汪元量《答林石田》,(宋)汪元量著,胡才甫校注《汪元量集校注》卷一,浙江古籍出版社1999年版,第37頁。以下凡引汪元量詩皆見此本,除有必要者僅注出詩題。

> 伯顏丞相吕將軍，收了江南不殺人。昨日太皇請茶飯，滿朝朱紫盡降臣。

此組詩歌寫元軍入城、宋室投降事，多正史所未載，劉辰翁稱之爲"江南野史"。汪元量有《越州歌》二十首，叙述元軍入臨安後的情况，回憶南宋舊事。他還有《湖州歌》九十八首，寫宋帝后從臨安到大都的詳細經過及期間發生事件的種種細節，都具有詩史意味。《湖州歌》云：

> 殿上群臣默不言，伯顏丞相趣降箋。三宫共在珠簾下，萬騎虬鬚繞殿前。

> 謝了天恩出内門，駕前喝道上將軍。白旄黄鉞分行立，一點猩紅似幼君。

> 一掬吴山在眼中，樓臺疊疊間青紅。錦帆後夜煙江上，手抱琵琶憶故宫。

> 青天澹澹月荒荒，兩岸淮田盡戰場。宫女不眠開眼坐，更聽人唱哭襄陽。

> 鳳管龍笙處處吹，都民欣樂太平時。宫娥不識興亡事，猶唱宣和御製詞。

> 日中轉舵到河間，萬里羈人强自寬。此夜此歌如此酒，長安月色好誰看。

《湖州歌》九十八首，是宋亡詩史，這組詩通俗曉暢，琴師的格調宛

然。在這組詩歌中,詩人的態度似嘆似諷,此點尤堪尋味。在《湖州歌》中,他還寫到宋宗室在大都受到優待,極爲詳細:

皇帝初開第一筵,天顔問勞思綿綿。大元皇后同茶飯,宴罷歸來月滿天。

第二筵開入九重,君王把酒勸三宫。駝峰割罷行酥酪,又進雕盤嫩韭葱。

第三筵開在蓬萊,丞相行杯不放杯。割馬燒羊熬解粥,三宫宴罷謝恩回。

第四排筵在廣寒,葡萄酒釀色如丹。并刀細割天鵝肉,宴罷歸來月滿鞍。

第五華筵正大宫,轆轤引酒吸長虹。金盤堆起胡羊肉,樂指三千響碧空。

第六筵開在禁庭,蒸麋燒麂薦杯行。三宫滿飲天顔喜,月下笙歌入舊城。

第七筵排極整齊,三宫遊處軟輿提。杏漿新沃燒熊肉,更進鵪鶉野雉鷄。

第八筵開在北亭,三宫豐燕已恩榮。諸行百戲都呈藝,樂局伶官叫點名。

第九筵開盡帝妃,三宫端坐受金巵。須臾殿上都酣醉,拍手高歌舞雁兒。

第十瓊筵敞禁庭，兩廂丞相把壺瓶。君王自勸三宫酒，更送天香近玉屏。

這些詩歌極寫元朝廷對宋宫室的優待，所謂"三宫滿飲天顔喜"，"須臾殿上都酣醉"，恐怕都有不少虚美和誇張的成分。

有人認爲汪元量的詩歌具有人民性和愛國主義精神①。本書以爲，汪元量對宋亡的態度是值得認真尋味的。錢鍾書云："汪元量《湖山類稿》卷五周方《跋》：'余讀水雲詩，至丙子以後，爲之骨立。再嫁婦人望故夫之壟，神銷意在，而不敢哭也。'"②他又引章學誠語云："亡國之音，哀而不怨。家亡國破，必有所以失之之由；先事必思所以救之，事後則哀之矣。不哀己之所失，而但怨興朝之得，是猶痛親之死，而怨人之有父母也。故遺民故老，没齒無言，或有所著詩文，必忠厚而悱惻。其有謾罵譏謗爲能事者，必非真遺民也。"③如此，汪元量是否算是真正的遺民，尚待考索。

後人對汪元量不無譏諷，如明代瞿佑《歸田詩話》卷中"汪水雲賜還"條云："水雲汪元量，宋亡，以善琴召赴大都，見世祖，不願仕，賜黄冠遣還。幼主送詩云：'黄金臺上客，底事又思家。歸問林和靖，寒梅幾度花？'宋宫人多以詩送行者，有云：'客有黄金共璧懷，如何不肯贖奴回？今朝且盡穹廬酒，後夜相思無此杯。'意極凄惋。元量有詩一帙，皆叙宋亡事。如云：'亂點傳籌殺六更，風吹庭燎滅還明。侍臣已寫降元表，臣妾簽名謝道清。'餘詩大抵類是，可備野

① 程瑞釗《淺論汪元量詩歌的人民性》，《陝西師大學報》1990 年 4 期，第 95 頁。

② 錢鍾書《管錐編》，第 1079 頁。

③ 錢鍾書《管錐編》，第 1080 頁。

史。元馬易之題其帙後云:‘三日錢塘海不波,子嬰繫組納山河。兵臨魯國猶弦誦,客過商墟獨嘯歌。鐵馬渡江功赫奕,銅人辭漢泪滂沱。知章喜得黄冠賜,野水閑雲一釣蓑。’”此謂汪元量歸北,尚不及銅人辭漢,對其行爲頗多譏刺。王國維《湖山類稿水雲集跋》説:“(汪元量)中間亦爲元官,且供奉翰林,其詩具在,不必諱也”;“水雲本以琴師,出入宫禁,乃倡優卜祝之流,與委質爲臣者有别”。王國維所説不無道理。

二、刻意模仿杜詩與化用杜詩

汪元量自謂少年即讀杜詩,但當時不解杜詩佳處。及流離北方,在氈帳中讀杜詩,始知杜詩句句可傳,所謂“少年讀杜詩,頗厭其枯槁。斯時熟讀之,始知句句好”①。這説明他對杜詩有了更深刻的理解。汪元量有《浮丘道人招魂歌》是學杜之作,詩云:

> 有客有客浮丘翁,一生能事今日終。齧氈雪窖身不容,寸心耿耿摩蒼空。睢陽臨難氣塞充,大呼南八男兒忠。我公就義何從容,名垂竹帛生英雄。嗚呼一歌兮歌無窮,魂招不來何所從?
>
> 有母有母死南國,天氣黯淡殺氣黑。忍埋玉骨崖山側,《蓼莪》劬勞泪沾臆。孤兒以忠報罔極,拔舌剖心命何惜!地結萇弘血成碧,九泉見母無言責。嗚呼二歌兮歌復憶,魂招不來長嘆息。
>
> 有弟有弟隔風雪,音信不通雁飛絶。獨處空廬坐縲紲,短

---

① (宋)汪元量《草地寒甚氈帳中讀杜詩》。

衣凍指不能結。天生男兒硬如鐵，白刃飛空肢體裂。此時與汝成永訣，汝於何處收兄骨。嗚呼三歌兮歌聲咽，魂招不來泪如血。

有妹有妹天一方，良人去後逢此殃。黄塵暗天道路長，男呻女吟不得將。汝母已死埋炎荒，汝兄跣足行雪霜。萬里相逢泪滂滂，驚定拭泪還悲傷。嗚呼四歌兮歌欲狂，魂招不來歸故鄉。

有妻有妻不得顧，飢走荒山汗如雨。一朝中道逢狼虎，不肯偷生作人婦。左掖虞姬右陵母，一劍捐身剛自許。天上地下吾與汝，夫爲忠臣妻烈女。嗚呼五歌兮歌聲苦，魂招不來在何所。

有子有子衣裳單，皮肉凍死傷其寒。蓬空煨燼不得安，叫怒索飯飢無餐。亂離走竄千里山，荆棘蹲坐膚不完。失身被繫泪不乾，父聞此語摧心肝。嗚呼六歌兮歌欲殘，魂招不來心鼻酸。

有女有女清且淑，學母曉妝顔如玉。憶昔狼狽走空谷，不得還家聚骨肉。關河喪亂多殺戮，白日驅人夜燒屋。一雙白璧委溝瀆，日暮潛行向天哭。嗚呼七歌兮歌不足，魂招不來泪盈掬。

有詩有詩吟嘯集，紙上飛蛇噴香汁。杜陵寶唾手親拾，滄海月明老珠泣。天地長留國風什，鬼神護呵六丁立。我公筆勢人莫及，每一呻吟泪痕濕。嗚呼八歌兮歌轉急，魂招不來風習習。

> 有官有官位卿相，一代儒宗一敬讓。家亡國破身漂蕩，鐵漢生擒今北向。忠肝義膽不可狀，要與人間留好樣。惜哉斯文天已喪，我作哀章泪悽愴。嗚呼九歌兮歌始放，魂招不來默惆悵。

按浮丘道人即文天祥。文天祥於至元十九年（1282）十二月初九日就義，汪元量此九首詩作於此年年末或稍後，是爲悼念文天祥而作。時人李珏稱："一日，吴友汪水雲出示《類稿》，紀其亡國之戚，去國之苦，間關愁嘆之狀，備見於詩，微而顯，隱而彰，哀而不怨，欷歔而悲，甚於痛哭，豈《泣血録》所可並也？唐之事紀於草堂，後人以'詩史'目之；水雲之詩，亦宋亡之詩史也，其詩亦鼓吹草堂者也。其愁思抑鬱不可復伸，則又有甚於草堂者也。"可見，在宋末之時，汪元量的詩歌已被目爲"宋亡之詩史"，並被比之於杜詩。以上《浮丘道人招魂歌》九首，不僅使用了許多杜詩成句，而且九篇全效杜甫《同谷七歌》，顯然是汪元量刻意模仿杜詩之作。

另外，汪元量《杭州雜詩和林石田》二十三首，多用杜詩典故，如"近法秦州體"、"吟登李杜壇"、"黑入太陰中"等，這組詩也頗有杜詩神韵。

汪元量對杜甫的態度是矛盾的。《草堂》二首是他在至元二十三年（1286）初次入蜀時所作，他後來又有機會第二次拜訪成都的杜甫草堂①，還到耒陽憑吊過杜甫的墳墓②。汪元量自稱以杜甫爲師，他在《夷山醉歌》中説："又不見飯顆山頭人見嗤，愁吟痛飲真吾師。"他還曾自比杜甫，説"杜陵清瘦不禁寒，白髮蕭蕭强笑歡"③。當然，這也許祇是一時興到之言，因爲他有時對杜甫頗有譏諷，他

---

① （宋）汪元量《重訪草堂》。
② （宋）汪元量《竹枝歌》。
③ （宋）汪元量《九日次周義山》。

曾經説："君不見，浣花溪頭老翁哭，白首爲儒守茅屋。"[1]按汪元量南歸之時，"燕趙諸公子"携妓餞别，汪元量作詩抒發及時行樂之感懷，末則以杜甫爲比，故多有對杜甫譏諷之意。這説明他對杜甫的看法是矛盾的，就如同他的仕宋與仕元。

汪元量的詩中化用了許多杜詩。"我宋麒麟閣，公當向上名"[2]，此出自杜詩"今代麒麟閣，何人第一功"。"杜子肯依嚴武"[3]，"同谷歌臣甫"[4]，"勿誚草堂翁"[5]，此均用老杜事。"南人墮泪北人笑，臣甫低頭拜杜鵑"[6]，此用杜典。"天末有人難問訊"[7]，此用杜甫《天末懷李白》。"新鬼啾啾舊鬼啼"[8]，此用杜甫《兵車行》之"新鬼煩冤舊鬼哭，天陰雨濕聲啾啾"。"秉燭相看真夢寐"[9]，此用杜詩"夜闌更秉燭，相對如夢寐"。"一月不梳頭，一月不洗面"[10]，此出杜詩"百年渾得醉，一月不梳頭"。"御宴時開禮數寬"[11]，此出杜詩"非關使者徵求急，自識將軍禮數寬"。"群峰如兒孫"[12]，此出杜詩"西嶽崚嶒竦處尊，諸峰羅立如兒孫"。他説"婦女多在官軍中，兵氣不揚長太息"[13]，此用杜甫《新婚别》之"婦人在軍

---

① （宋）汪元量《余將南歸燕趙諸公子携妓把酒餞别醉中作把酒聽歌行》。

② （宋）汪元量《孫殿帥從魏公出師》。

③ （宋）汪元量《别楊駙馬》。

④ （宋）汪元量《筠溪王奉御寄詩次韵呈崖松盧奉御》。

⑤ （宋）汪元量《天山觀雪王昭儀相邀割駝肉》。

⑥ （宋）汪元量《送琴師毛敏仲北行》。

⑦ （宋）汪元量《常州》。

⑧ （宋）汪元量《湖州歌》。

⑨ （宋）汪元量《三衢官舍和王府教》。

⑩ （宋）汪元量《草地》。

⑪ （宋）汪元量《萬安殿夜直》。

⑫ （宋）汪元量《天壇山》。

⑬ （宋）汪元量《聞父老説兵》。

中,兵氣恐不揚"。

此外,他還有些句法學習杜甫,如詩中的當句對:"莫思後事悲前事,且向天涯到海涯"①;"山林雖樂元非樂,塵世多魔未是魔"②;"車笠自來還自去,笳簫如怨復如愁"③。他還偶爾用時空並馭的句法,如"十年不見身爲累,萬里相逢舌尚存"④。此類均是。

總之,汪元量以詩記宋亡歷史,其詩亦有"詩史"之稱。他熟讀杜詩,有些詩歌是刻意學杜之作,也化用了不少杜詩,這是他受到杜甫影響的地方。但是,他的詩歌雖然有詩史意味,但他對國事的態度是值得仔細推究的。他做過元朝的官吏,對元也多有贊頌,對宋朝廷則似憐似諷,這與杜甫的忠厚懇切大不相同。在天崩地裂的大變動中,身爲樂師的汪元量善於自保,左右逢源,他算不上一個真正的遺民。他的詩歌過於流利暢達,也帶有明顯的樂師色彩,這是他詩歌的不足之處。

第七節　謝枋得和鄭思肖的詩歌

在南宋的遺民詩人中,還有謝枋得和鄭思肖。謝枋得是英雄烈士,最後用絶食表示了對宋室的忠誠。鄭思肖時刻不忘故國,也有着高尚節操。他們的詩歌雖各具特點,但成就都不高。

一、謝枋得的詩歌創作

謝枋得在寶祐四年(1256)舉進士,因抨擊權臣被奪官。後遇

① (宋)汪元量《吴江》。
② (宋)汪元量《惠山值雨》。
③ (宋)汪元量《登薊門用家則堂韵》。
④ (宋)汪元量《幽州送景僧録歸錢塘》。

赦，以江東提刑、江西招諭史知信州。與元軍戰敗，逃匿福建，宋亡後即在福建定居。元人徵召不赴。後地方官强迫北上，他到達燕京（今北京）後絶食而死。今存詩七十餘首。

宋亡之後，謝枋得做了南宋遺民。他慷慨地說："宋室孤臣，只欠一死。"①"今年六十三矣，學辟穀養氣已二十載，所欠惟一死耳，豈復有他志。"②"某願一死全節久矣。"③他又說："忠臣不事二君，烈女不事二夫，此天地間常道也。"④最終闔家盡節。他的詩文散佚較多，從他留下的七十多首詩看，其詩並不甚佳。

謝枋得的詩歌古質笨拙，缺少才情。和文天祥的早期詩歌一樣，他的詩中也有不少是寫給相士的，他自己大約也有此才能。他有幾首絶句寫得較好，如《慶全庵桃花》："尋得桃源好避秦，桃紅又見一年春。花飛莫遣隨流水，怕有漁郎來問津。"《花影》："重重疊疊上瑶臺，幾度呼童掃不開。剛被太陽收拾去，又教明月送將來。"《武夷山中》："十年無夢得還家，獨立青峰野水涯。天地寂寥山雨歇，幾生修得到梅花。"這算是他集中較有情韻的作品。

他欣賞杜詩，説杜詩"辭情絶妙，無以加之"⑤，但其詩不似杜詩。他在《謝張四居士惠紙衾》中說："獨憐無褐民，茅檐凍欲僨。大裘正萬丈，德心欠廣運。天下皆無寒，孔孟有素藴。願與物爲春，衾鐵吾不愠。"此略有杜甫"安得廣厦千萬間"的情懷。他的"靖節少陵能自解"⑥，使用杜甫典故。其"三起三眠時運化，一生

① （宋）謝枋得《上程雪樓御史書》，（宋）謝枋得著，熊飛、漆身起、黄順强校注《謝疊山全集校注》卷一，華東師範大學出版社 1994 年版，第 1 頁。以下凡引謝枋得詩文皆見此本，除有必要者僅注出詩題。

② （宋）謝枋得《上丞相留忠齋書》。

③ （宋）謝枋得《與參政魏容齋書》。

④ （宋）謝枋得《與參政魏容齋書》。

⑤ （宋）謝枋得《評陳後山示三子》。

⑥ （宋）謝枋得《示兒》。

一死夢天常"①,算是他律詩中的當句對。他的《崇真院絶粒偶書付兒熙之定之並呈張蒼峰劉洞齋劉華甫》也能令人感動。謝枋得英雄烈士,其詩固不可以文字工拙求之。

二、鄭思肖的詩歌創作

鄭思肖出生於杭州。元軍南下時,他是南宋朝廷的太學生。宋亡後隱居吴下,他的名字是宋亡後所改,寓有思念故國之意。鄭思肖有强烈的愛國精神②,宋亡後他"爲蘭不畫土根,無所憑藉"③,用以表示故國的淪喪。

鄭思肖有《一百二十圖詩集》收詩一百二十首,又有《錦錢餘笑》收詩二十四首。除此之外,他還有一本名爲《心史》的作品,收詩二百五十首。但《心史》是鄭思肖去世三百多年後在蘇州承天寺的古井裹發現的,自清代開始,就有人認爲是僞作④,可存而不論。在《一百二十圖詩集》中,鄭思肖借詩歌銷愁舒憤,這些詩歌都是題畫詩,表現的是對故國的懷念和對自己節操的堅守。《錦錢餘笑》則是充滿滑稽意味的白話詩。

鄭思肖有兩首詩寫到杜甫。《杜子美茅屋爲秋風所破歌圖》云:"雨捲風掀地欲沉,浣花溪路似難尋。數間茅屋苦饒舌,説殺少陵憂國心。"⑤《杜子美騎驢圖》云:"飯顆山前花正妍,飲愁爲醉弄吟顛。突然騎過草堂去,夢拜杜鵑聲外天。"二詩大略借杜甫抒發

---

① (宋)謝枋得《疊》。

② 參見陳節《試論鄭思肖的愛國主義詩歌》,《福建師大學報》1984年第2期,第72頁。

③ (明)盧熊《蘇州府志・鄭所南小傳》,見《鄭思肖集・附録二》,上海古籍出版社1991年版,第334頁。

④ 關於《心史》真僞問題的討論,可參看陳福康《論〈心史〉絶非僞托之書》,《鄭思肖集・附録五》,上海古籍出版社1991年版,第389頁。

⑤ 《鄭思肖集》,第225頁。

憂國之情和故國之思。他另有《子美孔明廟古柏圖行》，主要吟詠諸葛亮事迹。總體上看，鄭思肖的詩歌藝術性不强，也不似杜詩。

總結以上詩歌創作情況，可以發現這個時期詩歌創作的特點：

第一，這個時期最早活躍在詩壇的是永嘉四靈和江湖詩派。儘管他們在詩歌創作中取得的成績有限，但他們以晚唐姚合、賈島爲宗，從晚唐入手的創作方法，表示了宋詩向唐詩的復歸。這也是宋代詩人對江西詩派創作方法不斷反思的結果。

第二，在永嘉四靈之後登上詩壇的是宋末的遺民詩人。考察他們的文學創作，我們不得不承認，他們雖然也創作了一些優秀的作品，但其總體成就不高，總體上藝術性並不强。

第三，除文天祥、汪元量以外，其他的遺民詩人，如林景熙、謝枋得、鄭思肖等，他們的詩歌受杜甫詩歌的影響很小。

第四，從文天祥、汪元量等詩人的詩歌可以看出，他們普遍有以詩存史的觀念，即自覺地用詩歌記録宋末天崩地解的大變動，記録大變動中的事件以及人們的思想和行爲。這是這個階段詩人學杜的最大特點①。在這一點上，文天祥與汪元量並不相同，文天祥有對故國强烈深厚的情感，所以他的這類作品感情真摯而充沛，儘管許多詩比較直白。而汪元量先仕宋後仕元，他對宋亡的態度也似憐似諷，所以他記録歷史的詩歌"冷静"得可怕。儘管如此，兩人以詩存史的觀念却是相同的，這是杜甫"詩史"精神所産生的影響。

第五，文天祥創作了中國文學史上規模最大的集杜詩，這些集杜詩也取得了較高成就。同時，他的集杜入樂也是一個創新。

---

①　參見方勇《南宋遺民詩人群體研究》，第 223 頁。

結　　論

上文結合宋代詩歌作品,討論了杜詩對宋代詩歌創作的影響,以及這些影響所體現出的明顯的階段性。在此,我們對上文進行總結,重申上文的主要結論,同時對宋人學杜的成就和局限略作討論。

一　杜詩影響宋詩的幾個方面

杜詩在内容和風格等多方面都對宋詩産生了影響,這些影響可歸納爲以下幾個方面:

詩學觀念上推崇杜甫和杜詩。宋人普遍推崇杜甫和杜詩,他們推崇杜甫的人格,並在詩歌創作實踐中逐步把杜詩作爲詩學典範。在北宋前期,王禹偁對杜詩極爲喜愛,他説“本與樂天爲後進,敢期子美是前身”,“子美集開詩世界,伯陽書見道根源”,“誰憐所好還同我,韓柳文章李杜詩”,表達了對杜詩的推崇。在北宋中期,梅堯臣明確認識到杜甫在詩歌史上的地位。王安石對杜甫的評價較高,對杜甫的遭遇多有感慨。蘇軾認爲杜甫有崇高的人格,他特别對杜甫的“一飯不忘君”表示欽佩。在北宋後期,黄庭堅、陳師道既注重杜詩的思想意義,更推崇其藝術技巧,把杜甫作爲自己學詩的典範。張耒在詩學觀念上尊杜,杜甫是他心目中最爲優秀的詩人。南宋詩人也推崇杜甫和杜詩,如陸游認爲詩騷以降最偉大的詩人就是杜甫,是杜甫獨出,纔使斯文未喪。由此可知,杜甫在宋代具有崇高地位。

繼承杜甫"詩史"精神,關心國事,反映社會生活。王禹偁對百姓有深切的關心和同情,他的一些詩歌對歷史事件的反映十分細微和真實。梅堯臣的詩歌在一定程度上表現了對社會不公的揭露和對國事的關注。蘇舜欽的詩歌與杜甫一樣關心國事,同情百姓,和當時的詩人相比,他的這類詩歌感情真摯,發乎性情,最接近杜甫的詩歌。歐陽修、王安石也創作了一些關心百姓和國事的詩歌,如王安石的《河北民》一詩,頗能反映社會現實。蘇軾繼承了杜甫以詩歌寫時事的詩史精神,但他的此類詩歌往往又是爲王安石的"新法"而發,即通過對社會現實的描寫,表現詩人對新法的不滿。陸游詩歌數量極多,其詩繼承杜甫的詩史精神,反映的社會現實非常寬廣和豐富。范成大的詩歌廣泛地反映了農民的苦難生活,《四時田園雜興》六十首是其集中著名的篇章;他使金途中寫的一組紀行詩,既寫途中山川形勝、風物之美,又寫了淪陷區人民對恢復失地的渴望。文天祥後期詩歌以詩存史,記録了那個刀光劍影的時代及詩人自己的心路歷程。汪元量也以詩記宋亡歷史。以上詩人都在一定程度上繼承了杜甫的詩史精神。值得注意的是,黄庭堅、陳師道的詩歌雖然號稱師法杜甫,但他們對民生疾苦不太關心,詩集中反映民瘼的詩歌較少,説明他們的詩歌有脱離現實的傾向。

詩歌風格學習和接近杜甫。宋代詩人頗有能學老杜風格者,如蘇舜欽的一些詩歌很接近杜詩,方回就説:"蘇子美壯麗頓挫,有老杜遺味。"蘇舜欽在蘇州的作品明麗圓熟,頗似杜甫的成都詩。歐陽修的詩總體上寫得比較秀逸,但也有一些詩句比較剛健,風格似杜。王安石晚年所作小詩明麗可喜,是其集中的精品,這些詩歌和杜甫的成都詩有暗合之處。蘇軾的詩精細收斂,清秀細密,總體較爲清逸,但也有老健疏放如杜詩者,他的出蜀紀行詩也學習了杜甫的兩組紀行詩。黄庭堅五言詩略有杜意,一些詩句也與杜詩相近,如《登快閣》"落木千山天遠大,澄江一道月分明"一聯,闊大高華,與杜詩略似。陳師道有一些詩歌在整體風格上學杜,杜甫五言律詩的主體風格可以用沉鬱頓挫來概括,後山的一些詩歌在風格上與此類杜詩十分相似,如其《寄外舅郭大夫》《丞相温公挽詞三首》都多有杜意,其五言古體亦多有學杜者。他還有一些七言律詩與杜詩最似,如《九日寄秦觀》,自然老健而又疏放不羈。後山、山谷律詩都學習杜甫,但後山律詩尤精於山谷。陳與義是宋代學杜最有成就的詩人,他比較全面地繼承了杜詩的風格,國家的動盪、時局的變化以及他自己不斷的漂泊,使他對杜詩有了更真切的體會。其五言詩沉鬱頓挫,繼承了杜詩的風格和優長,逼近杜甫。其五言律深闊沉著,亦極似杜詩。特别是他兵興之後的詩篇,更是深得杜詩神韵,其七言律詩繼承了杜甫七律雄渾闊大的風格,宋人學杜很少有人能學杜甫之闊大,而陳與義能之。總體上説,陳與義五言詩得杜甫沉鬱頓挫之長,七言律有杜詩雄渾闊大之美,宋人學杜,陳與義當爲第一。陸游也有詩句頗近杜詩沉鬱頓挫的風格,他的一些五言詩有杜甫沉鬱頓挫之妙,七言詩也有豪壯似杜者。宋代出現了在風格上接近杜甫的詩人,這是這個時期詩人學杜的最大創獲。

使用杜詩典故。宋人作詩喜歡使用杜詩典故或化用杜詩。在北宋前期,王禹偁的一些詩句直接從杜詩變化而來,林逋有時也偶爾化用杜甫詩句。北宋中期,梅堯臣會在不經意中化用杜甫詩句入詩,歐陽修的一些詩句也直接出自杜詩或與杜詩有較多的相似性,王安石詩中化用了許多杜詩。蘇軾和蘇轍對杜甫的詩歌非常熟悉和喜愛,他們的詩亦多化用杜詩成句。在北宋後期,黄庭堅和陳師道都在詩歌中大量使用杜詩和杜甫的典故。秦觀雖不學杜,但他也在自己的詩中化用了一些杜詩。張耒詩歌用典不是很多,没有江西詩派掉書袋的毛病,但他同樣化用了杜甫詩句。南宋的陳與義大量化用杜詩,大量使用杜甫和杜詩的典故。在宋代詩人中,使用杜甫典故最多的恐怕要數陸游,他除直接使用杜詩語典外，還在一詩之中多處使用杜詩，使用關於杜甫的傳説和重複使用杜詩典故。楊萬里、范成大、林景熙、汪元量等也都化用了一些杜詩。

學習杜詩的詩歌技巧。宋代詩人廣泛學習杜詩的技巧，如陳與義作詩能學習和運用杜詩章法，其《對酒》詩中兩聯對仗，一聯言事，一聯寫景，章法富於變化，即是從學習杜詩章法而來。在句法方面，陳與義也能向杜甫學習，如杜甫常在一聯之中，上下句分别使用一個人名，以人名及其所包含的典故表達情感和思想，這種方法陳與義也頻繁使用，這顯然是他學習杜甫的結果。宋人七律中使用"當句對"，也可看作是受到杜甫的影響。同樣，"時空並馭"的手法未必創始於杜甫，却在杜詩中較多運用，並有諸多名句。所以，"時空並馭"也可以看作是杜詩中的一種有代表性的句法。梅堯臣、蘇舜欽、歐陽修、王安石、蘇轍都使用了杜詩中常用的"當句對"，黄庭堅、陳師道、陳與義、楊萬里、范成大更是大量使用這種句法。張耒不屑於語言的反復鍛煉，他的詩錘煉剪裁不够，但他也從杜甫那裏借鑒了"當句對"的句法。黄庭堅、陳師道、陳與義、范成大也經常使用杜甫常用的"時空並馭"的手法。陸游詩歌對仗非常用心，冠冕兩宋，這是杜甫以來精心錘煉語言的傳統産生的影響，他也大量使用當句對和時空並馭的對仗。當然，其當句對雖然是用心之作，但有時反而使詩歌顯得油滑。陸游還有一些句式明顯從杜詩變化而來。

作詩以杜詩爲韵。如黄庭堅作詩，就喜以杜詩爲韵。楊萬里作詩也曾以杜詩爲韵，如其《夢亡友黄世永夢中猶喜談佛既覺感念不已因和夢李白韵以記焉二首》以杜甫《夢李白二首》爲韵，其《臨賀别駕李子西同年寄五字詩以杜句君隨丞相後爲韵和以謝焉五首》，此亦以杜甫"君隨丞相後"爲韵。這也是杜詩影響宋詩的一個方面。

模擬杜詩題目。宋人還模擬杜詩題目，王禹偁的一些詩歌題目就直接來源於杜詩,如杜甫有《八哀詩》,王禹偁則有《五哀詩》。蘇軾的《倦夜》在杜詩中有同題之作,風格也極爲相近。陳與義的《北征》是杜甫《北征》的同題之作,他的《十七日夜詠月》則是效法杜甫的《一百五日夜對月》。他還有與杜甫同題的詩作《月夜》,此外他有時還把杜甫的詩題入詩。

模擬杜詩。宋人作詩經常模擬杜詩,如王禹偁的長篇五言排律《謫居感事》長達一百六十韵,《酬种放徵君》長達一百韵,其結構和語言風格都模仿杜甫的《北征》《自京赴奉先縣詠懷五百字》《奉贈韋左丞丈二十二韵》《壯遊》等篇章。蘇舜欽的一些詩歌明顯以一首杜詩爲藍本,從這首杜詩變化而來,如其《大風》就是學習杜甫《茅屋爲秋風所破歌》的結果。蘇軾《廣陵會三同舍各以其字爲韵仍邀同賦》三首,同杜甫《八哀詩》相類,《秋興三首》是對杜甫《秋興八首》的模擬,《荆州十首》是對杜甫《秦州雜詩》的模擬。陳師道有一些五言律詩直接脱胎於某一首(或兩首)杜詩,如其《晁無咎張文潛見過》從杜甫《范二員外邈、吴十侍御郁特枉駕闕展待,聊寄此》變化而來,不僅格調相似,用語也十分相似;《送張衡山》模仿杜甫《九日登梓州城》,不僅句式相似,連韵脚都基本相同;《十五夜月》模仿杜甫《倦夜》和《月》;《寄無斁》模仿杜甫《路逢襄陽楊少府入城戲呈楊員外綰》。秦觀詩歌不學杜,但他的《秋興九首其七擬杜子美》是模擬杜甫的,但此篇學杜而終不甚似。張耒也有刻意學杜、仿杜之作,如《冬後三日郊赦到同郡官拜敕回有感》即模仿杜甫《小至》。陳與義用長篇古體寫自己在戰亂中的漂泊生活,這是他學習杜甫《北征》等詩篇的結果。他的七言古體《雷雨行》學習杜甫《冬狩行》,《醉中》與杜甫《曲江二首》略似,《書懷示友十首》與杜甫《遣興》組詩有異曲同工之妙,《詠清溪石壁》直接模仿杜甫的《萬丈潭》。陸游也有一些具體篇章,在風格和内容上刻意模仿和學習杜詩中的具體詩篇,如《甲子晴》似杜甫《贈衛八處士》,《遠遊二十韵》全仿杜甫《壯遊》,《三山杜門作歌》與杜甫《同谷七歌》非常相似。此外,汪元量《浮丘道人招魂歌》九首,全效杜甫《同谷七歌》。模仿杜詩,是宋人學杜的另一個方面。

集杜爲詩。宋人集杜爲詩,並取得了一定成就。如王安石在他的集句詩中大量使用杜詩,黄庭堅的集句詩也多使用杜詩,楊萬里《類試所戲集杜句跋杜詩呈監試謝昌國察院》亦是集杜詩。文天祥不是最早集杜詩的人,但他作的集杜詩數量最多,有些集杜詩達到了很高的藝術境界。文天祥還曾經集杜詩爲《胡笳曲》,開創了集杜詩入樂的先河。

除以上幾個方面以外,杜詩對宋詩風格的形成也起到了很大作用。

二　杜詩影響宋詩的幾個階段及其特點

通過對宋代詩人學杜情况的考察,可以把杜甫對宋詩的影響分爲幾個階段。在不同的階段,杜詩對宋詩的影響各具特點。

北宋初期是學杜的初始期。杜甫在北宋初期還没有産生足够的影響,這個時期詩壇流行的是白體、崑體和晚唐體。白體詩人如李昉、徐鉉等主要學習白居易,晚唐體詩人"九僧"、潘閬等主要學習姚合和賈島,崑體詩人楊億、錢惟演、劉筠等則學習李商隱。白體俚俗平易,晚唐體細碎單調,崑體則纖巧虚浮,成就都不高。在這個時期的詩人中,王禹偁與杜甫在思想和經歷上有着某些相似之處,其詩歌在内容和藝術方面對杜詩有所繼承。他繼承了杜甫的"詩史"精神,反映了社會現實和社會矛盾。他的一些五言詩直接學習杜詩,有些詩歌題目直接來源於杜詩,一些詩句直接從杜詩變化而來。但是王禹偁宗杜學杜而雜以白體,所學並不純粹,杜甫之沉鬱頓挫、蒼渾高華,王禹偁難以企及。林逋梅妻鶴子、暗香疏影的生活使他在思想上與杜甫有很大不同,他的詩歌以寫景爲主,注重錘煉字句,屬對工切,不尚用典,風格澄澹孤峭,僅是隱約受到了杜甫的一些影響。西崑體的作者多是文學侍從之臣,其詩歌辭采浮華豔麗,格調不高。他們刻意模仿,專務辭藻,有脱離現實的傾向,與杜詩關係不大。從王禹偁、林逋和崑體詩人學杜的情況可以看出,杜甫在這個時期雖然受到一些詩人的重視,但還没有產生廣泛的影響。在這個學習杜詩的初始階段,杜甫還没有引起詩人的廣泛注意,杜詩的典範地位也没有確立。

北宋中期是杜詩的廣泛影響期。此期活躍在詩壇上的主要有梅堯臣、蘇舜欽、歐陽修、王安石、曾鞏、王令、蘇軾、蘇轍等詩人。他們開始注重詩歌的思想内容,寫出了許多反映社會生活的詩歌。他們的詩歌平易暢達,初步形成了帶有散文化、議論化的宋詩風格。這個時期是杜詩產生深刻影響、得到廣泛繼承的時期。杜甫在詩壇的崇高地位在這個時期得到確立,杜詩在不同方面對歐陽修、梅堯臣、蘇舜欽、王安石和蘇軾等人產生了較大影響。梅堯臣的詩作數量較多而佳作很少,七言律絶較有風致,幾首七言絶句寫得情辭婉轉,略能得唐詩妙處。他的詩歌有明顯的以文爲詩的傾向,風格以平淡爲主。有的五言古詩寫得渾涵壯麗,一些寫家庭生活的詩則感情真摯。梅堯臣在詩學觀念上推崇杜甫,在詩歌内容上繼承了杜甫的“詩史”精神,在語言上也化用了一些杜甫的詩句,但他總體上並不學杜。蘇舜欽詩學杜甫,頗多相似之處,尤其是七言律詩。他的五言詩也有杜甫的沉鬱之氣,他還整理過杜集。蘇舜欽的詩歌在内容和風格上都學習杜甫,雖然寫得不够細緻,錘煉不够,並且也有宋人好議論和以文爲詩的毛病,但總體上他是北宋中期學杜最成功的一個。歐陽修是北宋的文壇領袖,他雖然詩學李白,但承認杜甫在詩歌史上的崇高地位。他創作了一些關心百姓和國事的詩歌,繼承了杜甫的精神實質。他的一些句法和詩句的風格與杜甫相似,詩歌中也化用了一些杜詩。王安石的詩歌初學杜甫、韓愈,又轉益多師,他對杜甫詩歌有很高的評價,詩中化用了許多杜詩,特別是他的集句詩中直接使用了很多杜詩。但是王安石的詩歌總體上與杜詩有很大差異,藝術性也與杜詩相去較遠。蘇軾是宋代最優秀的詩人,他的詩歌題材廣泛,風格多樣,既有富於才情、縱橫流宕的優長,也有散文化、好議論、好表現學問的一面。他在詩歌創作上既受到李白、杜甫的影響,也受到白居易、陶淵明的影響。蘇軾對杜甫非常推崇,他寫了一些反映社會現實的詩歌,雖然很多是出於對新法的譏諷,但也透露出對民生國事的關心。他的一些七言律詩老健疏放,與杜詩近似。他還有模仿杜甫的詩作,也大量化用杜詩。但是,從詩歌的整體風格上看,蘇詩高妙流宕,而杜詩沉鬱頓挫,蘇詩之輕快流轉勝過杜甫,但詩中所蘊含的力量却遠遠不及,兩者的差異是非常明顯的。蘇轍的文學成就主要表現在散文方面,他的詩歌風格清淡樸實,平淡寡味,有以文爲詩的傾向,不僅視野狹窄,風格也平白拘謹。他雖然最爲推重杜甫,但他學習杜詩僅限於使用了一些杜詩中的語典。

從北宋中期詩人的學杜情況可以看出,這個時期杜甫在詩歌史上的典範地位已經確立,此時的重要詩人都對杜甫和杜詩非常推重,蘇軾甚至提出了杜甫"一飯不忘君"這一影響深遠的命題。詩人們普遍繼承了杜甫的"詩史"精神,寫出了許多關心國事民生的作品。北宋中期詩人普遍受到杜詩的影響,表現在:這個時期的詩人在詩歌中都不同程度地化用杜詩;大部分詩人都有一些句法和詩句風格與杜甫相似;王安石在集句詩中直接使用了很多杜詩;蘇軾有許多詩歌學習和模仿杜詩。特別值得一提的是,此時出現了像蘇舜欽這樣在内容和風格上都學習杜甫的詩人。但是,這個時期杜詩雖然得到廣泛繼承,産生了很大影響,但並没有出現能全面繼承杜詩精髓的詩人。

北宋後期是杜詩的藝術繼承期。黄庭堅、陳師道、韓駒、秦觀、張耒等詩人活躍在這個時期的詩壇,黄庭堅、陳師道等人後來被稱爲江西詩派,對後世産生了極大的影響。這個時期杜甫被奉爲詩學典範,江西詩派普遍注重借鑒杜甫的藝術成就,特别是黄庭堅,極爲注重杜甫在煉字、煉句、謀篇等方面的藝術經驗。黄庭堅在詩歌創作上强調出新,特别重視對詩歌藝術技巧的探尋,他在詩歌創作上推崇杜甫,詩中化用了大量的杜詩,學習了杜詩的一些藝術技巧。他的詩雖也有明快流暢之作,但總體上缺乏情韵。他號稱學杜,其詩與杜詩其實並不相似。杜詩之深沉有力、沉鬱頓挫,杜甫之仁厚忠愛,皆黄庭堅所不能及。黄庭堅的詩講究字句的錘煉,重視用典,但詩情寡淡,詩味貧乏。陳師道是北宋後期力學杜甫的重要詩人,取得了較高的成就。他是北宋時期學杜最成功的詩人,其學杜的成就超過了黄庭堅。杜甫詩歌沉鬱頓挫的風格主要體現於其五言古、律詩,後山學杜最佳的也是其五言詩,他的五言律詩和五言古詩都有很像杜詩的作品。陳師道其他體裁的詩歌也學習杜詩,並有相當的成就。雖然陳師道的人生境界尚不及杜甫,詩中關心民瘼的作品極少,但他的感情真摯,與杜甫相似,這是他學杜成功的重要原因。陳師道的詩沉鬱孤峭,稱得上學杜有得。韓駒詩注重聲律、對仗和用典,頗涉黄庭堅之格。但另一方面,其詩總體上又較爲流暢,略具唐體之優長。秦觀詩有唐人遺韵,其短處在於詩思孱弱,力量不够。他使用典故不像黄庭堅那樣多,也不太使用僻典。他從蘇軾那裏學了清新流暢的長處,但不像蘇軾詩歌那樣風格多樣,變化多端。秦觀詩歌不學杜,但有的詩是模擬杜甫的,同時他也化用了一些杜詩。張耒詩的特點是平易舒坦,格寬語秀,有唐人風韵。他的詩注重情感的自然表達,而不太注重詩句的鍛煉和雕琢。其詩較多地反映了民生疾苦,頗能表現出他對民生民瘼的關心,在這點上他繼承了杜甫、白居易、張籍等詩人的傳統。張耒詩歌的缺點是出語比較隨意,不够精練,語言平易,風格不甚鮮明。他在詩學觀念上尊杜,在詩歌創作上也有學杜之處,在句法上也受到杜甫的一些影響。儘管如此,張耒的詩歌風格不像杜甫,而是更接近白居易。他的詩歌有明顯的粗疏之病,當然也有一些詩歌是平易中見秀美的。

從黄庭堅、陳師道、韓駒、秦觀、張耒學杜的情況可以看出，北宋後期詩人學杜很有特點。在這個時期，杜甫在詩壇的地位無比崇高，宋代詩人最終選擇杜甫作爲詩歌的典範。這個時期的詩人非常注重對杜甫藝術技巧的學習，這方面以黄庭堅和陳師道爲代表。藝術技巧是杜甫詩歌成就的重要方面，通過對杜詩藝術技巧的學習，特别是通過對詩歌字句的反復錘煉，宋代詩人創作出平淡瘦勁、平和内斂的詩歌。但片面學習詩歌技巧，也造成詩情寡淡，詩味貧乏。所以他們創作的詩歌雖然模仿杜詩的法度，却與杜詩相去甚遠。這個時期的詩人關心的多是自己的生活，詩歌有脱離現實的傾向。值得注意的是，陳師道寫出了感情真摯、沉鬱孤峭的作品，在風格上很接近杜詩，這是這個時期詩人學杜的最重要收穫，陳師道也成爲這個時期學習杜甫最有成就的詩人。

南宋前期是學杜的高潮期。北宋滅亡的痛苦刺激着詩人敏感的心靈，南宋詩壇發生了很大變化。江西詩派追求技巧、叙寫日常生活的創作方法有了改變，呼籲抗金、描寫現實、叙寫離亂、反映愛國情懷的詩歌大量湧現。這個時期活躍在詩壇上的是曾幾、陳與義、陸游、楊萬里、范成大等詩人，他們的詩歌創作大都鮮明地打上了時代的印記，天崩地裂的現實使南宋詩人對杜詩有了更深刻的理解。曾幾詩歌學習杜甫和黄庭堅，但較少江西詩派習氣，不僅不用僻典，詩風也較爲流利。他的詩歌不僅化用杜甫詩句極多，而且用典較爲妥貼，又追求對仗的工整和詩句的錘煉，但他頗能避免江西詩派使用僻典和詩意晦澀的毛病。曾幾是江西詩派與陸游之間的津梁，他的部分詩歌兼有唐宋之長。在這個時期，陳與義等詩人終於寫出了像杜甫那樣的沉鬱頓挫、蒼茫高華的詩篇。陳與義親身經歷了北宋的滅亡、南宋的偏安，不僅對國破家亡的屈辱有真實的感受，對亂世中流離漂泊的艱辛也有切身的體會。他的五言詩沉鬱頓挫，在風格上極爲接近杜詩。他的七言律詩也蒼楚闊大，繼承了杜甫的優長。他從杜甫那裏學習了句法,也經常化用杜詩,其詩歌在内容上也很接近杜詩。陸游的詩歌數量極多,内容也非常豐富。大體而言,他憂時念亂和寫軍中生活的詩作多作於早年,而寫日常生活的留連光景之作則晚年較多。壯年從軍之作風格較爲豪壯,有略似高岑之處。平居閑吟之什則詩風平易,似陶淵明、白居易。他的詩多爲律詩,比較重視對仗和詩句的錘煉。陸游的詩歌在許多方面受到杜甫影響,他在詩中化用杜詩,有時也偶爾著意模仿杜詩。他的五言律詩偶有杜詩的頓挫,他的七言律詩要比杜詩平易。但總體上説,他的詩和杜詩相去較遠,杜詩之蒼茫深厚,尤爲放翁所不能及。楊萬里的詩被稱爲“誠齋體”,詩歌的特點主要表現在寫景詩上。他的詩以七言律絶爲主,特别是七言絶句,最能表現他詩歌的特點,那就是新鮮、活潑、機智、精巧,能够非常絶妙地傳達出景物的妙處。楊萬里寫景,傳神留影,既迅速又輕巧。他的詩歌從早年到晚年風格變化不大,早年略受江西詩派影響,但詩歌明白易懂,没有沾染江西詩派剽竊堆砌、晦澀難曉的毛病。晚年之作略顯沉潛和繁冗,愛講道理,發議論,但寫景狀物還是那種輕快的手法。他的詩歌不追求用典,雖然他也用了一些杜甫的典故。楊萬里學習杜甫,僅僅是使用了一些杜詩的典故,用杜甫詩句集句作詩,還學習了一些杜詩的句法,他的詩和杜詩並不相類。范成大最有特色的是寫農民和農事的詩,以《四時田園雜興》的六十首絶句爲代表。在這些詩歌之中,他既寫農村生活的恬淡美好,也寫農民生活的艱辛和租税的繁重。此外較有特色的是他的紀行詩,以一組使金紀行詩爲代表。這組詩歌反映了北方淪陷區人民渴望恢復的心情,也表現了使金途中的山川風物之美。范成大詩歌的特點是古質樸素,温和秀麗。晚年詩風有所變化,較以前更注重格律和對仗。除了那些寫農村生活的詩歌和使金絶句,他的詩歌都不大能使人感動,難以引起共鳴。杜甫對范成大産生了一些影響,如他在詩中使用了一些杜詩的典故,他的使金紀行詩和《四時田園雜興》等描寫農村生活的詩,關心國事和民瘼,繼承了杜甫的精神實質。但范成大不學杜甫,詩歌也不像杜詩。

總結南宋前期詩壇學杜的特點可以看出,在這個時期詩人們對杜詩有了更深刻更親切的認識。杜詩不僅是他們詩歌技巧上學習的典範,也是他們戰火中的知音。因此,這個時期是兩宋學杜的高潮期,這個時期詩人學杜取得了巨大成就。尤其是陳與義,其五言詩沉鬱頓挫,七言詩雄渾闊大,繼承了杜詩的風格,在内容上也接近杜詩,他是兩宋學杜取得最高成就的詩人。這也告訴人們,單純學習杜詩的技巧、藝術、法度,不會寫出有成就的詩。衹有把學習技巧、錘煉語言與學習其思想、境界結合起來,在適當的歷史條件下,纔能寫出杜甫那樣的作品。陸游的詩儘管從整體上與杜詩相去較遠,杜詩之蒼茫深厚,尤爲放翁所不及,但陸游詩的圓熟、注重句法錘煉的特點、集大成的成就乃至愛國精神,都明顯受到杜詩的影響。范成大的使金紀行詩和《四時田園雜興》等描寫農村生活的詩,繼承了杜甫的精神實質。相比較而言,楊萬里的詩不學杜詩,與杜詩差異也最大。這個時期的詩人,普遍受到江西詩派的影響。但陳與義的詩已經與江西詩派有很大差距,不能簡單地把他歸入江西詩派。陸游寫得最多的是閑適詩,與江西詩派差距更大。楊萬里所寫是輕巧的唐體,范成大的詩平易古質,都與江西詩派不同。這説明這個時期江西詩派的勢力和影響在逐步減小。江西詩派"點鐵成金"、"奪胎换骨"的創作方法與宋詩平易的風格相結合,最終形成宋詩多用典、有筋骨、好議論、較平白的典型風格。

南宋後期是宋詩的以詩存史期。這個時期首先登上詩壇的是永嘉四靈,即徐照、徐璣、翁卷和趙師秀,他們擺脱江西詩派的束縛,開始轉而學習晚唐詩,使唐體重新流行。再有就是姜夔、劉過、戴復古、劉克莊等江湖派詩人,成分比較複雜。宋亡之際,又出現了文天祥、謝翺、林景熙、汪元量、謝枋得、鄭思肖等一大批詩人,用詩歌歌詠和記録亡國的痛苦與悲哀。四靈詩風接近,實不甚佳。

從形式上看,他們都慣於使用五言律詩;從内容上看,則大多是寫景詠物、留連光景之作。四靈的詠物詩,所詠爲花草樹木、山水禽鳥之類。他們很少用典,即使用典也不佳。從風格上看,均淺顯細碎。他們的詩歌很少涉及社會現實,不僅内容單調狹窄,風格單一,藝術性也不高。戴復古的詩正大純雅,以淡雅自然爲宗。他的詩清淡輕快,天然不廢斧鑿,音節和婉而平淡自然,風格在陶淵明、孟浩然及晚唐諸家之間。在宋則不似江西詩派,而是略近於楊萬里。劉克莊屬於江湖詩派,所作是輕巧的唐體。但他又受到江西詩派的一些影響,頗爲追求屬對精巧和使用典故。但其對仗雖有巧思,却與全詩不大協調,其詩歌也不够流暢。文天祥集杜句爲詩,又以集杜詩入樂,他的詩歌有明顯的以詩存史的意味,杜甫對文天祥的詩歌創作産生了一定影響。林景熙衹是使用了一些杜詩的典故,衹有極少的作品稍有壯氣,其詩的總體風格與杜詩並不相似。汪元量以詩記宋亡歷史,其詩有詩史之稱。他熟讀杜詩,有些詩歌是刻意學杜之作,也化用了不少杜詩。但是,他對元多有贊頌,對宋朝廷則似憐似諷,這與杜甫的忠厚懇切大不相同,他似乎算不上一個真正的遺民。他的詩歌也過於流利暢達,帶有明顯的樂師色彩,這是他詩歌的不足之處。謝枋得欣賞杜詩,但其詩不似杜詩,受杜甫影響也很小。鄭思肖有兩首詩寫到杜甫,總體上看他的詩歌藝術性不强,也不似杜詩。

從文天祥等人的詩歌創作情況,可以看出這個時期詩歌創作的特點。這個時期最早活躍在詩壇的是永嘉四靈和江湖詩派,儘管他們在詩歌創作中取得的成績有限,但他們從晚唐入手的創作方法表示了宋詩向唐詩的復歸,這也是宋代詩人對江西詩派創作方法不斷反思的結果。在永嘉四靈之後登上詩壇的是宋末的遺民詩人,他們雖然也創作了一些優秀的文學作品,但文學創作的總體成就不高,藝術性不强。除文天祥、汪元量以外,其他的遺民詩人,如林景熙、謝枋得、鄭思肖等,他們的詩歌受杜甫詩歌的影響也很小。從文天祥、汪元量等詩人的詩歌可以看出,他們普遍有以詩存史的觀念,這是這個階段詩人學杜的最大特點,也是杜甫"詩史"精神所產生的影響。文天祥創作了中國文學史上規模最大的集杜詩,這些集杜詩也取得了一定成就,他的集杜入樂也是一個創新。

三 宋代詩人學杜的成就和局限

宋代詩人普遍學杜,並取得了較大的成就。淡樸、瘦硬而有味,是宋詩的總體風格①,這種風格的形成與杜詩不無關係。宋人學杜的成就首先表現在陳與義等詩人身經離亂,寫出了在内容和風格上極似杜詩的詩歌。正如謝思煒所指出的那樣,在南北宋之交,"時代給人們帶來的收穫便是,從自己身受的亂離中真正接近了杜詩的世界……出現了大量逼近杜詩風格的亂離詩、逃難詩"②。陳與義真正"恢張悲壯",得老杜神髓,在宋代學杜詩人中成就最高。當然,杜詩和陳詩還是有不少不同。陳詩力弱,杜詩力大。陳與義也憂國憂民,但總覺不似杜甫那樣真摯深切。杜甫時刻念及家國之痛,陳與義却總能於漂泊流離之中留連光景,樂而忘憂。儘管如此,陳與義的詩歌依然代表了宋人學杜的最高成就。

宋代詩人學杜的另一個收穫是陳師道等詩人寫出了杜甫那樣沉鬱頓挫的詩歌。陳師道與杜甫一樣有着真摯樸質的情感,其詩歌似杜既是學習的結果,也是天性的自然流露。他没有黄庭堅學問雜博,這正好使他可以寫出語言樸素而感情真摯的詩歌,感情的真摯樸素是陳師道學杜成功的重要原因。當然,後山學杜而最終不及杜,除了藝術和天分方面的原因之外,一個重要的原因是他的

---

① 霍松林、鄧小軍《論宋詩》,《文史哲》1989 年第 2 期,第 66 頁。

② 謝思煒《杜詩解釋史概述》,《文學遺産》1991 年第 3 期,第 74 頁。

人生境界不及老杜,老杜於飢寒之中常能思及天下百姓和國家大事,此爲後山所不及。

宋代詩人廣泛學習杜詩技巧,這是宋代詩人學杜的另一個收穫。在江西詩派影響和主宰詩壇的時期,杜甫真正被奉爲詩學典範。江西詩派專心學習杜詩法度,注重煉字煉句,奪胎换骨,點鐵成金,他們的詩歌字斟句酌,法度井然,不僅支配了當時的文壇,也對後世産生了極大影響。關於宋代詩歌中的句法問題,王德明認爲:"宋代詩歌句法理論極爲豐富,宋人所説'句法'含義寬泛……但中心意思是指詩歌語言的組織方法。宋人談句法相當普遍,但基本上圍繞杜甫詩來討論,可説是杜詩句法學。宋代句法理論的重大意義在於,它標志着傳統政治詩學向語言詩學的轉變。"①儘管江西詩派的詩歌題材狹窄,眼界不寬,特别是黄庭堅的詩講究字句的錘煉,重視用典,但詩味貧乏,不能打動人心。但是,江西詩派普遍注重借鑒杜甫在煉字、煉句、謀篇等方面的藝術經驗,對後世有很大影響。

此外,宋代詩人繼承杜甫關心現實的精神,寫出了許多有"詩史"意義的詩歌。這也是宋人學杜的一個收穫。

但是,宋人學杜也有其局限。錢鍾書説:"假如宋詩不好,就不用選它,但是選了宋詩並不等於有義務或者權利來把它説成頂好、頂頂好、無雙第一。"②同樣,探討杜詩對宋詩的影響,也不能把這種影響誇大到無限大,特别是對宋人學杜的成就不能無限誇大。總體上説,杜詩雖然對宋詩有很大影響,但在宋代並没有出現能和杜甫比肩的偉大詩人,也没有出現全面繼承杜詩思想内容和藝術風格的詩人。

---

①　王德明《論宋代的詩歌句法理論》,《新疆大學學報》2000 年第 3 期,第 27 頁。

②　錢鍾書《宋詩選注・序》,第 10 頁。

宋代詩人學杜,在藝術技巧方面用力太過。正如程傑所説:"杜甫以其道德性和現實性的品格標志了一種新型詩學創作主體的出現",杜詩的"意勝""直至北宋形成了'以議論爲詩'的普遍傾向"。他特別指出:"杜詩的成就集中到一點就是一個'能'字……杜詩之'能'既在博采,更在獨造。杜詩之能對於後世詩藝方面的影響也主要表現在兩個方面:一是'盡得古今之體勢,而兼人人之所獨專',是謂'大'。一是'他人不足,甫乃厭餘',是謂'深'……晚期杜詩更具有純粹的、自由的藝術意味。因此,它對於藝術意趣要求較高的宋詩影響最大。杜詩之'能'的意義還不僅僅在於滿足了人們對詩意追求的願望,其自我作古、'無復倚傍'的創作精神和'開合變化、施無不宜'的藝術能力中包含了不斷吸納詩料發展詩意的藝術創造活力。遺憾的是,杜甫的這一精神在後世衹是部分地被貫徹在類似杜甫'老去詩篇渾漫與'那樣的以日常生活内容爲題材的創作中。與日益成爲一種抽象的道德榜樣相一致,杜甫的藝術影響愈來愈趨於一種技巧的典範。透過杜詩典範化的過程,我們看到的是封建社會後期詩歌藝術創造力的萎縮。這是歷史的遺憾,又是歷史的必然。"①總之,後人並没有真正繼承杜詩的精髓。

同時,即使是藝術技巧的繼承,宋人也多是得杜之一體。如陳與義、陳師道等,均是得杜之一體,學杜之一面。正像葉嘉瑩在論述杜甫七言律詩的影響時所指出的那樣:"宋人之得於杜甫者雖多,而獨未能於其意象化之一點上致力,即如北宋之半山、山谷、後山、簡齋諸人,以及南宋之放翁、誠齋一輩……可以説都是學杜有得的作者,尤其他們的七言律詩,更可以從其中看出自杜甫深相汲取的痕迹。或者取其正體之精嚴,或者取其拗體之艱澀,或者得其疏放,或者得其圓熟,然後復參以各家所特具之才氣性情,無論寫

① 程傑《杜甫與唐宋詩之變》,《南京師範大學學報》1992 年第 3 期,第 96 頁。

景、言情、指事、發論，可以説都能有戛戛獨造的境界，衹是其中却没有一個作者，曾繼承杜甫與義山所發展下來的意象化之途徑更有開拓。”“杜甫七律的影響雖大，霑溉雖廣，得其一體的作者雖多，然而真正能自其意象化的境界悟入，而能深造有得的作者，却並不多見。”①這是宋人學杜給後人留下的大教訓。

宋人學杜，成就很大，差距當然也很大。這讓我們想起錢鍾書的話：“瞧不起宋詩的明人説它學唐詩而不像唐詩，這句話並不錯，衹是他們不懂這一點不像之處恰恰就是宋詩的創造性和價值所在。”②也許我們和明人在認識上有同樣的錯誤，也許我們不應該站在杜詩或唐詩的角度過分苛求宋詩，而應該站在宋詩和詩歌史的角度更多地考察宋詩相對於唐詩所創立的另一種詩歌範式的特點，考察這種新的詩歌範式在詩歌史上的獨特意義。

---

①　葉嘉瑩《論杜甫七律之演進及其承先啓後之成就——〈秋興八首集説〉代序》，《迦陵論詩叢稿》，中華書局 1984 年版，第 104、102 頁。

②　錢鍾書《宋詩選注・序》，第 10 頁。

附録　宋代重要杜集評注本簡介[①]

張忠綱

一、宋本杜工部集　二十卷　（宋）王洙、王琪編定，裴煜補遺

王洙（997—1057），字原叔（一作源叔），一説字尚汶。宋應天宋城（今河南商丘）人，郡望太原。仁宗天聖二年（1024）進士。補舒城縣尉，調富川縣主簿。晏殊薦爲府學教授。召爲國子監説書，改直講。擢史館檢討、同知太常禮院，爲天章閣侍講。累遷太常博士、尚書工部員外郎，加直龍圖閣、權同判太常寺。坐事出知濠、襄、徐、亳等州。召爲史館修撰、知制誥，至和元年（1054）爲翰林學士。洙博覽多聞，圖緯、方技、陰陽、五行、算數、音律、訓詁、篆隸之學，無所不通。曾校定《史記》《漢書》，預修《崇文總目》《國朝會要》《三朝經武聖略》等書。仁宗朝參與制定明堂禮儀、雅樂制度。著有《易傳》等。《宋史》有傳。

王洙對杜詩的最大貢獻，就是蒐集整理編輯成《杜工部集》二十卷。《新唐書・藝文志四》著録："杜甫集六十卷。"至北宋已不可復見，仁宗時王洙始取秘府舊藏及他人所有之杜集裒爲二十卷。

---

① 按照《杜詩學通史》的編寫計劃，本書應概述宋代的杜詩流傳、刊刻和整理情況。但此部分内容，學界已有成熟的研究成果，故不再贅述。承蒙張忠綱先生同意，現謹將他撰寫的《宋代重要杜集評注本簡介》附録於此，以見宋代杜集之概況。此内容亦見於蕭滌非主編《杜甫全集校注》附録五之《重要杜集評注本簡介》及張忠綱著《詩聖杜甫研究》（上册）之《杜集叢考》部分。

洙寶元二年(1039)《杜工部集記》云:"甫集初六十卷,今秘府舊藏,通人家所有稱大小集者,皆亡逸之餘,人自編摭,非當時第叙矣。蒐裒中外書,凡九十九卷(古本二卷,蜀本二十卷,集略十五卷,樊晃序小集六卷,孫光憲序二十卷,鄭文寶序少陵集二十卷,别題小集二卷,孫僅一卷,雜編三卷),除其重複,定取千四百有五篇,凡古詩三百九十有九,近體千有六,起太平時,終湖南所作,視居行之次,若歲時爲先後,分十八卷;又别録賦筆雜著二十九篇爲二卷,合二十卷。"洙書當時是否刊梓,無由聞見。後經王琪鏤板刊行,遂成後世所有杜集之祖本。

王琪,字君玉,宰相王珪從兄。宋成都華陽(今四川成都)人。舉進士,調江都主簿。除館閣校勘、集賢校理。詔通判舒州,知復州。歷開封府推官、直集賢院、兩浙淮南轉運使、修起居注、鹽鐵判官、判戶部勾院、知制誥。仁宗慶曆七年(1047),使契丹還,責授信州團練副使。歷知潤州、江寧、蘇州、鄧州、揚州。英宗治平元年(1064)知杭州。二年,復知揚州。又知潤州。以禮部侍郎致仕。卒,年七十二。《宋史》有傳。嘉祐四年(1059),時爲蘇州郡守的王琪取王洙所編《杜工部集》二十卷重新編定鏤板刊行。其《杜工部集後記》云:"翰林王君原叔,尤嗜其詩,家素蓄先唐舊集,及采秘府名公之室,天下士人所有得者,悉編次之,事具於記,於是杜詩無遺矣。……原叔雖自編次,余病其卷帙之多而未甚布。暇日與蘇州進士何君瑑、丁君修得原叔家藏及古今諸集,聚於郡齋而參考之,三月而後已。義有兼通者,亦存而不敢削,閲之者固有淺深也。而又吴江邑宰河東裴君煜取以復視,乃益精密,遂鏤於版,庶廣其傳。或俾余序於篇者,曰:如原叔之能文,稱於世,止作記於後,余竊慕之。且余安知子美哉,但本末不可闕書,故概舉以附於卷終。原叔之文,今遷於卷首云。"

裴煜,字如晦。宋臨川(今屬江西)人,郡望河東。慶曆六年(1046)進士。嘉祐二年(1057)知吴江縣。五年,仁宗命爲《新唐書》校勘官。歷太常博士、秘閣校理。曾任國子監直講、大理寺丞、集賢校理、尚書都官郎中。治平二年(1065)九月,以開封府提刑知蘇州,三年九月,入判三司都磨勘司。歷知揚州、潤州。官終翰林學士。熙寧初卒。煜文雅博洽,與歐陽修、梅堯臣、劉敞、曾鞏、王安石酬唱甚密。他任吴江知縣時,曾協助王琪編刊《杜工部集》,並蒐集杜甫詩文九篇,作爲"補遺"刊附集後。《直齋書録解題》卷一六載:"《杜工部集》二十卷……王琪君玉嘉祐中刻之姑蘇,且爲後記。……又有遺文九篇,治平中,太守裴集刊附集外。"

此本分體編年排列,係白文本,爲今日傳世杜集之最早者。此後杜集補遺、增校、注釋、批點、集注、編年、分體、分類、分韵之作,皆祖此本。王琪鏤刻之原本今已不存,今可見者爲毛氏汲古閣所藏宋本,爲兩種相儷之南宋刻本,現存上海圖書館。毛扆《宋本杜工部集跋》云:"先君昔年以一編授扆,曰:'此《杜工部集》,乃王原叔洙本也。余借得宋板,命蒼頭劉臣影寫之,其筆畫雖不工,然從宋本鈔出者。今世行杜集,不可以計數,要必以此本爲祖也。汝其識之!'扆受書而退,開卷細讀,原叔記云……二十卷末有嘉祐四年四月望日姑蘇郡守王祺(琪)後記,此後又有補遺六葉,其《東西兩川説》僅存六行而缺其後,而第十九卷缺首二葉。扆方知先君所借宋本乃王郡守鏤板於姑蘇郡齋者,深可寶也,謹什襲而藏之。後廿餘年,吴興賈人持宋刻殘本三册來售,第一卷僅存首三葉,十九卷亦缺二葉,補遺《東西兩川説》亦止存六行,其行數、字數悉同,乃即先君當年所借原本也。不覺悲喜交集,急購得之,但不得善書者成此美事,且奈何! 又廿餘年,有甥王爲玉者,教導其影宋甚精,覓舊紙從鈔本影寫而足成之。"1957 年商務印書館據此影印出版,列爲《續古逸叢書》第四十七種。其缺頁數處,悉據國家圖書館所藏錢鈔本配補,學人始得獲見此稀世珍本。全書綫裝六册,共二十卷,其中詩十八卷,卷一至八爲古體詩,卷九至十八爲近體詩,共一千四百十首;末二卷爲文賦,計二十八篇。前有王洙記,末附元稹《唐故檢校工部員外郎杜君墓系銘》、王琪後記、裴煜補遺九篇、毛扆跋、張元濟跋。張氏跋云:"毛氏汲古閣所藏宋本,遞傳至於潘氏滂喜齋,今歸上海圖書館。相傳爲嘉祐間刊。然以諱字避至完、構觀之,是刻當在南宋初矣。檢校全集,計二十卷、補遺一卷。宋刻兩本相儷,缺葉爲毛氏鈔補,亦據兩本。其一存卷一第三、四、五葉,卷十七至二十及補遺。每半葉十行,行十八至二十一字。毛氏鈔補自卷一第六葉起至卷九、卷十五、卷十六,每卷先列子目,目後銜接正文。其二爲卷十至十二,每半葉十行,行二十字;毛氏鈔補卷十三及十四。每卷先列子目,目後重銜書名、卷次及詩體首數各一行。兩本字體、紙墨均甚相似,驟不易辨。但從行款、注例審之,顯有不同。……其卷一王記之宋刊,卷十二第廿一後半葉,卷十九第一、二葉及補遺第七、八葉之錢鈔,均據北京圖書館藏本照補。"由此可見,《宋本杜工部集》是由數種版本組合而成的,並不是一個完整的宋刻本。而學界對各本的認識頗不一致。張元濟跋考定毛氏汲古閣所藏兩種相儷之南宋刻本,一爲南宋初年浙江復刻嘉祐四年王琪增刻王洙編訂原本,一爲紹興三年(1133)吴若校刊本。而有的學者提出疑義,認爲後一本"是與吴若本極爲相近的模板",當刻於紹興末年;或認爲後一本當是時間更晚的吴若本的翻刻本。

二、補注杜工部集　(宋)薛蒼舒撰

薛蒼舒,一作倉舒。字夢符。宋河東(今山西永濟)人。約生活在北宋末年,年代略早於趙次公。曾任翰林學士。

薛氏著有《補注杜工部集》。胡仔《苕溪漁隱叢話》後集卷八云:"子美詩集,余所有者凡八家:……《補注杜工部集》,則學士薛夢符也。"《宋史・藝文志》著録:"薛蒼舒《杜詩刊誤》一卷。"又:"薛倉舒《杜詩補遺》五卷,《續注杜詩補遺》八卷。"周采泉《杜集書録・内編・全集校刊箋注類一》云:"以上各書現均無傳本,但其注疏文字,猶散見於《九家集注》《千家注》中。……據《九家注》趙彦材常引薛夢符語,則薛早於趙。上列四書可能即是一書,後三者爲《補注杜工部集》之附屬部分。但《宋史·藝文志》,以《補遺》爲蒼(應爲"倉")舒作,而《刊誤》作倉(應爲"蒼")舒作。'蒼'、'倉'同音之訛,當爲一人,其書或各自單行歟?……又《刊誤》,《郡齋讀書志》列入文史類,今附録於此,疑其書當如蔡氏《正異》(指蔡興宗《杜詩正異》),爲全集之一部分。"其説大體近之。《門類增廣十注杜工部詩》、《王狀元集百家注編年杜陵詩史》、《分門集注杜工部詩》(以下簡稱《分門集注》)、《黄氏補千家集注杜工部詩史》(以下簡稱《黄氏補注》)、《集千家注分類杜工部詩》(以下簡稱《分類杜詩》)卷首"集注姓氏"云:"河東薛氏蒼舒,《續注子美詩》;薛氏夢符,《廣注子美詩》。"則將一人誤作二人,後世多沿其誤。參蔡錦芳《薛蒼舒考論》(《杜甫研究學刊》1996年第4期)。薛氏爲宋代注杜重要一家,郭知達編《新刊校定集注杜詩》(即《九家集注杜詩》)所收九家注,引薛注多達一百五十七條,僅次於趙次公、杜田和師尹,居第四位。《黄氏補注》引"蒼舒曰"四十六條;《分門集注》引"(薛)蒼舒曰"五十五條;二本又引"薛曰"二十二條,當即蒼舒。《黄氏補注》又引"夢符曰"一百二十一條;《分門集注》又引"(薛)夢符曰"多達一百八十九條。薛注多注釋杜詩疑難詞語、典故、地名等,頗多訛誤,故後世漸近湮没。

三、東坡杜詩故事　舊題(宋)蘇軾撰

該書宋人已辨其僞,即所謂"僞蘇注"。其書名不一,或稱《東坡杜詩事實》《東坡杜甫事實》《東坡老杜詩史》,簡稱《老杜事實》《老杜詩史》,亦作《東坡事實》等。最早揭露"僞蘇注"的是趙次公。宋本郭知達編《新刊校定集注杜詩》卷一《奉贈韋左丞丈二十二韵》"賤子請具陳"注引趙次公曰:"世有托名《東坡事實》,輒云:毛遂有言'賤子一一具陳之',以爲渾語,却不引出何書。其全帙引,類皆如此。非特浼吾杜公,又浼蘇公,而罔無識,真大雅之厄、

學者之不幸也。”汪應辰《書少陵詩集正異》云:“閩中所刻《東坡杜甫事實》者,不知何人假托,皆鑿空揑造,無一語有來處。”葛立方《韵語陽秋》卷一六云:“近時有妄人假東坡名,作《老杜事實》一編,無一事有據。”胡仔《苕溪漁隱叢話》後集卷八云:“若近世所刊《老杜事實》及李歜所注《詩史》皆行於世,其語鑿空,無可考據,吾所不取焉。”嚴羽《滄浪詩話·考證》云:“《杜集》注中‘坡曰’者,皆是托名假僞。”陳振孫《直齋書録解題》卷一九云:“世有稱《東坡杜詩故事》者,隨事造文,一一牽合,而皆不言其所自出,其辭氣首末若出一口,蓋妄人依托以欺亂流俗者。書坊輒勦入集注中,殊敗人意。”

至於作僞者何人?衆説不一。或謂李歜,或謂王銍,但有人辨其非。朱熹《跋章國華所集注杜詩》則謂鄭昂:“章國華過予山間,出所《集注杜詩》示予,其用力勤矣。然其所引《東坡事實》者,非蘇公作;聞之長老,乃閩中鄭昂尚明僞爲之,所用事皆無根據,反用杜詩見句,增減爲文,而傅其前人名字,托爲其語,至有時世先後顛倒失次者。舊嘗考之,知其决非蘇公書也。”至有指鄭昂即鄭卬者,或辨其非。

至於該書作僞的時間,汪應辰《書少陵詩集正異》已指摘蔡興宗《重編少陵先生集並正異》徵引“僞蘇注”;《新刊校定集注杜詩》卷一八《巳上人茅齋》注引趙次公曰:“蔡伯世又以近傳《東坡事實》所引王逸少詩爲證。”而趙次公注杜詩大約成於宋高宗紹興初年,蔡興宗《重編少陵先生集並正異》尚早於趙注,故“僞蘇注”成書,大約在北宋末年。《新刊校定集注杜詩》卷一八《巳上人茅齋》注又引趙次公曰:“又有所謂《杜陵句解》者,南中李歜所爲也,且云聞於東坡。”李歜所注《詩史》及《杜陵句解》,與《老杜事實》是否爲一書,尚難確定,但三者的關係顯然是很密切的。《門類增廣十注杜工部詩》《王狀元集百家注編年杜陵詩史》《分門集注》《黄氏補注》《分類杜詩》等宋元杜集刻本都曾徵引“僞蘇注”,如《黄氏補注》引“蘇(軾)曰”凡九百四十一條;而《分門集注》引“蘇軾曰”七十三條,又引“蘇曰”七百九十九條。其中除少量確屬蘇軾者外,大多是僞托的。

“僞蘇注”對後世産生了極爲惡劣的影響。楊慎《升庵集》卷四六《王嘉》云:“杜詩‘僞蘇注’,至名家亦爲所惑,且引用焉。噫!”如宋王楙《野客叢書》、蔡正孫《詩林廣記》、范晞文《對床夜語》、所謂吕祖謙撰《詩律武庫》,元董養性《杜詩選注》,明謝省《杜詩長古注解》、邵傅《杜律集解》、題邵寶撰《刻杜少陵先生詩分類集注》、顔廷榘《杜律意箋》、謝杰《杜律詹言》、范濂《杜律選注》、林兆珂《杜詩鈔述注》,清張篤行《杜律注例》、吴景旭《歷代詩話》、陳醇儒《書巢箋注杜工部七言律詩》、張遠《杜詩會稡》、顧施禎《杜工部七言律詩疏解》、朱顥英《朱雪鴻批杜詩》等,都時引“僞蘇注”。博雅如劉壎、張綖、焦竑、王嗣奭、金聖嘆、仇兆鰲、惠棟、梁章鉅、王韜等,亦偶爲“僞蘇注”所惑,不能辨别。清初錢曾《述古堂藏書目》尚載有《老杜詩史》十卷,《虞山錢遵王藏書目録彙編》卷七亦著録:“《老杜詩史》,十卷(述《宋板書目》,十本)。”而梁章鉅更親見之,其《退庵隨筆》卷二一《學詩二》云:“劉起潛《隱居通議》云:‘家藏小册一本,字畫甚古,題曰《東坡老杜詩史》。’……如此者凡十卷,乃知杜句皆有根本,非自作語言也。山谷云:‘杜詩、韓文,無一字無來處,今人讀書少,故謂韓、杜自作此語。’予初未以此説爲然,今觀此集,則此言信矣。”據此,則此書清中葉尚存,今則不見。關於“僞蘇注”的情况,可參看莫礪鋒《杜詩“僞蘇注”研究》(《文學遺産》1999 年第 1 期)。

四、重編少陵先生集　二十卷　(宋)蔡興宗編

蔡興宗,字伯世,東萊(今山東萊州)人;或云蜀人,非。生活在北宋後期,年代略早於趙次公。蔡與江西派詩人頗有來往,韓駒有《贈蔡伯世》《答蔡伯世食笋》等詩。饒節有《用蔡伯世韵作詩寄之

兼簡呂居仁兄弟十首》《蔡伯世呂隆禮敦智李肅老求頌二首》等詩。

蔡氏有《重編少陵先生集》（一作《編杜甫詩》，或作《少陵詩集正異》）二十卷、《重編杜工部年譜》和《杜詩正異》，儼然是一個卓有成就的杜甫研究專家。趙次公注多引蔡説，特别是利用了蔡氏編年的成果。胡仔《苕溪漁隱叢話》後集卷八云："子美詩集，余所有者凡八家：……《重編少陵先生集》並《正異》，則東萊蔡興宗也。"晁公武《郡齋讀書志》著録有"蔡興宗《編杜甫詩》二十卷"，並批評説："近時有蔡興宗者，再用年月編次之；而趙次公者，又以古律詩雜次第之，且爲之注。兩人頗以意改定其誤字，人不善之。"汪應辰《書少陵詩集正異》云："始余得洪州州學所刻《少陵詩集正異》者觀之，中間多云：其説亦見卷首，或云他卷，或云年譜，殊不可曉，既而過進賢，偶縣大夫言有蜀人蔡伯世重編杜詩，亟借之，乃得其全書。然後知《正異》者，特其書之一節耳，不可以孤行也。此書詮次先後，考索同異，亦已勤矣。世傳杜詩，往往不同，前輩多兼存之，今皆定從某字，其自任蓋不輕矣。詩以氣格高妙、意義精造爲主。屬對之間，小有不諧，不足以累正氣。今悉遷就偶對，至於古詩亦然，若止爲偶對而已，似未能盡古人之意也。……閩中所刻《東坡杜甫事實》者，不知何人假托，皆鑿空撰造，無一語有來處。如引王逸少詩云'湖上春風舞天棘'，此其僞謬之一也。今乃用此改'天棘夢青絲'爲'舞青絲'。政使實有此證，猶未可輕改，況其不然者乎？余謂不若於杜集之後，附益以重編年譜、各卷敍説、目録、正異等，以存一家之説，使覽者有考焉可也，未可以爲定本。"對蔡氏輕改杜詩文字和徵引"僞蘇注"深致不滿。

書已不存，無從窺其全貌。但據汪文，可知所謂《杜詩正異》，"特其書之一節耳，不可以孤行"，故胡仔稱爲《重編少陵先生集》並《正異》；又據晁志所云，其書當是編年體的，而且早於趙次公注本。朱鶴齡、仇兆鰲等注杜大家，在杜詩編年上多有參考蔡氏者。如《瘦馬行》，仇兆鰲題解即云："此是乾元元年謫官華州後，追述其事。按：黄鶴以爲至德二載爲房琯罷相而作，則詩中所謂去年者，指至德元載也。蔡興宗以爲乾元元年公自傷貶官而作，則詩中所謂去年者，指至德二載也。今考至德元載，陳陶、青阪王師盡喪，區區病馬又何足云。及二載收復長安，人情安堵，故道旁瘠馬亦足感傷。況詩云'去年奔波逐餘寇'，明是追言二載事。當從蔡説。"(《杜詩詳注》卷六)仇引蔡説"自傷貶官"云云，不見今傳蔡撰《杜甫年譜》和《杜詩正異》佚文，當是蔡《重編少陵先生集》中語。視此，則蔡編杜集，不是白文本，當有簡要注釋。《黄氏補注》與《分門集注》均於《兵車行》、《白馬》、《黄草》、《陪王使君晦日泛江就黄家亭子二首》其一、《玄都壇歌寄元逸人》、《北征》、《青絲》等詩引"蔡(伯世)曰"；而《分門集注》於《立秋後題》引"蔡伯世曰"，《黄氏補注》未引及。《杜詩正異》，或作《杜少陵正異》《少陵詩正異》。周紫芝《竹坡老人詩話》卷一謂："東萊蔡伯世作《杜少陵正異》，甚有功，亦時有可疑者。"明楊士奇《文淵閣書目》卷二著録："蔡宗伯《少陵詩正異》一部一册。"蔡宗伯，當爲蔡興宗字伯世之訛誤。其書不存，而在《詩話總龜》後集卷一八"正訛門"輯有三十二條佚文，對杜詩字句的考訂，多有可取之處。如對《陪李北海宴歷下亭》詩中"海右此亭古，濟南名士多"二句的考訂："濟南實海右諸郡。舊集一作'海右'，今從之。正文作'海内'，非也。"所論頗爲精到。又如："'陰風西北來，慘澹隨回紇。''紇'字從一作；'鶻'，唐史：德宗朝始改名回鶻，正文非也。""陰風西北來，慘澹隨回紇"，是杜詩名篇《北征》中的兩句，正文作"回鶻"，一作"胡紇"，蔡興宗據唐史改爲"回紇"，可謂精確。據《新唐書·回鶻傳》載：德宗貞元四年(788)，回紇第四代可汗即合骨咄禄可汗與唐和親，特遣使至長安，表請改"回紇"爲"回鶻"。舊注多誤。

五、杜工部集　二十卷　（宋）吴若校刊

吴若，字季海(亦作"秀海"或"幼海")，荆溪(今江蘇宜興)人，

一作相州(今河南安陽)人。以上舍釋褐,官修職郎。文學優贍,議論慷慨。娶張邦昌侄女。靖康元年(1126)因上書直言,批評朝政,而被遣出京城。陳亮《中興遺傳序》云:"其七曰直士,若陳東、歐陽澈、吴若。"是若在當時頗以直節稱。後爲建康府通判。《宋史・吕祉傳》云:"(紹興)三年,升直龍圖閣、知建康府。祉到官,與通判府事吴若、安撫司準備差遣陳充共議,作《東南防守利便》三卷上之。"吕祉到任在紹興三年(1133)九月。此前六月,建康府學校刊《杜工部集》二十卷成,若有《杜工部集後記》記其事云:"右杜集,建康府學所刻板也。初教授劉亘常今,當兵火瓦礫之餘,便欲刻印文籍。得府帥端明李公行其言,繼而樞密趙公不廢其説。未幾,趙公移帥江西,常今亦以病丐罷,屬府倅吴公才德充、察推王閶伯言嗣成之。德充、伯言爲求工外邑,付學正張巽、學録李鼎,要以必成。逾半年,教授壽朋、耆朋來,乃克成焉。蓋方督府宣帥鼎來,百工奔走趨命不暇,刀板在手,奪去者屢矣。一集之微,更歲歷十餘君子始就。嗚呼,事業之難興如此。常今初得李端明本,以爲善,又得撫屬姚寬令威所傳故吏部鮑欽止本,校足之。末得若本,以爲無恨焉。凡稱樊者,樊晃小集也;稱晋者,開運二年官書也;稱荆者,王介甫《四選》也;稱宋者,宋景文也;稱陳者,陳無己也;稱刊及一作者,黄魯直、晁以道諸本也。雖然,子美詩如五穀六牲,人皆知味,而鮮不爲異饌所移者,故世之出異意、爲異説以亂杜詩之真者甚多。此本雖未必皆得其真,然求不爲異者也。他日有加是正者重刻之,此學者之所望也。"《後記》作於紹興三年六月。據此,則所謂"吴若本",實爲數種杜集(包括王洙、王琪本)合校而成,其自稱"若本"者,衹是其中之一種耳,似宜稱爲"南宋建康府學刻本"。

此本對後世影響很大。或謂趙次公注的底本即爲"吴若注本",而著名的錢謙益《錢注杜詩》也自稱以所謂"吴若本"爲底本,沿襲了"吴若本"的杜詩排列和編年次序,並對其做了一些删改。《錢注杜詩・略例》云:"杜集之傳於世者,惟吴若本最爲近古,他本不及也。題下及行間細字,諸本所謂公自注者多在焉,而别注亦錯出其間。余稍以意爲區别:其類於自者,用朱字;别注則用白字。從《本草》之例。若其字句異同,則一以吴本爲主,間用他本參伍焉。”錢氏所據之吴若本,今已不得見。而吴若後記,朱鶴齡《杜工部詩集輯注》、仇兆鰲《杜詩詳注》均附録。而《宋本杜工部集》於1957年由商務印書館影印問世,其書後有張元濟跋,對於吴若本論之確鑿。張氏將錢注本及其所附吴若後記,與《宋本杜工部集》相較,以爲“若合符節,是必吴若刊本無疑義,吴記作於紹興三年六月,當即刻於是時,兩地雕版,異地同時”。因之,《錢注杜詩》雖是清人著述,對於杜詩校勘方面,亦極爲重要。

六、諸家老杜詩評　五卷　(宋)方深道輯

方深道,或作“方道深”,誤。字正夫。宋興化(今福建莆田)人。徽宗宣和六年(1124)進士,官奉議郎,曾知政和、晋江縣事。《四庫全書總目》謂深道“晋江人,……知泉州”云云,誤。據《(道光)福建通志》載,方次彭有六子:晞道、原道、安道、辨道、醇道、深道。晞道爲英宗治平四年(1067)進士,神宗熙寧間(1068—1077)曾知晋江縣事。深道爲次彭季子,高宗紹興間(1131—1162)知泉州晋江縣事,似未知泉州。其家曾知泉州者,據考衹有次彭曾孫方銓。

深道與兄醇道輯有《諸家老杜詩評》五卷,又作《杜陵詩評》,是最早一部專論杜甫的詩話彙編。陳振孫《直齋書録解題》著録:“《諸家老杜詩評》五卷,續一卷,莆田方深道集。”方深道序云:“先兄史君嘗《類集老杜詩史》,仍取唐宋以來名士評公詩者,悉摭其語,另爲卷帙,號曰《老杜詩評》,以附《詩史》之後,俾覽者有所考證。深道須次之暇,又於後來諸小説中,擇其未經纂録者,自《洪駒父詩話》以下,凡八家,從而益之,因集成五卷。書之卷首,鏤版以傳於世云。”序中所謂“先兄史君”,即指方醇道。據方深道署銜

“知泉州晋江縣事”,可知該書初刻於紹興年間。觀書中只字未提阮閲《詩話總龜》和胡仔《苕溪漁隱叢話》,則很可能刻印於紹興初年。《讀書敏求記》著録云:“《諸家老杜詩評》五卷,方深(遺一“道”字)取其兄《類集老杜詩史》益以《洪駒父詩話》已下凡八家,編次成帙。牧翁《箋注》頗有采於此焉。”

是書甚爲罕見,刻本不傳,僅鈔本兩種行世。一爲國家圖書館藏明鈔本,一册,衹存前三卷。首爲方深道序,分卷列目録,卷一爲唐《本事詩》、鄭處誨《明皇雜録》、鄭棨《傳信記》、劉禹錫《嘉話》、康駢《劇談録》、梅聖俞《詩格》、歐陽文忠公《詩話》、范蜀公《東齋記事》、王荆公《鍾山語録》、《王深父集》、宋敏求《春明退朝録》、沈存中《筆談》、吕丞相《詩年譜》;卷二爲東坡、山谷、僧文瑩《湘山野録》、《唐宋詩話》、《洪駒父詩話》;卷三爲《歸叟詩文發源》、蔡絛之《西清詩話》、《樗叟詩杜拾遺》。卷三頗多缺文。半頁九行,行十六字。文字訛誤甚多,至有顛倒錯亂者。一爲北京大學圖書館藏清初鈔本,二册,封面題:“諸家老杜詩評,宋方深道輯,五卷,鈔本,茮微臧。”此本爲近代著名藏書家李盛鐸木犀軒藏書。“茮(椒)微”爲李盛鐸字。該鈔本首爲方深道序,文字與國家圖書館藏本稍異。卷一下有“木犀軒藏書”、“李盛鐸印”兩方鈐記。前三卷目録,與國圖藏本同;卷四爲潘淳《詩話補遺》;卷五爲僧惠洪《冷齋詩話》、《遯齋閑覽》、黄朝英《緗素雜記》。據方深道序,可知該書前二卷基本上乃方醇道所輯,而後三卷多,即《洪駒父詩話》以下八家,乃爲方深道增輯。北京大學藏本,雖於 1956 年已經《北京大學館藏李氏書目》著録,但鮮爲人知,華文軒編《古典文學研究資料彙編・杜甫卷》上編《唐宋之部》亦未收録。該書雖被《四庫全書總目》譏爲“皆彙集諸家評論杜詩之語,别無新義”,且引文偶有重複,但其成書較早。在專論杜甫的詩話中,流傳至今的,當以方氏此本爲最早,它比蔡夢弼《杜工部草堂詩話》還要早六七十年,保留了許多重要資料。全書輯録諸家評杜詩話二百餘條,其中六十餘條,不見於今存宋人著作,或與他書引文有較大出入。這部分資料,彌足珍貴。於中亦可見宋人對杜甫的評價,及杜甫在宋人心目中之地位。今人張忠綱將是書彙入其《杜甫詩話六種校注》,並作了校注,頗便查檢。

七、少陵詩譜論　(宋)鮑彪撰

鮑彪,字文虎。宋處州龍泉(今屬浙江)人。處州亦稱縉雲郡,故又稱縉雲人。篤學守道,安於静退。建炎二年(1128)進士,處選調二十年。嘗爲常州州學教授,左宣教郎、太常博士,守尚書司封員外郎。紹興三十年(1160),以左奉議郎守尚書司封員外郎致仕。生平事迹詳《(民國)縉雲縣志·人物傳》。《四庫全書·史部·雜史類》著録《鮑氏戰國策注》十卷,並云"彪此注成於紹興丁卯",即紹興十七年(1147)。

鮑氏尚有《少陵詩譜論》《杜詩注》,惜不存。鮑彪係宋代注杜名家。胡仔《苕溪漁隱叢話》後集卷八載:"子美詩集,余所有者凡八家:……《少陵詩譜論》,則縉雲鮑彪也。"《分門集注》《黄氏補注》《分類杜詩》卷首"集注杜工部詩姓氏"均云:"縉雲鮑氏文虎,著《譜論》。"三本與《門類增廣十注杜工部詩》等多采其説。《黄氏補注》於《贈李白》"李侯金閨彦"句下引"鮑文虎曰"一條,又引"鮑曰"凡八十六條;《分門集注》於《梅雨》、《絶句漫興九首》其七、《春日江村五首》其四引"鮑文虎曰"三條,又引"鮑曰"九十六條。郭知達《九家集注杜詩》更把鮑彪作爲九家之一,引其説多達五十七條。《能改齋漫録》亦屢引鮑説,可見其在當時影響之大。

八、注杜詩補遺正繆　(宋)杜田撰

杜田,字時可,一字汝耕。宋安岳(今屬四川)人。以文章孝行舉臨江府教授。官終大邑縣丞。生活於南北宋之交。

杜田爲宋代注杜重要一家,有《注杜詩補遺正繆》。胡仔《苕溪漁隱叢話》後集卷八載:"子美詩集,余所有者凡八家:……《注杜詩補遺正繆集》,則城南杜田也。"而在前集卷六、卷九引作《老杜補遺》。《宋史・藝文志》著録:"杜田《注杜詩補遺正繆》十二卷。"據考,不止十二卷,至少有十四卷,當爲杜詩全注本。《蜀中廣記》著録作《杜詩補遺正謬注》。此書今不傳,衹散見於各家集注本中,趙次公注即屢引杜田之説。而以郭知達《九家集注杜詩》所引最多最詳,約五百餘條,在九家注中僅次於趙次公,居第二位。趙次公、郭知達在引杜田之書時,或稱《補遺》,或稱《正謬》,故或疑爲二書。杜田注曾引及薛蒼舒注,而趙次公、師古又引及杜田注,是故杜田注當晚於薛氏而早於趙氏和師氏。故有學者考定杜田成書的時限約爲政和三年(1113)至紹興四年(1134),參聶巧平《杜田考論》(《杜甫研究學刊》1998 年第 4 期)。《分門集注》《黄氏補注》《分類杜詩》卷首"集注杜工部詩姓氏"均云:"城南杜氏修可,《續注子美詩》;杜氏名田,字時可,著《補遺》;杜氏定功。"稍早而托名王十朋編《王狀元集百家注編年杜陵詩史》,已是分標三人注,此後蔡夢弼《杜工部草堂詩箋》等重要杜詩注本,莫不引及"修可"、"定功"之名。而據考,宋代實無此二人。乃是坊賈僞撰之人,將其名附會於杜田等人注文以欺世。詳參聶巧平《杜田考論》和蔡錦芳《杜修可考》(《杜甫研究學刊》1997 年第 4 期)。《黄氏補注》於《王兵馬使二角鷹》引"杜田云"一條,又引"(杜)田曰"凡六十五條;《分門集注》引"(杜)田曰"六十九條,又引"(杜)時可曰"十五條。

九、杜甫詩詳説　二十八卷　(宋)師古撰

師古,字彦立,號義學。宋眉山(今屬四川)人。官迪功郎。宋南渡時人,略早於趙次公。曾講授於福建長溪縣赤岸。

師古著有《杜甫詩詳説》二十八卷。《分門集注》《黄氏補注》《分類杜詩》卷首"集注杜工部詩姓氏":"西蜀師氏"注云:"名古,

著《詳説》二十八卷。”《宋史·藝文志》著録:“《杜甫詩詳説》二十八卷。”注云:“不知作者。”殆即是書。宋人杜詩注本和詩話多引其説。趙次公注即引及師古之説。蔡夢弼《杜工部草堂詩話》卷一引蜀人《師古詩話》三條。《竹莊詩話》卷一一引其所撰《師氏詩説》三條。意《師氏詩説》《杜甫詩詳説》《師古詩話》,三者蓋爲一書而異名。書今不傳。或疑爲僞書,殆非。嚴羽《滄浪詩話·考證》云:“杜注中,‘師曰’者,亦‘坡曰’之類。但其間半僞半真,尤爲淆亂惑人,此深可嘆。然具眼者自默識之耳。”錢謙益《錢注杜詩·略例》云:“蜀人師古注尤可恨!‘王翰卜鄰’,則造杜華母命華與翰卜鄰之事;‘焦遂五斗’,則造焦遂口吃,醉後雄譚之事。流俗互相引據,疑誤弘多。”師注僞撰故實,挾僞亂真,誠爲學界一厄,但不盡然,亦有可取者。如《杜工部草堂詩話》卷一引《師古詩話》云:“子美《江村》詩云:‘老妻畫紙爲棋局,稚子敲針爲釣鉤。’謂‘妻比臣,夫比君,棋局,直道也。針本全直而敲曲之,言老臣以直道成帝業,而幼君壞其法。稚子,比幼君也。’此《天厨禁臠》之説也。或説老妻以比楊貴妃,稚子以比安禄山,蓋禄山爲貴妃養子。棋局,天下之喻也,貴妃欲以天下私禄山,故禄山得以邪曲,包藏禍心。此説似爲得之。雖然,子美之意亦不如此。老妻、稚子,乃甫之妻子,甫肯以己妻子而托意於淫婦人與逆臣哉!理必不然。且如《進艇》詩云:‘晝引老妻乘小艇,晴看稚子浴清江。’則又將何所比况乎?此皆村居與妻子適情以自樂,故形之詩詠,皆若托意於草木鳥獸之類,不宜區區肆穿鑿也。”此條亦見《分門集注》卷七、《影宋王狀元集百家注編年杜陵詩史》卷一二《江村》詩注;《黄氏補注》卷二一、《分類杜詩》卷七所引,衹少“故形之詩詠”以下數語。《黄氏補注》引“師古曰”凡二百條,但幾乎都是《漢書》顏師古注,衹有《傷春五首》題下引“師古曰:時避寇在蜀作”(《分門集注》所引同),爲宋代師古注;又引“師曰”多達八百七十三條。《分門集注》則明標宋代“師古曰”六十二條,又引“師曰”八百十九條。

一〇、新定杜工部古詩近體詩先後並解　五十九卷　殘存二十六卷　(宋)趙次公注

趙次公,字彦材。或云名彦材,字次公。宋嘉州龍游(今四川樂山)人。與邵溥、晁公武交遊。曾任隆州司法參軍。著有《解東坡詩》。今存《杜工部草堂記》。又《宋代蜀文輯存》收其文二篇及附傳。孔凡禮輯撰《宋詩紀事續補》輯其詩二首。次公對杜詩甚有研究,對杜甫評價很高,其《杜工部草堂記》云:"杜陵野老,負王佐之才,有意當世,而骯髒不偶,胸中所蘊,一切寫之以詩。其曰:'許身一何愚,自比稷與契。'又曰:'致君堯舜上,再使風俗淳。'此其素願也。至其出處,每與孔孟合。"

宋晁公武《郡齋讀書志》卷四上載:"蔡興宗編杜甫詩二十卷,趙次公注杜詩五十九卷","近時有蔡興宗者,再用年月編次之;而趙次公者,又以古律雜次第之,且爲之注。兩人頗以意改定其誤字,人不善之"。後人有稱《杜詩正誤》或《杜詩證誤》者,有稱《趙次公注杜甫詩集》者。是書約成於高宗紹興四年至十七年(1134—1151)之間。全本已佚,衹殘存二十六卷,計末帙七卷、成帙十一卷、已帙八卷(末帙、成帙、已帙,當是丁、戊、己三帙,係書賈塗改以泯其迹)。詩以編年爲序,自《宴戎州楊使君東樓》始,至《聶耒陽書致酒肉療飢荒江》止。每卷首行署"新定杜工部古詩近體詩先後並解",次行署卷次,後有一段文字考述杜甫年歲及行迹,某月至某月所存之詩。次乃録本詩,詩題下皆注明"古詩"或"近體詩",後間有"次公曰"一段文字,類似題解。詩正文後低一格標注,題"次公曰"云云。注釋詳明,廣徵博蒐,引經據典,於字句出處之追尋考稽,用力尤勤。於每一首詩,逐句詮釋,全詩之後,又有長言概論,最爲詳備。雖略顯繁冗,但資料豐富翔實。

此書爲今存最早之杜集編年注本。杜詩舊注號稱千家,就其詳切而論,無逾此者,諸多宋人注本及後世注杜者,亦無不援引此書。《黄氏補注》於《遊龍門奉先寺》引"趙次公曰"一條,又引"趙

曰”凡二千七百四十三條,如《奉贈韋左丞丈二十二韵》竟引“趙曰”多達十一次。而《分門集注》引“(趙)次公曰”二百八十八條,又引“趙曰”多達三千三百一十條。宋本《王狀元集百家注編年杜陵詩史》與蔡夢弼《杜工部草堂詩箋》,其編次皆淵源於趙本。故清周春《杜詩雙聲疊韵譜括略》云:“杜之有注,自趙次公始也。”宋曾噩《新刊校定集注杜詩序》云:“惟蜀士趙次公爲少陵忠臣。”爲郭知達所集九家注中最重要的一家,引其注近五千條,雄踞第一位,遠遠超過其他八家。劉克莊《跋陳教授杜詩補注》云:“趙氏《杜詩》,幾於無可恨矣。”該書殘本今存有二:一爲明鈔本,今藏國家圖書館。半葉十二行,行二十一字,棉紙精鈔十巨册,鈐有“廣運之寶”、“臣東陽印”、“青宫太傅”、“大學士章”等印。該本有1916年沈曾植跋云:“趙次公《杜詩注》五十九卷,獨著録於晁氏《郡齋讀書志》中,《直齋書録》無之,《宋史志》亦無之。雖其説散見於蔡夢弼、黄鶴、郭知達書中,而本書則明以來罕有見者。錢受之評宋代諸家注云:‘趙次公以箋釋文句爲事,邊幅單窘,少所發明,其失也短;蔡夢弼捃摭子傳,失之雜;黄鶴考訂史鑒,失之愚’云云,語若曾見次公書者。然檢絳雲書目,無之,而逸詩附録且沿舊本之誤,書趙次公爲趙次翁,則受之固未見也。次公此注,於歲月先後,字義援據,研究積年,用思精密,其説繁而不殺。諸家節取數語,往往失其本旨,後人據以糾駁,次公受枉多矣。要就全書論之,自當位蔡、黄兩家之上。埋沉七百年,復見於世,沅叔(傅增湘)其亟圖鼎鎸,毋令黎氏《草堂》(指黎庶昌刻蔡夢弼《杜工部草堂詩箋》)專美也。”沈跋前尚有豐潤張允亮記云:“乙亥冬至前四日,小飲沈无夢齋中,酒後過藏園,獲觀宋本《水經注》《柳柳州外集》《東坡前後集》及是書,皆孤本也。同觀者至德周立之叔弢叔侄。”一爲清康熙鈔本,乃重鈔明鈔本,今藏成都杜甫草堂博物館,爲安徽省文史館所贈,亦十巨册。此本末帙卷三末署“辛巳(康熙四十年,1701)仲春重鈔”,成帙卷十一末署“右杜詩先後解宣和原刻,共十本,丙寅

(康熙二十五年,1686)孟春重鈔”,已帙卷八署“辛巳重鈔”。封裏有許承堯題記云:“趙解采入《千家注》爲多。錢牧齋言:‘《千家注》不可盡見,略具諸集注本中,大抵蕪穢舛陋,中彼善於此者三家:趙次公、蔡夢弼、黄鶴也。’又言:‘次公注以箋釋文句爲事,然少所發明。’是牧翁雖不滿趙解,仍推爲較善,且固未見趙解全書也。《四庫提要》言:‘宋以來注杜諸家,鮮有專本傳世,遺文緒論,賴《千家注》以存。’是亦未見趙解全書也。今無意得此,雖殘仍可貴。”“次公蜀人,於蜀中地理最詳,分析杜詩先後自可信。且爲注杜最古之書,惜神龍但見尾耳。”末署“庚辰十月疑翁許承堯記”。庚辰,爲公元1940年。此稀世珍本,惜爲殘帙。今人林繼中廣爲輯佚,成《杜詩趙次公先後解輯校》一書,於1994年由上海古籍出版社出版,最大限度地恢復了趙注原貌。

一一、王狀元集百家注編年杜陵詩史　三十二卷　題(宋)王十朋集注

雖題稱“王狀元”之名,實則僞托,當係坊刻本。清季振宜《季滄葦書目》著録,題作《王龜齡集注杜詩》。洪業《杜詩引得序》云:“原書不知何人所編。試就翻本(指劉世珩影印本)檢閲,逐葉皆有僞蘇之注,通儒如龜齡,何至爲所欺。蓋猶所謂《王狀元集注東坡詩集》者,同爲妄人所假托也。書中所載‘十朋曰’者,並不多,所言恐亦竊自他人,妄歸王氏耳。然既托王狀元之名,則書之編輯當在紹興二十七年(1157)十朋以第一人進士及第後也。書中宋諱避及‘慎’字,而‘敦’、‘廓’不避,則其書原刻當在隆興(1163—1164),乾道(1165—1173),淳熙(1174—1189)之間。唯詩注中或冠‘希曰’二字,皆是黄希之言;希書成於嘉定(1208—1224),其子鶴補注成書,序於寶慶二年(1226);故疑劉氏舊藏之本乃寶慶後僞王之本又經翻刻,偶有闕葉,遂盗取黄鶴補注本,删减其注,以爲補足者也。……竊疑僞王集注編纂之法,乃取《六十家注》及《門類十注》

等書,依魯訔編年之目,而改編焉。”劉世珩影印本跋云:“《王狀元集百家注編年杜陵詩史》,三十二卷,宋刻宋印。每半葉十三行,行二十四字。白口單邊,口上有字數,魚尾下作‘杜詩’,亦作‘寺’。一又作‘六十家杜詩’,一云‘千家注’、‘百家注’,口上又曰‘六十家注’,種種不同,皆坊本故態。首行作‘王狀元集百家注編年杜陵詩史一卷’,次行‘前劍南節度參謀宣義郎檢校尚書工部員外郎賜緋魚袋杜甫子美撰’,三行‘嘉興魯訔編年並注’,四行‘永嘉王十朋龜齡集注’。與天禄琳琅所載《黄氏補千家注杜工部詩史》截然兩書。彼則黄希、黄鶴補注,此則魯訔、王十朋注;彼則三十六卷,此則三十二卷。……王書本魯氏而成,黄注更後於王氏矣。凡詩之有關時事者,皆於題下注明,故謂之‘詩史’。所引前人注,均各標名,而作白文以别之。……此杜集雖宋時坊本,注有省減,然爲世所希有,又經歷代藏書家所寶貴,亟爲影刊。”劉氏影宋本書首刻題記云:“貴池劉氏玉海堂景宋叢書之十,附劄記,陶子麟刻,宣統辛亥(1911)閏六月上板,癸丑(1913)莫春竣工。”是本藏書鈐記,有“季振宜字詵兮號滄葦”、“季振宜藏書”、“振宜”、“文石太史珍藏圖書”、“乾學”、“徐健庵”、“商丘宋犖考藏善本”、“緯蕭草堂藏書記”、“華夏”、“真賞”等,十九卷末有“湖北黄岡陶子麟刊”木記,三十二卷末有手書“泰興季振宜滄葦氏珍藏”一行。另有“拙翁文府”楷書木記,劉世珩識云:“似日本人所鈐,或曾流入海外者。”

是書以編年爲次,前有目録一卷,後次詩三十二卷,有詩一千四百四十六首,而《江漲》一首重見於卷一二及卷三〇。注釋俱列句下,雙行小字。是書今藏蘇州市圖書館。該書流布不廣。1981年江蘇廣陵古籍刻印社翻刻劉世珩1913年影宋本,封面署名《影宋編年杜陵詩史》,始得廣爲流傳。該本綫裝十六册,末二册爲“杜集劄記”,實即校記,前有劉氏識語。又有日本吉川幸次郎編輯《杜詩又叢》本,1976年日本中文出版社景印。是書號稱“集百家注”,而以僞王洙注、僞蘇注、趙次公、王得臣、杜田、杜修可諸家爲多,而獨於師古尊稱爲“師先生”,引其注多且長,或疑此書與師古有關,恐成於師古門人之手。

一二、草堂先生杜工部詩集　殘存六卷　(宋)闕名編

該書爲李一氓1964年在北京購得,現藏成都杜甫草堂博物館。李氏跋云:“《草堂先生杜工部詩集》,宋本,半葉十行,行二十字,白文無注。書名不載公私紀録,爲極罕見之本。或傳清内庫所藏,曾有人收得零頁云。現殘存第十四卷(一至十三葉)、第十六卷(一至五葉;十七至二十一葉)、第十七卷(全)、第十八卷(全)、第十九卷(一至二十二葉)、第二十卷(十一至十三葉),共六卷八十七葉而已。存書既無首卷,致無敘目可查,何人所輯,爲卷幾何,皆不得而詳矣。是書體例甚奇。如十四卷分爲五言八句、五言絶句、五言七言八句;十六卷分爲七言長律、七言八句;十七卷分爲七言八句、七言絶句;十八卷分爲七言歌、七言行(按:應爲“引”);十九卷分爲五言引(按:應爲“行”)、七言引(按:應爲“行”);二十卷分爲嘆、五言别。杜詩或依編年,或概分爲古近體,或據内容分紀行、述懷等,從無作如此瑣碎之分類者,蓋坊本也。書中匡字缺筆(十六卷十九葉;十九卷一葉)、慎字缺筆(十八卷十五葉;十九卷十三葉。按:“慎”字亦有不缺筆者,如卷十九《麗人行》“慎莫近前丞相嗔”,“慎”字即不缺筆)。依缺筆,約可斷爲淳熙刊本;依紙質字體,約可斷爲建陽刊本。藏印有葉、羅兩姓,非關重要;二十卷末有明人‘孫氏家藏’白文印,亦不知爲誰何也。成都杜甫紀念館所藏杜詩,僅一宋本《草堂詩箋》。忽見此本於北京中國書店,急代收之。事爲北京圖書館所悉,驚爲異本,曾謀迫讓。書原有錯簡,特爲重裝。”

該書編輯體例與今存所見之杜集版本迥異,頗顯雜亂,而正文下有少量校語,詩題下大多標注作年。計有詩三百八十一首,另有殘詩三首,附録他人唱和詩七首。此本雖係殘帙,但版刻較早,此

前公私著録皆不載，鮮爲人知而被世人視爲稀世珍本，於杜集校勘頗有價值。李一氓重裝本封面有“南宋草堂杜集殘本　陳毅署簽”十二大字，並蓋有“陳毅之印”。扉頁有朱德、何香凝、陳毅、康生、陳叔通、郭沫若、齊燕銘、阿英、李初梨、徐平羽等題詞。朱德題云：“成都杜甫紀念館得此書，可爲所藏杜詩帶頭。”陳毅題云：“此本不見公私著録，‘匡’、‘慎’皆缺筆，真難見之孤本也。”郭沫若題曰：“《草堂先生杜工部詩集》，素所未見，殆是海内孤本，雖殘卷，良可珍惜，藏之草堂，尤得其所，可謂草堂先生重歸草堂矣。閲後題此。”陳叔通題曰：“老見異書猶眼明。”首頁“草堂先生杜工部詩集卷之十四”一行下有兩方鈐記，一曰“郎園秘笈”，爲葉德輝印；一曰“羅繼祖讀書記”，繼祖乃羅振玉之孫。周采泉《杜集書録・内編・全集校刊箋注類二》載此本云“存二册”。並稱《春遊瑣談》第一集載“羅繼祖敍述”云云，檢《春遊瑣談》第一集，未見。羅繼祖《楓窗脞語・文物(下)》(中華書局 1984 年版)載“《草堂先生杜工部詩集》”條云：“吾家舊藏杜詩殘本二册，題曰《草堂先生杜工部詩集》。存卷十四(不全)至二十(僅三頁)，中多蠹蝕，損字處極多。每頁十行，行二十字，白口雙闌，中縫下闌記字數(或在左或在右)。‘匡’、‘慎’兩字缺筆，黄紙，字體類南宋建本，無注，惟注異同字作某某。末頁左下角有‘孫氏家藏’白文方印。考杜集最古爲北宋王洙編二十卷本，凡詩十八卷，文二卷，附補遺，……一九五七年已作《續古逸叢書》影印出版，取校此本，編排分卷皆異，同者惟無注及注異同字耳。此本不知共若干卷。據現存殘本，卷十四爲五律，十六爲七律七絶，十八爲七古，十九、二十爲五七古，惟五七古中又分歌行引，則與王本亦不同。且書名《草堂先生杜工部詩集》，遍檢古今簿録，從無此名。北京圖書館擬編杜集目録，亦云未見。近人有選注杜詩者，有編杜年譜者，獨杜集版本尚無人作專考。此本後經專家鑒定，斷爲南宋淳熙時刻本，今歸成都杜甫草堂文管處矣。”羅振常《善本書所見録》卷四著録云：“《草堂先生杜工部詩集》，宋刊殘本。單框,雙魚尾,綫口,下有字數,半頁十行,二十字,存十四、十六至二十五卷。”傅增湘《藏園群書經眼録·集部一·唐五代别集類》載:“《草堂先生杜工部詩集》二十卷(唐杜甫撰、白文無注):元刊本,半葉十行,行二十字,細黑口,左右雙闌。版心雙魚尾,上魚尾下記‘杜’或‘杜十九已’、‘杜十四已’等,下魚尾下記葉數,最下陰面記數位。按:此大庫殘葉,大字精善,各家目均未著録。(丁卯歲獲之廠市。)”記載各不相同。成都杜甫草堂紀念館曾收得宋板杜詩一頁,僅載《王兵馬使二角鷹》“回風陷日孤光動”至“驅出六合梟鸞分”,《憶昔二首》第一首及第二首至“百餘年間未灾”止。其題記云:“一九五七年前,由□□□(按:原空人名)贈宋板杜詩一頁,不悉何書。一九六五年八月十六日,由李一氓大使代購宋板《草堂先生杜工部詩集》,其中第十五卷全缺,此頁與該書板式全同,爲第十五卷第七頁,現將二書保存一處。一九六五年九月六日記。”

一三、門類增廣十注杜工部詩　二十五卷,殘存六卷(宋)闕名編

宋刻本。原書二十五卷,今殘存六卷。瞿鏞《鐵琴銅劍樓藏書目録》云:“《門類增廣十注杜工部詩》六卷,宋刊殘本。不著何人編輯。卷首題‘前劍南節度參謀、宣義郎、檢校尚書工部員外郎、賜緋魚袋杜’一行。其書分類,每類分古、律體,後來徐居仁編《千家注杜詩》亦依之分類。原二十五卷,今存卷一、卷二紀行、述懷門;卷七,居室、鄰里、題人居室、田圃門;卷八,皇族、世胄、宗族、外族、婚姻門;卷九,仙道、隱逸、釋老、寺觀門;卷十,四時門。凡六卷,自一、二兩卷外,板心及每卷首行,皆爲作僞者剜改,今爲是正之如此。諸家之注,俱出宋人。坡云者,東坡有《老杜事實》,朱子謂閩人鄭昂僞爲之者也;趙云者,西蜀趙次公字彦材,著有《杜詩正誤》者也;薛云者,河東薛蒼舒有《續注杜詩》者也;又薛云者,薛夢符有

《廣注杜詩》者也；杜云者，城南杜修可有《續注杜詩》者也；杜田云者，字時可，有《詩注補遺》，舉其名，以别於修可也；鮑云者，縉雲鮑彪字文虎，著有《譜論》者也。又有新添、集注等目，新添者，各家成書以外之説，不專一人；集注者，采他書之注也。詩篇每首後，俱有切音。每半葉十二行，行大字二十二，小字夾注三十。宋諱'殷'、'鏡'、'徵'、'讓'字有減筆。是書各家書目俱未著録，舊爲吴中袁氏褧藏本（卷中有袁與之氏、袁褧印、袁尚之氏、袁季子、汝南袁褧諸朱印）。"據考，該書未標名之舊注，實即所謂的"王洙注"；東坡注係僞注；薛蒼舒，字夢符，實是一人；杜修可，宋無其人。可見，所謂"十家"云云，乃是書賈僞托。傅增湘《藏園群書經眼録・集部一・唐五代别集類》載："《門類增廣十注杜工部詩集》二十五卷（唐杜甫撰，宋王洙、趙次公等注，存卷二、卷七至九、十一、十二，共六卷）：宋刊本，半葉十二行，行二十二字，注雙行三十字，白口，左右雙闌，版匡高五寸四分，闊三寸七分，精刊初印，字體瘦勁。注中標'趙云'、'杜云'、'坡云'、'新添'等字，皆陰文。（常熟瞿氏藏，乙卯歲閲。）"瞿氏所標殘本卷次，是依徐居仁編《集千家注分類杜工部詩》，次序是不錯的。但細檢每卷詩次與所引注文，則更接近宋刻本《分門集注杜工部詩》。如卷五"寺觀門"收兩首《山寺》，前首首句爲"野寺殘僧少"，後首首句爲"野寺根石壁"，與《分門集注杜工部詩》卷八的次序是相同的，而《集千家注分類杜工部詩》卷九次序是顛倒的。再如徐本《玉臺觀二首》，門類本與分門本則分列爲兩首《玉臺觀　滕王造》。所以傅氏據分門本爲殘本編次是對的。此書顯係坊本，作僞者剜改而成卷一至六相連之六卷完書以欺世。今存國家圖書館，其體例依詩内容分類，因係殘本，現存十六門，門下分古今體，同體詩又大致以編年爲序，存詩三百五十九首。此本行款、避諱皆與瞿氏所記同，又有"鐵琴銅劍樓"和"汝南袁褧"等諸朱印，顯係瞿氏舊藏。雖係殘卷，因是宋刊本，故於校勘頗具參考價值。

一四、分門集注杜工部詩　二十五卷　(宋)闕名編

宋刻本,原藏南海潘氏寶禮堂。《寶禮堂宋本書録》云:"《分門集注杜工部詩》二十五卷,二十八册。……以詩題之門類,分七十二門,曰月、曰星河、曰雨雪、曰雲雷、曰四時、曰節序、曰千秋節、曰晝夜、曰夢、曰山嶽、曰江河、曰陂池、曰溪潭、曰都邑、曰樓閣、曰登眺、曰亭榭、曰宫殿、曰宫詞、曰省宇、曰陵廟、曰居室(上、下)、曰鄰里、曰寄題、曰田圃、曰仙道、曰隱逸、曰釋老、曰寺觀、曰皇族、曰世胄、曰宗族、曰外族、曰婚姻、曰園林、曰果實、曰池沼、曰舟楫、曰梁橋、曰燕飲、曰紀行(上、下)、曰述懷(上、下)、曰疾病、曰懷古、曰古迹、曰時事(上、下)、曰邊塞、曰將帥、曰軍旅、曰文章、曰書畫、曰音樂、曰器用、曰食物、曰投贈、曰簡寄(上、中、下)、曰懷舊、曰尋訪、曰酬答、曰惠貺、曰送别(上、下)、曰慶賀、曰傷悼、曰鳥、曰獸、曰蟲、曰魚、曰花、曰草、曰竹、曰木、曰雜賦。詩人吟詠,本以抒寫懷抱,其命題與主意未必甚相聯合,而必摘一二字以别其門類,俾各有所隸屬,且有復遝,及甚瑣細者,此真坊肆無聊之作。……版印絶精,亦南宋建陽佳刻也。版式,半葉十一行,行二十字,小注雙行,行二十五六七字不等。左右雙闌,版心白口雙魚尾,書名題'杜詩'幾、'杜寺'幾、'杜'幾、'寺'幾,上間記字數。宋諱玄、弦、眩、朗、殷、匡、筐、恒、貞、禎、楨、徵、懲、讓、桓、完、構、慎、敦、燉、廓等字闕筆。"按避諱及"敦"、"廓"而"匀"字全不避,則是書當爲宋寧宗時(1195—1224)所刻。

洪業《杜詩引得序》辨其版本源流云:"顧'集注姓氏'既云,'永嘉王氏名十朋字龜齡《集注編年詩史》三十二卷',而諸詩之注又輒與僞王本相同,且並其'十朋曰'者亦有之,則《分門集注》殆以僞王集注爲藍本矣。唯以今二本相較,所載杜詩之出入,尚有可注意者。僞王本有杜詩一千四百四十六首,而其《江漲》一首重見於卷十二及卷三十。分門本有杜詩一千四百五十四首,而其《奉送崔都水翁下峽》一首及五言絶句《復愁》一首皆前後復見於異卷中。

分門本較僞王本多載者,有《塞蘆子》一首、《遣興》三首、《江漲》一首、《長吟》一首、《樓上》一首、《又上後園山脚》一首,共八首。僞王本有,而分門本闕者,《秦州雜詩》中一首。由是觀之,《分門集注》本雖爲僞王集注之支流,究非直接出於今所及見之僞王本也。……《分門集注》編者取僞王初刻本及《六十家注》之屬參酌《門類杜詩》而改編焉。"是書又有民國十一年(1922)上海涵芬樓影印宋本十册,首有題記曰:"上海涵芬樓借南海潘氏藏宋刊本影印,原書版匡高營造尺六寸七分,寬四寸二分。"《四部叢刊》及1974年臺灣大通書局影印《杜詩叢刊》本,皆據此本。

是本首載王洙、胡宗愈、王得臣、魯訔、鄭卬、王安石、宋宜、孫僅等人序,王琪後記,鄭卬《跋子美詩并序》,孫何、歐陽修、王安石、張伯玉、楊蟠、韓愈等人詩,元稹《子美墓志銘》,宋祁《杜甫傳》,李觀《遺補傳》。次"杜工部詩門類",共七十二門,與徐居仁編《集千家注分類杜工部詩》門類數相等,但此本"千秋節"、"寄題"、"疾病"三門,與徐本"絶句"、"歌"、"行"三門,互不兼有。次載"集注杜工部詩姓氏",共計一百五十家,末爲"鄧氏忠臣字慎思",字迹顯係後人墨筆楷書所添加,當不計。餘一百四十九家,或稱名,或稱字,體例不一。更有一人兩見或一人誤爲二人者,如趙次公與趙彦材、李希聲與李(誤作"季")錞、林敏修與林子來、薛蒼舒與薛夢符等;將江端本誤作汪端本;甚至將三國時的薛綜也列爲注家。而像杜修可、杜定功等,實則宋無其人。細檢全書,祇列其名而注中不曾引及一字者,竟多達五十餘家。實際引及者不到百家;其中以王洙、趙次公、鮑彪、蘇軾、師古、王十朋、鄭卬、杜修可、薛蒼舒等人爲多。而王洙注實爲鄧忠臣之托名;蘇軾、王十朋注實是僞托;杜修可則無其人。次載吕大防、蔡興宗、魯訔三家《年譜》;次二十五卷目録。此書因係書賈坊刻本,故多疏漏舛誤,然仍不失爲杜集中重要的宋刊本,於研究杜詩分類,探索杜詩集注源流,乃至杜詩之校勘注釋,頗具參考價值。又據傅增湘《藏園群書經眼録・集部一・

唐五代别集類》載:"《分門集注杜工部詩》二十五卷(宋王洙、趙次公等注,存卷十四至十六,凡三卷),宋刊本,半葉十行,每行二十字,注雙行二十五字,細黑口,左右雙闌。存時事上、時事下(邊塞、將相、軍旅附。)、文章、書畫、音樂、器用、食物各門。寫刻雅麗,爲建本之至精者。宋諱徵、匡、貞、完缺筆,敦、郭不缺,當爲光宗以前刊本。收藏鈐有'輔臾圖書'、'徐氏家藏圖書'朱文大印,又'舊山樓秘笈'、'趙宗建讀書記'、'非昔珍秘'朱文各印。(余藏。)"果如傅氏所説,則是另一本,且刊刻早於潘氏所藏本,當在孝宗時,或許早於《門類增廣十注杜工部詩》。因未見其書,難以遽定。

一五、新刊校定集注杜詩　三十六卷　(宋)郭知達編

郭知達,字充之。宋成都(今屬四川)人。嘗知富順監。今存文一篇。孝宗淳熙間,編成《新刊校定集注杜詩》,初刻於淳熙八年(1181)。後曾噩重刻於廣東漕司。曾噩(1167—1226),字子肅。宋福州閩縣(今福建閩侯)人。紹熙四年(1193)進士,釋褐尉瑞州,轉監行在惠民局。改宣教郎知泉州晋江縣。嘉定八年(1215),徙監左藏東庫,在職二年,除軍器監主簿,遷大理寺丞,攝司直,多所平反。求外補,出刺潮州,葺學宫,重建韓愈祠。以治最擢廣東轉運判官。噩七歲能屬文,自少至老,未嘗一日廢卷。著有《義溪集》《班史録》《通鑒節要》《諸子要語》《左氏辨疑》等書。生平事迹見陳宓《大理正廣東運判曾君墓志銘》(《復齋先生龍圖陳公文集》卷二二)。寶慶元年(1225),曾噩任廣東轉運判官時,重爲校刻郭知達《新刊校定集注杜詩》,並爲作序云:"噫!少陵之詩,其偉壯則如巨靈之擘太華,其精巧則如花神之刻群芳。其理詣深到,則《詩》《書》《莊》《騷》之流裔也。及其詞源傾倒,如長江大河,順東而趨,勢不可禦,必極其所至而後已。"特别强調杜甫的"忠肝義膽",認爲杜詩當"與《孝經》《論語》《孟子》並行"。

此書最大特點,是删去僞蘇注。郭知達序云:"杜少陵詩世號

‘詩史’，自箋注雜出，是非異同，多所抵牾。至有好事者掇其章句，穿鑿附會，設爲事實，托名東坡，刊鏤以行，欺世售僞，有識之士所爲深嘆。因輯善本，得王文公（安石）、宋景文公（祁）、豫章先生（黄庭堅）、王源（原）叔（洙）、薛夢符（蒼舒）、杜時可（田）、鮑文虎（彪）、師民瞻（尹）、趙彦材（次公）凡九家，屬二三士友，各隨是非而去取之。如假托名氏，撰造事實，皆删削不載。精其讎校，正其訛舛，大書鋟版，置之郡齋，以公其傳。庶幾便於觀覽，絶去疑誤。”此爲蜀本。雖號稱九家，而所引以趙次公爲多，近五千條，每以趙注決疑。《天禄琳琅書目》云：“知達，《宋史》未載其人，而家於成都，係與彦材同鄉里，故所輯之注，首王文公而終之以彦材，蓋以彦材之注爲盡善也。”其次引杜田注，多至五百餘條；引師尹注三百三十六條；引薛蒼舒一百五十七條；引鮑彪五十七條。洪業疑郭本乃删削《門類增廣十注杜工部詩》而成，其《杜詩引得序》云：“然則知達並無杜注九家爲其藍本也。此外注文時或冠有‘增添’、‘新添’等字樣，且亦有標‘集注’二字者。故竊謂《鐵琴銅劍樓書目》所載之《十注杜詩》，今雖無其序文可讀，實可疑其所收家數與《九家注》相差，僅在僞蘇一家而已。竊疑當初先有王、宋、蘇、黄諸儒集注，出於淺人之手，摭拾詩話、小説之屬，真僞雜糅，雅鄙互見。繼或加減爲十家，或又有新添之本焉，分類之本焉。郭知達知蘇注之當去，而所假手之二三士友，殆僅就十家注本而改編爾。故‘坡云’之辭尚有刊落未盡者。”不僅如此，還有引及師古及他人之注者。寶慶元年，廣東轉運判官曾噩重爲校刻郭本，其序云：“觀杜詩者，誠不可無注。然注杜詩者數十家，乃有牽合附會，頗失詩意，甚至竊借蘇坡名字以行，勇於欺誕，誇博求異，挾僞亂真，此杜詩之罪人也。惟蜀士趙次公爲少陵忠臣。今蜀本引趙注最詳，好事者願得之，亦未易致。既得之，所恨紙惡字缺，臨卷太息，不滿人意。兹摹蜀本，刊於南海漕臺，會士友以正其脱誤，見者必當刮目增明矣。”此本因刻於廣東漕司，故舊稱漕臺本，或稱羊城漕本。陳振孫《直齋書録解題》最早著録此本:"《杜工部詩集注》三十六卷,蜀人郭知達所集九家注。世有稱《東坡杜詩故事》者,隨事造文,一一牽合,而皆不言其所自出,其辭氣首末若出一口,蓋妄人依托以欺亂流俗者。書坊輒勦入集注中,殊敗人意。此本獨削去之。福清曾噩子肅刻板五羊漕司,最爲善本。"《天禄琳琅書目》稱此本"字畫端整,一秉唐人,而刻手印工,皆爲上選。"錢曾《讀書敏求記》譽爲"開板洪爽,刻鏤精工,乃宋本中之絶佳者。"《四庫全書總目》贊其"别裁有法"。

原刻久佚。曾噩覆刻傳世者尚有兩個殘本:一本原藏陸心源皕宋樓,《皕宋樓藏書志》云:"《新刊校定集注杜詩》殘本六卷,宋刊本。存卷六、卷七、卷八、卷九、卷十、卷十一,凡六卷。……版心有字數及刻工姓名。《百宋一廛賦》所謂'《九家注杜》,寶慶漕鋟。自有連城,蝕甚勿嫌'者,衹存五十五葉。此本尚存六卷,可以壓倒百宋矣。"後流落海外,歸日本静嘉堂文庫收藏。此本共三册,每册首尾皆加墊宋時藏經舊紙。第一册内封有手識文題曰:"宋刊集注杜詩殘本,乾隆辛亥餘月竹所吾進爲醉經樓主人題。"文後有"吾進私印"白文方印,又有"漢廣陵令扈孫孫"朱文方印。卷中有"曾藏當湖胡籛江家"、"胡惠墉"、"胡惠浮印"、"知不足齋主人所貽"、"黄錫蕃印"、"張燕昌印"、"史氏家傳翰院收藏書畫圖章"、"歸安陸樹聲叔桐父印"、"歸安陸樹聲藏書畫之記"等鈐記。一本原藏瞿鏞鐵琴銅劍樓,存三十一卷,鈔補五卷,現藏臺北故宫博物院。《鐵琴銅劍樓書目》云:"據《四庫提要》有淳熙八年知達自序,寶慶元年曾噩重刊序,此本二序已佚。……原本缺卷十九、廿五、廿六、三十五、三十六,鈔補全(每卷後結銜、姓名等同《琳琅書目》,不復)。……字體端勁,雕鏤精善,尤宋本之最佳者。"二十世紀三十年代,張元濟曾借得瞿氏藏本製成鉛皮版,因抗日戰爭爆發而未能付印。1982年中華書局用這份鉛皮版打樣重新製版影印,以存宋本真迹。存版有缺頁,則據清刻本鈔補。由於舊版年久漫漶,部分字迹已模糊難辨。爲了避免失真,在文字周圍不加描修,另據清刻本鈔補缺文,附於各卷之後,以便參閲。是本兩函十六册,封裏印有"中華書局影印南宋寶慶元年曾噩刊本,原書版匡高二三五毫米,寬三七五毫米"。依次載"影印説明",郭知達序,曾噩序,目録一卷,詩三十六卷,分體編次,前十六卷爲古詩,後二十卷爲近體詩。同體詩以編年爲序。共録杜詩一千四百三十四首(其中古詩四百十二首,近體詩一千零二十二首,不包括重《登高》一首),他人唱和詩十三首。半葉九行,行十六字,注小字雙行亦十六字,左右雙邊,雙魚尾,版心上記字數,上魚尾下記"注杜詩"卷次,下魚尾上記葉數,最下記刻工姓名,計有上官生、士震、余太、吴文、岑友、范貴、莫衍、淇恩、黄申、黄仲、楊宜、葉正、萬忠、楊茂、劉元、鄧舉、吴文彬、余中、劉文、郭淇、劉用、魯時等數十人。每卷首尾各有"新刊校定集注杜詩"卷次一行,每卷末於書名、卷次後空一行署"寶慶乙酉廣東漕司鋟板"大字一行;後署校勘官銜名四行:"進士陳大信、潮州州學賓辛安中、承議郎前通判韶州軍州事劉熔、朝議大夫廣南東路轉運判官曾噩同校勘。"避宋諱,卷中玄、弘、朗、貞、楨、徵、樹、桓、構、慎、敦、廓等字皆缺筆。上云清刻本,即指嘉慶翻刻本,書名《九家集注杜詩》。是本半葉九行,行二十一字,清諱避及"顒"、"琰"。首載清高宗題詩二首。洪業編《杜詩引得》本即以此本爲依據。此外尚有清《四庫全書》本、臺灣大通書局據文瀾閣《四庫全書》本影印《杜詩叢刊》本、上海古籍出版社 1985 年縮印《杜詩引得》本等。

一六、杜工部草堂詩箋　五十卷　(宋)蔡夢弼撰

蔡夢弼,字傅卿,宋建安(今福建建甌)人。編撰有《杜工部草堂詩箋》五十卷,影響頗大。俞成《校正〈草堂詩箋〉跋》稱其"生平高尚,不求聞達,潛心大學,識見超拔,嘗注韓退之、柳子厚之文,了無留隱。至於少陵之詩,尤極精妙"。俞成,字元德,宋東陽(今山

東青州)人。一説建安(今福建建甌)人。專力文事,終身不仕,優遊以終。著有《螢雪叢説》二卷。前有寧宗慶元六年(1200)自序。《四庫全書總目·子部·雜家類存目四》云:"其書多言揣摩科舉之學,而諄諄於假對之法,以爲工巧,論皆迂鄙。"而俞成對杜詩學的最大貢獻,就是幫助蔡夢弼校正《杜工部草堂詩箋》。對此,俞成《校正〈草堂詩箋〉跋》言之甚詳。此跋作於開禧元年(1205),是一篇很有價值的歷史文獻。概而言之,大略有三:一是提供了有關蔡夢弼的珍貴生平資料;二是交代俞氏擔任《草堂詩箋》"校讎之職"所起的作用;三是有關杜甫的評價及對杜詩文字的校正。應該説,俞氏對杜詩文字的考校,有些是很精當的。

《杜工部草堂詩箋》爲一杜集編年集注本。蔡氏跋語云:"夢弼因博求唐宋諸本杜詩十門,聚而閲之,三復參校,仍用嘉興魯氏編次先生用舍之行藏,作詩歲月之先後,以爲定本。每於逐句本文之下,先正其字之異同,次審其音之反切,方作詩之義以釋之,復引經子史傳記,以證其用事之所從出,離爲五十卷,目曰《草堂詩箋》。凡校讎之例,題曰樊者,唐潤州刺史樊晃小集本也;題曰晋者,晋開運二年官書本也;曰歐者,歐陽永叔本也;曰宋者,宋子京本也;王者,乃介甫也;蘇者,乃子瞻也;陳者,乃無己也;黄者,乃魯直也。刊云一作某字者,係王原叔、張文潛、蔡君謨、晁以道及唐之顧陶本也。又如宋次道、崔德符、鮑欽止,暨太原王禹玉、王深父、薛夢符、薛蒼舒、蔡天啓、蔡致遠、蔡伯世皆爲義説;其次如徐居仁、謝任伯、吕祖謙、高元之,暨天水趙子櫟、趙次翁、杜修可、杜立之、師古、師民瞻亦爲訓解。復參以蜀石碑諸儒之定本,各因其實以條紀之。至於舊德碩儒,間有一二説者,亦兩存之,以俟博識之决擇。"俞成《校正〈草堂詩箋〉跋》亦云:"其始考異,其次辨音,又其次講明作詩之義,又其次引援用事之所從出。凡遇題目,究竟本原;逮夫章句,窮極理致。非特定其年譜,又且集其詩評。參之衆説,斷以己意,警悟後學多矣。"據蔡、俞二跋,此書成於宋寧宗嘉泰四年

(1204),而初刻於開禧(1205—1208)年間。

《草堂詩箋》是宋代最重要的杜詩集注本之一。該書版本較多,流傳至今的,有五十卷本、二十二卷本、四十卷附補遺十卷本三種。今存五十卷宋刻本,俱係殘本:其一存卷一至二〇(卷一至三,配清影宋鈔本)、二二至三五、三九至四四、四八至五〇,計四十三卷,半頁十一行,行十九字,小字雙行二十五字,細黑口,左右雙邊或四周雙邊;又一部,存卷四至八、一四至二〇、二七、二八、四〇至四四,計十九卷;又一部,存卷二三至五〇,計二十八卷,佚名校,有鈔配;又一部,存卷二六至五〇,計二十五卷,白口,佚名批點;又一部,存卷一至二二(卷一至一三半頁十二行,行二十字;卷一四至二二配另一宋刻本,半頁十一行,行十九字),計二十二卷。另有瞿氏鐵琴銅劍樓影宋鈔本,存卷一至二〇、二二至二三,計二十二卷,白口,四周雙邊;又有清鈔本五十卷、外集一卷、詩話二卷、年譜二卷,半頁十二行,行二十字,小字雙行二十六字,無格,有錢泰吉跋,云:"《草堂詩箋》五十卷……惜缺卷二十九、卷三十,袁氏所藏聞亦有缺卷,他日寅昉得與漱六各補所缺,實爲快事。"二十二卷本,今見者爲光緒元年(1875)巴陵方功惠碧琳琅館刻印本,方氏稱所據底本爲元刊本,乃失考,實爲宋刊本。四十卷附補遺十卷本,以黎庶昌光緒十年(1884)所刻《古逸叢書》本流布最廣。《續修四庫全書》本即據此本影印。黎氏《重刻草堂詩箋跋》云:"予所收《草堂詩箋》,有南宋、高麗兩本。宋本闕補遺、外集十一卷,今據以覆木者,前四十卷南宋本,後十一卷高麗本。兩本俱多模糊,而高麗本刻尤粗率,然頗有校正宋本處。"此本題"覆麻沙本杜工部草堂詩箋,古逸叢書之二十三","遵義黎氏校刊"。書前載傳序碑銘一卷,依次爲宋祁《新唐書・杜工部傳》、元稹《唐杜工部墓志銘》、孫僅《讀杜工部詩集序》、王洙《杜工部詩舊集序》、王安石《杜工部詩後集序》、胡宗愈《成都草堂詩碑序》、魯訔《編次杜工部詩序》、附蔡夢弼跋語;次四十卷及外集一卷目録;次載草堂詩話二卷、附杜氏譜系；次趙子櫟、魯訔所撰年譜二卷；次收四十卷詩；次補遺十卷及外集（酬唱附録，海陵卞圜集）；俞成跋；附高麗本翻刻人姓名；黎庶昌記；《經籍訪古志》《復初齋文集》著録此書文字。

三種版本中，以黎刻爲最劣。傅增湘《校宋殘本杜工部草堂詩箋跋》云："取黎氏翻本勘之，卷第凌亂，注文脱失，不可勝計。兹舉其最大者言之：宋刻原爲五十卷，無所謂補遺也；黎刻本書四十卷後别出補遺十卷，於是魯氏編年之意全失，此一異也。宋刻與黎刻自卷一至十九次第相符，下此則顛倒混淆。如卷二十各題，黎刻在卷二十五者九首，在《補遺》卷一者三十七首；宋刻卷二十一至二十四黎刻爲《補遺》卷二至五，宋刻卷二十五至二十九黎刻爲卷二十至二十四，此後逐卷參差，未可僂指，此二異也。宋刻每卷標題'杜工部草堂詩箋'，'嘉興魯訔編次，建安蔡夢弼會箋'；黎刻於書名或加'增修'，或加'集注'，或改題'黄氏集千家注杜工部'，或題'黄氏杜工部草堂詩箋'，其下或單題蔡氏，或單題魯氏，或題'臨川黄鶴集注'（黎跋言爲刻手删去）。歧見雜出，不可致詰，此三異也。黎刻卷七第十二葉、卷十第十葉、卷十二第七葉、第十葉，其注文視宋刻無一字相合，意必宋刻闕葉，不可復得，於是後人乃望文生訓，向壁虚造，以彌其失，减葉數，並行款，强與下文銜接，此四異也。此外佚字奪文，訂正者又數千焉。……據此推之，則十一行者爲宋代之初刻，十二行者乃坊市之陋刻，凡卷第淆亂，注文脱失，標題錯出，皆自此坊刻始，高麗本即從兹出。黎氏所見必十二行本，宜其凌雜謬妄，如出一轍也。"黎刻《補遺》十卷前有一行書牌記云："蔡夢弼嘗集工部詩四十卷而箋注之，取信海内已久。然其間猶有遺逸，觀者不無滄海遺珠之憾。今得黄氏父子《集千家注詩史補遺》，計一十卷，意梓以傳，非但有以備前編之遺闕，亦所以集《詩史》之大成歟！"洪業《杜詩引得序》駁之曰："夫蔡氏《詩箋》成書在前，黄氏《補注》成書在後；嘉泰甲子、寶慶丙戌，相去二十二年；建安五十卷，臨川三十六卷，本風馬牛之不相及；何來黄補蔡遺，而蔡復爲之校正？况蔡氏識語明云‘離爲五十卷’，何其與書及目録自相抵牾？且就檢十卷《補遺》之箋注，多是夢弼云云，全無叔似之語，可見此乃奸商既盜蔡氏之書，復盜黄氏之名耳。然其爲術亦拙矣。”1919年上海文瑞樓覆麻沙本、日本吉川幸次郎編《杜詩又叢》本，都是據《古逸叢書》本刻印的。此外，尚有元刻本、明刻本多種。此本朝鮮多次刊刻，多爲木版本，亦有寫本，僅韓國即藏有十多種版本。

一七、黄氏補千家集注杜工部詩史　三十六卷　（宋）黄希、黄鶴補注

黄希，字仲得，一字夢得，號師心。宋宜黄（今屬江西）人。乾道二年（1166）進士。官終永新令，嘗作春風堂於縣治，楊萬里爲之作記。酷嗜杜詩，晚年作詩慕少陵句法，嘗著《補注杜詩》。《（同治）宜黄縣志・儒林傳》有傳。《宋詩紀事》輯其詩一首。黄鶴，字叔似，號牧隱。黄希之子。希著《補注杜詩》，未成而卒，鶴續成之，並撰年譜，即今流傳之《黄氏補千家集注杜工部詩史》三十六卷。鶴有《北窗寓言集》，已佚。

晁公武《郡齋讀書志》後趙希弁《附志》載：“《黄氏補千家集注杜工部詩史》三十六卷、外集二卷：右唐杜甫少陵之詩也。嘉定中，臨川黄希夢得及其子鶴叔似所補也。外集上卷詩二十九首，下卷《祭遠祖當陽君文》《祭外祖祖母文》《爲閬州王史（使）君進論巴蜀安危表》《東西兩川説》，凡四篇，以《唐書》本傳冠於前，而吕汲公年譜附於後云。”“外集二卷”，今傳本俱不存；而“詩”二十九首，或是“文”之誤，當即王洙《杜工部集記》所云“别録賦筆雜著二十九篇”。是本當爲初刻。《天禄琳琅書目》卷三著録云：“前載宋吴元集録‘傳序碑銘詩記’，鶴自訂甫《年譜辨疑》，並《集注杜詩姓氏》，有董居誼、吴文序。……楊萬里曰：‘夢得之學奄有古今，晚年作詩慕少陵句法，有《補注杜詩》，蒐剔微隱，皆前人所未發。未成而卒，子鶴續成之，復爲《年譜》，名曰《黄氏補注杜詩》。’是當日此書之

成，已爲名流所推重。其於詩之有關時事者，皆於題下注明，故謂之'詩史'。所引前人注皆各標名，而出於希、鶴父子之手者，亦書名别之。……松陽氏藏本，未詳其人，内有紅筆校正處，頗爲精核。"袁克文《寒雲手寫所藏宋本提要》云："《黄氏補千家注紀年杜工部詩史》三十六卷，宋刊，宋印，六册。……卷一次行標'前劍南節度參謀宣義郎檢校尚書工部員外郎賜緋魚袋杜甫撰'，三行標'臨川黄希夢得補注'，四行標'臨川黄鶴叔似補注'。半葉十一行，行十九字，注雙行，行二十五字。綫口，四周雙闌，或左右雙闌。魚尾下標'杜詩'或'詩'。首寶慶二年丙戌(1226)富沙吴文跋，行書，半葉六行，行十五字。次寶慶二年董居誼序，行書，半葉六行，行十一字。次'傳序碑銘'，建安吴元景秀集録。次《集注姓氏》，次目録。宋諱或闕或不闕。無刻工姓名。藏印：'唫芬樓珍藏'、'浦祺之印'、'虞山毛晋'、'五硯樓袁氏考藏金石圖書記'。《杜工部詩史》建本之絶精而罕見者，唯天禄藏有一部，惜經朱筆批抹圈點爲可憎！紙色深黄，以宋黄羅紋紙爲衣，得自滿人景賢家。"潘宗周《寶禮堂宋本書録》著録："每卷書名題《黄氏補千家集注杜工部詩史》，或於'注'字下增'紀年'二字，或以'諸儒'代'千家'二字，或省去'集'字。"《中國版刻圖録》則云："宋諱玄、朗、匡、筐、恒、禎、真、貞、徵、讓、樹、戍、桓、完、構、慎、敦等字缺筆，避諱至光宗嫌名止，確爲南宋中葉所刊。"

是書亦爲宋刻著名杜集編年集注本，多采宋人注語，所列"集注姓氏"計有一百五十一家，較《分門集注杜工部詩》多出二人，即謝良佐與謝逸。共收杜詩一千四百三十一首。黄鶴《年譜辨疑後序》云："每詩再加考訂，或因人以核其時，或蒐地以校其迹，或摘句以辨其事，或即物以求其意。所謂千四百餘篇者，雖不敢謂盡知其詳，亦庶幾十得七八矣。"此書雖稱補注，然其功力重在編年。全書以"年譜辨疑"爲綱領，而於每詩題下考訂作詩年月。其編年對後世影響極大，宋以後諸家注杜，多以黄氏編年爲據。

此書初刻於南宋中期，宋、元均有重刊本，然傳世者甚少。今國家圖書館所藏宋刻本無《年譜辨疑》一卷，卷一配另一宋刻本。據葉綺蓮《杜工部集關係書存佚考》載臺灣"國立中央圖書館"著録一宋刻殘本，存九卷八册，即目録一卷、卷四至七、卷一三、卷二一至二三，爲宋嘉定壬午(1222)刊本。國家圖書館藏一元刊本，存卷一至二九、三二至三六，有《年譜辨疑》一卷，而無《集注姓氏》。是書卷一首録《奉贈韋左丞丈三十韵》，"三十韵"，乃"二十二韵"之誤。山東省博物館藏有元至元二十四年(1287)詹光祖月崖書堂刻本，係1970年在山東省鄒縣(今鄒城市)九龍山明魯荒王朱檀墓出土，亦爲稀世珍本。此本題《黄氏補千家注紀年杜工部詩史》，框高二十五點七釐米，寬十九點六釐米，雙欄，亦有上下單欄者，行格同宋刻，卷一七、三二末有"武夷詹光祖至元丁亥重刊於月崖書堂"木記。此本較國圖所藏宋刻本多《年譜辨疑》，而較國圖所藏元刻本多《集注姓氏》。又有《四庫全書》本，題作《補注杜詩》。又傅增湘《藏園群書經眼録・集部一・唐五代别集類》載一寫本云："舊寫本，朱絲闌，九行二十一字。題'臨川黄希夢得補注'、'臨川黄鶴叔似補注'二行。卷中館臣鈎行改字甚多，粘有校簽，蓋四庫館鈔書底本也。前有翰林院典籍廳關防。"《黄氏補注》載"鶴曰"共計一千六百一十五條，載"希曰"共計六百七十六條。

一八、集千家注分類杜工部詩　二十五卷　署(宋)徐居仁編次、黄鶴補注

徐居仁，名宅，以字行，宋東萊(今山東萊州)人。曾任六合縣尹，餘無考。陳振孫《直齋書録解題》卷一九著録："《門類杜詩》二十五卷，稱東萊徐宅居仁編次，未詳何人。"振孫將《門類杜詩》編在郭知達編《杜工部詩集注》(即《九家集注杜詩》)之後。郭知達序撰於淳熙八年(1181)八月，而今傳宋刻本爲曾噩於寶慶元年(1225)任廣東轉運判官時校刻。據此，則徐居仁當生活於1200年

前後。

《門類杜詩》今已不存。洪業認爲《分門集注杜工部詩》即參酌徐本改編而成。今天我們所看到的本子,是署爲“東萊徐居仁編次、臨川黄鶴補注”的《集千家注分類杜工部詩》二十五卷。此書乃後人以徐居仁《門類杜詩》爲底本,編入黄鶴注及文天祥、謝枋得、劉辰翁等人評語而成。它的一個顯著特點就是把全部杜詩分爲七十二門。其注釋,除黄氏父子及文、謝、劉等評語外,亦與《分門集注杜工部詩》相近。可知此書乃采擷諸家拼湊而成的坊刻本,然是書大行於元、明兩代,版刻甚多,流布頗廣,乃至日本國亦有覆刻本行世,可見當時影響之大。入清以後,杜詩研究更趨深入,分類一門漸不爲人所重,此書之影響亦漸衰,故無重刻。據日本島田翰《古文舊書考》卷二《宋槧本考》云:“御府儲藏舊刊覆宋本,題《集千家注分類杜工部詩》,署東萊徐居仁編。其書雖不過殘本十五卷,惟其體例則可考。據其所載注文,蓋從《千家注》本所録出也。御府又收一通,蓋元皇慶壬子(1312)刻本,而分卷二十五,亦題東萊徐居仁編次、臨川黄鶴補注。而先大夫所獲,則宋紹定辛卯(1231)婺州刻本。其分卷題署並與御府元本同。……秘府元皇慶壬子余志安勤有堂刻二十五卷本,所引彦輔以下增入極多,加迄劉辰翁,是宋末重雕時所攙入。皇慶刻本即據此,故劉辰翁名上題曰‘時賢’,是不啻失徐氏之舊,又已非黄氏之舊矣。……宋槧本缺首尾序跋,首有目録,次集注姓氏,目録末有‘紹定辛卯趙氏素心齋鏤刻施行’十三字。題‘集千家注分類杜工部詩卷之一’,次行‘東萊徐居仁編次、臨川黄鶴補注’二行聯署,次行‘紀行上’三字,又次行‘古詩四十首’五字,又次行‘北征’二字,以下記注文。左右雙邊,半板界長七寸一分,幅五寸五釐,十二行爲半板,行則二十一字,小字雙行二十五六字。楮墨極精,尤爲可喜。秘府元槧凡七八通,其二十五卷本則一通而已。首有傳序碑銘、詩門類目録、集注姓氏及年譜,體式略與宋本同。目録後記皇慶壬子勤有堂。卷尾有‘皇慶壬子余子安刊於勤有堂'木記。"此是該書流傳日本的情況。趙氏素心齋婺州翻刻本,刻於宋紹定四年(1231),則初刻當在嘉泰、嘉定(1201—1224)間。此本今國内不傳。日本尚有北朝永和二年(明洪武九年,1376)京都法印永喜覆勤有堂本,原刊記、翻刻記均存,爲日本刊五山板之最早杜集版本。國内今存最早刻本爲元皇慶元年(1312)建安余氏勤有堂刻本,無文集;又有元葉氏廣勤堂刻本,增附文集二卷,實即余氏勤有堂本之修補重印本;元積慶堂刻本,存二十三卷(卷一至五、八至二五);元刻本,存十一卷(卷三至九、一八至一九、二四至二五),門類目録配皇慶元年建安余氏勤有堂刻本;元至正七年(1347)潘屏山圭山書院刻本;麻沙小字本,是本附録、年譜俱不載;又有明正德十四年(1519)汪諒金臺書院刻本及嘉靖元年(1522)重修本;明正德十四年汪諒金臺書院刻嘉靖元年重修公文紙印本(卷二、二三至二五、年譜配清鈔本);明鈔本,存十一卷(一至三、五至九、一一至一二、文集四);1974年臺灣大通書局據元皇慶元年建安余氏勤有堂刊元末葉氏廣勤堂印本影印《杜詩叢刊》本。該本首載"傳序碑銘",所列姓氏、次序與《黄氏補千家集注杜工部詩史》全同,後有"廣勤書堂新刊"木記;次總目録,次"集注姓氏",次"門類"目録,後有"三峰書舍"鐘式木記、"廣勤堂"爐式木記;次黄鶴撰"年譜",無鶴"後序";次詩二十五卷。是書所列"集注姓氏"共一百五十六家,較《黄氏補千家集注杜工部詩史》多出五人,又合趙次公與趙彦材、李希聲與李錞、林敏修與林子來各爲一人,實則多出八人,即楊蟠、洪興祖、蔡夢弼、黄希、黄鶴、文天祥、謝枋得、劉辰翁;將汪端本改正作江端本;蘇養直、張天覺、曾公衮三人均有名有字等,糾誤頗多,均較《分門集注》與《黄氏補注》爲勝。其杜詩門類,與《分門集注杜工部詩》相較,雖分類數相等,然其序次、門類標題却不盡相同。依次爲:紀行、述懷、懷古、古迹、時事、邊塞、將帥、軍旅、宫殿、宫詞、省宇、陵廟、居室、鄰里、田圃、皇族、世冑、宗族、婚姻、外族、仙道、隱逸、釋老、寺觀、四時、節序、晝夜、夢、月、星河、雨雪、雲雷、山嶽、江河、陂池、溪潭、都邑、樓閣、眺望、亭榭、園林、果實、池沼、舟楫、梁橋、燕飲、文章、書畫、音樂、器用、食物、鳥、獸、蟲、魚、花、草、竹、木、投贈、簡寄、懷舊、尋訪、酬答、惠貺、送別、慶賀、傷悼、雜賦、絶句、歌、行。無千秋節、寄題、疾病三類。

一九、集千家注批點杜工部詩集　二十卷　（宋）劉辰翁批點，（元）高楚芳編輯

劉辰翁（1232—1297），字會孟，號須溪。宋吉州廬陵（今江西吉安）人。補太學生。景定三年（1262）進士。以親老請爲濂溪書院山長。後入江萬里幕。咸淳元年（1265），爲臨安府教授。四年，入江東轉運司幕。五年，爲中書省架閣。宋亡，不仕。有《須溪集》。《新元史》有傳。須溪善詩詞，又喜批選舊籍，其評點唐宋名家集，尤爲著名。今傳《集千家注批點杜工部詩集》，流傳頗廣，影響頗大。其《讀杜拾遺百憂集行有感》云："我亦一飯不忘君，文人相輕所不及。傷哉白首杜拾遺，入蜀還秦勞轍迹。文章蓋世亦何爲，妻子相看百憂集。"又有《題劉玉田〈選杜詩〉》《題宋同野〈編杜詩〉》二文。劉辰翁對杜詩的評論源於對杜詩的悉心體驗，他的文學創作亦深受杜詩的影響。劉氏在評論、學習杜詩上所作出的貢獻，使他成爲宋末杜詩研究的一大家。

高崇蘭（1255—1308），字楚芳。吉州廬陵（今江西吉安）人。劉辰翁門人，爲題辰翁墓。又編輯《集千家注批點杜工部詩集》二十卷，辰翁子將孫《高楚芳墓志銘》謂其"聚佳士，校杜詩注刻本如日課"，即指此。楊守敬《日本訪書志》載："《集千家注杜詩》二十卷、文集二卷，元槧元印本。首有元大德癸卯劉將孫序；次目録，前題'須溪先生劉會孟評點'；次附録及各家序跋；又'須溪總論'；次'年譜'。以下唯卷一題'會孟評點'（按：文集卷一亦有此題），餘卷並無之。據將孫序知此本爲高楚芳所編，蓋楚芳刪次各家之注，

而附以會孟之評點也。其詩亦分類(當作"年")編次,而與魯訔、黄鶴本,皆不盡合。"劉將孫序云:"先君子須溪先生每浩嘆學詩者各自爲宗,無能讀杜詩者,類尊丘垤而惡睹崑崙。平生屢看杜集,既選爲《興觀》,他評泊尚多,批點皆各有意,非但謂其佳而已。高楚芳類萃刻之,復删舊注無稽者、泛濫者,特存精確必不可無者,求爲序以傳。……楚芳於是注,用力勤,去取當,校正審,賢他本草草藉吾家名以欺者甚遠。"

繼宋人集注杜詩、編年杜詩、分類杜詩之後,劉辰翁實開評點杜詩之先河,所評點極簡要,多泛論空議,然亦不乏真知灼見、一語中的者。其注釋,則多取蔡夢弼《草堂詩箋》、黄鶴《補注杜詩》,删繁就簡,去僞存真,一改舊注繁冗復遝之弊,令人易讀易解。所添宋人詩話筆記之材料,雖爲數不多,亦爲是書增色不少。

是書元、明、清各代翻刻甚多,達三十餘種。有元大德七年(1303)原刻本,二十卷,無文集,首有"須溪先生劉會孟評點"一行,並有"須溪劉氏"、"將孫"等印,半頁十一行,行二十二字;元至大元年(1308)雲衢會文堂校刻本,詩集二十卷,文集二卷,附録一卷,目録末有"雲衢會文堂戊申孟冬刊"木記,半頁十四行,行二十四字;元刻八行本,二十卷,此本始附年譜,半頁八行,行十八字;元至元三年(1337)重刻蜀大字本,二十卷,間有明配鈔,半頁八行,行十八字;元刻十二行本,半頁十二行,行二十二字,塗抹滿紙,顯爲坊刻本;元刻九行本,存十八卷,半頁九行,行十八字,小字雙行同;元刻建陽小字本,詩集二十卷,文集二卷,有年譜,附録志傳序跋;元刻十三行本,半頁十三行,行二十二字;元刻十四行本,二十卷,文集二卷,存卷一至一二,書首有陳恒安跋,半頁十四行,行二十五字;元刻十行本,首有劉將孫序,次《杜工部年譜》一卷,目録一卷,詩二十卷,半頁十行,行十六字,小字雙行同;元明間刻本,書名《集千家注批點補遺杜工部詩集》,二十卷,附録、年譜各一卷,半頁十行,行二十三字,書末有"書林後學詹以樂謄録"一行。明刻本更多,其中流傳最廣、影響較大的有玉几山人刊本、明易山人刊本、許自昌刊本、金鸞刊本、黄昇刊本,以及 1974 年臺灣大通書局據明嘉靖八年(1529)靖江王府刊本影印《杜詩叢刊》本。清代主要有《四庫全書》本等。此書流傳日本、朝鮮,刻本亦很多。朝鮮刻本,書名多作《纂注分類杜詩》,二十五卷,分類與徐居仁編《集千家注分類杜工部詩》同,注釋則略有删減。僅《韓國所藏中國漢籍總目》著録者,即多達六七十種,有木版本、丙子字本、甲寅字本、甲辰字本、戊申字本、己卯字本、訓監字本、仿甲寅字體訓練都監字本等,此外尚有朝鮮大銅活字印本,大都相當於我國明嘉靖、萬曆間刊本,且多爲殘本。

劉辰翁批點本,流傳刊刻情況比較複雜,其名稱、卷數,亦不盡相同。約有《集千家注批點補遺杜工部詩集》《須溪批點杜工部詩注》《須溪評點選注杜工部集》《集千家注杜工部詩集》《重刊千家注杜詩全集》《集千家注杜詩》《纂注分類杜詩》《劉須溪杜選》《杜子美詩集》《杜工部詩集》等名稱。另有元元貞元年(1295)刻本《須溪批點選注杜工部詩》,二十二卷,係彭鏡溪集注,有羅履泰序,盧綸後序。此本爲彭鏡溪所輯録之劉批,其書之校刻,距劉辰翁殁尚早一二年,與高楚芳本不是一個系統。

參考文獻

B

《白居易集》,(唐)白居易撰,顧學頡校點,中華書局 1979 年版。

《百年杜甫研究之評議與反思》,趙睿才著,人民出版社 2014 年版。

《敝帚集》,劉崇德著,河北大學出版社 2001 年版。

C

《册府元龜》,(宋)王欽若等編,中華書局 1960 年版。

《岑參集校注》,(唐)岑參著,陳鐵民、侯忠義校注,上海古籍出版社 2004 年版。

《岑參詩集編年箋注》,(唐)岑參撰,劉開揚箋注,巴蜀書社 1995 年版。

《茶山集》,(宋)曾幾撰,中國書店 2018 年版。

《陳與義集校箋》,(宋)陳與義撰,白敦仁校箋,上海古籍出版社 1990 年版。

《陳子昂集》,(唐)陳子昂撰,徐鵬校,中華書局 1960 年版。

D

《戴復古集》,(宋)戴復古著,吴茂雲、鄭偉榮點校,浙江大學出版社 2012 年版。

《讀杜心解》,(唐)杜甫撰,(清)浦起龍注,中華書局 1977 年版。

《杜甫傳》,馮至著,百花文藝出版社 1999 年版。
《杜甫大辭典》,張忠綱主編,山東教育出版社 2009 年版。
《杜甫集校注》,(唐) 杜甫著,謝思煒校注,上海古籍出版社 2015 年版。
《杜甫集》,張忠綱解讀,國家圖書館出版社 2019 年版。
《杜甫集》,張忠綱、孫微編選,鳳凰出版社 2006 年版。
《杜甫夔州詩論稿》,蔣先偉著,巴蜀書社 2002 年版。
《杜甫評傳》,陳貽焮著,北京大學出版社 2003 年版。
《杜甫評傳》,莫礪鋒著,南京大學出版社 1993 年版。
《杜甫秦州詩別解》,劉雁翔著,甘肅教育出版社 2012 年版。
《杜甫全集校注》,蕭滌非主編,張忠綱終審統稿,人民文學出版社 2014 年版。
《杜甫詩話六種校注》,張忠綱編注,齊魯書社 2002 年版。
《杜甫詩全譯》,韓成武、張志民著,河北人民出版社 1997 年版。
《杜甫詩史研究》,李道顯著,華岡出版部 1973 年版。
《杜甫詩史因革論》,李新等著,河北大學出版社 2013 年版。
《杜甫詩選》,張忠綱選注,中華書局 2005 年版。
《杜甫詩選注》,蕭滌非選注,人民文學出版社 1979 年版。
《杜甫詩學引論》,胡可先著,安徽大學出版社 2003 年版。
《杜甫詩與現地學》,簡錦松著,(臺灣)中山大學出版社 2018 年版。
《杜甫心影録》,黄珅著,中華書局 2004 年版。
《杜甫新論》,韓成武著,河北大學出版社 2007 年版。
《杜甫叙論》,朱東潤著,人民文學出版社 1981 年版。
《杜甫研究論集》,霍松林主編,香港天馬圖書有限公司 2000 年版。
《杜甫研究論集》,中國杜甫研究會編,霍松林主編,中州古籍出版社 1993 年版。
《杜甫研究》,蕭滌非著,齊魯書社 1980 年版。
《杜甫與六朝詩歌關係研究》,吴懷東著,安徽教育出版社 2002

年版。
《杜甫與宋代文化》,梁桂芳著,重慶大學出版社 2011 年版。
《杜甫在湖湘》,丘良任編著,湖南文藝出版社 2002 年版。
《杜集書録》,周采泉著,上海古籍出版社 1986 年版。
《杜集書目提要》,鄭慶篤、焦裕銀、張忠綱、馮建國著,齊魯書社 1986 年版。
《杜集叙録》,張忠綱、趙睿才、綦維、孫微著,齊魯書社 2008 年版。
《杜律啓蒙》,(清)邊連寶著,韓成武等點校,齊魯書社 2005 年版。
《杜詩鏡銓》,(唐)杜甫著,(清)楊倫箋注,中華書局 1962 年版。
《杜詩考釋》,曾祥波著,上海古籍出版社 2016 年版。
《杜詩詳注》,(唐)杜甫撰,(清)仇兆鰲注,中華書局 1979 年版。
《〈杜詩詳注〉研究》,吴淑玲著,齊魯書社 2011 年版。
《杜詩修辭藝術》,劉明華著,中州古籍出版社 1991 年版。
《杜詩學發微》,許總著,南京出版社 1989 年版。
《杜詩學研究論稿》,孫微、王新芳著,齊魯書社 2008 年版。
《杜詩藝譚》,韓成武著,河北教育出版社 2002 年版。
《杜詩縱横探》,張忠綱著,山東大學出版社 1990 年版。
《杜學與蘇學》,楊勝寬著,巴蜀書社 2003 年版。
《杜園説杜》,(清)梁運昌撰,書目文獻出版社 1995 年版。

F

《樊川詩集注》,(唐)杜牧撰,(清)馮集梧注,上海古籍出版社 1962 年版。
《反芻集》,廖仲安著,北京師範學院出版社 1986 年版。
《范石湖集》,(宋)范成大著,上海古籍出版社 1981 年版。
《方回的唐宋詩律學》,詹杭倫著,中華書局 2002 年版。

G

《高適詩集編年箋注》,(唐) 高適撰,劉開揚箋注,中華書局 1981 年版。

《古典文學研究資料彙編——杜甫卷(上編)》,華文軒編,中華書局 1964 年版。

《管錐編》,錢鍾書著,中華書局 1986 年版。

H

《韓昌黎詩繫年集釋》,(唐) 韓愈撰,錢仲聯集釋,上海古籍出版社 1984 年版。

《韓昌黎文集校注》,(唐) 韓愈撰,馬其昶校注,馬茂元整理,上海古籍出版社 1987 年版。

《漢唐文學的嬗變》,葛曉音著,北京大學出版社 1990 年版。

《後山詩注補箋》,(宋) 陳師道撰,(宋) 任淵注,冒廣生補箋,冒懷辛整理,中華書局 1995 年版。

《黄庭堅詩集注》,(宋) 黄庭堅撰,(宋) 任淵、史容、史季温注,劉尚榮校點,中華書局 2003 年版。

《黄庭堅詩學體系研究》,錢志熙著,北京大學出版社 2003 年版。

《黄庭堅書學研究》,陳志平著,中華書局 2006 年版。

《黄庭堅研究》,楊慶存著,光明日報出版社 2019 年版。

J

《嘉祐集箋注》,(宋) 蘇洵著,曾棗莊、金成禮箋注,上海古籍出版社 1993 年版。

《劍南詩稿》,(宋) 陸游著,錢仲聯點校,岳麓書社 1998 年版。

《劍南詩稿校注》,(宋) 陸游著,錢仲聯校注,上海古籍出版社 2005 年版。

《江西派詩選注》,陳永正選注,中山大學出版社 1985 年版。
《江西詩派研究》,莫礪鋒著,齊魯書社 1986 年版。
《舊唐書》,(後晉) 劉昫等撰,中華書局 1975 年版。
《舊五代史》,(宋) 薛居正等撰,中華書局 1976 年版。

L

《李賀詩歌集注》,(唐) 李賀撰,(清) 王琦等注,上海古籍出版社 1977 年版。
《李商隱詩歌集解》,(唐) 李商隱撰,劉學鍇、余恕誠著,中華書局 1998 年版。
《李太白全集》,(唐) 李白撰,(清) 王琦注,中華書局 1977 年版。
《禮記譯解》,王文錦譯解,中華書局 2001 年版。
《歷代詩話》,(清) 何文焕輯,中華書局 1981 年版。
《歷代詩話續編》,丁福保輯,中華書局 1983 年版。
《兩宋文學史》,程千帆、吴新雷著,上海古籍出版社 1991 年版。
《林和靖詩集》,(宋) 林逋著,沈幼征校注,浙江古籍出版社 1986 年版。
《林景熙集校注》,(宋) 林景熙著,陳增傑校注,浙江古籍出版社 1995 年版。
《陵陽集》,(宋) 韓駒撰,文淵閣《四庫全書》本。
《劉克莊集箋校》,(宋) 劉克莊著,辛更儒箋校,中華書局 2011 年版。
《劉禹錫集》,(唐) 劉禹錫撰,卞孝萱校訂,中華書局 1990 年版。
《柳宗元集》,(唐) 柳宗元撰,中華書局 1979 年版。
《盧照鄰集校注》,(唐) 盧照鄰撰,李雲逸校注,中華書局 1998 年版。
《陸游傳》,朱東潤著,百花文藝出版社 2003 年版。
《陸游評傳》,邱鳴皋著,南京大學出版社 2002 年版。

《論詩雜著》,陳貽焮著,北京大學出版社 1989 年版。
《論語集解》,程樹德集解,中華書局 1990 年版。
《駱臨海集箋注》,(唐) 駱賓王撰,(清) 陳熙晋箋注,中華書局 1961 年版。

M

《梅堯臣集編年校注》,(宋) 梅堯臣著,朱東潤編年校注,上海古籍出版社 2006 年版。
《梅堯臣詩選》,(宋) 梅堯臣著,朱東潤選注,人民文學出版社 1980 年版。
《孟浩然詩集箋注》,(唐) 孟浩然撰,佟培基箋注,上海古籍出版社 2000 年版。
《孟郊集校注》,(唐) 孟郊撰,華忱之、喻學才校注,人民文學出版社 1995 年版。
《孟子集注》,(宋) 朱熹集注,中華書局 1983 年版。
《莫礪鋒詩話》,莫礪鋒著,北京大學出版社 2006 年版。

N

《南宋遺民詩人群體研究》,方勇著,人民出版社 2000 年版。
《南宋詠史詩研究》,季明華著,(臺灣) 文津出版社 1997 年版。
《南唐二主詞選》,(南唐) 李璟、李煜著,王兆鵬注評,上海古籍出版社 2002 年版。

O

《歐陽修評傳》,黄進德著,南京大學出版社 1998 年版。
《歐陽修全集》,(宋) 歐陽修著,李逸安點校,中華書局 2001 年版。

Q

《七綴集》,錢鍾書著,上海古籍出版社 1985 年版。
《錢鍾書集》,錢鍾書著,生活・讀書・新知三聯書店 2001 年版。
《錢鍾書手稿集・容安館札記》,錢鍾書著,商務印書館 2003 年版。
《錢鍾書手稿集・中文筆記》,錢鍾書著,商務印書館 2011 年版。
《〈錢注杜詩〉與詩史互證方法》,郝潤華著,黄山書社 2000 年版。
《秦觀集編年校注》,(宋) 秦觀撰,周義敢、程自信、周雷編注,人民文學出版社 2001 年版。
《清代杜詩學文獻考》,孫微著,上海古籍出版社 2019 年版。
《清江三孔集》,(宋) 孔文仲、孔武仲、孔平仲撰,文淵閣《四庫全書》本。
《全上古三代秦漢三國六朝文》,(清) 嚴可均校輯,中華書局 1958 年版。
《全宋詩》,傅璇琮、倪其心、孫欽善、陳新、許逸民主編,北京大學出版社 1998 年版。
《全宋文》,曾棗莊、劉琳主編,上海辭書出版社、安徽教育出版社 2009 年版。
《全唐詩》,(清) 彭定求等編,中華書局 1999 年版。
《全唐文》,(清) 董誥等編,中華書局 1983 年版。

S

《少陵體詩選》,韓成武著,河北大學出版社 2004 年版。
《詩經集傳》,(宋) 朱熹集注,中華書局 1962 年版。
《詩聖杜甫對後世文學的影響》,胡傳安著,幼獅文化事業公司 1996 年版。
《詩聖杜甫研究》,張忠綱著,上海古籍出版社 2015 年版。
《詩聖:憂患世界中的杜甫》,韓成武著,河北大學出版社 2000

年版。
《詩史本色與妙悟》,龔鵬程著,臺灣學生書局 1986 年版。
《詩史釋證》,鄧小軍著,中華書局 2004 年版。
《十三經注疏》,(清)阮元等編,中華書局 1980 年版。
《史記》,(漢)司馬遷撰,中華書局 1959 年版。
《四庫全書總目》,(清)永瑢等撰,中華書局 1965 年版。
《宋代杜詩學史》,魏景波著,中國社會科學出版社 2016 年版。
《宋代杜詩學述論》,鄒進先著,中國社會科學出版社 2016 年版。
《宋代杜詩藝術批評研究》,李新著,花木蘭文化出版社,2012 年版。
《宋代文史論叢》,孔凡禮著,學苑出版社 2006 年版。
《宋代文學史》,孫望、常國武主編,人民文學出版社 1996 年版。
《宋代文學思想史》,張毅著,北京出版社 1995 年版。
《宋代文學研究》,張毅著,北京出版社 2001 年版。
《宋人文集編刻流傳叢考》,王嵐著,江蘇古籍出版社 2003 年版。
《宋詩鈔》,(清)吕之振、吕留良、吴自牧選,(清)管庭芬、蔣光煦補,中華書局 1986 年版。
《宋詩話輯佚》,郭紹虞編,中華書局 1980 年版。
《宋詩紀事》,(清)厲鶚輯撰,上海古籍出版社 1983 年版。
《宋詩三百首》,金性堯選注,上海古籍出版社 1996 年版。
《宋詩選注》,錢鍾書著,人民文學出版社 1958 年版。
《宋詩縱横》,趙仁珪著,中華書局 1994 年版。
《宋史》,(元)脱脱等撰,中華書局 1977 年版。
《宋文選》,四川大學古典文學教研室選注,人民文學出版社 1980 年版。
《蘇東坡傳》,林語堂著,百花文藝出版社 2000 年版。
《蘇軾詩集》,(宋)蘇軾撰,(清)王文誥輯注,孔凡禮點校,中華書局 1982 年版。

《蘇軾文集》,(宋) 蘇軾撰,孔凡禮點校,中華書局 1986 年版。
《蘇舜欽集編年校注》,(宋) 蘇舜欽著,傅平驤、胡問陶校注,巴蜀書社 1991 年版。
《蘇洵集》,(宋) 蘇洵著,邱少華點校,中國書店 2000 年版。
《蘇轍集》,(宋) 蘇轍著,陳宏天、高秀芳點校,中華書局 1990 年版。
《隋書》,(唐) 長孫無忌等撰,中華書局 1973 年版。
《隋唐五代文學思想史》,羅宗强著,中華書局 1999 年版。
《隋唐制度淵源略論稿》,陳寅恪著,生活・讀書・新知三聯書店 2001 年版。

T

《談藝録(補訂本)》,錢鍾書著,中華書局 1984 年版。
《唐代政治史述論稿》,陳寅恪著,生活・讀書・新知三聯書店 2001 年版。
《唐宋詩美學與藝術論》,陶文鵬著,南開大學出版社 2003 年版。
《唐宋詩學論集》,謝思煒著,商務印書館 2003 年版。
《通志二十略》,(宋) 鄭樵撰,中華書局 1995 年版。
《痛切的自覺: 明末清初杜詩學考論》,張家壯著,鳳凰出版社 2019 年版。

W

《汪元量集校注》,(宋) 汪元量著,胡才甫校注,浙江古籍出版社 1999 年版。
《王安石全集》,(宋) 王安石著,秦克、鞏軍標點,上海古籍出版社 1999 年版。
《王荆公詩注補箋》,(宋) 王安石著,(宋) 李壁注,李之亮校點補箋,巴蜀書社 2002 年版。

《王令集》,(宋) 王令著,沈文倬校點,上海古籍出版社 2011 年版。
《王維集校注》,(唐) 王維撰,陳鐵民校注,中華書局 1997 年版。
《王禹偁研究》,黄啓方著,學海出版社 1979 年版。
《王子安集注》,(唐) 王勃撰,(清) 蔣清翊注,上海古籍出版社 1995 年版。
《文天祥全集》,(宋) 文天祥著,中國書店 1985 年版。
《文獻通考》,(元) 馬端臨撰,中華書局 1986 年版。
《文苑英華》,(宋) 李昉等編,中華書局 1966 年版。
《翁方綱〈翁批杜詩〉稿本校釋》,賴貴三校釋,里仁書局 2011 年版。

X

《西崑酬唱集注》,(宋) 楊億等著,王仲犖注,上海書店出版社 2001 年版。
《先秦漢魏晋南北朝詩》,逯欽立輯校,中華書局 1983 年版。
《小畜集》,(宋) 王禹偁著,文淵閣《四庫全書》本。
《謝疊山全集校注》,(宋) 謝枋得著,熊飛、漆身起、黄順强校注,華東師範大學出版社 1994 年版。
《新唐書》,(宋) 歐陽修、宋祁撰,中華書局 1975 年版。
《新五代史》,(宋) 歐陽修撰,中華書局 1974 年版。
《續資治通鑑長編》,(宋) 李燾撰,上海古籍出版社 1986 年版。

Y

《楊炯集》,(唐) 楊炯撰,徐明霞點校,中華書局 1980 年版。
《楊萬里詩集》,《全宋詩》本,傅璇琮、倪其心、孫欽善、陳新、許逸民主編,北京大學出版社 1998 年版。
《永嘉四靈詩集》,(宋) 徐照、徐璣、翁卷、趙師秀著,陳增杰校點,浙江古籍出版社 1985 年版。
《元稹集》,(唐) 元稹撰,冀勤點校,中華書局 1982 年版。

《樂府詩集》,(宋)郭茂倩編,中華書局1998年版。

Z

《曾鞏集》,(宋)曾鞏撰,陳杏珍、晁繼周點校,中華書局1984年版。
《增訂注釋全唐詩》,陳貽焮主編,文化藝術出版社2000年版。
《張耒集》,(宋)張耒撰,李逸安、孫通海、傅信點校,中華書局1990年版。
《張耒學術文化思想與創作》,湛芬著,巴蜀書社2004年版。
《鄭思肖集》,(宋)鄭思肖著,陳福康校點,上海古籍出版社1991年版。
《中古文學理論範疇》,詹福瑞著,河北大學出版社1997年版。
《中國古典詩歌接受史研究》,陳文忠著,安徽大學出版社1998年版。
《中國古典文學接受史》,尚學鋒等著,山東教育出版社2000年版。
《中國古典文學研究史》,郭英德等著,中華書局1995年版。
《中國詩學通論》,袁行霈、孟二冬、丁放著,安徽教育出版社1994年版。
《中國文學發展史》,劉大杰著,百花文藝出版社1999年版。
《中國文學家大辭典(宋代卷)》,曾棗莊主編,中華書局2004年版。
《中國文學家大辭典(唐五代卷)》,周祖譔主編,中華書局1992年版。
《中國文學批評通史》,王運熙等主編,上海古籍出版社1996年版。
《中國文學史》,錢基博著,中華書局1995年版。
《中國文學史》,袁行霈主編,高等教育出版社1999年版。
《中國文學史》,章培恒、駱玉明主編,復旦大學出版社1996年版。
《中國文學通史》,張炯等主編,華藝出版社1997年版。
《中唐詩文新變》,吴相洲著,商鼎文化出版社1996年版。
《資治通鑑》,(宋)司馬光撰,中華書局1956年版。

後　　記

在本書出版之際，我願意順便交待一下本書的緣起。在 2005 年博士論文答辯之後，承蒙趙仁珪師不棄，接收我到北京師範大學從事博士後階段的學習。我曾跟隨韓成武師學習杜詩，又在吴相洲師的督促下泛覽唐前别集，那時貪多務得，想繼續閱讀一些宋人别集，遂與仁珪師商定作一個宋代杜詩學的題目。

題目確定之後，我在北師大樂育 1 樓 6 單元頂樓的斗室之内開始按計劃閱讀選定的别集，每讀完一種即整理爲筆記。遇有疑難，則隨時向仁珪師請益。仁珪師温厚博學，多有教誨。别集讀完之後，我把筆記連綴成篇，最後完成了名爲《杜詩與宋詩——杜甫對宋代詩歌創作的影響》的出站報告，本書即是在該出站報告的基礎上修訂增補而成。該報告由仁珪師改定，由謝思煒先生和諸葛憶兵先生寫出評議書，並請謝思煒先生、蔣寅先生、張海明先生、劉石先生、張廷銀先生出席了出站報告評審會。我不敢忘記諸位師長的教誨，仁珪師的修改本一直珍藏至今。出站之後，此出站報告中的部分内容，曾在我和李新教授合作完成的北京市社科基金項目（15WYB047）的結項材料中使用，也曾作爲單篇論文在相關刊物發表。

宋詩數量很大，愚鈍如我，自然不能在兩年時間内圓滿完成這項工作。因此，在本書出版之前，我又補充閱讀了《西崑酬唱集》以及曾鞏、王令、韓駒、曾幾、戴復古、劉克莊等人的詩文集，增補了相關内容。

本書稿曾經張忠綱先生審閲修訂，並提出非常具體的修改意見。張先生數十年讀杜、注杜、研杜，成就卓著，他“專心致志做好一件事”的治學態度尤其令我感佩。多年以來，張忠綱先生對我頗多教誨，我用時五年重走杜甫之路亦是在張忠綱先生指導下完成。如果沒有張忠綱先生的指導和關照，這部書稿就沒有機會與讀者見面。

中華書局的沈錫麟先生和山東大學的孫微教授對書稿均有所指正，責任編輯龍偉業先生爲本書出版做了認真細緻的工作，在此一併致謝。書中必有粗疏錯漏之處，希望各位專家和讀者批評指正。

左漢林

2020年6月26日

於北京沙河高教園

已出書目

第一輯

目録版本校勘學論集
秦制研究
魏晋南北朝文體學
李燾學行詩文輯考
杜詩釋地
關中方言古詞論稿

第二輯

兩漢文獻與兩漢文學
秦漢人物散論
秦漢之際的政治思想與皇權主義
文心雕龍學分類索引
宋代文獻學研究
清代《儀禮》文獻研究

第三輯

四庫存目標注（全八册）

第四輯

山左戲曲集成（全三册）

第五輯

鄭氏詩譜訂考

文心雕龍校注通譯

唐詩與民俗關係研究

東夷文化通考

泰山香社研究

第六輯

日名制・昭穆制・姓氏制度研究

易經古歌考釋(修訂本)

儒學視野中的《文心雕龍》

唐代文學隅論

清代《文選》學研究

微湖山堂叢稿

經史避名彙考

第七輯

古書新辨

温柔敦厚與中國詩學

詩聖杜甫研究

宋遼夏金經濟史研究(增訂本)

探尋儒學與科學關係演變的歷史軌迹會通與嬗變

被結構的時間:農事節律與傳統中國鄉村

民衆年度時間生活

里仁居語言跬步集

第八輯

20 世紀 50 年代山東大學民間文學采風資料彙編

先秦人物與思想散論
《論語》辨疑研究
百年“龍學”探究
晚明士人與商業出版
衣食行:《醒世姻緣傳》中的明代物質生活
清代杜詩學文獻考(增訂本)
前主體性詮釋——生活儒學詮釋學

第九輯

杜詩學通史·唐五代編
杜詩學通史·宋代編
杜詩學通史·遼金元明編
杜詩學通史·清代編
杜詩學通史·現當代編
杜詩學通史·域外編